T0303378

AVEM OCCIDERE
MIMICAM

AVEM OCCIDERE
MIMICAM

TO KILL A Mockingbird

A NOVEL BY
HARPER LEE

TRANSLATED INTO LATIN FOR
THE FIRST TIME BY ANDREW WILSON

HARPER
DESIGN
An Imprint of HarperCollinsPublishers

Published in 2019 by
Harper Design
An Imprint of HarperCollins*Publishers*
195 Broadway
New York, NY 10007
Tel: (212) 207-7000
Fax: (855) 746-6023
harperdesign@harpercollins.com
www.hc.com

Distributed throughout the world by
HarperCollins Publishers
195 Broadway
New York, NY 10007

ISBN 978-0-06-287779-6
Printed in the United States of America

First Printing, 2019

Domino Lee et Aliciae
hic liber propter amorem et caritatem dedicatus est.

Sane iuris consultus quisque quondam
puer erat.

CAROLUS LAMB

Translator's Introduction

Atticus teaches Scout that to understand someone, you need to walk around in their shoes. I have been very privileged, as the translator of *To Kill a Mockingbird* into Latin, to walk around in Harper Lee's shoes for most of the past year. A translator can develop an extremely intimate relationship with the target author. I was continually thrilled by her turns of phrase and the pinpoint accuracy of her vocabulary and expressions. I fell in love with her.

Harper Lee's book is an acknowledged masterpiece, a genuine "classic": my duty as her translator was to be as unobtrusive as possible, to be faithful to her style, and even her vocabulary; and most emphatically to resist any temptation to showcase my own pretensions. My ambition was to rewrite it as if she herself were writing it in Latin—which I suspected she could have done! Not just her choice of names—Atticus, Calpurnia—but her use of Latin-derived vocabulary (I counted eighty different words in the first two pages) indicated to me that she had sympathy and respect for the ancient language. Scout loves to use elaborate Latinate expressions to distance her grown self in that wonderfully ironic way from her childish self.

Latin is often disparagingly referred to as a dead language. In fact it's been in continual use since it evolved among the educated elite of Rome as the essential means of communicating ideas, arguments and feelings with clarity and precision. From classical times, through the Middle Ages and the Renaissance and on into Neo-Latin and Contemporary Latin, its structure and rules have remained the same—not many human innovations can claim this! Vocabulary has been added and adapted as necessary—but the language has to comply with the two-thousand-year-old rules. There are non-Classical Latin words for musket, cannon, gunpowder, nuclear weapon, but *sclopetum* (gun) still declines like bellum, bellum, bellum, belli, bello, bello.

Translating *To Kill a Mockingbird* nevertheless presented many challenges:

Names of real places, people and institutions are either unchanged or very mildly and obviously latinized. Alabama is Alabama (and Alabamam, Alabamae etc). Birmingham is Birminghamia—a latinization which has been accepted for over a century. Where there's an established usage I follow it (England is Anglia). If they can't be made to look like plausible Latin, then they stay as they are (Einstein, Jitney Jungle, Grit).

Where the name is one of Harper Lee's invented characters, I've adopted a variety of approaches. I didn't want too many words looking "foreign" in the text. Some names are actually Latin already—Atticus, Calpurnia, Alexandra. Some have well-established Latin forms (Cecil = Caecilius, Francis = Franciscus, John = Ioannes). If there's a Latin word which means the same, I use it (Finch becomes Fringilla, Taylor becomes Sartor). If there's a Latin word which is close in sound or meaning I use it (Robinson becomes Rubecula—a robin), Crawford becomes Corvina (Craw- = crow, Latin corvus), Dubose become Silvana (Dubose = du Bois, of the woods), Mr. Avery becomes Avernus, Cunningham becomes Vafer. Reverend Sykes becomes Ficus, for reasons that will be obvious to an ancient Greek scholar! Several names seem to echo a theme of "birds" which I think Harper Lee would have accepted as appropriate in the story of the mockingbird.

The children's names were slightly problematic. Scout should perhaps have become *Exploratrix*—but that seemed too much of a mouthful (as well as revealing her gender too soon), so I settled on the nearly homophonic *Scytha*—masculine or feminine, meaning "the Scythian." To the ancients Scythians were a slightly mysterious people living just outside the frontiers of civilization as they knew it. Scytha would be someone a bit wild and a bit unpredictable—and also sounds quite like Scout (y was pronounce oo in Latin). Jem had to stay as Iem (he's only Ieremias in very formal situations); he has to be a monosyllable, as does Dill (though Carolus Pistor Harris sounds a fine Roman name!). Boo becomes Bous—the Greek word for an ox, as it happens.

Harper Lee's dialogue reflects the rural Alabamian dialects she was familiar with—with its subtle variants for differences of race and status. These nuances are impossible to convey in Latin—where there's no literary precedent for nonstandard forms of speech in formal written discourse. Plautus and Terence preserve some colloquial forms alien to Classical Latin, but their language suggests an antique past rather than differences of class or race (like the language of Shakespeare's comedies to us). And we have very little idea of how less educated speakers of Latin actually spoke. Our main clue about what's called Vulgar Latin (Vulgar here meaning "of the people" not rude!) is what happened to it—it eventually turned into Italian, French and Spanish. So, in order to give an impression of its difference from literary Latin, my dialogue follows the normal word order of the modern incarnations of Vulgar Latin. No "accusative and infinitive" for indirect statements: I use "dixit quod . . ." to mean "he said that . . ." I don't often use a subjunctive verb in indirect questions. I insert the odd archaic or nonstandard expression to add a little flavor (eg nevis for non vis). But I can't just ignore my earlier assertion: Latin has rules, which can't be broken—even by the Ewells!

A specific difficulty for translating *To Kill a Mockingbird* was finding appropriately racist vocabulary. The Romans were confidently racist—they despised Gauls, Greeks, Egyptians—in fact most non-Romans. But they very rarely picked on their skin color to insult them, perhaps because most Romans were various shades of brown, rather than Nordic "white." So I've had to pretend that *Aethiops and Aethiopissa* (Ethiopian, ie African, as Aethiopia referred to the entire continent) from the Greek meaning "burnt-face" is as insulting as the n-word. I use *niger* consistently to mean black when it's not meant as an insult. But I mostly capitalize it, to follow contemporary usage. I use *Afer* (also African—but in Latin normally referring to somone from North Africa) for the now archaic "colored"—the more acceptable way that black characters are referred to or refer to themselves. *Ater* in Latin also means black, and was used occasionally to describe sunburned Romans, and Africans.

Titles were also a problem. Only in later Latin did the terms dominus (master) and domina (mistress) become common forms of address, but it seemed essential to keep the formal terms of respect with which all the people of Maycomb address each other. Even Bob Ewell is invariably Mr., and thus Dominus Evellus. Domina avoids the modern English problem of Mrs. or Miss—it does duty for both. I use the shortened versions domnus and domna in conversations—although there's no real authority for this in Classical Latin (*domnus* occurs in inscriptions and it seems a reasonable assumption that it was used in Vulgar Latin, on its way to becoming Don in Spanish and Italian).

I have tried to keep Harper Lee's Latin as close to Classical Latin as possible—I have deliberately avoided Medieval and Neo-Latin vocabulary unless there was no alternative (sclopetum=gun; radiophonum=radio; autocinetum=automobile, avoiding the Greek-Latin hybridization of the English word). I've used the accepted scientific Latin terms for the names of plants, trees and birds. Only the mockingbird itself gets special treatment. The northern mockingbird is *Mimus polyglottus* according to the Audubon Society—meaning in real Latin "the actor with many tongues." I needed AVEM (bird) in the title, as "MIMVM OCCIDERE" would appear to mean "To Kill an Actor." *Avis mimus* looks wrong (should perhaps be *Avis mima*, as avis is feminine gender—but "the actress bird" is misleading too). Several birds in Latin have names like *avis nocturna* (owl), *avis Romana* (eagle), *avis Afra* (Guinea fowl)—so *Avis mimica* (the bird which imitates) was the solution: AVEM OCCIDERE MIMICAM.

AVEM
OCCIDERE
MIMICAM

PARS
PRIMUS

1

Cum annos prope tredecim natus esset frater meus Iem bracchium ad cubitum graviter fractum passus est. cum consanuisset nec iam timeret ne postea non posset pediludio sociari, raro iniuria ea perturbatus est. bracchium eius sinistrum dextro paulo brevius erat. ubi stabat vel ambulabat, manum superam e transverso ad truncum ferebat et pollicem femori parallelum. de hac re nihil laborabat dum follem porro citroque calcitrare posset.

Ubi satis anni lapsi sunt ut ad eos respicere possemus, aliquando sermonem inter nos de eventis illis habebamus quae calamitatem eius antecesserant. ego affirmo Evellos omnia commovisse, sed Iem, qui quattuor annis mihi aetate praestabat, dixit rem illam multo prius commotam esse. ortam enim esse per eam aestatem ubi Dill ad nos venit, qui primus nos in cogitationem evertit Boi Radlei exire cogendi.

Respondi si latius rem cogitare vellet, sane commovisse Andream Jackson. qui nisi dux cum Criquis concurrisset, Simon Fringilla Alabamam flumen numquam navigavisset; quibus rebus non confectis, quid nobis accidisset? iam ita maturi eramus ut non pugnis certando rem componere vellemus. itaque Atticum consulimus. pater noster dixit utriusque rationis par esse momentum.

Meridionales eramus; erant igitur apud familiam quos pudebat quod neminem in annalibus nostris habuimus qui aut ante proelium Hastingense aut post hoc vixit nisi Simonem illum Fringillam. is medicamentarius fuit in Cornubia natus qui bestias venabatur ut pelles eorum spoliatas venderet. pietas eius nihil praecedebat nisi illiberalitatem. in Anglia Simon incensus est quod ei qui se

Methodistas vocabant ab eis exagitabantur qui se humaniores iactabant. itaque quippe qui Methodistam se vocaret, Philadelphiam trans mare Atlanticum vectus est, atque inde ad Iamaicam, et Mobilem, denique ad fluvium Sancti Stephani pervenit. memor consilii illius ab Ioanne Wesley de emptoribus vel venditoribus dati qui verbis nimis uterentur, medicinam agens multum pecuniae cumulavit, quamquam in nummis petendis timebat ne id facere temptaretur quod non ad Dei gloriam pertinere sciebat, id erat aurum et vestem divitem induere. inde praeceptoris dicti oblitus qui eos humani generis in bonis possidere vetuit, tres servos emit quorum auxilio in fluminis Alabamae ripa ad XL milia passuum ultra Sanctum Stephanum sedem condidit. illuc semel modo revenit ut uxorem duceret, cumque ea gentem filiarum felicem instituit. ad magnam senectutem vixit et dives mortuus est.

Viri gentiles in Simonis colonia, Fringillae Egressu, considere solebant et vitam gossypio colendo tolerare. incolae se suosque sine auxilio alere poterant; hic locus ad imperia illa quae circumdabant modestus erat, omnia tamen ad vitam dabat, praeter stirias farinam triticeam vestem quas res naviculae fluviales ex urbe Mobili suppeditabant.

Simon incommoda belli illius quod inter meridionales et septentrionales pugnatum est iracundia impotenti sane spectavit, quod res illa posteros omni re spoliatos praeter terram ipsam reliquit. cuncti tamen gentiles in agris more maiorum sine intermissione usque ad medium saeculi vicesimi habitabant, quo tempore pater meus Atticus Fringilla Montgomeriam ut legibus studeret iit, fraterque eius minor Bostonam ut medicinae. soror eorum Alexandra erat quae sola domi mansit: homini taciturno nupsit qui vitam prope flumen in lecto suspenso otiosus plerumque degit, in animo volutans an lineae suae piscibus plenae essent.

Cum pater iurisconsultus factus esset, Maicomum ad artem exercendam revenit. Maicomum ad XX milia passuum a Fringillae Egressu situm, pagi Maicomii municipium primum erat. Atticus in basilica operam gerebat; ibi sedes ei in cenaculo erat quod pauca tenuit nisi petasorum receptaculum, vasculum sputatoribus aptum, tabulam scaccariam, denique Regulam Alabamiam quae admodum intaminata erat. clientes primi eius illi erant qui duo ultimi in carcere Maicomio in furcam suspensi sunt. quos Atticus monuerat ne rem publicam contemnerent cuius liberalitate se minoris generis caedis reos ad vitam servandam facere permissi essent. hi tamen gente Anserum erant, quae asinorum habita est. dissensione orta, ferrarium qui inter Maicomenses optimus fuerat interemerant, quod hic equolam iniuste retinuisset. adeoque imprudentes erant ut eum coram tribus testibus interfecerint, atque istum furciferum quicquid accepisset bene mereri asseveraverint. quod cuilibet apologiam satis bonam esse sane putabant. ita in maioris generis caedis se reos faciendo perstiterunt, ut Atticus nihil fere pro clientibus suis facere potuerit, nisi eis e vita discedentibus adesse, quapropter pater meus, credo, ius criminale maxime odisse coepit.

Per quinque annos ubi primum Maicomi aderat, Atticus in primis frugaliter se gessit. postea multos annos quidquid stipendii meritus est, id ad fratrem suum educandum posuit. Ioannes Vigens Fringilla decem annis natu minor erat patre meo, et, quod gossypium colere tum irritum erat, ei placuit medicinae arti studere. Ioannis tamen curriculo promoto, ille tandem causas dicendo satis fructus capiebat. Maicomum amoenum esse putabat; ibi enim natus est, ibi adolevit. municipes noverat et a municipibus notus erat. ac propter Simonis Fringillae industriam, omnibus ut ita dicam aut natu aut matrimonio necessarius erat.

Maicomum erat oppidum vetus, vetustate tamen lassum ubi primum cognovi. per imbrium continuationem, viae luto rubro limosae erant; herba in pavimento oriebatur, basilica in foro languescebat. nescioquomodo tempestates tunc fervidiores erant. ecce canis niger aestate laborabat; ecce muli strigosi qui ad plaustra iuncti erant in foro quercuum sempervivarum sub umbra muscas amovebant. ecce virorum collaria rigida hora nona matutina mollescebant, matronaeque quae lavabantur et ante meridiem et post tertiae horae meridiationes suas, attamen ad vesperum farricula mollia referebant sudore ac talco dulci conspersa.

Homines eo tempore lentius circumibant. per forum cunctanter gradiebantur, tabernasque languide praeteribant modo ingressi modo egressi. omnia sensim et pedetemptim agebant. diebus illis viginti quattuor horae erant tantum, sed diutius durare videbantur. nemo festinabat, nam nemini usquam aliquo ire necesse erat. nullae res venales erant, nullam pecuniam ad eas emendas habebant, nihil extra fines pagi ipsius admirandum erat. nihilominus erant qui spem incertam eo tempore alebant; nuper enim ei qui pagum habitabant certiores facti sunt nihil timendum esse nisi timorem ipsum.

Nos in primo oppidi vico habitabamus, id est Atticus, Iem atque ego, et Calpurnia quoque, coqua nostra. pater noster fratrem et me satis delectabat, qui nobiscum luderet et libellos recitaret et nobis mente disiuncta sed cum comitate uteretur.

Calpurnia singularis erat. gracilis, macra, myops, straba erat, et dextram habebat latam ceu lecti axiculum sed altero tanto duriorem. semper iubebat me e culina exire, et rogabat cur me cum Ieme non pariter gererem, quamquam me natu minorem eo novit, et vocabat me invitam atque imparatam domum revenire. certamina inter nos heroica erant sed disparia. illa semper vincebat, in primis quod Atticus semper ei favebat. apud nos a fratre nato fuerat, atque ego, id quod e primis aetatis temporibus in memoria teneo, molestiam ex praesentia eius superba semper traxeram.

Mater nostra mortua est ubi duos annos nata eram, ut absentiam eius numquam senserim. e gente Grahamia Montgomeriae orta erat. cui Atticus congressus est cum primum populi suffragio decurio creatus esset. hic iam media aetate erat, illa quindecim annis natu minor. Iem erat primi anni matrimonii eorum progenies; quattuor post annis ego nata sum, et duobus post annis mater nostra subitanea cordis defectione mortua est, quem morbum hereditarium esse dixerunt. ego eius desiderium non tenui, fratrem tamen desideravisse puto. is plane meminerat eius, et aliquando dum ludimus longe ingemebat et post stabulum autocineticum ut solus luderet abibat. cum ita se gerebat, satis sapientiae habebam ut numquam ei molesta essem.

Cum ego paene sex fraterque ad decem annos nati eramus, fines nostri aestivales, dico eos intra quos Calpurnia nos domum revocare poterat, tales erant: villa Silvana, quae duabus ianuis ad septentriones aberat, et villa Radleiana quae tribus ianuis ad meridiem. numquam fines illos transcendere volebamus. villam Radleianam habitabat incognitum aliquid; si quis modo in mentionem eius casu inciderat, plurimos dies nos cum decoro gerebamus: Domina tamen Silvana utique stygialis erat.

Ea aestate Dill ad nos venit.

Quodam die cum frater et ego mane hodiernos ludos in horto

postico inciperemus, aliquid e villa vicina in areola holerum Dominae Rachelis Anseris audivimus. imus ad saeptum ferreum cognoscendi avidi num catulus adesset—canicula enim Dominae Rachelis gravida erat. re tamen improvisa sedentem aliquem invenimus qui nos spectabat. sedens holeribus paulo altior erat. eum oculis intentis intuiti sumus donec locutus est.

"Salve," inquit.

"Salve ipse," inquit Iem comiter.

"Sum Carolus Pistor Harris", inquit. "legere scio".

"Quid miri?" inquam.

"Modo putavi vos curiosos esse sciendi me legere posse. si quid legendum habetis, ego legere possum . . ."

"Quot annos natus es? Quattuorne et dimidium?"

"Paene septem."

"Hem! nimirum," inquit Iem me pollice suo indicans. "ecce Scytha haec legere e natu scivit, nec iam ad scholam ire coepit. tu paene septem annos natus parvulus quidem videris."

"Sum parvus sed annosus," inquit.

Iem antias e fronte adduxit ut melius videret. "Quin transis, o Carole Pistor Harris?" inquit. "mehercle, quale nomen!"

"Nullo ridiculosius nomine tuo. nomen tuum est Ieremias Atticus Fringilla, ut Matertera Rachelis dicit. "

"Ego sum tantus ut nomini aptus sim. tuum nomen est longius te ipso. pede longius, ut videtur."

"Me Dillonem appellant", inquit sub saeptum ire moliens.

"Melius facias si transeas potius quam subeas," inquam. "unde venisti?"

Dill Meridiani Mississippiensis natus apud materteram Rachelem aestatem agebat, et omnes aestates Maicomi dehinc acturus erat. gente in pago Maicomio orta, mater photographi Meridianensis adiutrix picturam eius in certamine de infantibus pulchris produxit et quinque dollaria praemium abstulit. quam pecuniam filio dedit qui ad theatrum cinematicum viciens iit.

"Picturas mobiles hic non habemus," inquit Iem, "nisi aliquando eas quae de Iesu sunt in basilica videamus. vidistine umquam aliquid boni?"

Dill *Draculam*, spectaculum horrificum, viderat, quod cum

revelavisset frater meus ita commotus est ut eum modo admirari inciperet. "Narra fabulam eam nobis," inquit.

Dill singularis erat. bracas curtatas lino caeruleo confectas gerebat quae camisiae globulis conexae erant. capilli eius nivei erant et ad caput quasi lanugo anatina adhaerebant. erat anno natu maior, sed ego super eum multo eminebam. dum fabulam illam antiquam narrat, oculi caerulei in vicem lucescebant et nigrescebant. risus erat subitus et beatus. cirrum in media fronte tractare consueverat.

Cum de *Dracula* Dill diu exspatiatus esset, fraterque dixisset id spectaculum librum ipsum evidenter antecedere, Dillonem ubi pater esset rogavi. "De eo nihil dixisti".

"Non habeo."

"Mortuus est?"

"Non est . . ."

"Si non est mortuus, nonne habes?"

Dill erubescebat et Iem me tacere iussit, Dillonem enim perscrutatus plane ostentabat se nunc comprobare eum. dehinc praeteriit aestas, dum beatitudine illa assueta nostra fruimur. quae beatitudo talis erat: casulam arboream meliorem faciebamus quae in horto postico inter duas melias immanes sedebat; satagebamus; indicem fabularum scaenicarum percurrebamus quae ex operibus arcessitae sunt vel ab Olivero Optic vel a Victore Appleton vel ab Edgare Rice Burroughs scriptis. qua in re felices eramus quod Dillonem habuimus. partes illas agebat singulares quas antea invita egeram, ut puta simiam in libro *Tarzan* vel Dominum Crabtree in *The Rover Boys* vel Dominum Damon in *Thomas Swift*. ita cognovimus Dillonem tamquam parvum Merlinum esse, praestigiarum artificem cuius caput consiliis miris et desideriis novis et imaginibus inusitatis abundaret.

Sed ad finem mensis Augusti e repetitione frequentissima inventio nostra vapide se habebat, atque eo tempore Dill in mentem nobis posuit facere ut Bous Radleius exiret.

Villa Radleiana Dillonem perliciebat. consiliis et rationibus nostris neglectis, ita eum trahebat ut aquam luna. sed ultra columnam eam lampadariam quae ad trivium erat non procedebat, incolumem enim se fore credebat si brevi quidem intervallo e porta Radleiana abesset. ibi mirans et contemplans stabat, columna illa firma bracchio suo circumdata.

Villa Radleiana curvamine aspero ultra domum nostram prominebat. ad meridiem progressus ad porticum spectares; trames circumibat et locum amplectebatur. domus ipsa angusta erat. albata olim fuerat et porticu alta et foriculis viridibus in parte priore ornata, sed iamdudum ad colorem cinereum horti circumiecti fuscata erat. tegulae ligneae imbribus maceratae super xysti suggrundium prolabebantur; quercus solem excludebant. vacerrae dirutae quasi homo ebrius hortum anticum custodiebant, hortum dico cum pavimento quod purgari mereretur, quod tamen numquam purgatum erat, ubi sorghum halepense et gnaphallium viguerunt.

Intra has aedes vivebat idolon malevolens. vivere dicebatur, sed neque ego nec frater umquam conspexeramus. cum luna lucescebat, noctu vagari dicebatur et per fenestras speculari. rhododendra alicuius uredine afflicta sunt quod ille, ut dicebant, ad ea aspiravisset. furta quaecumque Maicomi facta essent, ille omnia fecit. die quodam municipes coniunctis eventis noctu perterrefacti sunt: pullos suos et animalia domestica discerpta invenerunt; quamquam qui scelus fecit insanus erat iste Addius qui tandem se in Vortice Latratoris morte voluntaria mersit, nihilominus usque spectabant ad villam Radleianam, inviti ut pristinam suspicionem relinquerent. Afri villam Radleianam noctu praeterire nolebant, et in tramite exadversum procedebant, et procedentes sibilabant. schola Maicomia locum Radleianum a tergo adiacebat. e Radleiano horto eo ubi gallinarium erat, alti arbores caryae fructum suum in campum lusorium deponebant, sed nuces a pueris intactae iacebant. nuces enim Radleianas vos necaturas esse. pilam in hortum Radleianum missam nullo contra dicente perditam esse.

Dolor illius domus antequam Iem egoque nati sumus multis annis ortus est. Radleii ubique per oppidum grati erant, sed sese a municipibus segregabant, cui arbitrio nullo modo ignoscendum fuit. ad ecclesiam non ibant, id quod municipale primum erat oblectamentum, sed domi Deum colebant; Domina Radleia aut rarissime aut numquam viam transibat ut pausa caffearia cum vicinis matutina frueretur, et pro certo se cum circulo missionario numquam sociabat. Dominus Radleius ipse cottidie mane undecima et dimidia hora ad oppidum ambulabat, et meridie semper reveniebat, aliquando saccum ferens chartaceum et fuscum quem municipes alimenta domestica tenere crediderunt. numquam cognovi quo munere Dominus Radleius senior fungeretur—frater meus dixit eum gossypium emere, quo dicto urbano significabat eum nihil facere—sed Dominus Radleius uxorque ibi cum duobus filiis intra municipum memoriam semper habitaverant.

Foriculae ianuaeque Radleianae Dominica die semper claudebantur, id quod itidem moribus municipum alienum erat: hi enim ianuas non claudebant nisi per morbum vel frigus. ex omnibus diebus Dominica erat propria ad pomeridianam ambitionem ubi maiorum ritu matronae thoraces, viri paenulas, liberi calceos gerebant. attamen ut "Heus!" dicerent vicini ad vestibulum Radleianum post meridiem Dominica die numquam ascendebant. valvas reticulatas aedes illae non habuerunt. die quodam Atticum rogavi num olim haberent. habuisse adnuit sed antequam nata essem.

Haec fabula apud nostros narrabatur: filium natu minorem Radleium pubescentem cum quibusdam versatum esse qui e gente Vafra magna et permixta Saro Vetere orti ad pagi septentrionem habitarent. adulescentes illos talem rem Maicomi peperisse qualis Maicomensibus saltem gregi malefactorum proxima esse videretur. paululum mali efficiebant; satis autem delectati sunt a municipibus celebrati et a tribus sacerdotibus e pulpito moniti. ad tonsorem otiosi morabantur; Abbatis Villam diebus Dominicis autocineto publico ad picturas mobiles spectandas vehebantur; saltandi causa aleatorium apud vicinitatem infamissimum (Tabernam dico istam Rorulentam et Campum Piscatorium) ad fluvium situm frequentabant; temetum illicitum experiebantur. nemo e municipibus ita audacem se praebuit ut Domino Radleio seniori narraret filium cum hominibus indecoris congregare.

Quadam nocte nimis inflammati, adulescentes illi autocinetum vetus quod nuper mutuati sunt per forum cursu inverso retro duxerunt, et magistro municipali vetulo Domino Connero nomine restiterunt qui in custodiam eos dare cupiebat; quem in basilicae posticulo incluserunt. municipes constituerunt aliquid faciendum esse. ille dixit se unumquemque eorum agnovisse et omnes poenas dare debere. itaque pueri, apud iudicem ducti, accusati sunt quod ratione immoderata se gessissent, et quod pacem turbavissent, et quod vim attulissent, et denique quod contumelia et impiis verbis coram femina usi essent. Dominus Conner, a iudice rogatus cur hoc crimen addidisset, respondit illos exsecrationes tanto clamore emisisse ut pro certo omnes feminae Maicomenses audiverint. iudici placuit pueros mittere ad scholam industrialem publicam, quo pueri nulla ratione forte mittebantur nisi ut cibum et receptaculum decens ibi acciperent. carcer non erat, neque infamiam trahebat. Dominus tamen Radleius aliter arbitratus iudici promisit si hic Artorium absolveret se curaturum esse ut Artorius molestiam nullam dehinc exhiberet. quia noverat Dominum Radleium fidissimum esse, iudici accipere placuit.

Ceteri pueri ad scholam industrialem ierunt et disciplina perfructi sunt quae optima in civitate oblata est. quorum unus cum scientiam machinalem Auburni diu didicisset gradum tandem cepit. ianuae domus Radleianae non solum Dominica die sed dies etiam profestos clausae sunt, nec quindecim annos iterum visus est filius Radleius.

Sed quem frater meus aegre meminit venit dies quidam, cum Bous Radleius a nonnullis auditus et visus est, etsi non ab illo. Atticum dixit multa de Radleiis numquam locutum esse; si quid rogaret, nihil responderet nisi "negotium tuum age" et "Radleii suum agant ut eis licet". cum tamen res illa accidit, Iem dixit Atticum capite quasso ter mu fecisse.

Itaque Iem a Domina Stephania Corvina, accola nostra et oblatratrix nota quae affirmabat se omnia scire, plerumque rem didicit. ex huius arbitratu, Bous in aula sedens res quasdam ex ephemeride *Tribuno Maicomio* forfice secabat ut in libellum suum glutine figeret. pater aulam intrat. ut praeterit, Bous in crus parentis forficem impellit, extrahit, bracis suis terget, operam resumit.

Domina Radleia magno ululatu in viam ruens Artorium omnes occidere clamat, sed praefectus vigilum ubi incedit eum in aula adhuc sedentem et ephemeridem secantem invenit. quo tempore triginta tres annos natus erat.

Ubi propositum est ut Artorio fortasse prodesset Tuscalusae ad tempus adesse, Domina Stephania dixit Dominum Radleium seniorem negavisse quemquam e gente Radleiana ad dementium valetudinarium iturum; filium enim non insanire, sed ad offensionem se mollem et fastidiosum aliquando praebere. licere in carcere includere, criminari ei aliquid non licere qui non sceleratus esset. praefectus humanior fuit quam ut eum cum Nigris in ergastulo includere vellet. Bous igitur in cella subterranea inclusus est quae sub basilica sita est.

Quomodo hic e cella domum transisset, apud fratris memoriam nebulosum erat. Domina Stephania dixit quosdam magistratus Dominum Radleium certiorem fecisse filium mucidum humore factum moriturum esse. praeterea non decere eum a re publica semper sustentum vitam degere.

Nemo erat qui pro certo sciebat quam speciem terroris Dominus Radleius inferre soleret ut Boum e conspectu teneret; Iem autem coniectabat Dominum Radleium eum ad lectum catenis colligatum plerumque habere. Atticus negavit rem talem esse, rationes enim alias exstare ad homines in lemures mutandos.

In mentem venit me interdum vidisse Dominam Radleiam fores aperientem, ad labrum porticus ambulantem, aquam in cannas indicas suas spargentem. Dominum autem Radleium ego et frater cottidie videbamus ad oppidum aut ex oppido ambulantem. qui macer erat homo quasi e corio factus, oculis ita colore carentibus ut lucem non redderent. genas praestabat acutulas, os latum, labrorum inferius macrum, superius crassum. Domina Stephania aiebat eum tam erectum esse ut verbum Dei solam acciperet legem; et nos credidimus illi, quod Domini Radlei gestus rigidissimus erat quasi hastile pro spina haberet.

Numquam hic nos alloquebatur. cum praeteribat, humum despicientes "salve, domine" dicebamus. is tussi respondebat. Domini Radlei filius natu maior Pensacolae habitabat; ad Natalem quotannis domum veniebat. e paucis erat eorum quos locum intrantes vel relinquentes umquam vidimus. ab eo die quo Dominus Radleius Artorium domum duxit, domum mortuam esse omnes dicebant.

Dies autem venit cum Atticus dixit se nos mulcaturum si clamorem in horto facturi essemus, et Calpurniam iussit absente se rem procurare si sonitum minimum quidem e nobis auditura esset. Dominus Radleius moriturus erat.

Diu moriebatur. via quae ad locum Radleianum ducebat utrimque equis serratoriis interclusa est, stramentum in tramite depositum est, vehicula in viam minorem divertebantur. Doctori Reinoldo, viro medico, necesse erat autocineto ante aedes nostras collocato quotienscumque ad locum Radleianum aderat pedibus ire. Iem et ego multos dies hortum surrepebamus. tandem, equis serratoriis amotis, e porticu spectantes stetimus dum Dominus Radleius domum nostram praeteriens iter facit supremum.

Calpurnia murmurans "Ecce homo," inquit, "pravissimus omnium quibus animam Deus inspiravit." et summa diligentia in hortum spuit. eam mirantes spectavimus, raro enim hominum alborum mores animadvertebat.

Omnes putabant post illius obitum Boum exiturum esse, aliter tamen res eventura erat. Boi frater natu maior Pensacola revenit et Domino Radleio successit. quocum nihil discrepavit praeter annorum copiam. Iem dixit Dominum Nathan Radleium in eodem modo, credo, gossypium emere. hic tamen nos alloqui volebat cum salve dicebamus, et interdum ex oppido venientem ephemeridemque manu tenentem vidimus.

Quanto Dilloni de Radleiis loquebamur, tanto plura cognoscere cupiebat, tanto bracchio columnam lampadariam circumdante diutius stabat, tanto mirabatur.

"Miror quid ibi aget," aiebat murmurans. "nonne caput quidem foris monstrabit?"

Iem, "Certe exire solet," inquit "nocte caeca. Domina Stephania dixit sese vigilantem ad multam noctem aliquando eum vidisse per fenestram intentis oculis intuentem ... caputque eius ceu calvariam taetram ad se aspicere. numquamne nocte experrectus audisti eum, o mi Dill? hoc modo ambulare solet." incessum eius simulans pedes suos per glaream traxit. "cur, puta, Domina Rachelis ianuas suas nocte tam diligenter claudit? vestigia eius in horto nostro mane saepius vidi, et quadam nocte eum valvas posticas unguibus radentem audivi, sed priusquam Atticus advenit, iam evanuerat."

Dill, "Miror," ait "qualis sit visu?"

Iem satis accurate Boum descripsit. Boum ad sex pedes et dimidium altum esse si quis e vestigiis aestimaret; cenare sciuros crudos felesque quotienscumque capere posset. quam ob rem manus eius cruentatas esse: si animal incoctum devorares, numquam sanguinem abluere posse. cicatricem longam et serratum per vultum currere; si qui superessent dentes luridos et carie confectos habere. oculos prominere, et salivam multam usque effundere.

"Conemur facere ut exeat?" inquit Dill. " velim qualis sit videre."

Iem dixit si placeret interfici, Dilloni nihil faciendum esse nisi fores anticas adire et pulsare.

Nostra incursio prima idcirco evenit quod Dill cum fratre meo sponsionem fecit; in pignus dedit librum *The Grey Ghost* pro duobus *Thomas Swift.* is sponsionem vinceret si ultra portulam ipsam locum Radleianum penetraret. per totam vitam Iem provocationem audendi numquam recusavit.

Tres dies Iem in animo rem volvit. honorem, credo, magis quam caput amabat, nam Dill animum eius facile infregit. primo die "Times" ait. "Non timeo, observo admodum," respondit ille. postridie "Ita timefactus es ut ne unguiculum quidem in hortum anticum ponere audeas." Iem negavit se timere, Radleianum enim locum per aetatem cottidie praeterisse.

Ego "Cursim," inquam, "semper".

Tertio tamen die Dill eum cepit, postquam docuit Meridianenses sane minus timere quam Maicomenses; populum enim formidinis pleniorem Maicomensibus se numquam vidisse.

Hoc quidem satis erat fratri ut ad trivium iter faceret, ubi constitit et in columnam lampadariam se acclinavit dum portulam de cardine inscite domi apto huc illuc oscillantem spectat.

"Spero hercle tuam in mentem venisse, o Dill Harris, ut iste nos omnes viritim interfecturus sit." hoc dixit Iem postquam ei congressi sumus. "ne me culpes cum tibi oculos effoderit. tu rem commovisti, memento."

Ille patienter murmurans, "Times," inquit, "adhuc."

Iem eum hoc quidem verum esse prorsum perdiscere volebat: se nihilum timere. "Haec tamen est res. si forte eum exire faceremus, quomodo ab eo laedi vitemus non possum invenire." praeterea sororem suam parvulam curandam esse.

Quod cum dixisset, cognovi eum timere. fratri meo soror parvula tum curanda erat cum ei suadere cupiebam, si auderet, de tecto salire. "Si peream," inquit, "quid tibi eveniat?" deinde saluit et illaesus humum pervenit nec postea se ita obnoxium mihi praebuit dum Radleiano loco obviam iit.

"Num provocationem recusabis?" inquit Dill. "si quidem hoc in animo habeas . . ."

"Mi Dill, oportet me de tali re meditari" inquit Iem. "da mihi aliquantulum cogitare. simile est ut si testudinem exire facias . . ."

"Quid dicis?" ait Dill.

"Luciferum sub eo ignesce."

Ego fratri dixi me eum Attico denuntiaturum si aedibus Radleianis ignem inferret.

Dill dixit odio esse luciferum sub testudine ignescere.

"Non est odiosum, persuadet ei tantum. si in ignem ipsam eum coniceres . . ."

"Quomodo pro certo habes luciferum eum non laesurum?"

"Testudines nihil sentire possunt, " inquit Iem, "o stultissime."

"Eho! tune umquam eras testudo?"

"Placide, Dill! da mihi cogitare . . . credo nos incitare posse . . ."

Iem tam diu cogitabat, ut Dill paulum concesserit. "Ego negabo te provocationem recusavisse, ac tecum permutabo librum *The Grey Ghost*, si modo aedes illas adibis et tanges.

Iem admodum hilarescebat. "Aedes tangam, satin'?"

Dill adnuit.

"Nihilne aliud? nolo te aliquid novi vociferari simulac revenero."

"Nihil aliud," inquit Dill. "exibit, credo, postquam vos in horto viderit; Scytha igitur atque ego eum insiliemus et coercebimus, dum negemus nos laedere eum in animo habere."

Trivium reliquimus, et viam minorem transiimus quae ante villam Radleianam ducebat, et ad portulam constitimus.

Dill "Age, perge, quaeso" inquit. "Scytha atque ego te presse sequimur."

Iem, "Pergo," inquit. "Ne rem mihi matures."

Ad fines loci ambulavit, deinde pedem rettulit, de territorio meditans familiari non aliter quam si, fronte contracta unguibusque caput discerpens, iudicaret quem modum intrandi optimum esset.

Inde eum derisi.

Iem portulam cito aperuit, ad aedium latus ruit, palma percussit, ultra nos retro cucurrit, num rem prospere gessisset cognoscendi causa non moratus est. Dill egoque presse secuti sumus. tuti in porticu nostra, anhelantes et aegre spiritum ducentes, respeximus.

Domus vetustate confecta, aegrotans et flaccescens eadem ut antea visa est; ubi tamen viam speculabamur credidimus nos foriculam moventem vidisse. ecce. motiuncula minima et paene invisibilis fuit, et domus tranquilla erat.

11

Dill nos inito septembri reliquit ut Meridianum reveniret. quinta hora vale diximus ei in autocinetum publicum ascendenti; sine eo tristis fiebam dum hoc meam in mentem venit: ad scholam septem diebus me profecturam esse. nihil per vitam maiore studio praesenseram. hieme me caperes ad scholae locum lusorium de casula arborea multas horas spectantem, et ad parvulorum multitudines telescopio prospicientem. hoc a fratre mihi datum bis res obiectas amplificare poterat. ludos eorum didici; fratris tunicam rubram per ludum sequebar in quo pueri alii alium, cuius oculi alligati sunt, tamquam caecum captant; particeps eorum calamitatum et victoriarum parvarum clam facta sum. quibuscum admisceri maxime cupiebam.

Primo die Iem se ita demisit ut me ad scholam duceret, id quod ex usu a parentibus fit. Atticus tamen dixerat Iemem summo gaudio mihi monstraturum ubi classem meam invenirem. credo in hac re pecuniae aliquid traditum esse, nam, ut locum Radleianum ad trivium incessu cito circumibamus, in eius sinu sonum nummorum tinnientium insolitum audivi. ubi locum scholae intrantes lentius ambulabamus, Iem rem diligentissime explicans me monuit ne sibi per horas scholasticas molestiam exhiberem, neu sibi adirem rogaturus ut capitulum quoddam libri *Tarzan and the Ant Men* ageret, neu se rebus privatis apertis perturbarem, neu se meridie vel sub intervallum sequerer. mihi cum gradu primo, sibi ipsi cum quinto manendum esse. verbis tribus, adire illicitum erat.

"Quid ais?" inquam. "nonne iam ludere licet nobis? "

"Domi eodem modo nos geremus quo semper," inquit, "sed, ut videbis, schola alienum est."

Sane alienum erat. primo die mane, Domina Carolina Piscatrix, ludi magistra nostra me ante classem traxit, palmam meam regula leviter percussit, me ad meridiem in angulo stare coegit.

Domina Carolina haec non magis quam unum et viginti annos nata erat. capillos flavos habebat, genasque roseas, et unguiculos cocco rubro tinctos et politos. calceamentis etiam utebatur altiusculis, et stolam rubris albisque lineis ornatam gerebat. specie sua atque odore bellaria ea reddebat mentha piperata decocta. in hospitio apud Dominam Maudiam Acanthida in cenaculo superiore habitabat quod ad viam spectat. quod domicilium in adversa via nobis proximum erat, et postquam Domina Maudia illam ad nos deduxit, Iem multos dies valde conturbatus est.

Nomine suo in tabula atrata emendate scripto, Carolina "Hoc dicit," inquit, "'Domina Carolina Piscatrix sum'. ex Alabama Septentrionali orta sum, e pago Winstonio." discipuli murmurabant solliciti ne mores ea quosdam praestaret eorum qui ex illa regione orti sunt. (ubi enim Alabamienses a sociis a.d xxii kal.feb anno MDCCCLXI secesserunt, eodem tempore Winstonienses ab Alabamiensibus. quam rem omnes pueri Maicomenses cognoverunt.) Alabama Septentrionalis plena erat et eorum qui e vendatione vel potionum fortium vel ferri durati vel gossypii lucrum admodum capiebant et Republicanorum et professorum et eius modi hominum nullis moribus.

Domina Carolina mane primo nobis fabulam de felibus recitabat. qui feles sermones longos inter se serebant, vesticulas arte confectas gerebant, in domicilio tepido sub culinae fornacula habitabant. ubi tandem Domina Feles tabernam telephonavit ut mures socolata et hordeo tosto conditos emeret, pueri omnes se quasi erucae catalpae in situla contorquebant. magistra illa sane ignara videbatur pueros primi gradus eos, pannis vel subuculis pauperibus vel stolis rudibus e saccis farinariis assuitis vestitos, quippe qui gossypium runcare et apros cibare plerique a parvulis soliti essent, fabulas commenticias nihili aestimare. cum ad finem fabulae adventum esset, "Euge," inquit, "nonne dulcis erat?"

Deinde ad tabulam iit, abecedariam litteris maiusculis et quadratis inscripsit, se ad pueros vertit et rogavit: "Ecquis haec novit quae sint?" omnes noverant; in primo gradu anno priore in ea re plerique defecti erant.

Me elegit, credo, quod meum nomen sciret; dum abecedariam recito, contractio minuta inter eius supercilia aderat, et postquam me maiorem partem libelli *My First Reader,* et sortium pretia in ephemeride *The Mobile Register* scripta recitare coegit, me litteratam cognovit, et ad me spectabat fastidium quoddam afferens non mediocre. iussit me patrem vetare plura docere ne lectionem meam impediret.

"Quomodo docere?" mirans inquam. "hic me numquam docuit, o magistra. Attico non vacat docere me." quod addidi, ea ridente ac abnuente. "nam ita lassitudine noctu confectus est ut nihil agere soleat nisi in tablino ad legendum sedere."

Comiter ea "Nisi ille, quis?" inquit. "sane aliquis docuit. non nata eras *The Mobile Register* legens."

"At me ita natam dicit Iem. in libro quodam legit ubi non Fringillarum eram sed Pyrrhularum. dicit re vera nomen meum esse Ioannam Ludovicam Pyrrhulam, et me infantem suppositam esse, et re vera . . ."

Domina Carolina, credo, me mentiri putabat. "Ne nimis ad ficta et commenticia impellamur," inquit, "o carissima. veta igitur patrem tuum te plura docere. melius est ad legendum integra mente incipere. certiorem fac patrem me dehinc in locum eius successuram et detrimentum in melius restituere conaturam . . ."

"Quid, o domina?"

"Pater tuus docere non scit. tibi ad sedile redire licet."

Redii me paenitere mussitans et de scelere meo meditans. numquam destinato legere didici, sed nescioquo modo in ephemeridibus cottidianis contra legem versata eram. an longis illis horis in ecclesia tunc didici? aetatis non memini qua hymnos legere non potueram. cum nunc rem in animo volutare coacta essem, natura tam ad legendum propensa esse videor quam ad vestem puerilem sine tergiversatione fibulandam vel ad calceolos corrigiis duplicibus constringendos. non memini quando eae lineae quae supra digitum Attici moventem essent in verba se discernerent, sed ad eas cottidie vesperi spectaveram, audiens acta diurna vel Libellos ad Leges Constituendas Datos vel commentarios evangelistae Laurenti Dow—id est quodcumque Attico recitare contigit ubi in sinum eius nocturna reptabam. dum timebam ne amitterem, amorem legendi nullum habebam. quisnam spirandi amorem habet?

Cognovi me molestiam Dominae Carolinae adeo attulisse, ut rem omiserim et ad intervallum per fenestram usque intuita sim. tunc autem Iem me in scholae horto puerorum primi gradus e grege separavit. rogavit quomodo apud me esset. respondi.

"Si manere me non oporteat, abeam. ista dicit Atticum me legere docuisse, iubetque desistere . . ."

"Ne conturberis, mea Scytha. magister noster dicit Dominam Carolinam novam docendi rationem introducere. de qua omnia in collegio didicit. quae mox in gradibus omnibus erit. qua ratione non necesse est multa e libris discere, velut si de vaccis discere velis, abeas ut vaccam mulgeas."

"Esto ut dicis. ego tamen vaccas ediscere non cupio."

"Sane cupis. de vaccis discere te oportet, quae in pago Maicomio magna pars vitae sint."

Mihi satis erat fratrem rogare num insaniret.

"Te certiorem facere conor de nova illa ratione, o obstinata, qua gradum primum educant. Ratio Deuiana Decimalia est."

Numquam prius in controversiam cum fratre adducta, eum nunc agitare nolebam. Ratio Deuiana Decimalia haec esse videbatur: Domina Carolina tesseras quasdam coram nobis quatiebat ubi scripta sunt verba 'ille' vel 'feles' vel 'mus' vel 'tu'. respondere non necesse erat, ut videbatur, et pueri puellaeque haec verba multiformia patefacta cum silentio acceperunt. me ita taedebat, ut epistolam Dilloni scribere inciperem. magistra me scribentem cepit et me iussit patri imperare ne plura doceret. "Praeterea," inquit, "in primo gradu in litteris scribendis chirographo non utimur sed litteras nostras singillatim imprimimus."

Huius rei Calpurnia in culpa fuit. scribere enim cogendo, credo, me deterrebat quominus molestiae sibi diebus pluvialibus afferrem. abecedaria manu sua in capite tabellae firme scripta, et capitulo e Bibliis subter transcripto, opus scribendi mihi imponebat. si satis emendate chirographum eius describerem, praemium mihi daret panis offulam saccharo et butyro illitam. neque ullis animi motibus nimis indulgebat; raro placebam raro praemium accepi.

Magistra "Qui omnes domum ad prandium itis," inquit, "dextram tollite." quo dicto mihi quem in Calpurniam nuper intendebam cursum odii interpellavit.

Pueri oppidani ita fecerunt, et illa nos inspiciebat.

"Qui omnes prandium vobiscum fertis, in summam mensam ponite."

. Ecce, situlae sapariae ex improviso subito apparebant, et tectum luce metallica scintillabat. illa se huc atque illuc per ordines contulit prandii capsellas scrutans atque explorans. si introspicienti placebat, adnuebat, si aliter, frontem trahebat. ad mensam Gualteri Vafri constitit. "Ubi tuum?" inquit.

Vultu suo ille omnibus qui in primo gradu erant ostendebat se lumbricos pati, et calceorum absentia quomodo eis contactus esset. homines lumbricis contingebantur si nudis pedibus cohortes rusticas vel locos uliginosos ubi apri se volutant frequentare solebant. si Gualtero calceoli fuissent, eos primo scholae die induxisset tantum et ad summam hiemem seposuisset. subuculam tamen puram praestabat et cucullum arte resartum.

"Oblitusne es prandium hodie?" inquit magistra.

Ille ad frontem tenax intuebatur. vidi siagonitas eius in maxilla macilenta salire.

"Oblitusne es hodie?" inquit. maxilla iterum saluit.

Tandem murmure obscuro adnuit.

Magistra ad mensam suam iit et crumenam aperuit. Illi "Ecce nummulus," inquit. "i in oppido prandeas hodie. cras impensum reddere poteris."

Hic abnuit. "Benigne," inquit mussitans, "domna".

Illa voce impatientiae iam fere plena "Ecce," inquit. "veni accipias."

Gualterus iterum abnuit.

Postquam ter abnuit, aliquis susurrans "Scytha," inquit, "i tu dicas illi".

Me verti, et plurimos ex oppidanis, et omnes qui huc autocineto pagani vehebantur, ad me spectantes vidi.

Domina Carolina egoque iam bis inter nos disputaveramus, sed illi ad me cum simplicitate quadam intuebantur quippe qui pro certo haberent a familiaritate concordiam generari.

Ego pro Gualtero locutura libenter surrexi. "Heus," inquam, "o Domina Carolina."

"Quid est, o Ioanna Ludovica?"

"Domina Carolina. ille Vafrorum est." consedi.

"Quid, o Ioanna Ludovica?"

Credidi me omnia satis declaravisse. satis clarum erat ceteris. Gualterum Vafrum ibi sedere et vehementer quidem mentiri. eum prandium non oblitum esse quod nullum habuisset. nullum hodie habuisse neque ullum cras nec die postero habiturum. dubium est an quadrantes tres umquam simul vidisset.

Iterum conata sum.

"Ille unus e Vafris est."

"Mihi ignoscas, quaeso, o Ioanna Ludovica?"

"Magni momenti non est, domina. tu omnes paganos in tempore opportuno cognosces. Vafri quod reddere non potuerunt numquam ceperunt, nec sportulas ecclesiae acceperunt, nec caeca die quicquam emerunt. nihil e quolibet hominum umquam acceperunt, et vitam e re sua ducunt. multum non habent, sed eo vitam ducunt."

Scientiam meam propriam de gente Vafra—de familia eorum una dico—adepta sum per eventa quaedam proximi anni hiemis. Gualteri pater cliens erat Attici. postquam colloquii eius me taeduit quod de caudis hereditariis in tablino nostro nocte quadam habebant, Dominus Vafer antequam discessit, "O Domine Fringilla," inquit, "quando hoc tibi reddere possim nescio."

"De hac re," inquit Atticus,"minime tibi sollicitandum sit, o mi Gualtere."

Ubi fratrem rogavi de cauda hereditaria quale esset, respondit condicionem esse ubi caudam tuam in fissura haberes. deinde Atticum rogavi num Dominus Vafer pecuniam redditurus esset.

"Pecuniam quidem is non reddet, sed ante finem anni huiusce me remuneratus erit. vigilandum est."

Vigilabamus. die quodam frater egoque acervum lignorum in horto invenimus. postea caryorum saccus ad scamna postica apparuit. Christi die natali venit cista smilacis ilicisque plena. postquam eodem vere saccum brassicae rapae plenum invenimus, Atticus dixit Dominum Vafrum sibi plus iam reddidisse quam res postulavisset.

"Cur hic ita rem solvit?" inquam.

"Quia id solam rationem habet qua solvere potest. pecuniam non habet."

"Pauperesne nos etiam, Attice?"

Adnuit. "Pauperes quidem," inquit.

Iem naribus contemptum ostendit. "Num tam pauperes quam Vafri?"

"Minime. Vafri homines sunt rusticani, agrestes. itaque defecto chrematisterio calamitate illa maxime affecti sunt."

Atticus dixit municipes urbaniores idcirco pauperes esse quod agricolae pauperes; quod pagus Maicomius terram agri culturae aptam plerumque praestaret, agricolis difficile esse trientes vel quadrantes invenire ad medicos vel dentistas vel causidicos conducendos. Domino Vafro cauda hereditaria pars minor aerumnarum erat tantum. agri qui caudis hereditariis non limitati sunt ad maximum sunt pignerati, ut, si quis nummorum paulum adipisceretur, id ad usuram pendere necesse esset. si quidem os comprimeret, ille opifex conduci posset unus ex eis qui opera carentes rei publicae serviebant. sic tamen ager eius derelictus corrumperetur; itaque ei esurire libebat ut agro retento suffragio suo solute uteretur. e genere hominum ortus est ille, ut Atticus dicebat, admodum circumscripto.

Vafri cum ad causidicum conducendum nihil pecuniae haberent, quidquid habebant nobis tradebant. Atticus "Novistisne," inquit, "Doctorem Reinoldum medicum illum eodem modo se gerere? sunt e quibus potius quam pecuniam modium pomorum terrestrium poscit ut mulieris partui adesset. heus tu, Scytham dico, si audies, tibi explicabo quid sit cauda hereditaria. Iem in rei definitione aliquando accuratius loquitur."

Quas res si Dominae Carolinae explicare potuissem, et meo incommodo et illius conturbationi futurae obstitissem. sed cum non possem rem tam bene explicare quam Atticus, hoc dixi: "Ignominiam ei affers, o Domina Carolina. Gualterus ne quadrantem quidem domi habet ut tibi ferat, nec tu lignis uti potes."

Illa immota stabat, inde me collari rapuit et ad mensam suam traxit. "O Ioanna Ludovica," inquit, "tui me hodie taedet. ab initio calceum sinistrum perperam pro dextro induxisti, cara mea. dextram porrige."

Putavi eam in manum meam sputuram, nulla enim alia ratione aliquis Maicomensis manum porrigebat. maiores nostri ita pactiones in sermone expositas signabant. quam pactionem fecissemus nesciens, ut rem cognoscerem ad pueros versata sum. illi tamen ad me conturbati respiciebant. magistra regulam sumpsit, extemplo me fere duodeciens lenissime percussit, in angulo stare iussit. cachinnatio maxima orta est cum tandem intellegerent pueri me a Domina Carolina verberatam.

Cum malum idem eis minata esset, primus gradus risu iterum diruptus, sobrior non factus est donec umbra Dominae Sufflavae super eos cecidit. haec Maicomi nata nondum mysteriis Rationis Deuianae Decimaliae initiata ad ianuam apparuit ac supercilio censorio graviter nuntiavit: "Si sonitum alium ex hac classe audiam, omnes ibi vivos comburam. o Domina Carolina, propter hunc tumultum gradus sextus animum a pyramidibus deduxerunt."

Mea in angulo rusticatio brevis fuit. tintinnabulo salvata, Domina Carolina spectabat dum pueri ad prandium ordine exeunt. cum ultima ipsa exirem, vidi eam in sedem residere et caput manibus condere. si illa se mihi benevolentius gessisset, miserata essem. homo bellula erat.

111

Cum Gualterum Vafrum in loco lusorio deprehendissem, aliquid delectationis mihi accepi; cum tamen nares eius in caenum truderem, frater praeteriens me desistere iussit. "Tu grandior es eo," inquit.

"Aequalis prope tui est," inquam. "me coegit ab initio calceum sinistrum inducere perperam pro dextero,"

"Libera eum, Scytha. cur?"

"Prandium non habuit," inquam, et enarravi quomodo in edendi ratione illius implicata essem.

Ille resurrexerat et me fratremque tranquille auscultans stabat. manu compressa pugnum faciebat quasi oppugnationem a nobis exspectaret. ad eum calcitravi ut illinc depellerem, sed Iem manu porrecta mihi obstitit. Gualterum cum meditatione scrutatus est. is fratri meo roganti "Tatane tuus est Dominus Gualterus Vafer Saro Vetere ortus?" adnuit.

Gualterus famelicus videbatur quasi levi piscium alimento nutritus esset: oculi eius non minus caerulei quam Dillonis erant, sed lippi et turgidi. colorem nullum in vultu praestabat nisi in summis naribus aliquid punicei. habenas indumenti operarii digitis tentabat et fibulas tactu intento explorabat.

Subito Iem ei arrisit. "Domum veni nobiscum ad cenam, Gualtere," inquit. "iucundum esset nobis."

Gualterus primo laetari videbatur sed mox frons nubila facta est.

Iem "Tata noster," inquit, "tatae tui amicus est. scilicet Scytha haec insanit, non tamen tecum rursus pugnabit."

"Eho!" inquam, "ne hoc nimium crede." quam libenter frater pignus meum largitus esset mihi molestum erat, sed tempus illud meridiei iam fugiebat. "in te rursus non saliam. nonne fabas amas? Calpurnia nostra optima est coqua."

Gualterus immotus stabat, labrum mordens. Iem atque ego finem rogandi fecimus et loco Radleiano iam appropinquabamus, cum ille "Heus! venio" inquit.

Cum propius accessisset, Iem lepide cum eo colloquebatur. summa comitate, "Larva ibi habitat" inquit, domum Radleianam monstrans. "de illo audisti, Gualtere?"

"Credo" inquit. "eo anno quo primo ii ad ludum et comedi illa carya, prope mortuus sum. dicunt quod iste veneno inficit ea et traicit supra saepem ad scholam."

Iem minus Boum Radleianum timere videbatur, me Gualteroque iuxta ambulantibus. immo se iactabat: "Olim propinquavi," inquit, "usque ad aedes ipsas."

"Si quis aedibus semel propinquavit, currere non debet quotienscumque praeterit." sic nubibus superis dixi.

"Quisnam currit?" inquit, "o pudicissima puellarum?"

"Tu, cum solus es."

Priusquam ad porticum nostram pervenimus, Gualterus oblitus erat se Vafrorum esse. Iem ad culinam festinavit et Calpurniam rogavit alium ponere catillum. convivam enim nos habere. Atticus Gualterum salutavit et cum eo sermonem de segetibus iniit quem neque ego nec frater comprehendere potuimus.

"Nequivi evadere e gradu primo," inquit, "quod vere quotannis abire cogebar et patrem adiuvare segetem cum eo sariens. sed alius nunc est domi cui satis aetatis est et is laborat in arvo."

Mihi roganti "Emistisne eum modio pomorum terrestrium?" Atticus nutu suo mihi signum dedit.

Dum is cibum in catillum acervat, mirantibus fratre meque, Gualterus et Atticus modo senum duorum colloquebantur. hic de rebus agrestibus exspatiabatur cum ille interpellans rogavit num sapae esset apud nos. Atticus Calpurniam vocavit quae amphoram liquoris saccharacei ferens revenit. ea ibi stabat dum Gualterus satis caperet. qui liquorem cum in holera tum in carnem abunde fundebat. haud scio an in poculum lactarium quoque fudisset, nisi rogavissem quidnam hercle faceret.

Scutella argentaria increpuit ubi amphoram reddidit, et demisso vultu manus ad gremium cito posuit.

Atticus iterum me nutu monuit. "At cenam liquore mersit," inquam vexata, "nam passim fudit."

Tunc Calpurnia me culinae adesse iussit. iratissima erat. Calpurnia, quotiens irascebatur, perperam loqui incipiebat. si tranquillitate utebatur, non maius vitiose loquebatur quam quivis alius Maicomensis. Atticus dicebat Calpurniam meliore cultu doctam et educatam esse quam maior pars Afrorum.

Dum ad me intente aspicit, illa rugas parvulas in fronte contrahebat. "Sunt qui aequali more nobis cenare non soleant," inquit vehementer susurrans. "sed si quid alienum sit, tuum non est ad mensam contra dicere. puer ille conviva est tuus, et si mantelium vorare velit, liceat ei. audin'?"

"Conviva non est, Calpurnia, sed Vafrorum . . ."

"Tace, sodes. quisquis in hanc domum ingreditur conviva est tuus. ne de moribus eorum querentem te capiam, tamquam si tu aliquis splendida esses et magnifica. haud scio an melior sis Vafris, id quod nihili penditur si ita eos dedecoras. si ad mensam cenandi non capax es, tibi licet hic sedenti in culina cenare!"

Calpurnia per ianuam libratam ad cenaculum me sua palma mordaci percussam dimisit. catillum rettuli et cenam in culina comedi, grata quod id humilitatis effugeram, si mihi iterum adversari eis necesse fuisset. ipsam Calpurniam exspectare iussi dum eam ulciscerer: mox enim me ubi ignara esset abituram ut me in Vortice Latratoris mergerem, quo facto ei dolendum fore. praeterea eam iam molestiae mihi hodie creasse: scribere enim me didicisse, et omnia in eius culpa esse. "Tace!" inquit. "satis tragoediae."

Iem Gualterusque ad scholam ante me redierunt. operae enim pretium esset manere ut Atticum de Calpurniae iniquitate monerem, etsi mihi soli praeter domum Radleianam currendum esset. "Illa Iemem amat magis quam me tandem," inquam causa perorata, et Atticum admonui ut ea sine mora dimittenda esset.

"Nonne hoc in animo volvisti?" inquit. "num tuus frater dimidio minus molestiae ei creare soleat quam tu?" voce silicea utebatur. "haudquaquam eam dimittere in animo habeo, nec nunc neque umquam. sine Calpurnia ne unum quidem diem vivere possemus, hocne contemplata es? quot illa pro te faciat cogitato, illamque honorato. audin'?"

Ad scholam redii et Calpurniam continuo oderam, donec ululatus subitus odium omne abstulit. animum intendens Dominam Carolinam vultu horrore ingenti perfuso in medio stantem vidi. scilicet satis reviviscit ut litteratrix perseverare potuerit.

Ululans "Vivum'st!" inquit. pubes virilis sexus ad eam iuvandam una ruit. si dis placet murem, putabam, murem quidem timet! Paulus Carolus Paululus, cuius patientia cum omni animali stupenda erat, "Quo iit, o Domina Carolina? dic nobis quo iit!" et subito puero cuidam versus est qui a tergo stabat et "Cito, Deci!" inquit, "Heus, Deci, claude ianuam et capiemus eum. cito, o magistra, quo iit?"

Domina Carolina neque solum neque mensam digito trementi ostendebat, sed monstrum immane iuvenis mihi ignoti. Carolus Paululus fronte contracta leniter "Istumne dicis, o domina? ita vero, vivit. te aliquo modo terrebat?"

Domina Carolina desperanter "Praeteribam modo," inquit, "cum id e capillis serpsit, modo e capillis serpsit."

Paulus Carolus valde ridebat. "Peduclus tibi non timendus est, o domina. numquamne prius eorum vidisti? noli timere, ad mensam redi modo et nos plura doce."

Paulus Carolus Paululus alius erat municipum nostrorum qui nesciebat quomodo cras pransurus esset, sed natura honestus et liberalis erat. dextra sub cubitum illius posita, Dominam Carolinam ad frontem duxit. "Ne perturbata sis, o domina," inquit. "peduclum timere non debes. modo aquae frigidae tibi portabo."

Pediculi hospes haudquaquam furorem incensum consectari volebat. capite suo supra frontem explorato, convivam patefactum pollice et indice compressit.

Domina Carolina omnem rem horrore fascinata intuebatur. Paulus Carolus aquam in poculo chartaceo tulit, et illa grata hausit. tandem voce reciperata molliter "O puer," inquit "quid est nomen tuum?"

Hic nictatus est. "Quem? men' rogas?"

Illa adnuit.

"Burris Evellus sum."

Magistra commentarium inspexit. "Evellum quendam habeo, sed praenomen non habeo. placetne tibi litteras nominis ordinare?"

"Nescio quomodo. domi appellant me Burrim."

"Hem, o Burris," inquit Domina Carolina. "melius est nobis, opinor, per horas pomeridianas te dimittere. volo te ad capillos lavandos domum ire."

E mensa librum magnum produxit, et paginis cito commotis parumper legebat. "Bonum remedium domesticum . . . Burris, volo te domum ire ad capillos sapone lixivio lavandos. quo facto, caput oleo cerosino ungue."

"Quor, domna?"

"Ut capitis pediculos abstergeas, peduclos dico. respice, Burris, si ceteri pueri eis afficiantur, num tibi placeat?"

Surrexit ille. hominum erat immundissimus omnium quos umquam vidi. collum suum valde griseum praebebat, manus superas ferrugineas, unguiculos ad imum atros. Dominam Carolinam contemplabatur e loculo puro qui in vultu nihilo maior erat digitis alicuius in condylos complicatis. nemo eum prius adverterat, fortasse quod Domina Carolina atque ego pueris puellisque oblectamentum ante meridiem plerumque paraveramus.

"Aliud est hoc, Burris," inquit magistra. "cura ut in balneolo te laves, amabo, priusquam cras revenias."

Qui inurbano risu "Tu non me domum mittis, magistra, " inquit. "in animo meo erat discedere tandem. explevi tempus meum huiusce anni." illa in difficultatem incidisse videbatur. "Quid hoc sibi vult?"

Nihil respondit. brevi et superbo fastu fremuit.

Ubi aliquis seniorum, "Evellorum est, o domina," respondit, meditabar num huius explicatio aeque infelix ac mea evasura esset. Domina Carolina autem studiose auscultabat. "tota schola est plena illorum. quotannis veniunt primo die et iam tum discedunt sponte sua. illa quae praefecta est cessatoribus coercendis facit ut veniant huc, quod minatur accusare eos apud magistratus, sed numquam potuit retinere eos in schola. ducit quod leges secuta'st si traxit eos ad scholam primo die, dumtaxat nomina eorum addita sunt matriculae. reliquo anno oportet te eos absentes notare."

"At quid tandem de parentibus eorum?" hoc dixit magistra sincere commota.

"Nullam habent matrem, et tatam valde pugnacem."

Quibus vocibus Burris Evellus mulsus esse videbatur. sermone tumido "Veni primo die ad primum gradum tres annos iam pridem," inquit. "credo, si callidus ero hoc anno, quod augebunt me ad secundum . . ."

Domina Carolina "Reside, sodes, Burris," inquit. et simul ac locuta est, pro certo statim habui illam tota re erravisse. superbia illius ad iram inflammata est.

"Quin cogis me, o magistra?"

Paulus Carolus Paululus surrexit. "Da exeat, o domina," inquit. "pravus est, e pravissimis quidem. forsan vult molestiam creare alicui, et pueruli adsunt."

Paulus Carolus pusillorum quidem hominum erat, sed postquam Burris Evellus ad eum se vertit, dextram ad sinum movebat. "Cave, Burris," inquit. "si necesse'st occidere te, mihi non dolebit. age, domum ito!"

Burris puerum timere videbatur qui corpus dimidio brevius quam suum habuit, et Domina Carolina ex cunctatione eius fructum cepit. "Burris, i domum. si non ibis, rectorem vocabo," inquit. "quidquid fit, me hanc rem nuntiare oportebit."

Ille fremuit et ad ianuam lente reptabat.

Cum se satis semotum esse sentiebat, se vertit et clamat: "Vae! nuntia sis et abi in malam crucem! nulla'st scratta naribus muculentis, nulla'st magistra prostituta quae faxit abibo. tu pol non faxis abibo! hoc memento, o misella, tu pol non faxis abibo!"

Mansit dum pro certo sciret eam lacrimare, tum ecce ex aedibus titubans exiit.

Mox circum mensam illius stipabamus, quoquo modo eam consolari conantes. pravissimum enim istum fuisse . . . inique luctatum esse . . . te non oportere tales docere . . . mores istos Maicomios non esse, o Domina Carolina, re vera . . . ne perturbata esses, o Domina Carolina . . . utinam fabulam nobis narres. eam de felibus rem valde lepidam fuisse . . .

Domina Carolina surrisit, se emunxit, "Gratias ago vobis, o carissimi," dixit, nos dispersit, librum aperuit, primigradinos narratione longa et obscura confudit de bufone quodam qui in villa ampla habitabat.

Cum locum Radleianum quarta vice eo diei praeterissem—bis

incitato cursu—tanto maerore affecta eram ut tamquam tenebras domus ipsius animo meo adaequarem. si reliqua anni scholastici pars tantam permotionem excitatura esset quantam primus dies, voluptatis fortasse tenue aliquid caperem; sed mensium novem exspectatio, quibus nec legere nec scribere ieiuna possem, mihi fugae petendae rationem ducebat.

Consilia mea itineraria ad vesperum plerumque perfecta sunt. ubi Iem egoque inter nos pedibus in tramite contendimus ut Attico domum e negotiis revenienti obviam iremus, cum illo minimo animo certavi. currere enim soliti sumus ut Attico obviam iremus simulac per trivium ad sedem tabellariam appropinquantem e longinquo vidimus. qui peccationis meae meridianae videbatur oblitus esse; multa de ludo quaesivit. postquam verbis perpaucis respondi, me ut plura dicerem urgere noluit.

Fortasse Calpurnia sensit me diem horridum passam esse: mihi permisit ut se cenam parantem spectarem. "Claude oculos et os aperi et tibi aliquid novi dabo," inquit.

Panes porcinos non saepe coquebat, parum enim temporis sibi esse. cum tamen ambo nos in schola essent, hodiernus dies facilior ei fuerat. me panem porcinum amare sciebat.

"Vos hodie desiderabam," inquit. "in aedibus adeo sola mihi videbar, ut multo ante horam secundam radiophonum incipere necesse esset."

"Cur? Iem egoque numquam in aedibus sumus nisi pluit."

"Compertum habeo", inquit. "alter tamen vestrum semper satis prope manet ut vocare possim. nescio quot horas cottidie in vobis vocandis ago." e sella surgens "bene habet," inquit. "satis erit temporis ad panem porcinum coquendum, opinor. tu nunc abi et sine me cenam parare."

Calpurnia capite demisso mihi osculum dedit. ut discedebam mirabar quidnam ei contigisset. scilicet mecum pacem facere voluisse. semper nimis me opprimere conatam errores suos malos tandem cognovisse; eam paenitere, et obstinatiorem esse quam ut sic diceret. ob scelera hodierna defessa eram.

Post cenam Atticus cum ephemeride consedit et vocavit, "Scytha, parata es legere?" heu, Deus plura miserat quam ut ferrem, et ad porticum anticam ii. Atticus me secutus est.

"Tun' habes male, Scytha mea?" inquit.

Attico dixi me male quidem habere, neque ad ludum rursus ituram si ei placeret.

Ille in oscillo sedit et poplites alternis genibus imposuit. digiti ad vestis sinum errabant eum ubi horologiolum gerebat. dixit se hoc modo tantum cogitare posse. cum silentio exspectabat, et conata sum rem meam confirmare: "Tu numquam ad scholam isti, et bene tecum agitur, itaque ego quoque modo domi manebo. tu me docere poteris tamquam Pappus te et Patruum Ioannem."

"Non possum," inquit. "mihi quaestus cottidianus faciendus est. praeterea me in carcerem iacerent, si te domi tenerem. tibi hodie portio magnesiae, cras schola."

"Bene habeo, re vera."

"Ita putabam. agedum. quid istuc?"

Gradatim eum certiorem faciebam de huius diei rebus adversis. "—et ea dixit me abs te male doctam, ut non iam legere possimus umquam. noli me rursus eo mittere, amabo, o mi pater."

Atticus surrexit et ad finem porticus ambulavit. cum vitis Vistariae inspectionem consummavisset, ad me revenit.

"Imprimis," inquit, "si hanc artem simplicem discere poteris, Scytha, societatem meliorem cum quoviscumque hominum facies. neminem re vera cognosces dum huius oculis rem spectaveris—"

"Quid, pater?"

"—dum in corpus alicuius intraveris et ibi versata eris."

Atticus dixit me multa hodie didicisse, Dominamque Carolinam ipsam quoque non nulla. eam primum hoc didicisse: nihil cuiquam e gente Vafra orto tradendum esse; si tamen cum illa calceos mutassemus, Gualterum meque cognituros esse illam errorem honestum quidem fecisse. scilicet illam de omnibus Maicomensium moribus unico die cognoscere non potuisse, neque a nobis culpandam esse quae meliora ignoraret.

"Edepol ignorabam," inquam, "me ei recitare non debere! et illa me culpavit—audi, Attice, ad scholam ire mihi non necesse est." subita cogitatione ardebam. "Burremne Evellum meministi? primo die solum ad scholam it. praefecta cessatorum credit se legem secutam si dumtaxat nomen matriculae addiderit—"

Atticus "Hoc facere non potes, Scytha," inquit. "aliquando melius est legem habitam modo omittere si causa praecipua et propria sit. in tua tamen causa lex rigidam se tenet. itaque ad scholam ire necesse est."

"Non intellego cur mihi sed non illi."

"Agedum, ausculta."

Atticus dixit Evellos per tres hominum aetates ignominia Maicomenses violavisse. neminem eorum e memoria sua unum quidem diem honeste laborasse. quodam die Natali quo arborem remoturus esset me secum ducturum ut mihi monstraret ubi et quomodo vitam agerent. homines esse sed animalium more vivere. "Ad scholam ire possunt quotienscumque volunt, si quando scintillula disciplinae quaerendae appareret. est ratio quaedam qua in schola vi teneantur, sed stultum est tales homines quales Evellos in novas res cogere—"

"Si cras ad scholam non irem, me cogeres."

"Hoc verbum satis sit nobis," ait Atticus frigide. "tu, o Scytha Fringilla, e multitudine es. legibus abs te parendum est." dixit Evellos tamquam collegii esse socios cuius in societatem neminem nisi suos admitterent. "Aliquando multitudini placet Evellis licentiam dare, caecitate ad eorum facinora simulata. alias scholam intermittere licet, alias Domino Roberto Evello, patri Burris, licet intempestive venari et bestias captare."

"Attice, hoc malum est," inquam. in pago Maicomio intempestiva venatio legibus quidem delictum erat, populo autem maleficium capitale.

"Contra leges est sane," ait pater, "et malum pro certo, sed ubi homo est qui levamenta nummaria ad temetum illicitum effundit, liberi eius dolore ac fame lacrimare solent. nescio quemquam qui latifundium tenet et his liberis venationem illius qualemcumque invidet."

"Evellus ita agere non debet—"

"Etiam non debet, sed numquam mores mutabit. vin' liberos eius punire ut improbationem tuam ostentes?"

"Nolo, pater," inquam murmurans etiam, et novissime repugnabam. "si tamen ad scholam ire perstabo, non iam legere poterimus . . ."

"At hoc quidem aegre fers?"

"Ita vero."

Cum ad me despiceret, talem Attici vultum vidi qualis me ad

aliquid exspectandum semper adducebat. "Scin' quid agitur, si res quaedam ad arbitrium refertur?" ait.

"Lex omittitur?"

"Immo, eorum qui inter se rei alicui concesserunt consensus est. ita se gerit," inquit. "si tu concedes necessitati ad scholam eundi, nos in legendo velut semper omni nocte perseverabimus. pactumne est?"

"Pactum vero, pater."

Ubi me sputaturam vidit, Atticus "Pactionem confectam habebimus," inquit, "sine ritu solito."

Ut valvas reticulatas aperiebam, "Memento, Scytha, nihil in schola de re nostra te loqui oportet."

"Cur non?"

"Vereor ne opera nostra a praefectis eruditioribus eximia reprehensione acciperetur."

Iem et ego ad patris dictionem testamentariam consueti sumus, et semper nobis interpellare licebat ut Atticus interpretaretur si quid non intelleximus.

"Quid, pater?"

"Numquam ego ad scholam ii," ait, "hoc tamen sentio: si tu Dominae Carolinae dices nos omni nocte legere, illa me persequetur. et nolim illam me quidem persequi."

Atticus vesperi cachinnos multos nobis concitavit, dum multa cum gravitate recitat de homine qui nescioqua ratione in hastili vexillario sedebat. id quod fratri meo satis erat ut in casula arborea proximum Saturni diem sublimis ageret. Iem e ientaculo ad solis occasum ibi sedebat, et totam noctem mansisset, nisi Atticus eum commeatu exclusisset. maiorem partem diei ascendens aut descendens egeram, mandata eius exsequens, libros alimentum aquam afferens. lodices etiam ad noctem ei portabam, cum Atticus dixit si animum non attenderem, eum descensurum esse. recte dixerat.

IV

Per reliquum tempus quo ad scholam ii, dies mihi nihilo faustiores fuerunt quam primus iste. erat quidem mihi res infinita 'Proiecta' nomine, quae in rem 'Unitam' vocatam nescioquam lente dilatata est, ubi cretae chartaeque emporeticae milia passuum longae a civitate Alabamia expensae sunt ut me consilio bono sed evento infelici τὴν τῶν συνόδων δυναμικήν docere conarentur. quod Iem Rationem Deuianam Decimaliam vocabat, cum ad finem anni primi attigissem, id iam in ludo ubique erat. quam igitur docendi rationem aliis rationibus forte conferre non potui. circumspectare tamen potui. Atticus et patruus meus qui domi eruditi sunt omnia noverant—si quid nesciebat alter, profecto alter sciebat. nec me fefellit quin pater meus decurio nullo adversato creatus multos annos populo serviisset, omnino expers disciplinae eius quam litteratores nostri ad civem bonum maturandum necessariam esse putabant. Iem cum Ratione Decimalia tum caudicis pilleo semidoctus se bene gerere videbatur sive solus sive in grege se versabat. at enim is exemplo pravo erat quem nulla educandi ratio ab hominibus reperta impedire potuit quin libros adipisceretur. egomet nihil noveram praeterquam quae legendo conieceram, vel e commentario *Time* vel ex omnibus libris quae ad manum domi erant. sed cum, tamquam in pistrino ferrata, per pagi Maicomii educationem et doctrinam segniter proreperem, non potui quin crederem me nescioqua re fraudatam. qua ipsa re fraudata essem adhuc nesciebam, nec tamen credidi civitatem nostram re vera nihil nisi duodecim annorum taedium et fastidium mihi destinavisse.

Anno praetereunte, e ludo prius dimissa, fratrem cui ad tertiam horam manendum erat semihora antecedebam, et quam celerrime ultra locum Radleianum currebam, nec me sistebam dum salva ad porticum nostram anticam perveni. quodam die, ut locum cursu post meridiem praeteribam, aliquid animadverti, et animum ita adverti ut anhelaverim, circumspectaverim, revenerim.

Duae quercus sempervivae ad extremum locum Radleianum stabant; radicibus earum extensis via ipsa aspera facta erat. aliquid de altera arbore animum meum alliciebat. folii cassiterini aliquantulum in nodo cavo eminebat qui supra oculos meos paulo superior erat, micans mihi per solem pomeridianum. in summos digitos me erexi, iterum circumspectavi, cavum contigi, mastichae denique duas offas quibus involucra deerant exteriora extraxi.

Primo animi impetu ad masticham quam celerrime in os farciendam incitata sum, sed ubi essem memini. domum cucurri et in porticu nostra praedam inspexi. quae recens esse videbatur. odorem naribus capto, et bene olet. lingo et paulisper moror. ubi non mortua sum, in os farcio. resipiit Mentham Piperatam Duplam Wrigleii.

Iem cum domum revenisset me rogavit unde massam talem adepta essem. dixi me invenisse.

"Ne inventa edas, Scytha."

"Hoc non humi erat sed in arbore."

Ille fremuit.

"Ita vero" inquam. "in illa arbore fixum erat, in ea quam a ludo revenientes praeterimus."

"Iam iam exspue!"

Exspui. enimvero sapor minuebat. "A meridie usque masticabam, neque adhuc mortua sum, ne aegra quidem."

Iem pedem supplosit. "Nonne scis arbores illas ne tangendas quidem? si tanges, occideris!"

"Tu ipsas aedes die quodam tetigisti!"

"Dissimile erat! tu iam iam gargariza, audin'?"

"Nullo modo. saporem ex ore removebit."

"Nisi oboedies, te Calpurniae deferam!"

Quod is poposcit feci, iurgio cum Calpurnia contendere nolens. nescioqua ratione annus ille quem primum in ludo egeram commutationem necessitudinis magnam nobis effecerat. Calpurnia non iam ita se curiosam de re mea praestabat, sed dominatio et iniquitas eius ad murmura et querimonias leviores deminuerant. equidem, per occasionem saltem, multum studium posui ne eam lacesserem.

Aestas iam appetebat; quam Iem egoque impatienter exspectabamus. aestas nobis optimum erat anni tempus: aestate in postica porticu reticulata in lectulis dormiebamus vel in casula arborea dormire conabamur; aestate omnia esculenta captabamus; aestate sescenti colores per terram siccatam apparebant. sed aestatis summum erat Dill.

Potestates scholasticae ultimo die nos maturius dimiserunt, et Iem egoque una domum ambulabamus. "Noster Dill cras, credo, domum veniet," inquam.

"Immo perendie," ait Iem. "Mississippienses postero die eos liberant."

Iam ad loci Radleiani quercus appropinquabamus, cum ego, nodum eum in quo masticham inveneram velut antea centiens digito monstratura ut fratri me ibi invenisse persuaderem, cognovi me folium alterum cassiterinum monstrare.

"Video, Scytha, ehem video—"

Iem circumspectavit, manum extendit, et parvulum aliquid micans in sinu diligentissime condidit. domum cucurrimus, et in porticu antica ad pyxida pusillam spectabamus quae folio cassiterino e mastichae involucris collato velut cento minutatim ornata est. pyxis illa dactyliothecae similis erat quae anulum nuptialem contineret, velluto purpureo introrsum obducta et fibula minuta apta. intus latebant duo denarii nitidati et robigine liberati et alter in alterum positi. Iem eos inspexit.

"Capita Inda," inquit. "alter anno millesimo nongentesimo sexto alter millesimo nongentesimo factus est. antiquissimi sunt."

"Millesimo nongentesimo," inquam, "dic mihi—"

"Tace modo. cogito."

"Iem, putan' id loculum arcanum alicuius esse?"

"Non, aut nos aut nemo ibi praeterit, nisi hominis adulti nesciocuius est—"

"Homines adulti loca arcana non habent. licetne nobis retinere, Iem, putan'?"

"Quid facere debeamus nescio. cui reddamus? pro certo scio neminem ibi praeterire—Caecilius per viam minorem et circum oppidum totum it ut domum perveniret."

Caecilius Iacobus, qui ad finem vici nostri iuxta sedem tabellariam habitabat, mille passus cottidie ambulabat ut et locum Radleianum et anum illam Dominam Silvanam vitaret. Domina Silvana in nostro vico habitans duabus ianuis aberat. vicini omnes negabant anum ullam ingratiorem illa spiritum umquam traxisse. Iem praeterire nolebat nisi Atticus ei aderat.

"Quid faciamus, Iem, putan'?"

Qui invenit, possidet, nisi is qui dominium tenet documento aliter probaret. camelliam aliquando carpere, lactis tepidi aliquantulum ex Dominae Maudiae vacca aestivo die bibere, vennunculos ab aliquo surripere: haec omnia more maiorum permissa erant nobis. nummus autem modo discrepabat.

"Ita faciemus," ait Iem. "tenebimus dum schola denuo aperta erit, deinde circumibimus et cunctos rogabimus num cui sint proprii. fortasse sunt puero cuidam qui autocineto huc it et e ludo hodie tam celeriter evadere studebat ut oblivisceretur eorum. hi nummi alicui sunt, hoc quidem scio. viden' quomodo politi sint? diligenter conservati ab aliquo sunt."

"Sane quidem, sed cur aliquis masticham ita condere velit? sapor enim evanescit."

"Nescio, Scytha. sed hi momentum habent magnum alicui . . ."

"Qua ratione, Iem . . .?"

"Esto. Capita Inda—ab Indis veniunt. valde magica sunt, fortunam secundam tibi ferunt. non eam fortunam dico qua pulli fricti forte invenias, sed qua vitam longam vel corporis sanitatem capias vel qua e sextae hebdomadis probatione feliciter evadas vel qualibet. hi alicui pretiosi sunt. eos in arcam meam ponam."

Antequam Iem ad cubiculum iit, diu ad locum Radleianum spectabat. iterum cogitare videbatur.

Duobus post diebus Dill cum gloria triumphans advenit. solus Meridiano ad Iunctionem Maicomiam ferrivia vectus erat. (Iunctio Maicomia gratia non iure sic appellata est; re enim vera in pago Abbatio est.) ibi Domina Rachelis cum autocineto quod solum Maicomensibus meritorium erat obviam ierat. in curru traminis cenatorio cenaverat; geminos una coniunctos de tramine Sinu Sancti Ludovicii descendere viderat; quam rem minas omnes nostras neglegens contumaciter defendit. quas adeo contempseram bracas istas curtatas lino caeruleo confectas quae camisiae globulis conexae erant non iam gerebat, sed bracas rectas et cum cingulo; pinguior paulo erat, nihilo tamen grandior; se patrem suum vidisse dixit: eum patre nostro grandiorem esse, barbam atram et acutam habere, praesidem esse ferriviae illius quae litteris *L & N* nota est.

Dill oscitatus "Paulisper traminis rectorem iuvi," inquit.

"Eho quae somnias, Dill!" inquit Iem. " st. quid hodie agamus?"

"Thomam et Samuelem et Ricardum", inquit Dill. "eamus in hortum anticum." Dill voluit *The Rover Boys,* quod personae modicae erant tres. sane eum taedebat partes tertias nobis ferre.

"Me taedet illorum," inquam. me Thomam Rover agere taedebat, qui dum picturam mobilem spectat memoriam suam subito amisit, et e scripto usque ad finem evanuit ubi in Alaska forte repertus est.

"Ipse aliquid nobis finge, Iem", inquam.

"Me fingere taedet."

Libertatis nostrae hi primi erant dies, et nos taedebat. verebar quidnam aestas nobis latura esset.

Ad anticum hortum ambulaveramus, ubi Dill stabat, per viam ad villam Radleianam spectans quae speciem feralem praestabat. dictione tamquam scaenica, "Ego—mortem—olfacio", inquit. cum tacere iussissem, "olfacio quidem, re vera."

"Morientem aliquem ita olfacere potes?"

"Immo moriturum olfacio. anus quaedam me docuit." Dill procubuit et me naribus scrutatus est. "O Ioanna Ludovica Fringilla, tribus diebus moritura es."

"O Dill, nisi tacebis, te vapulantem valgum faciam. vapulabis quidem—"

"Tacete ambo", Iem cum fremitu ait. "loquimini quasi Vaporibus Calidis fidem habeatis."

"Tu quasi non habeas," inquam.

"Quid est Vapor Calidus?" ait Dill.

"Nonne per viam desertam noctu ambulavisti et locum calidum transisti? Vapor Calidus est umbra quae ad caelum ascendere non possit, sed in viis desertis modo versetur. si autem per eum forte perrumperes, tu quoque fies Vapor, postquam mortuus eris, et ad hominum spiritus bibendos totam noctem errabis."

"Quomodo perrumpere vitabis?"

"Non potes," Iem inquit. "aliquando per totam viam extendunt, sed si perrumpere necesse erit, dicendum est:

'Angelite, sive vivis, sive iam es mortuus,
Noli spiritum bibere nostrum: esto devius!'

Ita impedies eos te exsorbere—"

"Ne verbo quidem credas, Dill," inquam. "Calpurnia id dicit Aethiopicam locutionem esse."

Iem frontem minaciter contraxit. "Agedum," inquit. "utrum ludamus annon?"

"Pneumatico cantho contorqueamus," inquam.

Ille cum gemitu "Scis me corpore nimis longum factum," inquit.

"Tu impellere poteris."

Ad hortum posticum cucurri et antiquum canthum autocineticum cepi quod sub aedibus iacebat. in anticum hortum contorquens egi. "Prima sum ego," inquam.

Dill dixit se oportere primum esse qui recens pervenisset.

Iem arbiter impulsum mihi primum dedit, Dilloni longiorem, et intra canthum me compressi.

Usque dum re vera factum est, ignorabam fratrem non solum id aegre ferre quod de Calidis Vaporibus contra sententiam eius dixissem, sed etiam patienter exspectare dum me remuneraretur. cantho illo summa vi corporis per tramitem impulso, me remuneratus est. terra, caelum, villae liquefacta sunt velut si in pictoris vesani tabula, aures palpitabant, suffocabar. manus extendere ad canthum tardandum non potui quae inter pectus et genua opprimebantur. potui modo sperare aut Iemem cum canthum tum me ipsam cursu superaturum, aut glebam in tramite canthum forte impedituram esse. eum pone sequentem, et valde clamantem audiebam.

Canthus iste terram glareosam tutudit, trans viam lapsus est, in saeptum offendit, me in pavimentum quasi corticem ex ampulla eiecit. vertigine et nausea affecta, in stratura iacebam. caput quatiebam, aures pulsabam ut quietem et silentium caperem. subinde vocem fratris audivi: "Scytha, abi istinc, festina!"

Capite sublato Radleiani ad loci vestibulum intuebar. quasi glacie rigescebam.

"Festinato, Scytha, ne ibi iaceas modo!" Iem clamabat. "nonne surges?"

Surrexi tremens dum glacies resolvit. ille vociferatus est:

"Canthum tecum fer! num stupefacta es?"

Simulac cursum tenere potui, ad eos quam celerrime genibus trementibus cucurri.

"Cur canthum non tulisti?" inquit strepens.

"Cur ipse non vis ferre?" inquam ululans.

Ille tacuit.

"Quin age, non multum intra portam est. mecastor, aedes ipsas olim tetigisti, memento."

Iem ad me iratus spectavit. recusare non potuit, per tramitem cucurrit, ad portam cunctatus est, introrsum ruit, canthum recepit.

"Ecce. vidistin'?" Iem fronte contracto triumphabat. "nil operae, pro Iuppiter! o Scytha, quantum se animo puellari interdum geris! o pudorem meum!"

Res maior erat quam is noverat, mihi quidem placuit nihil dicere.

Calpurnia ad fauces apparuit et clamans "Heus," inquit "limonatae hora'st! intrate omnes e sole calido priusquam vivi torreantur!" aestate mos erat nobis limonatae mane medio bibere. illa urceum et pocula tria in mensam posuit et ad suam rem revenit. non graviter ferebam quod non in fratris gratia essem. limonata hausta iracundiam istam mox omitteret.

Iem secundum limonatae poculum exhausit et pectus suum ferivit. "Scio quid agamus," inquit. "aliquid novi, aliquid incogniti."

"Quid?" ait Dill.

"Boum Radleium."

Mentem suam Iem aliquando perspicuam praestabat. hoc concoxerat ut me comprehendere faceret se locum Radleianum nullo modo nulla specie timere. suam virtutem invictam cum mea ignavia ita conferre in animo habebat.

"Boum Radleium?" inquit Dill, "Quomodo?"

Iem dixit, "Scytha, tu Domina Radleia eris—"

"Egone? dico mehercle—non credo—"

"Quid est istuc? timesne etiam?"

"Noctu exire potest dum nos omnes dormiunt . . ." inquam.

"Quomodo is scire possit, Scytha, quid faciamus?" inquit stridens. "praeterea credo eum non iam adesse. iamdudum mortuum in ductum fumarium impulsum esse."

Dill dixit: "Iem, tu atque ego ludum agere possumus et Scytha, si timet, spectare potest."

Propemodum iam sciebam Boum Radleium in eis aedibus adesse, sed probare non potui, et tacere optimum putavi. si aliter, eos me accusaturos quod Calidos Vapores esse crederem, quos interdiu quidem animo tranquillo ferre poteram.

Iem partes nobis assignavit: Domina Radleia eram et me nihil facere oportuit nisi exire et porticum verrere. Dill erat Dominus Radleius senex: in tramite versabatur et si quando Iem alloqueretur, tussiebat. Iem scilicet Bous erat. sub vestibulum ibat et interdum plorabat atque ululabat.

Ut aestas ita ludus noster progrediebatur. polivimus et limavimus, diverbium et argumentum addidimus dum fabellam fecimus quam cottidie non nihil mutare solebamus.

Dill erat maleficus maleficentissimus: quascumque partes ei datae sunt facillime agebat. homo enim procerae staturae fieri videbatur si maleficus talis depingendus erat. etiamsi histrioniam pessime faceret, optimus erat histrio. Atque histrionia eius vel pessima incredibili horrore quasi in fabula Gothica nos perfundebat. ego feminas qualescumque in librum intrabant invita agebam. quae fabula me minus delectavit quam *Tarzan*, et totam aestatem non mediocri sollicitudine partes meas agebam, quamquam Iem mihi suadere conabatur mortuo Boo Radleio nihil me erepturum esse: interdiu enim se ipsum Calpurniamque, noctu Atticum adesse.

Iem erat heros natura factus.

Fabella nostra tragicomoedia erat, frustulis et offulis e vicinorum rumore et commento concocta: Dominam Radleiam pulcherrimam fuisse dum Domino Radleio nupsisset et fortunam omnem amisisset. amisisse quoque fere omnes dentes et capillos et digitum dextrae indicem (id quod addiderat Dill: Boum nocte quadam eum demorsisse ubi nec feles nec sciuros ad cenam invenire potuisset); eam in atrio prope totum diem lacrimosam sedere, dum Bous omnem supellectilem insculpendo paulatim deleret.

Nos tres istos egimus adolescentes qui molestiam habuerunt; praeter solitum ego iudex fui; Dill Iemem deduxit et scoparum manubrio fodicans sub scalas impulit. Iem habitu vigilum praefecti, et municipium diversorum, et Dominae Stephaniae Corvinae ad tempus apparebat, quae plura de Radleiis dicenda haberet quam si quis alius Maicomensis.

Cum tempus ad magnam scaenam istam Boi aderat, Iem aedes irrepebat, forfices e mensula sutoria ignara Calpurnia surripiebat, in oscillo sedebat, ephemeridas minutatim consecabat. Dill perambulabat, ad Iemem tussiebat, tum Iem femur Dillonis fodere simulabat. e loco ubi stabam, rem ipsam spectare mihi videbar.

Cum Dominus Nathan Radleius ad forum iens cottidie praeteribat, immoti tacebamus dum e conspectu evanuit; postea coniciebamus quomodo nos tractaturus esset si suspicaretur. agere desinebamus si quando vicinorum quis apparuit, et die quodam Dominam Maudiam Acanthida secatoribus levatis stupore defixam ad nos trans viam spectantem vidi.

Olim ludentes adeo animum in caput XXV voluminis secundi Familiae Hominis Unici intendebamus, ut Atticum in tramite stare et ad nos spectare et libello voluto genu leniter pulsare non viderimus. sol meridiem indicabat.

"Quid luditis?" inquit.

"Nihil", inquit Iem.

Quod Iem ita ambigue responderat, cognovi ludum nostrum privatum esse, itaque tacebam.

"Quidnam facis cum forficibus istis? cur ephemeridem istam consecas? si hodierna est, vapulabis."

"Nihil."

"Quomodo nihil?" inquit Atticus.

"Nihil, o domine."

Ille "Cedo forfices istas," inquit. "oblectamenta puerorum non sunt. haecne res nescioquomodo ad Radleios forte pertinet?"

"Nullo modo, o domine," inquit Iem erubescens.

Ille "Spero non pertinere," inquit breviter, et domum intravit.

"Mi Iem . . ."

"Tace! in atrio iit, unde nos audire potest."

Ubi in horto salvi eramus, Dill Iemem rogavit num posthac ludere possemus.

"Nescio. Atticus non vetuit—"

"Iem," inquam. "at credo Atticum rem intellexisse."

"Non scit. si sciret, scire diceret."

Mihi non persuasum est, sed Iem me puellarem esse dixit, puellis enim semper commentum placere, qua ratione homines eas odisse, et si puellariter actura essem, licere mihi abire et puellas invenire quibuscum luderem.

"Bene", inquam. "tu susceptum istud usque gere. cognosces tamen."

Attici adventus secundam rationem mihi ad lusum relinquendum dedit. prima ratio eo die accidit ubi in hortum anticum Radleianum volvi. quamvis capitis quassatio, nauseae suppressio, Iemis ululatio tanta fuisset, attamen alium sonum audiveram, tam delicatum ut a tramite audire non potuissem. aliquis intra aedes ridebat.

V

Obiurgatione mea Iemem tandem superavi, ut confisa eram, et quod mihi gratum erat, parumper ludum illum tardabamus. adhuc tamen affirmabat Atticum nos ludere non vetuisse, itaque nobis licere; atque si quando Atticus licere negaret, se modo nomina personarum mutaturum esse, unde hic nos accusare ullius rei ludendae non posset.

Dill ad hoc valde consentiebat. is admodum molestus fiebat, qui Iemem ubicumque sequeretur. antea aestate illa me sibi nubere rogaverat, id quod statim oblitus est. me ut rem familiarem suam obsidebat, me puellam solam sibi amandam esse dicebat, me subinde neglexit. bis eum verberavi, sed nihil boni effeci. immo amicior Iemi factus est. multos dies ei in casula arborea cum consiliis et coniurationibus suis agebant, nec me vocabant nisi forte opus erat tertiae partis. ab eorum consiliis stultioribus me paulisper removebam, et indignitatem si puella ab eis appellarer neglegens, reliquum annum illum cum Domina Maudia Acanthide vesperi ad crepusculum in porticu antica sedens egi.

Mihi et fratri in horto Dominae Maudiae libere versari semper licebat, dummodo azaleas eius vitaremus, sed quomodonam cum ea sociare deceret incertum erat. quoad Iem Dilloque me a consiliis suis excluserunt, eam nihilo pluris existimabam quam alias matronas vicinas, quamvis haec e collatione ceterarum admodum benignior esset.

Pactum nostrum tacitum cum Domina Maudia tale erat : licebit nobis in caespite ludere et vennunculos vorare et hortum posticum vastum explorare, si in eius trichilam non saltabimus, quae condicio tam benigna erat ut raro cum ea loqueremur, quippe qui necessitudinem nostram stabilem quasi libram tenere valde studeremus. sed Iem Dilloque superbia sua ei amiciorem me faciebant.

Domina Maudia aedes suas oderat: tempus intra parietes actum perditum ducebat. vidua erat, matrona quae chamaeleoni similis speciem mutabat. floralia enim curabat succinctorio virili vestita et petaso vetere; sed quinta hora lavata in porticu apparebat et vicum pulchritudine sua imperiosa dominabatur.

Omnes herbas quaecumque in Dei terra nascebantur, etiamsi steriles, amabat, praeter unam. si minimam quidem partem cyperi rotundi in horto inveniebat, milites effingere videbatur illos Francogallos qui Germanos ad flumen Matronam in altero proelio aggressi sunt. quam in herbam inutilem vas stanneum tenens insiliebat et flatibus veneni cuiusdam subter vexabat quod tam malum esse dicebat ut omnes occideremur nisi longius nos loco amoveremus.

"Nonne modo evellere potes?" inquam, postquam expugnationem eius diuturnam contemplata sum contra herbam nescioquam quae minus tribus digitis alta erat.

"Evellere, infans, evellere?" pullulum flaccidum cepit et stirpem exiguam pollice compressit. grana minutula emanabant. "ecastor, cyperi stolo unus quidem totum hortum corrumpere potest. eccum. cum autumnescit, hoc siccatum per pagum Maicomium ultro citroque vento flabitur!" quam rem, si vultum Dominae Maudiae inspexisses, quasi pestem in Testamento Vetere depictam esse putares.

Quamvis Maicomensis esset, lingua acri utebatur. nomine nos omnes affabatur, et cum ridebat dentes caninos duos ostendebat auro ornatos. quos ubi admirata sum et me similes eorum habituram sperare dixi, illa "Eccos," inquit et lingua crepitante dentaturam produxit. quo facto tantam benignitatem mihi praebere visa est ut amicitiam statim inter nos confirmaverimus.

Illius benevolentia Iemi quoque patebat et Dilloni, cum rem suam intermittebant: ex ingenio quod ea prius nos celaverat fructum nunc capiebamus. placentas vicinitatis optimas coquebat. postquam eam ad amicitiam nobiscum admisimus, quotiens coquebat totiens unam placentam magnam faciebat et tres parvas, et in via vocabat: "Heus vos! o Iem Fringilla, o Scytha Fringilla, o Carole Pistor Harris, huc venite!" quotiens prompti aderamus, totiens praemium capiebamus.

Aestatis crepuscula longa sunt et tranquilla. Domina Maudia atque ego tacitae in porticu eius occidente sole saepissime sedebamus, dum nunc caelum e flavo ad rubidum mutare spectamus, nunc hirundinum greges super oppidum humiliores volare et ultra tecta scholae e conspectu fugere.

Quodam die vesperi "O Domina Maudia," inquam. "credisne Boum Radleium adhuc vivere?"

"Nomen ei Artorius est et vivit," inquit. lente in cathedra sua magna et quernea huc illuc movebatur. "Mimosamne meam olfacere potes? hodie angelorum auram reddit."

"Ita vero, domna. quomodo pro certo habes?"

"Pro certo? quid, o filia mea?"

"Quomodo pro certo habes Boum—Artorium dico—vivere?"

"Quod rogavisti fastidiendum est. sed rem fastidiosam esse credo. pro certo habeo illum vivere quia efferri nondum vidi."

"Fortasse mortuum in ductum fumarium condiderunt."

"Unde hoc accepisti?"

"Iem dixit se credere eos ita fecisse."

"Vah. Ioanni Fringillae similior in dies fit."

Domina Maudia Patruum Ioannem, Attici fratrem, ab infantia noverat. prope aequales natu in Fringillae Egressu una adoleverant. Domina Maudia latifundii domini cuiusdam vicini filia erat, Doctoris Francisci Bubulci. qui medicum se professus, omnibus tamen herbis quae e terra nascebantur obsessus est; pauper igitur mansit. Patruus autem noster Ioannes Fringilla, quamvis fodendi studiosus, nisi in cistulis quae ante fenestram suam Nashvillae aptae sunt, nusquam fodiebat; et dives mansit. Patruum Ioannem Christi Natali Die quotannis videbamus, et quotannis is Dominam Maudiam magno ululatu per vicum rogabat ut sibi nuptum veniret. illa invicem ululabat, "Maiore voce clama, o Ioannes Fringilla, et te in sede tabellaria audient, ego tamen adhuc non audivi!" id quod Iem atque ego novissimum modum mulieris ad coniugium conciliandae putabamus. mores tamen Patrui Ioannis aliquid novi habebant. dicebat se Dominam Maudiam cavillari, id quod quadraginta annos infeliciter gessisse. etenim se ultimum esse hominum omnium quem illa in animo ad matrimonium haberet, primum tamen cui nugas facere vellet. quo in illam audacius offenderet, contra illam se ipsum melius defendere. quam rem nos bene intelleximus.

"Artorius Radleius in aedibus manet. quid quaeris?" inquit Domina Maudia. "nonne tu in aedibus maneas, si exire non velis?"

"Sane, at equidem exire velim. cur ille non vult?"

Limis oculis me aspexit. "Tu rem istam aeque novisti et ego."

"Rationem tamen numquam audivi. nemo mihi rationem reddidit."

Domina Maudia denturam composuit. "Scis Dominum Radleium seniorem Baptistarum fuisse pedilavatorum—"

"Nonne tu quoque eorum es?"

"Testa mihi non adeo dura est, o beata mea. Baptista sum simplex."

"Nonne vos omnes pedilavationi creditis?"

"Ita vero. domi in balneo."

"Nos tamen vobiscum communionem habere non possumus—"

Domina Maudia, credo, facilius esse constituit baptisma primitivum definire quam communionem clausam. "Pedilavatores," ait, "credunt peccatores esse eos quicumque voluptatibus corporis fruantur. scin' quam? erant eorum qui e silvis die Saturni quodam venerunt et, dum hunc locum praetereunt, me floresque meos ad infernum ituros dixerunt."

"Floresne etiam?"

"Probe. ipsos flores mecum comburi destinatos esse. isti putabant me foris in divino horto colendo temporis nimis agere, parum domi in divina scriptura legenda."

Fides mea facundiae sacerdotum sacrae valde levata est cum Dominam Maudiam mente conciperem in Protestantium infernis diversis infervescentem. profecto linguam acerbam habebat, nec per vicum Dominae Stephaniae Corvinae more benefactrix ibat. quamquam nemo cui mica salis erat Dominae Stephaniae credebat, Iem atque ego Dominae Maudiae valde credebamus. numquam delationem de nobis alicui dederat, numquam nos ut feles mures illuserat, numquam vitam privatam nobis perscrutabatur. familiaris erat. non comprehendimus quomodo anima, quae tanta prudentia praedita esset, tormenti sempiterni periclitans vitam ageret.

"Res iniusta est, o Domina Maudia. optima es quarum novi matronarum."

Illa ridens "Gratias tibi. res est haec: pedilavatores putant feminas qua feminae sunt natura ipsa peccato esse. Biblia ad litteram accipiunt, vide me."

"Hacne igitur ratione Dominus Artorius in aedibus manet, ut feminas vitaret?"

"Nescio."

"Non comprehendo. si Dominus Artorius caelestia concupisceret, ut opinor, in porticum saltem exiret. Atticus dicit Dei esse homines alios amare aeque ac te ipsum—"

Domina Maudia in cathedra moveri destitit, et voce duriore, "Tu minore aetate nata es," inquit, "quam ut haec comprehendas. sed aliquando accidit ut is qui Biblia in manibus suis habet perniciosior sit quam, exempli gratia, pater tuus qui lagoenam viscii tenet."

His verbis obstupui. "Atticus viscii non potat," inquam. "ne paululum quidem umquam bibit; immo dixit se semel gustavisse. et gustum sibi non iucundum fuisse."

Domina Maudia risit. "De patre tuo non loquebamur," inquit. "ita dicebam: si ad ebrietatem Atticus Fringilla viscii biberet, etiam tum difficilis non esset aeque ac homines quidam qui pro viribus optime agunt. sunt qui adeo de vita venturi saeculi se vexent ut numquam in hac vivere noverint, et quid consequatur per vicum nostrum spectans videre potes."

"Putan' vera esse omnia ea quae de Boo ferunt, de Domino Artorio dicam?"

"Qualia?"

Eam certiorem feci.

Illa fronte torva "Talia divulgata sunt plerumque ab Afris," inquit, "non tamen nulla a Stephania Corvina. haec etiam mihi dixit se olim media nocte experrectam illum invenisse per fenestram ad se spectantem. rogavi eam 'quid egisti, o Stephania? lectumne transisti ut ei locum dares?' quo dicto ut paulisper tacuerit impuli."

Pro certo habeo eam ita impulisse. vox Dominae Maudiae satis erat ut quemvis tacere cogeret.

"Minime, o cara mea. domus illa tristis est. Artorium Radleium puerum memini. semper mecum bellum sermonem habebat;

quodcumque eum fecisse ferunt, id mihi non pertinet. quam bellissime mecum colloquebatur."

"Putan' eum insanum esse?"

Domina Maudia abnuit. "Si non est, iamdudum insanire debuit. quae homines re vera patiantur, omnino nescimus. quid in aedibus foribus clausis agatur, quid homines clam—"

"Atticus mihi et Iemi nihil umquam in aedibus facit quod non in horto," inquam. credidi me oportere parentem defendere.

"Carissima, telam retexebam, neque patrem tuum in animo habebam. sed ut nunc habeo, hoc dicam: Atticus Fringilla idem est in aedibus suis et in vicis publicis. hem! placetne tibi libi libralis iam iam cocti domum ferre?"

Multum placuit.

Postridie mane somno soluta Iemem Dillonemque in horto postico inveni. qui in gravi colloquio erant, et ubi cum eis conveni, me abire iusserunt, ut fieri solebat.

"Nolo. hic hortus meus est aeque ac tuus, o Iem Fringilla. ius est mihi in eo ludere aeque ac tibi."

Dill Iemque brevi confabulati processerunt. Dill monuit: "si manebis, tibi quod agere iubebimus agendum erit."

"Audio scilicet." inquam. "quis subito tanti ponderis et momenti factus est?"

Dill "Si quod iubebimus agere tibi non placebit," inquit, "non placebit nobis quicquam tibi dicere."

"Te iactas quasi nocte corpore creveris decem digitis! dic, quaeso. quid est?"

Iem placide "In animo habemus," inquit, "litterulam Boo Radleio dare."

"Quomodo, sis?" terrorem eum qui mihi sponte oriebatur continere conabar. aliud erat Dominae Maudiae ita aperte loqui, quae senex in porticu sua tuta esset, aliud nobis.

Iem litterulam in extrema harundine piscatoria positam per foriculas impellere in animo habuit. si quis praeteriret, Dillonem tintinnabulum tinniturum esse.

Dill dextram sustulit. tintinnabulum matris meae tenebat illud argenteum quo ea mensam ciebat.

"Circumibo ad aedium latus," inquit Iem. "heri via transita spectabamus, et e foriculis forte una soluta est. litterulam ad fenestrae marginem quodam modo haerere cogam, credo."

"O Iem—"

"Nunc implicata evadere non potes! nobiscum manendum'st, o pudicissima puellarum!"

"Teneo, teneo vero, sed spectare nolo. o Iem, aliquis erat qui—"

"Etsi non vis, spectabis tamen. tu loci partes posticas observabis, Dill anticam partem et per viam; si quis veniet, tintinnabulum tinniet. tenesne?"

"Teneo quidem. quid in litterula scripsistis?"

Dill inquit: "Eum ut interdum exeat reverentissime poscimus, et ut nos certiores faciat quid domi agat. promisimus nos non laesuros eum, atque gelatum ei empturos."

"Insanitis ambo, nos occidet!"

Dill dixit, "propositum meum erat. si exiret, credo, et paulisper nobiscum sederet, illi melius esset."

"Quomodo scis ei non bene esse?"

"Quomodo pol tibi esset si centum annos clausa esses nec quicquam nisi feles ad cenam habuisses? barbatus hercle extra modum erit, credo—"

"Aeque ac tata tuus?"

"Hic barbam non habet, quia—" Dill tacuit, quasi reminisci conaretur.

"Euhoe, deprensu's!" inquam. "dixisti priusquam de tramine egressu's tatam tuum barbam atram habere—"

"Vah! si tua interest, aestate superiore abrasit! ita vero, et litteras habeo quae probarent—et duo dollaria etiam mihi misit!"

"Plura, sis,—credo illum etiam vestitum hippotoxotae tibi misisse! verum nobis vestitum istum numquam produxisti! ut coepisti, mi fili, ita cum mendaciis perge!"

Ex omnibus quae audivi Dill Harris mendacia impudentissima mentiri et dicere poterat. inter alia, in aeroplano tabellario se septiesdeciens ascendisse, ad Novam Scotiam iter fecisse, elephantum vidisse, avum scilicet suum Tribunum esse Iosephum illum Wheeler qui gladium sibi legavisset.

"Tacete omnes," inquit Iem. sub aedes repsit et cum harundinis

Indicae pertica flava revenit. "putan' hanc sat esse longam ut aedes a tramite attingat?"

"Qui sat fortis est ut aedes tactum adeat, is pertica uti non debet," inquam. "quin ianuam anticam pulsabis?"

"Haec res aliud est," inquit Iem. "quotiens necesse erit te monere?"

Dill chartulam e sinu productam Iemi dedit. nos tres caute ad aedes istas ambulabamus. ille ad columnam lampadariam mansit, et Iem egoque per tramitem qui praeter locum Radleianum ducebat lente processimus. Iemem anteii, et unde ultra curvamen viderem ibi constiti.

"Patet via," inquam. "nemo in conspectu est."

Iem per tramitem ad Dillonem spectavit, qui adnuit.

Frater litterulam in extremam perticam fixit, quam supra hortum porrectam ad fenestram delectam impulit. pertica tamen nonnullis digitis deerat satis longa esse, et Iem quousque poterat se prorsum inclinatus est. fodicationes eius tamdiu spectabam ut tandem signis relictis ad eum ii.

"De pertica chartam avellere non possum," mussans inquit, "aut si avello ut haereat facere non possum. redi, Scytha, ad stationem tuam."

Redii et ultra curvamen ad viam vacuam circumspectabam. interdum ad fratrem respiciebam, qui in imam fenestram litterulam ponere patienter conabatur. quam identidem humum delapsam ille totiens fodicabat, quoad mihi in mentem veniret Boum Radleium si forte eam acciperet, legere quidem non posse. per viam spectabam cum matris tintinnabulum audivi.

Umero sublato, signa celeriter converti ut Boo Radleio et dentibus eius lupinis et sanguinolentis obviam irem; coram Attico tamen Dillonem tintinnabulum quam fortissime tinnientem vidi.

Iem tanta in maestitia erat, ut animus meus defuit ad memorandum me ita praemonuisse. fesso pede ibat, istam in tramite perticam pone trahens.

Atticus dixit: "Cessa tintinnabulum istud tinnire."

Dill tintinnabuli lingulam cepit. per silentium quod secutum est, eum denuo tinnire volebam. Atticus petasum in capite cessim movit et manibus ad coxas flexis stabat. "O mi Iem," inquit, "quidnam agebatis?"

"Nil, domine."

"Nugas! dic mihi."

"Aliquid Domino Radleio dare modo conabar—nos conabamur."

"Quid dare conabaris?"

"Litteras tantum."

"Cedo."

Iem chartulam sordidam obtulit. Atticus cepit et legere conabatur. "Cur Dominum Radleium exire cupis?"

Dill, "Credebamus nos fortasse gratos ei fore . . ." sed tacuit cum Atticus ad eum spectaret.

"Mi gnate," Iemi inquit. "te aliquid iubere in animo habeo et iubebo. cessa hominem illum cruciare. vos utrosque etiam iubeo."

Quidquid Dominus Radleius ageret sua interesse. si exire vellet, exiturum esse. si intra aedes ipsas manere vellet, domi manere ei licere experti officii et cultus puerorum nimis curiosorum. (quibus verbis nos et genus nostrum leniter indicabat.) sane nobis gratum fore si ipse Atticus se sine pulsu inculcaret cum in cubiculis noctu essemus? re vera nos eodem modo Dominum Radleium turbare. praeterea sane in mentem nobis numquam ventum esse ut urbanum esset per ianuam anticam potius cum aliquo communicare quam per fenestram remotam? denique nos aedes illas vitare oportere dum eo invitati essemus, nec licere asinorum modo ludum facere qualem nos ludentes ipse vidisset, nec quemquam vel in hoc vico vel in hoc municipio ludificari—"

"Eum non ludificabamur," inquit Iem, "non ludebamus. nos modo—"

"Nonne hoc agebatis?"

"Ludificabamur?"

"Non quidem." inquit Atticus. "immo res per vitam ab eo gestas ad municipes erudiendos in vulgus efferebatis."

Iem paulum tumescere videbatur. "Hoc negabam nos facere, negabam!"

Atticus austero modo surridebat. "Iam iam concessisti," inquit. "desinite nunc ineptire, vos omnes."

Iem ad eum stupuit.

"Nonne iurisconsultus esse vis?" pater noster ore rigido risum dissimulare videbatur.

Iem cavillari inutile esse conclusit, et tacebat. cum Atticus domum intravisset ad fasciculum chartarum reciperandum quod ad operam forensem ferre mane oblitus est, tandem se dolo isto deceptum esse noverat quo inveterato iurisconsulti ab antiquis temporibus uterentur. prope gradus anticos moratus est, et Atticum domo egredientem et ad forum procedentem spectavit. ubi Atticus exaudire non iam potuit, ad eum clamavit: "Credebam me iurisconsultum fieri velle, nunc tamen in dubio'st!"

VI

Pater noster, "Ita vero", inquit, cum Iem eum rogavit num nobis maceriam transire et ad Dominae Rachelis piscinam cum Dilloni sedere liceret. vesperum enim hunc ei ultimum fore quod apud nos Maicomi ageret. "Vale dic ei pro me; et ad proximam aestatem nos eum visuros."

Maceriam transiluimus quae humilis inter hortum Dominae Rachelis et semitam nostram iacebat. Iem in coturnicis modum duobus sonis sibilavit, et Dill per tenebras respondit.

"Nullus aurae afflatus," inquit Iem. "eccam!"

Lunam ingentem ultra Dominae Maudiae arbores caryas iam orientem indicabat. "Quapropter, credo," inquit, "etiam magis aestuamus."

"Cruxne est in ea hodie?" hoc Dill capite demisso quaerebat, qui sigarettam e charta emporetica et lino construere conabatur.

"Matrona inest tantum. ne sigarettam accendas, Dill, ne hanc regionem cunctam male olere facias."

Apud Maicomenses, matrona quae in luna erat comam pectens in gynaeceo ad abacum sedebat.

"Te desiderabimus, o puer," inquam. "Dominumne Avernum exspectare debemus, putan'?"

Dominus Avernus inquilinus erat qui in vico nostro contra Dominae Silvanae domum habitabat. qui non solum collybum e patella offertoria Dominico die demere solebat, sed etiam in porticu sua cottidie vesperi ad nonam horam sedebat et sternutabat. quodam die concessum est nobis muneri magnifico adesse quod certo ultimum ab eo datum est;

quotienscumque spectabamus numquam iteratum est. Iem egoque quadam nocte gradus anticos Dominae Rachelis relinquebamus, cum Dill nos consistere coegit: "Mehercle," inquit, "eccum!"

Primum nihil nisi porticum viti pueraria obsitam vidimus, sed cum propius inspexissemus, aquae arcum oculis cernebamus quae e foliis desiliebat et, postquam in lucis corona aurea ad lampadariam columnam patefacta est, pavimentum aspergebat. ad decem pedes ab origine in terram descendit, ut visum est nobis. Iem affirmavit Dominum Avernum nescioquomodo destinato aberrasse, Dill autem eum pro certo octo sextarios per diem bibere. itaque certamen inter eos statim institutum est ad iudicandum uter longius uter potentius negotium suum conficere posset, id quod me bis repudiatam sentire coegit, quippe quae huius rei omnino imperita essem.

Dill pandiculans oscitatus est, et non satis sincere, "Res animo meo occurrit," inquit. "eamus deambulatum."

Quae res mihi fucata tamquam visa est. nemo Maicomensis simpliciter deambulare solebat. "Quo deambulemus, o Dill?"

Is capite suo ad meridiem nutavit.

Iem eum audivit. cum questa sum, suaviter "Tibi," inquit, "non necesse est nobiscum venire, o Angela Maia."

"Vobis quidem ire non necesse est. memento—"

Iem non is erat qui errores praeteritos longius prosequeretur: visus est nihil ab Attico cognovisse praeter artem interrogandi. "Scytha, nihil in animo habemus nisi ad lampadariam columnam ambulare et redambulare."

Tacite per tramitem ambulavimus, oscilla auscultantes quae vicinorum hominum pondere crepitabant, et murmur molle maturiorum illorum qui in vico nostro habitabant. interdum risum Dominae Stephaniae audiebamus.

Dill "Bene est?" inquit.

Iem "Bene," inquit. "tibi licet domum ire, Scytha: nonne ibis?"

"Quid vobis in animo?"

Dill enim Iemque in animo habebant dumtaxat per eam fenestram cui foricula quaedam soluta esset aspicere ut forte Boum Radleium conspicarentur. si tamen cum eis venire nollem, mihi esse domum statim abire et os istud pingue et exsecrabile clausum tenere, et hoc summam esse.

"Sed Medius Fidius cur ad hanc noctem morati estis?"

Quod nemo noctu videre posset, et quod Atticus tam intente legere videretur ut si fractus illaberetur orbis nihil impavidus audiret, et quod, si a Boo Radleio ipsi occiderentur, ludum potius quam ferias amitterent, et quod intra aedes obscuras tempore nocturno quam diurno videre facilius esset; nonne intellexi?

"Iem, precor te—"

"Scytha, ad postremum te moneo: aut tace aut discede—pro di immortales dico te puellariter magis in dies gerere!"

Quo dicto, optionem non habui nisi ut ad eos transirem. melius putavimus sub saeptum subire altum et metallico filo factum quod ad extremam partem loci Radleiani erat; ita conspici minus timebamus. quod saeptum hortum magnum et tugurium angustum et ligneum circumibat. Iem filum inferum sustulit et Dilloni nutavit ut subiret. secuta sum et filum fratri sustuli. spatium ei adeo parvum erat ut se comprimere necesse esset. "Cura ne sonitum faciatis," inquit susurrans. "Ne in holerum ordinem erretis, quaeso, quae a mortuis aliquem crepitu suo excitabunt."

Hoc in animo tenens, pedetemptim progressa sum. postquam fratrem procul conspexi, celerius progrediebar. qui longe antecesserat et mihi luna imminente manu significabat. ad portam pervenimus quae hortum a cohorte postica dividebat. Iem eam tetigit. porta crepitavit.

Dill susurrans "Inspue," inquit.

"Nos in quadratum nescioquomodo duxisti, Iem," mussans inquam. "evadere difficilius erit."

"St. inspue, Scytha."

Spuimus usque dum ora nostra siccata sunt, et Iem lente portam aperiebat. levatam contra saeptum inclinavit. in cohorte postica fuimus.

A tergo aedes Radleianae minus amoenae quam a fronte visae sunt. erat porticus semiruta ac longitudine aedibus aequa. duae erant ianuae et inter eas duae fenestrae obscurae. tectum ad alterum latus non columine sed columna quadrata e ligno rudi facta sustinebatur. clibanus antiquus in porticus angulo sedebat: supra eum speculum uncinis vestiariis aptum lunam reddebat et luce horrida nitebat.

"Vah", inquit Iem summissa voce, pedem levans.

"Quid est?"

"Gallinae," inquit susurrans.

Res quasdam quamvis videre non possemus nobis undique evadendas esse confirmavit Dill, qui Dei nominis litteras syllabatim et susurratim extulerat. circum domi latus repsimus usque ad fenestram eam quae foriculam pendentem habebat. margo ima fenestrae Ieme nonnullis digitis altior erat.

Dilloni mussans, "Te manibus meis," ait, "ascendere iuvabo. cave tamen." Iem bracchium suum sinistrum, dextrumque meum cepit, ego dextrum meum sinistrumque eius. deinde simul subsedimus ambo, et Dill palmis nostris coniunctis tamquam ephippio firmiter insedit. eum sustulimus et imam fenestram tenere potuit.

"Festina," inquit Iem. "vires nostrae diutius durare non possunt."

Dill umerum meum pulsavit, et eum humum demisimus.

"Quid vidisti?"

"Nihil. vela. est lumen tamen minimissimum procul in aliquo loco."

Iem usque susurrans, "Hinc abeamus," inquit. "rursus ad tergum circumeamus. st, st." me questuram admonuit.

"Fenestram ad tergum experiamur."

"Dill, noli," inquam.

Dill moratus est ut Iem anteiret. is pedem in gradum imum ponit, qui valde stridet. consistit igitur et pondus suum gradatim experitur. gradus silet. Iem duos gradus omittit, pedem in porticum ponit, eam vix attinet, diu titubat. simul ac se rectum tenere potest, in genua procumbit. ad fenestram surrepit, et capite levato perspicit.

Tunc ego umbram vidi. erat hominis umbra qui petasum gerebat. primo arboris esse putavi, ventosum tamen non erat, atque arborum stirpes ambulare non solent. porticus postica lunae splendore illustrata est, et umbra quasi panis tostus aciem atram et subtilem praebens per porticum ad Iemem movebat.

Dehinc Dill eam vidit. manus ad vultum movit.

Ubi Iemem transibat, ipse vidit. manibus supra caput positis, statim riguit.

Umbra Iemem praeterit et proxime consistit. bracchium umbrosum a latere levatur, demittitur, immotum fit. deinde umbra se vertit, iterum Iemem transit, per porticum ambulat, qua advenerat eadem via ab aedibus discedit.

Iem a porticu desiluit et ad nos avolavit. me Dillonemque per portam raptim reclusam properavit, inter duas holerum ordines huc illuc vacillantes incitavit. in mediis holeribus lapsa sum. me labente, sclopeti fragor silentium loci dissipavit.

Dill Iemque iuxta me se abdiderunt. Iem anhelitum singultim ducebat: "Saeptum ad ludi hortum! cito, Scytha!"

Iem filum imum tenebat; Dill egoque per saeptum nos volveramus et dimidium loci ad quercum solam transieramus, quae in horto ludi perfugium nobis designata est, cum Iemem non iam adesse sensimus. pedem celeriter rettulimus et eum in saepto laborantem invenimus. bracas calcando exuit et ad quercum cruribus nudis subligari modo vestitus cucurrit.

Cum ad arborem incolumes pervenissemus, nos corpora stupefacta torpori tradidimus; fratris tamen mens palpitabat. "Domum nobis redeundum est. illos non fallet nos abesse."

Transimus, subimus, circumimus. scholae hortum, saepem Cervi Pascui, saeptum nostrum, gradus posticos nostros superamus. tum demum Iem nobis quiescere concedit.

Postquam respiravimus, nos tres ad hortum anticum quasi otiosi ambulavimus. per viam spectavimus et vicinorum coronam ad anticam portam Radleianam vidimus.

Iem "Nos oportet eis coire," inquit. "singulare putabunt si non aderimus."

Dominus Nathan Radleius intra portam suam stabat, manibus sclopetum paratum in promptu tenens. Atticus prope Dominam Maudiam et Dominam Stephaniam stabat. intererant Domina Rachelis et Dominus Avernus. nemo nos advenientes vidit.

Iuxta Dominam Maudiam nos insinuavimus, quae se vertit. "Ubi omnes aberatis? nonne tumultum audisti?"

"Quid accidit?" inquit Iem.

"Dominus Radleius Nigrum in holeribus sclopetavit."

"Itane? eum vulneravit?"

Domina Stephania "Non quidem," inquit. "ad auras telum direxit. istum tamen adeo terruit ut albesceret. dicit si quis Aethiopem album videat, hunc esse hominem. dicit se sclopeti tubum alterum paratum habere si strepitum quemcumque in illis holeribus novum audiret, seu a cane seu ab Aethiope seu—heus tu, Iem Fringilla!"

"Quid, o domina?"

Atticus locutus est. "Ubi bracae tuae, o mi fili?"

"Bracas dicis?"

"Bracas dico."

Nihil ei proderat. ibi coram Deo et omnibus aderat subligari solo vestitus. equidem suspirium ab imo pectore duxi.

"Ah! o Domine Fringilla?"

Dillonem consilium nescioquod concoquentem lucernae lumine videre potui: oculi augescebant, vultus eius pinguis et angelicus iam rotundior fiebat.

"Quid est, Dill?" inquit Atticus.

Ille incerte "Ah!" inquit, "bracas eas ab eo lucratus sum."

"Lucratus es? quomodo?"

Dill dextra sua occipitium tetigit. quam prolatam trans frontem movit. "Rutabulum nudatum ibi prope piscinam ludebamus."

Iem egoque nos ex aerumnis extraximus. vicini satis habere visi sunt. omnes rigescebant. sed rutabulum nudatum quidnam esset?

Cognoscendi occasionem amisimus: Dominae Rachelis vox resonavit quasi aes illud vigiliarum quae municipibus incendium repentinum nuntiat. "Eheu! pro Iesum Christum, o Dill Harris! ludebatis? ad meam piscinam? an chartas ludebatis? irrutabo ego te, o puerule!"

Atticus Dillonem impedivit quominus membratim statim caederetur. "Mane dum, o Domina Rachelis," inquit. "numquam prius audivi eos ita facere. chartisne ludebatis?"

Iem Dillonem e periculo facillime servavit. "Minime, domine, flammiferis modo."

Fratrem admirata sum. flammiferi enim periculosi erant, chartae tamen fatales.

Atticus "O Iem, o Scytha," inquit, "nullo de rutabulo iterum audire volo. apud Dillonem i et bracas recipe, Iem. ipsi componite."

Dum per tramitem cito ambulamus, Iem Dilloni "Ne haec res," inquit, "te sollicitet. illa poenas de te non capiet. Atticus ei persuadebit. qualem cogitationem, o puer fortissime! ausculta . . . audin'?"

Constitimus, et vocem Attici audivimus: ". . . res non gravis est . . . hoc commune omnium est, o Domina Rachelis . . ."

Quo audito Dill quidem consolatus est, Iem egoque haudquaquam.

quaestum est quomodo Iem cum bracis mane appariturus esset.

Cum ad Dominae Rachelis gradus pervenissemus, Dill "Tibi mearum dare velim," inquit. Iem dixit se eas induere non posse, gratias tamen agere. vale diximus, et Dill domum intravit. evidenter meminerat se mihi sponsum esse, nam cursu exiit et coram Ieme mihi basium celeriter impegit. "Curate ut scribatis, constatne?" ad nos clamavit.

Etiamsi bracis suis Iem in tuto vestitus esset, multum dormire non potuissemus. sonitus quisque e lecto meo in porticu postica auditus ter magnificatus est; stridor quisque pedum per glaream incedentium erat Bous Radleius ultionem petens; Afer quisque qui ridens noctu praeteriit erat Bous Radleius qui liberatus nos exsequebatur; insecta quae in foriculam se contuderunt erant Boi Radlei digiti qui vesani transennam divellebant; arbores meliae erant malevolae, imminentes, vividae. inter somnum et insomniam morabar, donec fratrem murmurantem audivi.

"Dormisne, o Triocellula?"

"Insanisne?"

"St. Attici lampas non ardet."

Ob lunae lucem diminuentem, Iemem pedes de lecto movere vidi.

"Eas petiturus sum."

Me in lecto erexi. "Non potes. prohibebo te."

Camisiam cum difficultate induebat. "Eundum'st."

"Si ibis, Atticum suscitabo."

"Si suscitabis, te necabo."

Eum mecum in lectum detraxi. ei rationem afferre conabar. "Dominus Nathan eas mane inventurus est. scit te eas amisisse. ubi eas Attico ostendet, satis mali accipies, quid quaeris? cubitum redi."

"Scio etiam," inquit. "quam ob rem eae petendae sint."

Aegrotabam. si ad eum locum solus redeat—Dominae Stephaniae verba memineram: Dominum Nathanem tubum alterum habere, si strepitum quemcumque novum audiret, seu Aethiopis, seu canis seu—Iem id melius quam ego sciebat.

Desperabam. "Audi, non operae pretium'st, Iem. si vapulabis, dolebis, sed dolor mox deminuet. corpus tuum glande plumbea detruncabitur. amabo . . ."

Ille animam patienter exspiravit. "Ego—" murmurare coepit;

subinde, "hac de re quaeritur," ait,"o mea Scytha. numquam memoria mea ab Attico vapulavi."

Quae res cogitanda erat. Atticus nobis aliquid fere cottidie minitari visus est. "Dicere vis scilicet te nondum ab eo prehensum esse in aliqua re."

"Fortasse recte dicis, sed tantummodo ita continuere volo, Scytha. hac nocte ita facere non debuimus, Scytha."

Tunc, credo, Iem et ego inter nos digrediebamur. aliquando eius mentem non comprehendebam, sed non diu perturbabar. haec tamen res supra experientiam meam erat. obsecrans, "amabo te," inquam. "nonne paulisper cogitare potes? solus eris, et in isto loco—"

"Tace!"

"Ne credas illum tecum numquam iterum locuturum: haec non est res . . . eum excitabo, Iem, iuro me excitaturum—"

Iem cubicularia mea summa collare prehensa vehementer intorsit. strangulata aegre, "Tecum ibo," aiebam.

"Non itura es, nam strepitum facies."

Nihil mihi profui. posticum reclusi, et, dum ille gradus furtim descenderet, tenui. ad horam secundam erat. luna cadebat, et umbrae eae quae transennam fuscaverant ambiguae ad nihilum pallescebant. illius cauda camisiae alba huc illuc volitabat haud aliter quam larva parvula quae saltatrix diem accedentem fugiebat. aura lenissima flabat et sudorem meum qui per ilia defluebat refrigeravit.

Ille ad saeptum a tergo per Cervi Pascuum et scholae hortum circumiturus esse mihi quidem visus est: eo enim cursum dirigebat. quod iter tanto longius erat ut non esset tempus metuendi mihi. exspectavi dum tempus metuendi advenit, si forte Domini Radlei sclopetum auditurus essem. tum credidi me audisse saeptum posticum strepitare. quae tamen optatio vana erat.

Tum Atticum tussire audivi. spiritum retinui. aliquando cum ad balneum media nocte peregrinabamur ei legenti obviam ibamus. dicebat se saepe nocte expergisci, nos inspicere, somnum legendo repetere. exspectavi oculis intentis verita ne lampas eius arderet, neve atrium illustraret. illustratum non est, et respiravi.

Blattae cubitum ierant, sed meliarum arborum bacae maturae quotiens ventus eas deturbabat tectum pulsabant, et caligo latratu canum longinquo desolata est.

Ecce ille mihi redibat. camisia eius alba ad saeptum posticum supra volitabat, et lente visu amplior fiebat. gradus posticos ascendit, ianuam occlusit, in lecto sedit. sine verbis bracas ostendit. recubuit, et paulisper lectum eius trementem audivi. mox immotus erat. postea motum audivi nullum.

VII

Septem dies Iem difficili animo et tacitus erat. ut Atticus me prius monuerat, fratris in corpus intrare et ibi versari conata sum: si ego secunda hora noctis locum Radleianum sola adiissem, funus meum post meridiem die proximo habitum esset. itaque Iemem solum reliqui, molestiam declinavi.

Ad scholam reditum est. gradus secundus malus erat aeque ac primus, sed etiam peior. isti chartas coram te adhuc proferebant, et te legere aut scribere prohibebant. Dominae Carolinae progressionem per risus celebritatem e proxima classe aestimare posses; grex idem ut solet in primo gradu non probatus erat et ad pueros continendos magistram iuvabat. unica res bona secundi gradus haec erat, quod hoc anno me ac fratrem easdem horas adesse oportuit, et tertia hora domum una ambulare soliti sumus.

Olim cum domum redeuntes hortum scholae post meridiem transiremus, Iem subito, "Est aliquid," inquit, "de quo te certiorem non feci."

Cum haec sententia prima esset quam completam nonnullis diebus ediderat, animum eius confirmavi. "Qua de re?" inquam.

"De illa nocte."

"Nihil quidem de illa nocte mihi locutu's," inquam.

Mea verba ceu culices molestos manu abegit. parumper silebat, deinde, "Cum ad bracas revenissem—" aiebat, "cum eas exuerem, ita implexae erant ut detrahere difficillimum esset. cum revenissem—" spiritum suum alte petivit, et "cum revenissem," iteravit, "eae compositae et erugatae in saepto sedebant, tamquam si me exspectarent."

63

"Sedebant—"

"Atque alia res est—" vox Iemis frigida erat. "tibi domi monstrabo. consutae erant. non tali modo quali femina suens usa esset. eo tamen modo quo ipse uti conatus essem. res erat aspera et iniqua. tamquam si, credo—"

"—aliquis sciret te ad eas reventurum."

Iem horruit. "Tamquam si in mentem meam aliquis perspiceret … tamquam si aliquis intellegeret quid agere in animo haberem. num quis intellegere potest quid agere in animo habeam, Scytha, nisi me novit?"

Dolorem meum, credo, re vera sibi obsecrabat. ita respondi ut animum eius erigerem: "Nemo intellegere potest quid agere in animo habeas nisi tecum in eadem domo habitat, et equidem ipsa aliquando non intellego."

Arborem nostram praeteribamus. cuius in nodo ecce lini cineracei glomus iacebat.

"Ne capias, Iem," inquam. "est conditorium alicuius."

"Non credo, Scytha."

"Immo aut Gualterus Vafer aut puer alius huc cottidie sub intervallum venit et res suas condit—et nos advenimus et ab eo surripimus. audi, linquemus id et dies paucos exspectemus. si eo tempore non sublatum erit, capiemus. bene'st tibi?"

"Bene, credo. fortasse recte dicis," inquit Iem. "pueruli cuiusdam locus est, ubi res suas pueros grandiores celare solet. dum enim pueri in ludo adsunt, tum solum res invenimus."

"Ita vero," inquam, "sed aestate numquam advenimus huc."

Domum imus. postridie mane linum erat ubi reliqueramus. cum tertio die adhuc ibi esset, Iem in sinu suo posuit. postea quae omnia in nodo invenimus nostra propria ducebamus.

Gradus secundus atrox erat, Iem autem mihi affirmavit quanto ego adolescerem, tanto mihi ludum meliorem fore, atque idem se initium fecisse; neminem enim aliquid pretii accepturum esse priusquam ad sextum gradum pervenisset. atque sexto gradu ab initio ipse delectari visus est: paulisper Aegyptiorum studio valde deditus est, id quod me omnino elusit. ambulare saepe conabatur quasi figuram planam potius quam solidam haberet, bracchiorum alterum a fronte alterum a tergo proiciens, et alterum pedem post alterum ponens. affirmavit Aegyptios sic ambulare: ego negavi me intellegere quomodonam hi aliquid confecturi essent si ita ambularent; Iem autem dixit illos plura quam Americanos confecisse, enimvero chartam hygienicam et corporum condiendorum modum perpetuum invenisse, quae nisi invenissent, quomodo res nostra hodie haberetur? Atticus mihi dixit si adiectiva illa delerem facta ipsa haberem.

In Alabama commutationes temporum clare non definiuntur: aestas ad autumnum sensim fluit, et aliquando autumnum non secuta est hiems, sed ad ver novum se vertit quod in aestatem rursus solvitur. autumnus illo anno diuturnus erat, et satis calidus ut plerumque tunicae manuleatae non opus esset. quodam die mense octobri Iem egoque caelo adhuc miti post meridiem per lentum cursum nostrum ibamus, cum nodus ille nos iterum moratus est. candidum aliquid eo die inerat.

Iem mihi iusta perficere permisit: duas imagines sapone sculptas extraxi. altera pueri formam habebat, altera stolam rudem gerebat.

Quia primo oblita eram nigromantiam non esse rem, statim ululavi et eas humum deieci.

Iem eas arripuit. cum clamore "Quid istuc est?" inquit. ab imaginibus pulverem rubrum detergebat. "hae sunt bonae," inquit, "tam bonas numquam vidi quam has."

Mihi eas ostendit. minutae imagines erant paene perfectae duae. puer bracas decurtatas gerebat, et incompti crines sapone exculpti ad supercilia cadebant. ad fratrem oculos sustuli. acumen quoddam capillorum fulvorum e caesarie delapsum est; id quod prius me fugerat.

Iem ad me a pupa puellari spectabat. pupa puellaris antias gerebat. ego quoque pariter gerebam.

"Hae nos simulant," inquit.

"Quis eas fecit, putan'?"

"Ecquem e vicinis scimus qui sculpit?"

"Dominus Avernus."

"At hic suo modo facit. ligna secat tantum."

Dominus Avernus cremiorum virga nova fere omni septimana utebatur: quam ad dentiscalpium praeacuebat et manducabat.

"Est ille, Dominae Stephaniae Corvinae amator senilis," inquam.

"Pro certo is sculpit, sed ruri procul habitat. quando nos animadverteret?"

"Fortasse in porticu sedet et ad nos potius quam ad Dominam Stephaniam spectat. si in eius loco essem, ita agerem."

Iem ad me tamdiu intuitus est ut quid haberet rogaverim, sed non respondit nisi "Nihil, Scytha." ubi domum pervenimus, pupas in arcam suam posuit.

duabus post septimanis mastichae sarcinulam completam invenimus, quam cum voluptate voravimus. res enim illa—id est quod omnia in loco Radleiano venenata esse—Iemis memoriam effugerat.

Postera septimana nodus ille nomisma memoriale reddidit. Iem Attico monstravit, qui id dixit nomisma orthographicum esse; ante enim nos natos, scholas pagi Maicomii certamina orthographica habuisse et nomismata victoribus praemia assignavisse. Atticus dixit haud dubie nescioquem id amisisse, et nos rogavit num e vicinis aliquem interrogavissemus? ubi quo loco invenissemus dicere conata sum, Iem me calce tamquam camelina contudit. Atticus rogatus num quem meminisset qui nomisma tale sustulisset negavit se quemquam novisse.

Praemium maximum quattuor post diebus apertum est. erat horologium bracchiale quod currere noluit, ad catenam cum cultello aluminio aptum.

"Est auri albi, Iem, putan'?"

"Nescio. Attico monstrabo."

Ille dixit omnia fortasse decem dollariorum pretium habitura, si nova essent, videlicet horologium cum cultello catenaque. "Nempe id cum aliquo in schola permutasti?"

"Minime vero, domine!" Iem horologium avi sui e sinu extraxit quod Atticus ei uno die e septem gerere permittebat dummodo optime curaret. quotiens horologium gerebat, tanta cura solo ingrediebatur ut tamquam in ovorum putaminibus incedere videretur.

"Si adnues, Attice, hoc quam illud habere malim. fortasse resarcire potero."

Cum avi horologium novitatem amisisset, et vel uno die gerere molestum factum esset, quota esset hora non iam tanta assiduitate ei cognoscendum erat.

Opera eius modice evenit, nullis partibus derelictis praeter elastrum et duas res minores; sed horologium currere noluit.

"Eheu, numquam currere volet," ingemiscebat. "Quin age, Scytha—?"

"Quid?"

"Quisquis est, nonne epistulam ad eum scribamus qui has res nobis relinquit?"

"Bene erit, Iem, gratias agere possumus—quid agitur?"

Iem aures tenebat, caput huc illuc quatiens. "Non capio, nullo modo capio—non intellego quare, Scytha . . ." ad atrium spectabat. "Atticum certiorem facere in animo habeo—sed non faciam, credo."

"Ego pro te eum certiorem faciam."

"Noli quidem, ne ita agas, Scytha. mea Scytha?"

"Quidnam?"

Mihi aliquid narraturus totum vesperum fuerat; vultu se modo alacriore praestabat et ad me propius acclinabat, inde consilium commutabat. iterum commutato "Nihil est" inquit.

"Ecce. epistolam scribamus." tabellam et stilum sub nares eius propuli.

"Ita vero. Domino nostro salutem ducimus . . ."

"Quomodo virum esse scis? Domina Maudia est, credo—iamdudum ita credebam."

"Phy, Domina Maudia masticham mandere non potest—" Iem ridebat. "scito eam aliquando dulce loqui. olim eam ad manducationem vocavi, et illa 'Benigne,' inquit. masticham enim ad palatum suum haerere et se elinguem reddere." haec Iem caute aiebat. "nonne dulce loquebatur?"

"Dulce quidem. sane aliquando dulce loquitur. sed nullo modo horologium catenamque haberet."

"Domino nostro salutem dicimus plurimam," inquit Iem. "magni aestimamus istud—potius omnia aestimamus ista quae in arborem nobis posuisti. scripsit tuus amicus verus Ieremias Atticus Fringilla."

"Non intelleget qui sis, si ita nomen subscribes, Iem."

Iem nomen suum erasit et scripsit, "Iem Fringilla." subscripsi "Ioanna Ludovica Fringilla (Scytha)." ille epistolam in involucrum posuit.

Postridie mane ut ad ludum ibamus me cursu antecessit et ad

arborem illam constitit. oculis sublatis contra me stabat. vultum eius prorsum pallescere vidi.

"*Scytha!*"

Ad eum cucurri.

Aliquis nodum nostrum caemento compleverat.

"Ne lacrimes, Scytha, age … ne lacrimes, amabo, ne moleste feras—" sic mihi usque mussabat dum ad scholam pervenimus.

Postquam domum ad cenam revenimus, Iem cibum obsorbuit, ad porticum ruit, in gradibus constitit. eum secuta sum. "Nondum ille praeteriit," inquit.

Postridie Iem vigiliam iteravit et praemium cepit.

"Salve, o Domine Nathan," inquit.

Hic praeteriens "Salvete, Iem, Scytha," inquit.

"O Domine Radlei," inquit Iem.

Dominus Radleius se vertit.

"O Domine Radlei, en—tune caementum in nodo illo arboris illius posuisti?"

"Posui," inquit. "illum complevi."

"Cur ita fecisti, domine?"

"Arbor moritura est. caemento eas imples cum aegrotant. debes hoc scire, Iem."

Iem nihil postea de hac re usque ad vesperum dixit. cum arborem nostram praeteriremus, caementum eius quasi tacita cogitatione palpitavit, et cogitare assidue perstitit. ad iracundiam quandam se adducere videbatur, itaque me semotam tenebam.

Ut solet, Attico a negotiis revenienti vesperi obviam imus. cum ad gradus nostros pervenissemus, Iem "Eccam," inquit, "specta, sis, o domine, ad illam arborem."

"Quam arborem, o mi gnate?"

"Eam quae e schola venientibus in loci Radleiani angulo est."

"Specto quidem."

"Moritura est illa arbor?"

"Minime, mi fili, ita non credo. specta ad folia quae omnia viridia et integra sunt, neque eis usquam est labes atra—"

"Nonne aegrotat etiam?"

"Illa arbor firma valetudine utitur aeque ac tu, Iem. qua re?"

"Dominus Nathan Radleius dixit eam morituram esse."

"Fortasse recte. scilicet de arboribus suis Dominus Radleius plura scit quam nos."

Atticus abiit, et nos in porticu manebamus. Iem columna nitebatur, eam umeris fricans.

"Prurisne, Iem?" quod ego quantum valebam comiter rogavi: is non respondit. "Quin age, intus veni, Iem."

"Serius."

Ibi ad noctem stetit, et eum exspectavi. postquam in aedes intravimus, eum lacrimasse intellexi; vultus eius eo modo maculosus erat. insolitum tamen putavi quod lacrimantem non audivi.

VIII

Profundis de causis quas ne peritissimis quidem e vatibus Maicomensibus percipere datum est, illo anno autumnus in hiemem se vertit. Atticus dixit nos frigora ab anno MDCCCLXXXV maxime intolerabilia quattuordecim dies passos esse. Dominus Avernus in Lapide Rosetta hoc scriptum esse affirmavit: cum liberi nec patri nec matri parerent, cum sigarettas fumarent, cum inter se bellum gererent, tum tempestates mutaturas esse: Iem egoque scelere onerati sumus, qui obnoxii ad naturae errores aliquid attulissemus, quo facto nos vicinis miserias, ipsis aerumnas creavimus.

Domina Radleia anus illa hieme mortua est, mors tamen eius vix tranquillitatem nostram turbavit. nos vicini raro eam videbamus nisi cannas Indicas irrigantem. Iem egoque credidimus eam a Boo tandem interemptam esse, Atticus autem, cum ab aedibus Radleianis revenisset, eam naturae concessisse dixit, id quod nobis incommodo erat.

Susurrans Iem, "Roga eum," inquit.

"Ipse roga, natu maior es."

"Qua re tu rogare debes."

"O Attice," inquam, "Dominumne Artorium vidisti?"

Ille ephemeridem usque sustinens atque me oculo obliquo severe intuens, "Non vidi," inquit.

Iem me vetuit plura rogare. negavit nos decere Atticum turbare cum adhuc de nobis et Radleiis stomachosior esset. Iem suspicabatur Atticum credere nos aestate superiore res ultra rutabulum nudatum solum gessisse. suspicandi causam se non tenere, imagunculam tamen in animo suo latere.

Postridie mane experrecta sum, per fenestram spectavi, et terrore paene mortua sum. ululatu meo Atticus e balneo suo semirasus ductus est.

"Heus Attice! eheu, orbis terrae dilabitur! fac aliquid, sodes—!" ad fenestram eum traxi et digito monstravi.

"Nullo modo," inquit. "ningit."

Iem Atticum rogavit num nix mansura esset. quamquam nivem ipse numquam viderat, attamen quid esset sciebat. Atticus negavit se de nive plura quam Iemem scire. "Credo tamen nivem, si ita aquosa sit, mox ad pluviam mutaturam esse."

Telephonum tinniit et Atticus ut responderet prandium reliquit. ubi revenit, "Erat Eula Maia," ait. "verba eius haec profero: 'Quoniam in pago Maicomio ab anno millesimo octingentesimo octogesimo quinto non ninxit, hodie nulla schola erit.'"

Telephonista erat Eula Maia Maicomi prima. ei permissum erat pronuntiationes municipales facere, nuptias promulgare, ad incendia exstinguenda sirena uti, de primo auxilio praecepta Doctore Reinoldo absente edere.

Cum tandem Atticus nos ad ordinem revocasset, et ad patellas potius quam per fenestras spectare iussisset, Iem rogavit, "Quomodo virum nivalem facias?"

"Quam rem ne suspicione quidem attingere possum," inquit Atticus. "spem vestram fallere nolo, dubito tamen num satis nivis sit ad pilam quidem nivalem faciendam."

Calpurnia intravit et dixit nivem iacere, ut ipsa crederet. ubi eo festinavimus, hortum posticum nive oppletum exigua et umida invenimus.

"Per nivem oberrare non debemus," inquit Iem. "ecce, eam incessu nostro usque perdimus."

Ad vestigia mea liquescentia respexi. Iem dixit si moraremur dum iterum ningeret, nos nivis satis ad virum nivalem faciendum coacervare posse. linguam exserui et nivis plumeae pingue aliquid captavi. urebat.

"Iem, quam est calida!"

"Minime. ita frigida est ut urat. ne edas, quaeso, Scytha, nam perdis eam. da ut libere cadat!"

"Sed in ea ambulare volo."

"Audi. apud Dominam Maudiam ambulare possumus."

Iem hortum anticum altero pede saliens transiit. secuta sum in eius vestigiis. cum in tramite pro Dominae Maudiae aedibus essemus, Dominus Avernus nobis obviam iit. vultus ei rubicundulus, et abdomen ingens sub balteo erat.

"Aspicite, intellegitisne quid egeritis?" inquit. "Maicomi ab Appomattoce non ninxit. vestrum est puerorum malorum genus quod tempestates mutare facit."

Mecum volutabam num Dominus Avernus sciret quanta spe aestatem posteram eum spectassemus, si forte munus illud redintegraret. si hoc nobis peccatorum praemium esset, peccare non nihil momenti habere. sed non in animo volvebam unde Dominus Avernus nuntios meteorologicos collegisset: recta via a Lapide Rosetta venisse.

"O Iem Fringilla, heus tu Iem Fringilla!"

"Domina Maudia te vocat, Iem."

"Manete omnes in medio horto. est armeria maritima quaedam sub nivem prope porticum aliquo loco sepulta. nolite in eam ingredi!"

"Factum, domna!" Iem vocavit. "nonne pulchra est, putan', Domina Maudia?"

"Nullo modo est pulchra mecastor. si hac nocte gelabit, meae azaleae cunctae pessum ibunt!"

Petasus illius vetus pruina crystallina micabat. se humum inclinabat ut frutices quasdam parvas textili amiciret. Iem eam cur ita faciat rogavit.

"Ut fovendo eas tepefaciam," inquit.

"Quomodo flores tepescere possunt? eis sanguis non est circumiens."

"De quo rogavisti, responsum non est mihi, o Iem Fringilla. hoc autem pro certo habeo: si hac nocte gelabit, has herbas gelicidio perituras esse. itaque tegendae sunt. audin'?"

"Audio, domna. ehodum, o Domina Maudia?"

"Quid est, o amplissime?"

"Licetne mihi Scythaeque nivis tuae mutuari?"

"Di immortales, cunctam ferte! est sub aedibus corbis vetus qua Persica quondam colligebam: vobis in ea nivem auferre licet." illa limis oculis nos aspexit. "O Iem Fringilla, quomodo mea nive uti in animo tuo habes?"

"Videbis," inquit Iem, et nivis quantum potuimus ex Dominae Maudiae horto ad nostrum transportabamus, qua re nos umore nivali valde madefacti sumus.

"Quid facturi sumus, Iem?" inquam.

"Videbis," inquit. "agedum sportellam cape et quantum colligere poteris nivis e postico horto ad anticum fer." et me monebat: "cura tamen ut retrorsum, amabo, in vestigiis tuis ambules."

"Infantemne nivalem habituri sumus, Iem?"

"Immo, verum virum nivalem. multi laboris opus est."

Ad hortum posticum currit, ligonem fert, post ligni acervum solum effodere celeriter incipit. si vermes aliquas invenit, ad latus ponit. domum intrat, cum corbe lavatoria redit, ad hortum anticum portat.

Cum corbes quinque solo duas nive completas haberemus, Iem affirmavit nos rem incipere paratos esse.

"Nonne putas hoc nescioquomodo squalidum esse?"

"Nunc quidem squalidum esse videtur, brevi autem transfigurabitur."

Iem manibus aliquot limi tulit, in tumulum formavit ad quem plus atque etiam plus cumulavit donec truncum creavit.

"Iem, Aethiops nivalis est res ignota," inquam.

"Niger diu non manebit," grundiens ait.

Iem ramulos e Persico ab horto postico carpsit, et implexos in ossa flexit ut limo tegerentur.

"Iste Dominam Stephaniam refert, manibus ad coxam flexis," inquam. "corpus obesum, bracchiola macerrima."

"Pinguiora ea faciam." Iem aquam in virum luteum sparsit et plus limi addidit. meditans paulisper ad eum spectavit, deinde ventrem magnum sub corporis mediam partem formavit. ad me aspiciens, oculis micantibus: "Nonne Dominus Avernus," inquit, "forma sua virum nivalem quodam modo refert?"

Nivis aliquot manibus tulit, qua eum crasse linebat. tergum linere mihi concessit tantum, cum sibi partes publicas servaret. Dominus Avernus gradatim albescebat.

Ligni sarmentis ad oculos, nares, os, globulos usus, fecit ut Dominus Avernus iracundissimus videretur. baculum cala fecit, id quod imaginem expolivit.

"Pulchrum'st, Iem," inquam. "videtur tamquam tibi locuturus esse." Cum verecundia quadam "Nonne pulchrum?" inquit.

Dum Atticus cenatum rediret avide exspectabamus. telephonavimus igitur et diximus nos ei aliquid magnum atque mirabile habere. mirari visus est cum maiorem postici horti partem in antico horto conspexisset, dixit autem nos rem egregiam confecisse. Iemi "Nesciebam quomodo rem facturus esses," inquit, "sed quid tibi accidere posset dehinc me numquam inscius sollicitabo, mi gnate; semper consilium habebis."

Iemis aures propter huius laudes rubescebant, sed cum Atticum pedem referentem vidisset, oculos acriter sustulit. Atticus ad virum nivalem parumper intuitus est. surrisit, et statim cachinnatus est. "Mi fili, quid tibi munus futurum sit nescio. utrum faber eris an iurisconsultus an hominum pictor? obtrectationem vel paene calumniam in antico horto perfecisti. homunculus iste nobis aliquo mutandus est."

Iemem admonuit speciem operis illius aliquantulum mutare: id est scopam pro cala inferre, et praecinctorio vestire.

Iem explanavit quomodo si ita eum mutaret, nivalis vir lutulentus fieret, nec iam vir foret nivalis.

Atticus "Mihi nihil pensi adest quid facias," inquit,"dum aliquid facias. non licet tibi in vicinorum imitationibus creandis vitam agere."

"Imitatio non est," inquit Iem. "exemplum est diligens."

"Fortasse Dominus Avernus aliter arbitrabitur."

"Mihi consilium'st!" inquit Iem. viam cursu transiit, in Dominae Maudiae hortum posticum evanuit, triumphans rediit. petasum eius in nivalis viri caput posuit et forfices eius ad cubitum inseruit. Atticus dixit hoc sibi placere.

Domina Maudia ianuam anticam aperuit et in porticum exiit. nos trans viam aspexit. subito risit et vociferata est: "O Iem Fringilla," inquit, "o improbissime, petasum mihi redde, quaeso!"

Iem oculos ad Atticum sustulit, qui abnuit. "Tragoediam agit modo," inquit, "eam valde permovit magnum istud opus."

Atticus ad Dominae Maudiae tramitem lente transiit, ubi cum multa bracchiorum iactatione in colloquium venerunt, cuius verba haec sola audire potui: "... morphoditum absolutum in eo horto statuerunt! o Attice, numquam istos educare poteris!"

Post meridiem non iam ningebat, frigus tamen increscebat. quot dirissima Dominus Avernus praedixerat, tot ad noctem re vera evenerant: Calpurnia curavit ut in omnibus focis ignes flagrarent; nihilominus magno frigore confecti sumus. Atticus, cum domum vesperi rediisset, dixit nos pessimum quidem passuros esse, et Calpurniam rogavit num nobiscum pernoctare velit. quae nostra ad tecta alta et fenestras longas intuita, dixit se suis in aedibus calidiorem fore, ut crederet. Atticus autocineto eam domum vexit.

Antequam obdormivi, in cubiculo meo Atticus plus carbonis ad focum reposuit. frigoris mensuram sedecim graduum esse dixit, et frigidissimam hanc noctem e memoria sua, et in horto glacie virum nostrum nivalem rigere.

Perbrevi tempore, ut mihi visum est, e somno excitata sum: aliquis enim me agitabat. Attici caracalla sua me tegebat. "Iamne mane'st?"

"Dulcissima, surge."

Atticus stolam meam et paenulam proferebat. "Primo stolam indue," inquit.

Iem prope Atticum stabat, semisomnus et immundus. paenulam suam ad cervicem ut clauderetur altera manu tenebat, alteram in sinum inseruerat. crassiore corpore esse nescioquomodo mihi visus est.

"Festina, o mel meum," inquit Atticus. "ecce pedulia tua et calcei."

Stupefacta induebam. "Estne mane?"

"Non. paucae minutae sunt post primam. age, festina."

Nos in discrimine aliquo extremo esse tandem intellexeram. "Quid est?"

Rem mihi explanare non iam necesse erat. ut aves intellegunt quo diebus pluviis eundum sit, ita ego rem intellegebam si quando in vico nostro aliquid mali esset. tenues sonitus quasi taffatae crepantis vel surdus properantium strepitus me inopem diro pavore implebant.

"Cuius est?"

Atticus clementer "Dominae Maudiae, mel meum," inquit.

Ad anticam ianuam stantes, fenestras Dominae Maudiae cenaculi flammas evomentes vidimus. quasi quod aspiciebamus confirmaret, sirenae publicae sonitus quae incendium proclamabat ad acutissimum crescebat, qua magnitudine eiulare pertinaciter instabat.

cum gemitu Iem "Nonne perdita est domus?" inquit.

"Credo," inquit Atticus. "agedum, audite ambo. abite et ante locum Radleianum consistite. procul manete, quaeso. videtisne quo ventus se vertat?"

"Etiam," inquit Iem. "Attice, putan' nobis supellectilem iam amovendam esse?"

"Nondum, mi fili. fac quid iubeam. curre nunc. Scytham cura, audin'? ne e conspectu tuo errare liceat."

Atticus ad portam anticam Radleianam nos pulsu agitavit. ibi stabamus ad viam spectantes quae a municipibus et autocinetis usque complebatur, dum domus Dominae Maudiae igni tacite devoratur. "Cur non properant, cur non properant . . ." Iem murmurabat.

Rem ipsam vidimus. autocinetum incendiale vetus, frigore interfectum, ab hominum multitudine ex oppido impellebatur. cum illi fistulam siphoni publico applicarent, fistula dirupta est, et aqua se in altum eiaculabatur et in pavimentum crepitans decidebat.

"Vae, o Iem . . ."

Iem me bracchiis suis amplexus est. "St. tace, Scytha. non est nunc tempus metuendi. quando ad id temporis venerimus, te certiorem faciam." municipes Maicomenses culti incultique passim supellectilem e Dominae Maudiae villa ad hortum vicinum transportabant. Atticum sellam illius oscillarem et gravem portantem vidi, et eum prudentem putavi qui eam rem servaret quam illa maxime diligeret.

Clamores interdum audivimus. tunc in fenestra vultus Domini Averni sursum apparuit. culcita e fenestra in viam impulsa, supellectilem deiciebat donec municipes clamaverunt, "Heus! descende, Ricarde! scala perditur! fuge, o Domine Averne!"

Dominus Avernus per fenestram evadere conabatur.

Iem "O Scytha," inquit anhelans, "in fenestra haeret. di meliora!"

Dominus Avernus in locum eum artum stricte compressus est. caput meum sub Iemis bracchium celavi neque iterum aspexi donec clamans, "Solutus est, Scytha!" inquit, "salvus est!"

Oculis erectis Dominum Avernum porticum superam transeuntem vidi. cruribus super vacerras iactatis, de columna lubrica descendebat cum lapsus est. cecidit, ululavit, Dominae Maudiae fruticem percussit.

Subito animadverti homines a Dominae Maudiae aedibus

retrorsum movere et nobis appropinquare. supellectilem non iam portabant. ignes ad tabulatum superum pervenerant et tectum edebant: contra interiora, quae propter flammas fulgore rutilo candebant, formae fenestrarum atrae videbantur.

"Iem, peponem prorsum refert . . ."

"Ecce, Scytha!"

Fumus ab aedibus nostris et a Dominae Rachelis ceu nebula ab amne surgens undabat, et homines fistulas eo trahebant. autocinetum incendiale quod Abbatis Villa advenerat curvamen viae eiulans circumiit et ante aedes nostras constitit.

"Liber ille . . ." inquam.

"Quid?" inquit Iem.

"Ille *Tom Swift* liber non est meus. Dillonis est . . ."

"Ne sollicita sis. non est nunc tempus metuendi. eccum." digitum ad Atticum intendit.

Ille inter vicinos quosdam manibus in caracallae sinu positis ita stabat, quam si pediludium spectaret. Domina Maudia cum eo erat.

"Eccum. ille nondum metuit," inquit Iem.

"Cur non sursum est in tecto alicuius villae?"

"Iam nimium aetate provectus est. cervicem sibi frangeret."

"Putan', cogamus eum rem nostram amovere?"

"Ne eum sollicitemus." inquit Iem. "sciet ipse quando tempus adsit."

Autocinetum incendiale Abbatisvillense aquam ad aedes nostras proicere coepit: homo in tecto sedens locos eos digito indicavit quibus aquae opus erat maius. vidi Morphoditum nostrum Absolutum atrum factum collabi; petasus Dominae Maudia in summo acervo iacebat. forfices eius non vidi. propter magnum calorem qui erat inter aedes nostras et Dominae Rachelis et Dominae Maudiae, homines iamdudum abollas et paenulas exuerant. veste cubiculari vel camisiis nocturnis intra bracas succinctis laborabant, sed me non fugit quanto frigore ibi stans lente conficerer. Iem me fovere conatus est, sed bracchium eius satis non erat. me ab eo diduxi et umeros meos complexa sum. interdum saltando pedes sentire poteram.

Autocinetum tertium apparuit et ante Dominae Stephaniae Corvinae constitit. sipho aliam fistulam tenere non poterat, et homines villam exstinctoriis manualibus madefacere conati sunt.

Quod ferreum erat Dominae Maudiae tectum, evenit ut flammae

exstinctae sint. aedes cum fremitu collapsa est. ignes ubique emicabant, quapropter complures qui in summis vicinorum tectis erant scintillas et tigilla incandescentia ad ignes exstinguendas lodicibus caedebant.

Iam dilucescebat cum homines primo singillatim deinde catervatim discedere coeperunt. autocinetum incendiale Maicomense ad oppidum retro impulsum est, autocinetum Abbatisvillense excessit, tertium manebat. postridie id cognovimus a Clerici Ferrio venisse, oppido quod sexaginta milia passuum abest.

Iem egoque trans viam glacie lapsi sumus. Domina Maudia ad lacunam in horto fumantem intuebatur, et Atticus capite quassato nos admonuit eam nobiscum colloqui nolle. nos domum duxit, umeros nostros complexus ad viam gelidam transeundam. dixit Dominam Maudiam apud Dominam Stephaniam ad tempus deversaturam esse.

"Ecquis socolatae calidae bibere vult?" inquit. horrui ubi ignem Atticus in culina accendit.

Dum bibimus, animadverti Atticum primo cum curiositate me spectare deinde cum severitate quadam. "Credo me iussisse vos in eo loco manere," inquit.

"Immo ita fecimus. mansimus enim . . ."

"Cuinam est lodix ista?"

"Lodix?"

"Ita vero, domna, lodix. non est nostra."

Despexi et cognovi me lodicem fulvam et laneam amplecti quam ad umeros mulieris Indoamericanae more gerebam.

"O Attice, nescio, domine . . . ego—"

Me ad fratrem verti si forte explicare posset, sed is etiam quam ego magis turbabatur. negavit se scire quomodo eam ibi advenisse, nos enim id quod iussisset admodum egisse, ad portam Radleianam procul ab omnibus constitisse, nihil movisse—tum Iem in dicendo haesit. sic garriebat:

"Dominus Nathan incendio adesset," inquit. "eum vidi, eum vidi, culcitam illam trahebat, Attice, credo . . ."

"Bene est, mi fili." Atticus lente ridebat. "Maicomenses hac nocte nescioquomodo omnes foris fuisse videntur. Iem, chartae emporeticae in promptuario est, credo. i feras, et nos—"

"Attice, nolo, domine!"

Iem videbatur mentis non compos esse. arcana nostra huc illuc effundere coepit salutem meam nedum suam omnino neglegens. nihil omisit; arboris nodum, bracas, cuncta aperuit.

". . . Dominus Nathan caementum in eam arborem posuit, Attice, et hoc fecit ut nos res invenire prohiberet—insanu'st, ut ferunt, sed Attice, persancte iuro eum numquam nobis nocuisse, numquam laesisse; me ab aure ad aurem iugulare ea nocte potuit, sed bracas meas sarcire maluit, numquam nobis nocuit, Attice—"

Atticus tam leniter, "Ohe, mi gnate," dixit ut multo laetior factus sim. manifeste ne verbum quidem Iemis intellexerat. nihil enim dixit praeter "Recte dixisti. melius est haec et lodicem inter nos continere. aliquando, fortasse, Scytha poterit ei gratias agere qui lodice tegeret."

"Cui gratias agam?" inquam.

"Boo Radleio. tu ita ad incendium spectandum occupata eras ut nihil senseris ubi ab illo lodice tegebaris."

Intestina mea aquosa facta sunt et paene evomui cum Iem lodice extensa ad me correpsit. "Clam se ex aedibus derepsit,—te verte, amabo—obrepsit et ecce, ita fecit!"

Atticus frigide "Noli propter hoc ad gloriam maiorem incitari, o Ieremia."

Iem frontem contrahens "Nihil," inquit, "de illo facere in animo habeo." scintillam tamen vidi ex oculis eius micantem qui iam de novis rebus cogitaret. "Puta, Scytha," inquit. "si te vertisses, eum vidisses."

Calpurnia nos meridie e somno excitavit. Atticus dixit nobis ad scholam hodie eundum non esse. qui enim nihil dormivissent eos nihil discere posse. Calpurnia imperavit nobis ut hortum anticum purgare conaremur.

Petasus Dominae Maudiae in glacie tenui suspensus est, ceu musca in sucino, et ut forfices inveniremus nobis sub luto fodiendum erat. ipsam invenimus in horto postico ad suas azaleas gelatas et atratas intuentem.

"Res tuas tibi referimus, Domina Maudia," inquit Iem. "maestissimi sumus."

Illa circumspexit, et umbra quaedam risus illius pristini vultum transiit. "Semper angustiorem domum desiderabam, o Iem Fringilla. mihi plus horti datum est. puta, maius ad azaleas meas nunc habebo spatium!"

"Num doles, Domina Maudia?" inquam, mirata. Atticus dixit domum fere solam rem ei esse.

"Doleam, cara? eho, stabulum vaccinum istud oderam. centiens animo volutavi num ipsa accendere vellem. me tamen in carcerem conicerent."

"Sed—"

"De me nil tibi metuendum, o Ioanna Ludovica Fringilla. est ratio rerum agendarum quam ignoras. nam casulam ipsa aedificabo et hospites aliquos excipiam et—non sine deis—ex hortis omnibus qui in Alabama sunt pulcherrimum habebo. Bellingrati isti admodum pusilli videbuntur cum ego incohata ero!"

Iem egoque inter nos aspeximus. "Quomodo coepta est ardere, Domina Maudia?"

"Nescio, mi Iem. ardebat, ut opinor, propter cuniculum fornacis. ignis cineri latebat ut a floribus quos in ollulis alebam frigus arceret. at audivi te socio improviso hesterna nocte obviam isse, o Domina Ioanna Ludovica."

"Quomodo novisti?"

"Atticus mihi ad oppidum hodie mane iens narravit. ut vera dicam, mihi placuisset si tecum fuissem. equidem sensus satis habuissem ut me verterem."

A Domina Maudia perturbata sum. perditis enim rebus suis ferme omnibus, confusoque horto eo quem ita diligebat, attamen rerum nostrarum studiosa consectator erat.

Perturbationem illa sensit, ut opinor. "Hoc tantum metuebam," inquit, "ne per hesternae noctis periculum et tumultum, tota regio ardesceret. Dominus Avernus in lecto suo septem dies erit— admodum infirmus est. aetate grandior est quam ut res illius modi ageret, et ita admonui. simul ac manus meas puras habebo et Dominae Stephaniae oculos fallere potero, ei placentam Alabamiam coquam. Stephania ista compositionem meam adipisci triginta annos conabatur, quod si putet me sibi idcirco daturam quod secum devertam, diutius reputandum est."

Suspicabar etiam si Domina Maudia haereret et compositionem suam Dominae Stephaniae daret, hanc nullo modo assequi posse. mihi eam conspicere olim permiserat: inter alia componenda sacchari opus erat unius sextarii.

Caelum tranquillum erat. aer tam frigidum et liquidum fuit ut horologium basilicae increpans et strepitans et aegre movens audiremus priusquam horam indicavit. nares Dominae Maudia colorem habuerunt qualem numquam antea videram, et de ea re quaesivi.

"Foris ab hora sexta hic sum," inquit. "iamdudum gelatae sunt, ut opinor." manus suas extendit. lineae minutae reticulatae palmas eius huc illuc transibant, quae luto et sanguine siccato fuscatae erant.

"Manus tuas perdidisti," inquit Iem. "cur hominem Afrum non conduces?" sane se suam rem condonare nullo modo ostendebat, cum addidit: "vel me Scythamve conducas, nos te iuvare possumus."

Domina Maudia "Gratias," inquit, "o praeclare, sed labor iste vobis proprius est." hortum nostrum digito indicabat.

"Morphoditum dicis?" inquam. "papae, eum puncto temporis eradere possumus."

Domina Maudia oculis demissis labrisque tacite moventibus ad me spectabat. subito manus ad caput posuit et ululavit. ubi discessimus, adhuc ridebat.

Cur ea se ita haberet, Iem nescire professus est. quam similis sui erat Domina Maudia.

IX

"Eho, quin probrum iam iam detractabis istud, scelus!"

Quod iussum, a me Caecilio Iacobo datum, mihi fratrique rerum difficiliorum initium fuit. digitis compressis pugnos faciebam et ferire parata eram. Atticus mihi promisit se me animadversurum esse, si quando cognosceret me iterum pugnis certavisse; multo me grandiorem aetate esse quam ut tam pueriliter agerem, et quanto maturius me continere possem, tanto magis omnibus profuturum esset. mox oblita sum.

Caecilius Iacobus me oblivisci coegit. pridie in horto lusorio nuntiaverat tatam Scythae Fringillae Aethiopum causas dicere. quam rem recusavi, sed fratri narravi.

"Quid in hoc loquendo dicebat?" inquam.

"Nihil," inquit Iem. "roga Atticum, is tibi enarrabit."

Vesperi eum rogavi. "Aethiopumne causas dicis, Attice?" inquam.

"Certe. noli 'Aethiops' dicere, Scytha. verbum incultum est."

"Est quod in schola omnes dicunt."

"Dehinc erit quod omnes absque una—"

"At enim si me ad ita loquendum educari non vis, cur ad ludum mittis?"

Pater meus ad me vultu iucundo leniter spectavit. quamvis inter nos consensum mutuum illum fecissemus, bellum meum ad scholam vitandam aliquo modo a primo scholae die continenter gerebam. anno superiore e kalendis septembribus, ex ordine animo liqueram, vertigine laboraveram, stomachi dolores leves passa eram. sestertium dare etiam ausa eram ut capite meo caput filii coquae Dominae

Rachelis fricarem qui herpete concinnato graviter affligebatur. contagio nulla fuerat.

Sed canis more aliud os agitabam. "Omnesne iurisconsulti Aethiopum, aio hominum Nigrorum causas dicunt?"

"Certe, Scytha."

"Cur, quaeso, Caecilius dixit te Aethiopum causas dicere? ita dixit quam si alembicum institueres."

Atticus gemitum dedit. "Causam hominis Nigri cuiusdam dico: quid quaeris? cui nomen est Tom Rubecula. in parva illa colonia ultra sterquilinium publicum sita habitat. ecclesiam eandem quam Calpurnia frequentat, quae eius familiam bene scit. illa dicit eos frugi et sobrios esse homines. Scytha, non tanta natu es ut res quasdam intellegas, sed sunt qui sermonem tumidum per oppidum distulerunt me non decere multum moliri ad hunc hominem defendendum. causa singularis est—non in iudicium ante conventus aestivales adducetur. Ioannes Sartor erga nos ita benevolens erat ut litem prorogaret . . ."

"Si te illum defendere non decet, cur defendis?"

Atticus "Multis de causis," inquit. "haec est prima: si eum non defendam, in oppido caput erigere non possim. personam illam in concilio pagano gerere non possim, etiam te fratremque in posterum coercere non possim."

"Dicis si tu illum non defendas, mihi fratrique ad te non iam respiciendum esse?"

"Recte habes."

"Cur?"

"Quod numquam in posterum ut me respiciatis vos rogare possim. Scytha, talia sunt iurisconsulti munera ut cuique in vita sua contingat causam unam agere quae se ipsum praecipue commoveat. haec causa est mea, credo. fortasse sermonem malum in schola audies, sed mihi ilico opem fer, amabo: caput erige. pugnos istos reprime. quidquid aliquis tibi dicat, ne ira et stomacho exardescas. mente tua vicem certare conare . . . bona est mens ista etsi eruditioni resistit."

"O Attice, victuri sumus?"

"Non vincemus, o mellite."

"Cur igitur—"

Atticus "Quod antequam coeperamus," inquit, "centum abhinc annis victi sumus, ideo non deterremur quin vincere conemur."

"Tu loqueris," inquam, "similiter ac Patruelis Isaacus Fringilla." hic erat veteranus qui e Confoederatis solus Maicomi supererat. barbam more Ducis Hood gerebat quam vanitate eximia ostentabat. quotannis semel aut non saepe Iem egoque eum salutabamus, et me ei osculum dare oportebat. horrendum erat. Iem egoque reverenter attendebamus dum Atticus et Patruelis Isaacus bellum recantant. "Do tibi, mi Attice," aiebat ille, "a Compositione Missuriana illa nos superati sumus, sed si me rursus idem pati oporteret, pedibus illuc iter facerem et pedibus retro iter facerem aeque ac prius pedibus iter fecimus, et praeterea hodie superaremus ... anno illo millesimo octingentesimo sexagesimo quarto, ubi Dux Stonewall Jackson circumivit—ignoscite mihi, pueri. ille noster quem Lucernam Caeruleam appellabamus apud caelestes iam fuit, Deus fronti eius beatae quietem det ..."

Atticus "Veni huc, mea Scytha," inquit. in gremium eius repsi et caput meum sub mentum subdidi. me complexus est et leniter huc illuc movebat. "hodierna res alia est," inquit. "hodie non cum Ianquis sed cum amicis nostris bellamus. hoc tamen memento, quamvis res acerba fiat, nihilo minus illi amici sunt nostri et haec est domus nostra."

Quam rem in animo tenens, Caecilio Iacobo in area lusoria postero die obviam ii: "Quin tu probrum istud iam detractabis, sceleste?"

"Quin tu me coges!" clamans inquit. "nostri dixerunt tatam tuum turpem esse et Aethiopem istum de aquae ducto suspendi debere."

Manus compressi ut eum pugnis contunderem, cum ea quae Atticus dixerat memineram. pugnos demisi et me removi, "Scytha fugax est" usque auscultans. numquam antehac e pugna me removeram.

Si cum Caecilio pugnem, Attici spem fallam. Atticus ita raro me fratremque sibi opem ferre iubebat ut Attici gratia fugax appellari paterer. quod hoc memineram, me ideo generosissimam fuisse sentiebam, et generosa tres septimanas mansi. deinde feriae nataliciae advenerunt. quanta calamitate ilico perculsi sumus.

Iemi mihique feriae nataliciae modo placebant modo displicebant. facies earum grata arbor erat et Patruus Ioannes Fringilla. quotannis pridie Natalem Christi Patruo Ioanni in statione Maicomi conveniebamus, et septem dies nobiscum manebat.

Facies autem tamquam nummi aversa lineamenta horrida exprompsit corporum Amitae Alexandrae et Francisci.

Patrui quoque Iacobi, mariti Alexandrae mentionem facere, credo, debui, sed cum is ne verbum quidem mihi ab infante umquam allocutus esset praeterquam ubi "De muro descende" semel iussit, nullam causam ad eum animadvertendum umquam attuleram. neque Amita Alexandra eum animadvertebat. multis abhinc annis Amita et Patruus Iacobus e repentino amicitiae impetu filium Henricum nomine pepererunt. qui quam primum domo discessit, uxorem duxit, Franciscum peperit. Francisco quotannis ad ferias natalicias apud avos relicto, Henricus et uxor suam voluptatem captabant.

Quamvis saepissime quereremur, Attico suadere non poteramus ut nobis Natalem diem domi agere liceret. quotannis memoria mea die Natali ad Fringillae Egressum adibamus. Amita erat bona coqua, quae res paulum rependebat quod diem festam cum Francisco agere cogerer. ille anno natu maior me erat, et eum idcirco vitabam quod quibuscumque rebus is delectaretur, eaedem me displicerent, et praeterea quod oblectamenta mea ingenua despiceret.

Amita Alexandra erat soror Attici, sed cum Iem mihi de liberis subditis et subditiciis enarravisset, credebam eam natam subditam esse, et avos meos fortasse Corvinam pro Fringilla accepisse. si quando ego mysticam eam rationem de montibus intellexissem quae mentem iurisconsultorum et iudicum praeoccupare videatur, Amita Alexandra instar Montis Everesti mihi fuisset: per adulescentiam meam frigida et sempiterna imminebat.

Postquam Patruus Ioannes e tramine pridie Natalem descendit, exspectandum erat nobis dum baiulus ei duos fasciculos longos traderet. Iem egoque semper mirum ducebamus quotiens Atticus Patruo Ioanni suavium in gena dabat: soli erant viri quos vidimus qui inter se osculabantur. hic cum Ieme dextram iunxit, me sursum vibravit, sed parum. Patruus Ioannes Attico capite brevior erat; quasi puerulus erat apud familiam, minor enim Alexandra erat natu. is et amita visu similes erant, sed patruus vultu suo melius utebatur: patrui quidem nares vel mentum acutum numquam cavebamus.

Ex eis qui physicae rationis periti erant hic inter paucos erat eorum qui me non terrebat, quod, credo, se medicorum more gerere numquam solebat. quotiens mihi vel fratri paulum aliquid ministrabat, ut puta fragmentum ligni e pede extracturus erat, semper prorsum explanabat quid acturus esset, et nobis aestimabat quantum doloris sensuri essemus, et volsellae suae usum explicabat si forte tali uteretur. Natali quodam ligni fragmentum in pede tortum fovens in angulis latebam neque aliquem adesse mihi sinebam. Patruus Ioannes, cum me invenisset, de sacerdote quodam me ridere coegit qui adeo ad ecclesiam ire oderat ut ad portam suam in veste cubiculari cottidie staret Arabici infundibuli usu se delectans, et curtas orationes coram praeterientes habens si cui consolationis spiritualis opus esset. interpellavi quidem ut quando id extracturus esset Patruum Ioannem iuberem me certiorem facere, sed fragmentum cruentum in volsella iam tollebat et dixit se dum riderem evellisse, id quod 'relativitas' appellatum esset.

"Quid eis fasciculis inest?" inquam, illos quos longos et angustos baiulus ei dederat indicans.

"Nihil ad te attinet," inquit.

Iem "Quomodo Rosa Alma se habet?" ait.

Haec Rosa erat Patrui Ioannis feles. erat femina pulchra et fulva; ille eam dicebat unam esse e paucis mulieribus quam perpetue ferre posset. e paenulae sinu picturas nonnullas protulit. eas mirati sumus.

"Obesior fit," inquam.

"Sane. nam et digitos omnes et aures e valetudinario relictos vorat."

"Ei, damnata ista fabula est," inquam.

"Pro pudor?"

Atticus dixit, "Noli animadvertere eam, Ioannes. te temptare vult. Calpurnia dicit eam ineptiis istis iam septem dies ultro locutam esse."

Patruus Ioannes frontem contraxit et nihil dixit. ratio mihi quamvis obscura haec erat: non tantum mihi verba ipsa sponte sua delectabant, sed etiam nescioquomodo credebam, si me in schola ea didicisse inveniret, Atticum me ad ludum ire non coacturum.

Sed dum vesperi cenamus, cum eum rogavissem ut damnatam istam pernam, si vellet, traderet, Patruus Ioannes digitum indicem ad me intendit. "Posthac ad me veni, o dominula," inquit.

Postquam cenavimus, ille ad atrium iit et consedit. femora concussit ut in gremio sessum venirem. me delectabat eum olfactare: olebat temetum et dulce nescioquid. crines meos leniter a fronte movit, et ad me spectavit. "Tu Atticum refers," inquit, "magis quam matrem tuam. et braculae tuae paulo minus ad te conveniunt."

"Sat conveniunt, mea sententia."

"Nonne verba huiusmosdi te iam delectant, ut puta 'damnatus' dicas vel 'gehenna'?"

Dixi me delectari.

Patruus Ioannes "Me tamen non delectant," inquit, "nisi quis magnam contumeliam acceperit. septem dies vobiscum adero, et verba eiusmodi dum adsum audire nolo. mea Scytha, ipsa tibi molestiam afferes si ita loquitari solita eris. nonne vis in mulieribus honestis et liberalibus adulta haberi?"

Abnui. "Vix aut omnino nolo."

"Immo vis. hem; ad arborem eamus."

Arborem usque ad horam somni ornabamus, et ea nocte de fasciculis illis duobus mihi fratrique paratis somniavi. postero mane Iem egoque ad eos impetum fecimus: Attici dona erant, qui Patruo Ioanni scripserat ut ad nos adipisceretur: quae optabamus accepimus.

"Nolite eos ad aliquid intra aedes intendere," inquit Atticus, postquam Iem ad picturam quae in pariete erat intendit.

Patruus Ioannes, "Necesse erit tibi," inquit, "eos artem sclopeti tractandi docere."

"Hoc tibi est," inquit Atticus. "Ego tantum fato ineluctabili obsecutus sum."

Voce illa qua in basilica uteretur orandum erat Attico ut nos ab arbore detraheret. sclopeta ad Egressum ferre vetuit (iam enim Franciscum sclopeto deicere in animo habebam) et dixit si quid mali perficeremus, se ea nobis in perpetuum adempturum.

Oppidulum Egressus Fringillae ita consistebat. per gradus trecentos sexaginta sex de alto colle ad ponticulum descenderes. adverso flumine ultra collem vestigia erant portus antiqui ubi quondam Nigri Fringillarum sarcinas gossypio et terrae fructibus completas naviculis imponebant; glaciales massas, farinam et saccharum, instrumenta agraria, et vestem muliebrem exponebant. via angusta a flumine orta inter arbores tenebricosas evanuit. ad finem viae erat villa alba quae duo tabulata porticu superiore et inferiore circumdata habebat. Simon Fringilla, unus e maioribus nostris, cum grandaevus esset, eam aedificaverat ut uxori importunae placeret. sed porticibus exceptis haec villa aliis eiusdem aevi aedificiis nullo modo similis erat. interiores partes villae Fringillianae et simplicitatem ipsius et fidem monstraverunt eam quae erga stirpem sane dubitatione omni vacua erat.

In superiore tabulato cubicula erant sex, quattuor ad octo filias apta, unum ad Optatum Fringillam, filium unigenam, unum ad necessarios si quis hospes viseret. satis facile, crederes. alterae tamen scalae erant quibus solis ad cubicula filiarum ascenderes, alterae quibus ad Optati cubiculum et cubiculum hospitale. filiarum scalae in parentum cubiculo sitae sunt quod in solo erat: itaque Simon semper noverat quota hora filiae suae noctu exirent aut redirent.

Culina erat quae a villa ipsa distabat, ad quam cryptoporticu lignea coniuncta erat; tintinnabulum erat in area postica aeruginosum quod in columellam fixum erat ad servos ex agris vocandos vel ad signum tempore formidoloso dandum. in tecto ambulatiuncula vidualis: nemo tamen vidua umquam ibi ambulabat. ex hoc loco Simon custodem suum custodiebat, naviculas fluviales spectabat, colonorum vicinorum vitam intuebatur.

Fabula domestica ut fit de Ianquis narrabatur: mulierem quandam Fringillarum, quae nuper sponsa erat, se omni veste nuptiali induisse ut ab hostibus qui prope agerent ferrentque conservaret; eam in ianua haesam esse sed aqua conspersam tandem fores impulsam esse.

Cum ad Egressum pervenissemus, Amita Alexandra Patruum Ioannem osculata est, Franciscus Patruum Ioannem osculatus est, Patruus Iacobus Patruo Ioanni dextram tacite dedit, Iem egoque Francisco dona dedimus, Franciscus nobis donum dedit. Iem se grandiore aetate fieri sentiebat et ad homines adultos inclinavit. me igitur reliquit ut consobrinum nostrum hospitio exciperem. Franciscus octo annos natu erat et capillos capiti adhaesos gerebat.

Officiose "Quid ad Natalem accepisti?" inquam.

"Omnia quae optabam," inquit. Franciscus petiverat bracas genuales, capsam scholarem e corio rubro factam, quinque camisias et fasciolam cervicalem innectam.

"Bellissimum," inquam, mentiebar tamen. "Iem egoque sclopeta aeria accepimus, et Iem instrumenta chemica—

"Oblectamenta puerilia, mea sententia."

"Immo, instrumenta vera. facturus est mihi atramentum invisibile et eo Dilloni scriptura sum."

Franciscus rogavit quomodo prodesset.

"Hem, nonne vultum eius animo fingere potes ubi epistulam a me accepit quae nihil continet? delirabit!"

Ubi cum Francisco colloquium habebam, mihi videbar quasi lentissime ad imum oceanum demergerer. puer erat omnium insulsissimus quibus obviam ii. ut qui Mobili habitaret, me ad eos qui in ludo imperium gerebant deferre non potuit; potuit tamen quae cognoverat Amitae Alexandrae omnia enarrare, quae invicem Attico omnia effundebat, qui ad libitum aut obliviscebatur aut mihi convicium faciebat. sed Atticum hoc tempore unico audivi aliquem vituperare, quo eum dicere audivi, "Soror, equidem pro virili parte nitor ut eos tractem." quae res nescioquomodo evenerat quod indumentum bracatum gererem.

Amita Alexandra de vestimentis meis studium effusum et immodicum praebebat. me non posse mulierem elegantem et politam fieri si bracas gererem: cum dicebam me nihil in veste muliebri agere posse, ea dicebat mihi nihil agendum esse quod bracas requiret. Amita Alexandra imaginem de gestu meo in animo suo hanc tenebat: ludo, ut me decet, cum fornaculis minutis, vel cum parvulis eis pocillis ansatis e quibus pueruli potum theae simulatum amiculorum circulo offerunt, et gesto quod mihi infanti ipsa dederat monile *Add-a-Pearl* istud cui margaritae plures usque emendae et addendae sunt. me quoque debere solis radiolum esse qui patris vitam desolatam luce illustraret. ubi memoravi me bracatam eodem modo solis radiolum facile fieri posse, illa dixit mihi etiam committendum esse ut solis radiolum moribus et gestu referrem. praeterea me bonam natam sed peiorem in annos usque factam esse. mihi offendit et stomachum in perpetuum movit, sed cum de illa re rogavissem, Atticus dixit iam satis esse solis radiorum inter familiares. itaque rem meam solitam gerendam, nec me ullo modo mutandam. sic enim me diligere.

Super cenam nataliciam ego ad mensulam parvam in cenatione sedebam; Iem Franciscusque ad mensam cenatoriam cum adultis sedebant. Amita me intercludere non desivit postquam Iem Franciscusque ad magnam mensam iamdudum provecti sunt. saepe me rogabam quidnam crederet me agere in animo habere: e sella surgere et aliquid iaculari? aliquando eam rogare cupiebam num mihi liceret ad magnam mensam semel modo cum ceteris sedere ut ei monstrarem quantum mihi inesset urbanitatis. etenim cottidie domi me sine gravi incommodo cenare. cum Atticum oravissem ut auctoritate sua uteretur, negavit sibi auctoritatis quicquam esse. nobis hospitibus quoquo loco illa iuberet ibi sedendum esse. addidit etiam Amitam Alexandram quippe quae numquam filiam habuisset in puellis cognoscendis imperitam esse.

Attamen per artem suam culinariam omne tulit punctum. ad cenam modicam nataliciam haec apponebant: carnis tria genera, holera aestiva ex armario prompta; Persica condita, placentarum duo genera, ambrosiam. postea adulti atrium petebant, et stupefacti recumbebant. Iem in solo iacebat et ego ad posticum hortum ii. Atticus iam ita somniculosus, "Paenulam indue," inquit, ut non audirem.

Franciscus iuxta me in gradibus posticis consedit. "Ea erat cena ex omnibus optima," inquam.

"Avia est coqua admirabilis," inquit. "artem me doctura est."

"Pueri non coquunt." ridebam Iemem imaginata coqui succinctorium gerentem.

"Avia dicit cunctos viros debere artem coquendi discere et uxores liberaliter habere, et ministrare eis cum aegrotent." sic ait consobrinus meus.

"Dillonem mihi ministrare nolo; illi ministrare malim."

"Dillonem dicis?"

"Ita. ne dicas aliquid de hac re, sed me in matrimonium ducturus est ubi adolevimus. ab aestate mecum pactus est."

Franciscus cachinnabat.

"Ecquid incommodi habet?" inquam. "est ei nihil incommodi."

"Dicisne istum homuncionem minutulum qui, ut avia narrat, quotannis aestate apud Dominam Rachelem habitat?"

"Certe dico."

"Omnia de eo scio," inquit Franciscus.

"Quid, quaeso?"

"Avia dicit eum domum non habere—"

"Immo habet, Meridiano habitat."

"—itaque gentiles eius inter se usque tradere, et Dominam Rachelem quotannis aestatem custodire."

"Francisce, non vero!"

Ille me deridebat. "Nonnumquam stupidissima es, o Ioanna Ludovica. sed parum novisti, credo."

"Quid ais?"

"Si Patruus Atticus tibi cum canibus improbis vagari permittit, ei soli res est, ut dicit avia, et tu in culpa non es. neque in culpa es, adde, si Patruus Atticus philaethiops est, sed mihi est te certiorem facere reliquam gentem nostram certe hoc indigne ferre—"

"Pro Gehenna, Francisce, quid tu dicis?"

"Enimvero quod dixi. avia dicit id satis malum esse quod ille vos omnes passim bacchari patiatur; sed nunc quod se philaethiopem esse praestitit, affirmat nos ad posterum in viis Maicomi incedere non posse. enimvero illum genti nostrae cuncta pessumdare."

Franciscus surrexit et per cryptoporticum ad culinam veterem ruit. cum satis abesset ut se salvum fore crederet, vociferatus est: "Nil nisi philaethiops est!"

Fremitu ingenti, "Non est!" inquam. "de quo loqueris omnino nescio, sed oportet te iam iamque desinere."

De gradibus desilui et per cryptoporticum cucurri. facile erat Franciscum capere. iussi eum cito verba detractare.

Franciscus se extricavit et in culinam veterem avolavit. "Vah! philaethiops!" magna voce inquit.

Cum alicui insidiari cupis, is otiose et segniter quaerendus est. si nihil loqueris, pro certo eum ita curiosum invenies ut exiret. Franciscus ad culinae ianuam apparuit. cum verecundia quadam, "Iratane es adhuc," inquit, "o Ioanna Ludovica?"

"Minime," inquam.

Franciscus in cryptoporticum exiit.

"Quin detractabis? Fran—", aiebam, —cisce?" Sed telum nimium cito emisi. ille in culinam pedem rettulit, itaque ego ad gradus redii. patienter exspectare sciebam. ad quinque minutos ibi sederam, cum Amitam Alexandram loquentem audivi: "Ubi est Franciscus?"

"Illic in culina'st."

"Scit sibi in eo loco ludere non licere."

Franciscus ad ianuam venit et clamavit: "Avia mea," inquit, "ea me hic custodit, neque exire patitur."

"Quid istuc, quaeso, o Ioanna Ludovica?"

Ad Amitam Alexandram oculos erexi. "Illum ibi non teneo, Amita mea, non custodio."

Franciscus "Immo custodit," ait, "me exire non patitur!"

"Rixane inter vos fuit?"

Franciscus vocavit: "Ioanna Ludovica mihi irata erat, avia,"

"O Francisce, e culina exi! o ioanna Ludovica, si verbum aliud audiam, patri narrabo. tene 'Gehenna' loqui nuper audivi?"

"Non, o domna."

"Credo me audisse. quod iterum audire non cupio."

Amita Alexandra eorum erat qui in postica porticu auscultare soleant. simulac e conspectu discessit, Franciscus capite sublato ridens exiit. "Lacesse me," ait, "dolebis."

In hortum insiluit et mihi non appropinquavit. caespites in herba calcitrabat, et interdum surridens ad me se vertit. Iem in porticu apparuit, nos spectavit, abiit. Franciscus in arborem mimosam ascendit, descendit, manus in sinum posuit, per hortum ambulavit. "Ehodum!" inquit. rogavi eum quem se esse crederet: an Patruum Ioannem? Franciscus dixit se credere me reprehensam esse, et imperavit ut ibi sederem et sibi molestias facere abstinerem.

"Molestias non facio," inquam.

Franciscus diligenter intuitus me satis perdomitam esse credidit et leniter summissa voce cantillabat: "Philaethiops . . ."

Tunc condylum meum dentibus eius primoribus os tenus aperui. sinistra saucia, dextra adorta sum, brevi tamen tempore tantum. Patruus Ioannes bracchiis meis ad latus revinctis "Siste!" inquit.

Amita Alexandra Francisco ministrabat, lacrimas eius sudario suo detergens, crines permulcens, genas palpans. Atticus et Iem Patruusque Iacobus ad porticum posticam advenerunt ubi Franciscus vociferari coeptus erat.

"Quis auctor erat?" inquit Patruus Ioannes.

Alter alterum digito indicavit. per lacrimas, "O Avia," inquit, "ea me scortum vocavit et mihi insiluit!"

"Verumne, Scytha?" inquit Patruus Ioannes.

"Factum."

Cum Patruus Ioannes ad me despectabat, vultus eius vultum Amitae Alexandrae rettulit. "Te de hac re monui, nonne scis? nonne

monui quantas tu tibi molestias paratura esses si verbis huiusmodi
utereris? nonne te monui?"

"Monuisti quidem, domne, sed—"

"Enimvero molestias nunc habes. mane hic."

In animo volvebam utrum manerem an currerem, et quod nimium
in dubio eram morata sum. me verti ut fugerem, sed Patruus Ioannes
celeriorem se praebuit. subito in herba prona iacens, ad formicam
cum frustula luctantem intuebar.

"Tecum dehinc numquam loquar! te odi et te contemno et te
spero cras moriturum!" quo dicto Patruo Ioanni animum admodum
addidi, credo. ad Atticum rui ut pater mihi levamentum doloris
adhiberet: qui autem dixit me meo vitio cuncta meritam esse, et
tempus domum eundi iam iam adesse. nulli vale dixi et in autocineti
sellam posticam ascendi et cum domum rediissemus ad meum
cubiculum cucurri et ianuam magno strepitu operui. Iemem dulce
aliquid loqui prohibui.

Cum iniurias meas inspexissem erant mihi septem vel octo
vestigia modo sanguinea, et de relativitate reputabam, cum aliquis
ianuam pulsavit. quis esset rogavi; Patruus Ioannes respondit.

"Abi!"

Ille dixit, si hoc modo responderem, se me iterum castigaturum
esse; itaque tacebam. cum in cubiculum intravisset, in angulum
me recepi, et ei tergum ostendi. "Mea Scytha," inquit, "tu me
adhuc odisti?"

"Plura dicas, sis, o domine."

"Eho," inquit, "etenim non credebam te me in culpa habituram.
spem meam fefellisti. tu cuncta merebaris, et te meritam novisti."

"Minime vero."

"Mea dilecta, te non decet homines appellare—"

"Iniquus es," inquam, "tu es iniquus."

Patruus Ioannes frontem contraxit. "Iniquusne? quomodo iniquus?"

"Dulcissimus es, o Patrue Ioannes, et credo me te etiam amare
quamquam ita egeris, sed puerorum animos penitus non pernovisti."

Patruus Ioannes manibus ad coxas habitis stabat et ad me
despiciebat. "Quomodo, quaeso, pueros non pernovi, o Domina
Ioanna Ludovica? non est alicui difficile gestum tuum pernoscere. te
enim praebuisti contumacem, turbulentam, maledicentem—"

"An mihi narrandi tempus daturu's? ne aspera sim, te modo certiorem facere velim."

Patruus Ioannes in lectum consedit. supercilia contraxit, et subter ad me oculos sustulit. "Dic mihi," inquit.

Spiritum penitus collegi. "Hem, primo numquam moratu's ut mihi tempus dares ad meam rem narrandam: profecto me adortu's. quotiens Iem egoque rixam inter nos habebamus, Atticus numquam Iemis fabulam solam audiebat, sed meam quoque; deinde tu me vetuisti verbis eiusmodi uti nisi magnam contumeliam accepissem, et Franciscus ita contumeliosus erat ut eum detruncare—"

Patruus Ioannes caput digito scalpsit. "Qualis erat fabula tua?" inquit.

"Franciscus Atticum nomine quodam appellavit, quod non ab isto acceptura essem."

"Quale nomen Atticum appellavit?"

"'Philaethiops'. non certo intellego quid verbum sibi velit, sed quo usus est modo dicendi—tibi aliquid iam iamque dicam, o Patrue Ioannes—aram Dei tenens iurarem—si hic considerem et eum aliquid de Attico loqui paterer."

"Sic Atticum appellavit?"

"Ita vero, domine. et praeterea multa quidem. dixit Atticum genti nostrae cuncta pessumdare, et nos passim bacchari pati . . ."

Propter eius vultum me iterum poenas daturam arbitrabar. cum autem dixisset "Curanda est haec res," Franciscum noveram poenas daturum. "in animo meo est illuc hac nocte adire."

"Domine, sodes, amabo te, hoc missum fac."

"Haudquaquam mittere in animo habeo," inquit. "Alexandram oportet de hac re cognoscere. quam impudentiam! utinam puer iste iam in manu nostra sit . . ."

"O Patrue Ioannes, promitte mihi aliquid, amabo te, domine, promitte te Atticum de hac re non certiorem facturum esse. olim me vetuit irasci quidquid de se audirem. malim illum credere nos de alia re certavisse. promitte, quaeso . . ."

"Me tamen non iuvat Franciscum fugisse qui in tanta re admisceretur—"

"Non fugit. potin' meam manum deligare? sanguis adhuc paulum fluit."

"Certe possum, carissima. aliam nescio manum quam deligare magis iuvet. hucne venies?"

Patruus Ioannes me in balneum officiose deduxit. dum condylum meum lavat et deligat, me fabula delectavit quam de sene myopi et ridiculo narravit. qui felem Hodge nomine habebat et ad oppidum iens cunctas in tramite fissuras numerabat. "Ecce," inquit, "cicatricem admodum inelegantem in digito tuo nuptiali habebis."

"Gratiam habeo, domine. o patruissime?"

"Domna?"

"Quid est scortum?"

Patruus Ioannes fabulam alteram et longam de Primo Ministro vetere quodam narrabat qui in Parliamenti camera sedebat et pinnas aeri afflabat et, dum homines circa trepidant, eas ibi retinere tentabat. patruus meus conabatur, credo, mihi respondere, sed nullum sensum colligere potui.

Posthac, cum in lecto esse debui, per andronem descendi ut aquae biberem et Atticum Patruumque Ioannem in atrio audivi:

"Numquam uxorem ducam, mi Attice."

"Quare?"

"Liberos forte haberem."

Atticus dixit: "Multa tibi comperienda sunt, mi frater."

"Scio. filia tua me elementa docere hodie post meridiem coepit. dixit me animos puerorum parum intellegere, et quam ob rem explanavit. et ita erat. Attice, mihi demonstravit quomodo se tractare debuissem—attat, me paenitet ei insiluisse."

Atticus risit. "Quod merita est; ne nimium te paeniteat."

Trepida exspectabam ne Patruus Ioannes Attico fabulae meam partem narraret. non fecit. murmuravit modo, "Ubi vituperatione lavatrina illa utitur, nihil in ambiguo relictum est. sed verborum illorum significationem plerumque ignorat—me rogavit quid esset scortum . . ."

"Erudistine?"

"Non quidem. de Comitis Melbourne re narravi."

"Mi frater! cum puer puellave te aliquid rogat, responde mehercle. sed noli rem augere. pueri sunt pueri, sed ambagem celerius perspicere possunt quam nos puberes, quae res eos modo conturbat. immo responsum quidem tuum pomeridianum rectum erat, sed ratio prava. omnes in tempore adulescentiae in contumeliis dicendis interdum se delectant, sed delectatio illa ad postremum moritur, ubi intellexerint se audientiam non facere. temeritatem tamen non omnes praebent. id quod Scythae sine mora percipiendum et cognoscendum est ne ingenio fervido suo indulgeret; quippe quae tot et tanta in mensibus proximis obitura sit. progreditur tamen. Iem adolescit et haec eum exemplum iam admodum sequitur. auxilii modo opus est aliquando."

"Mi Attice, tu numquam ei manum attulisti."

"Constat. hactenus minari magis quam castigare potui. mi Ioannes, illa mihi pro sua parte oboedit. saepius prospere non gerit, sed summa ope nititur."

"Sed hoc non sufficit."

"Sane. quod sufficit est illam scire me scire quantum nitatur. id est quod maxime interest. sed hoc mihi gravius videtur: mox illa Iemque mala et periculosa pati cogentur. ne Iem cum temeritate se gerat non vereor, sed Scytha per indignitatem ad quemvis tanta ira se praecipitabit si de sua re agetur."

Exspectabam dum Patruus Ioannes mihi fidem falleret. etiam tunc non fefellit.

"O Attice, quantum mali erit? multum de hac re colloquendi tempus tibi non fuit."

"Pessima res est, o Ioannes. nihil habemus nisi dictum hominis Nigri contra Evellorum. tribus verbis pro testimonio dicitur 'tu fecisti' aut 'ego non feci'. nemo sperare posset iudices dicto Thomae Rubeculae credituros contra Evellorum dictum—Evellosne novisti?"

Patruus Ioannes dixit se eos quidem meminisse. Attico eos descripsit, sed hic dixit, "Aetate seniores quidem exposuisti. quae tamen illorum nunc floret aetas eadem est."

"Cedo igitur quid acturu's?"

"Priusquam peroratum est, aliquantulum cum iudicibus discrepare in animo habeo—postquam tamen appellationem interposuimus, fortunam secundam, credo, adepturi sumus. sed e re nata non iam intellegere possum. equidem speraveram me ad finem vitae perventurum esse ad causam huiusmodi dicendam non vocatum, crede mi, sed Ioannes Sartor me digito indicavit et, 'Tibi est,' inquit."

"'Transeat abs te calix iste?'"

"Ita vero. putan' me ad liberos rectis oculis aspicere posse, si aliter? tu aeque ac ego scis quorsum hoc eventurum sit, mi Ioannes, et spero me Iemi et Scythae auxilium daturum, precor, ut sine amaritudine omnia perpeterentur et praecipue ut morbum istum Maicomium contrahere vitarent. cur homines ratione praediti tanta rabie et dementia delirent cum de Afris agatur, mente mea et cogitatione non comprehendo. spero modo Iemem Scythamque potius ad me venturos ut explicationem invenirent quam ad municipum rumores. o Ioanna Ludovica mea?"

Exhorrui. caput e tenebris ostendi. "Domine?"

"I cubitum."

Ad cubiculum rui et in lectum ascendi. Patruus Ioannes se virum praeclarissimum praebuerat qui me non prodidisset. numquam inveni quomodo Atticus me auscultare cognovisset, sed multis post annis intellexi eum consulto consilium ita cepisse, ut omnia audirem.

X

Atticus ad quinquaginta annos natus est; imbecillus erat. ubi Iem egoque eum rogavimus cur tam antiquus esset, dixit se initium sibi serius fecisse, id quod credebamus potestatem et virilitatem eius subvertere. aevo quidem multo grandior erat eis qui discipulorum parentes erant eorum qui aequales ad ludum nobiscum ibant. itaque nec Iem neque ego aliquid respondere potuimus, cum illi gloriabantur, quod "Meus pater—"

Iemi de pediludio erat furor fanaticus. Atticus numquam adeo fatigatus erat ut trigonem nobiscum ludere nollet, sed cum Iem eum ad follem subducendum sternere volebat, Atticus dicebat "Ad hoc nimis senui, mi gnate."

Pater noster nihil efficiebat. in sede privata potius quam in taberna publica operabatur. neque autocinetum onerarium pro paganis agebat, nec praefectus vigilum erat, neque agrum colebat, neque in autocinetorum officina laborabat; quid quaeris? nihil faciebat quod alicui persuaderet ut patrem nostrum admirari deberet.

Praeterea ocularia gerebat. altero oculo paene caecus erat, et dicebat oculos sinistros genti Fringilliae perniciem esse. si quando aliquid bene videre vellet, e dextro oculo adverso capite spectaret.

Eadem non faciebat quae patres condiscipulorum nostrorum: numquam venabatur, non chartas pigneraticias ludebat, non piscabatur, nec potandi nec fumandi voluptate fruebatur. in atrio sedebat et librum legebat.

Quamquam Atticus ita se gerebat, in illa obscuritate qua eum manere volebamus non permansurus erat; eo anno sermo scholae pervagatus est: Atticum Thomae Rubeculae causam dicturum esse. quo sermone eum nullo modo laudabant. postquam cum Caecilio Iacobo certavi et me ignavo illo consilio obligavi, fertur Scytham Fringillam non iam pugnaturam esse, a tata suo pugnare prohibitam. quod re vera non omnino accuratum erat. in publico quidem pro Attico pugnare nolebam, sed familia privatum erat. manibus pedibus adversus quemvis consobrinum pugnare volebam, seu patruelem sive amitinum, ut puta Franciscum, qui hoc bene noverat.

Postquam nobis sclopeta dedit, Atticus nos sclopetare docere noluit. Patruus Ioannes artis sclopetandi rudimenta docuit; dixit Atticum sclopetorum studio non teneri. die quodam Atticus fratri meo dixit: "Ad canistra ferrea in horto postico te sclopetare malim, sed aves, credo, occidere cupies. *quotquot cyanocittas deicere velis, totidem deice; memento tamen, avem mimicam occidere nefas est.*"

Illo tempore unico Atticum aliquid nefas esse affirmare audivi, et de hac re Dominam Maudiam interrogavi.

"Pater tuus recte dicit," inquit. "aves mimicae nihil aliud faciunt nisi ad nos delectandos cantu aethera mulcent. non hominum hortos devorant, non in granariis nidos construunt, nihil aliud faciunt nisi nobis loca vocibus liquidis usque opplent. itaque nefas est avem mimicam occidere."

"Domina Maudia, nonne vetus est haec vicinia?"

"Vetustior quidem municipio ipso."

"Immo, domna. dico homines qui in vico nostro habitant senes esse omnes. Iem egoque pueri soli sumus. Domina Silvana ad centum annos nata est, et Domina Rachelis senex et tu quoque et Atticus."

Domina Maudia cum acerbitate, "Nego quemquam," inquit, "quinquaginta annos natum adeo senectute provectum esse. num in sella rotali iam circumvehor? nec pater tuus sic vehitur. nihilominus dico Fortunam benignam se praebuisse quae mausoleum illud antiquum mihi exureret. sum natu grandior quam ut aedes tantas sustinerem. fortasse recte dicis, Ioanna Ludovica nostra, haec est vicinia stabilis. num versata es multum cum iunioribus?"

"Immo vero, domna. in schola."

"Cum adulescentibus dico. felix es, credo. tibi fratrique aetas patris rei vestrae beneficio est. si tricesimum annum ageret, vos vitam longe aliam inveniretis."

"Pro certo aliam invenirem. Atticus nihil facere potest . . ."

Illa "Fortasse mirareris," inquit. "vigor etiam est illi."

"Quid facere potest?"

"Hem. testamentum cuivis tam stricte potest scribere ut nemo ei se immisceret."

"Euge . . ."

"Hem. scistine illum in municipio optimum esse latruncularium? crede mihi, cum ad Egressum adolesceremus, Atticus Fringilla latrunculis ludens omnes qui ultro citroque ad flumen habitabant vincere potuit."

"Mehercle, Domina Maudia, semper eum vincimus Iem egoque."

"Te iamdudum hoc cognoscere oportebat: vincitis quod vos vincere sinit. scistine illum harpa iudaica canere posse?"

Quod in hac arte mediocri praestabat, Attici me magis etiam dedecebat.

"Hem . . ." inquit.

"Hem quomodo, o Domina Maudia?"

"Hem nihil. nihil quidem. ut mihi visum est, patris rebus tot et tantis gestis superbire debuisti. non cuivis contingit ut harpa iudaica canere possit. agedum; fabros vita. tibi domum eundum est. apud azaleas meas ero et ad te spectare non potero. cavendum est ne axe feriaris."

Ad hortum posticum ii et fratrem ad canistrum ferreum assidue sclopetantem inveni, id quod circumvolantibus tot cyanocittis mihi stupidum esse visum est. ad anticum hortum redii et in lorica ad porticum struenda multo cum labore me duas horas versata sum. his rebus usa sum: pneumatico cantho, corbe lignea quae prius mala aurantia continebat, qualo nostro lavatorio, cathedris nostris quae in porticu erant, et vexillo parvulo Americano, quod Iem e capsella quae zeam inflatam tenebat servatum mihi olim dederat.

Ubi cenatum domum rediit, Atticus me procumbentem invenit et ad viam oppositam sclopetum meum intendentem. "Quorsum sclopetum tendis?"

"Ad Dominae Maudiae clunes."

Atticus se vertit et id amplissimum quod mihi scopus erat ad fruticem se inclinans vidit. petaso ad occipitium moto viam transiit. "Maudia mea," inquit, "te monere debeo, credo. in summo periculo es."

Domina Maudia se erexit, et ad me spectavit. "Mi Attice," inquit, "daemon es ex infernis."

Cum rediiset, Atticus me castra movere iussit: "Ne te umquam capiam," inquit, "sclopetum istud ad aliquem intendentem."

Utinam pater meus re vera sit daemon ex infernis. Calpurniam de hac re interrogavi. "Dominus Fringilla? crede mi, multa bene gerere potest."

"Qualia?" inquam.

Calpurnia caput digito scabebat. "Hem," ait, "prorsum nescio."

Cui rei postea vis addita est, cum Iem Atticum rogavit num in certamine pro Methodistis lusurus esset, et ille respondit se cervicem si luderet fracturum, quippe qui grandior esset aevo quam ut ita se gereret. Methodistae hypothecam qua templum suum obligaverant solvere conabantur et Baptistas ad pediludium tactile provocaverant. puerorum patres omnium qui in municipio erant lusuri videbantur, praeter ipsum Atticum. Iem negavit se vel adesse cupere; sed pediludio qualecumque erat ita studebat ut ludum omittere non potuerit. in margine morosus stabat, dum Atticus egoque patrem Caecilii Iacobi spectamus qui cretam pro Baptistis etiam atque etiam attigit.

Saturni die quodam, Iem egoque cum sclopetis nostris iter facere constituimus si forte sciurum vel cuniculum caperemus. ad quingentos passus ultra locum Radleianum processeramus, cum Iemem ad aliquid intuentem animadverti quod in via distabat. capite obstipo, oculis limis aspiciebat.

"Quid spectas?"

"Canem illum vetulum," inquit.

"Nonne est vetulus ille Timon Ionicus?"

"Est."

Timon Ionicus erat res Harrii Ionici, qui autocinetum publicum Mobilem agebat et ad municipii fines meridionales habitabat. Timon canis venaticus et colore hepatico erat qui in deliciis a Maicomensibus habitus est.

"Quid agit?"

"Nescio, Scytha. nobis domum eundum'st."

"Eia, Iem, mensis februarius est."

"Nil ad me. Callae rem narrabo."

Domum ruimus et in culinam cucurrimus.

"Calla," inquit Iem, "potin' ad tramitem aliquantisper venire?"

"Qua re, Iem? non possum quoties vis ad tramitem venire."

"Aliquid mali est illi vetulo cani."

Calpurnia gemuit. "Meum non est catuli cuiusvis pedem nunc alligare. sunt in latrina fasciae: ipsi ite ferte facite."

Iem abnuit. "Aeger est, Calla. malum aliquid est ei."

"Quid agit? caudamne suam captare conatur?"

"Minime. sic se gerit."

Iem piscem hippurum aera gluttiendo imitabatur, umeros tollebat, truncum obtorquebat. "Sic se gerit, sed non sua sponte."

"Fabulamne narras mihi, o Iem Fringilla?" Calpurnia voce asperiore utebatur.

"Non, o Calla, ex animo iuro."

"Currebatne?"

"Non, lente modo procedebat. tam piger erat ut vix movere videretur. huc venit."

Calpurnia manus lavit et Iemem in hortum secuta est. "Nullum canem video," inquit.

Nos secuta est ultra locum Radleianum et quo Iem digito monstrabat spectabat. canem illum oculis procul cernere vix potuimus, sed propius nobis accesserat. vacillabat quasi pedes dextri sinistris breviores ei essent. mihi videbatur tamquam autocinetum quod multa harena haerebat.

"Impar factus est," inquit Iem.

Calpurnia ad canem intente aspexit, deinde nos umeris corripuit et domum properare coegit. fores ligneas operuit, ad telephonum iit, et clamavit: "Cedo mi Dominum Fringillam!"

"Domine Fringilla! Calla sum. est canis, ut vivam, canis rabidus in via—etiam, domine, huc nunciam venit—eccum, Domine Fringilla, dico eum esse—vetulum illum Timonem Ionicum, etiam, o domine . . . etiam, domine . . . ita, domine . . . ita vero—"

Telephono deposito nihil respondit ubi rogavimus quid Atticus dixisset. telephono rursus sublato, "Domina Eula Maia—nunc, domna, non iam cum Domino Fringilla colloqui volo, noli me cum illo iterum copulare—audi, Domina Eula Maia, potin' Dominam

Rachelem telephonare et Dominam Stephaniam Corvinam et cuicumque est telephonum in hoc vico et potin' dicere eis canem rabidum venturum? oro te per Deum!"

Calpurnia auscultabat. "Scio quidem mensem februarium esse, o Domina Eula Maia, sed cognosco canem rabidum quem ipse vidi. festina, domna, quaeso!"

Calpurnia Iemem rogavit num Radleii telephonum haberent.

Iem in libro quaesivit et abnuit. "Illi non exibunt, Calla, quidquid accidet."

"Nihil ad me, certiores eos factura sum."

Ad porticum anticam ruit, nobis presse sequentibus. "Vos illic domi manete!" clamabat.

Omnes vicini nuntium Calpurniae acceperant. omnes fores quascumque videre poteramus opertae sunt. canem autem nusquam vidimus. Calpurniam ad locum Radleianum currentem spectavimus, stolam et succinctorium supra genua tollentem. ad gradus anticos accessit et fores pulsavit. ubi nemo respondit, clamabat, "Domine Nathan, Domine Artori, canis rabidus venit! canis rabidus venit!"

"Eam oportet ad ianuam posticam ire," inquam.

Iem abnuit. "Nulli iam momenti est," inquit.

Calpurnia frustra fores contundebat. nemo monitum eius agnovit. nemo, ut videbatur, audiverat.

Ut Calpurnia ad porticum posticam ruebat, autocinetum atrum semitam nostram intravit. Atticus et Dominus Hector Tata descenderunt.

Dominus Hector Tata praefectus vigilum erat pagi Maicomii. altus erat aeque atque Atticus, sed gracilior. nasutus erat, perones gerebat qui foramina ferrea et nitida praebebant, et bracas operarias, et lignatoris tunicam manuleatam. balteus glandibus plumbeis aptus est. sclopetum grave ferebat. cum is et Atticus ad porticum pervenissent, Iem fores aperuit.

Atticus "Mane intus, mi fili," inquit. "ubi est ille, Calla?"

"Iamdudum advenire debuit," inquit Calpurnia, viam digito monstrans.

"Num currit?" inquit Dominus Tata.

"Non, domne. iam motu subito vellicare incipit, o Domine Hector."

"An persequi debeamus, Hector?" inquit Atticus.

"Potius morandum est nobis, Domine Fringilla. canes illi recto contendere ex more solent, sed res in incerto habetur. fortasse curvamen viae sequetur—nisi hoc aget, in hortum posticum Radleianum recto ibit. paulisper moremur."

Atticus "Non in hortum Radleium penetrabit, credo," ait. "saeptum eum prohibebit. viam sequetur, ut opinor."

Persuasum mihi erat canes rabidos ex ore spumas movere, debacchari, iugulum petere, et haec omnia mense Augusto. si iste canis se ita gessisset, minus territa essem.

Ecquid aspectu horribilius est quam via admodum deserta ubi adventus alicuius exspectatur? arbores immobiles erant, aves mimicae silebant, fabri qui Dominae Maudiae in aedibus laborabant vanuerant. audivi Dominum Tatam naribus inflatis emungere. vidi eum sclopetum ad bracchium flexum movere. vidi vultum Dominae Stephaniae Corvinae in fenestra vitrea ianuae suae quasi in pictura inclusum. Domina Maudia apparuit et cum ea stabat. Atticus pedem in sellae tigillum tulit, et manu femoris latus lente palpabat.

"Eccum," inquit molliter.

Timon Ionicus in conspectum venit; languide incedebat curvamen intrinsecus sequens quod praeter locum Radleianum ducebat.

"Eccum," inquit Iem, susurrans. "Dominus Hector dixit illos recto contendere. hic ne in via quidem manere potest."

"Aegrotare quodam modo mihi videtur." inquam.

"Si quid cursum ei obstaret, ille canis eo impetum directo faceret."

Dominus Tata manum ad frontem tulit et se ad Atticum inclinavit.

"Pro certo malum habet, o Domine Fringilla."

Timon Ionicus incedens cochleam tarditudine vicisset, sed nec ludebat neque aliquid in herba odorabatur: ad unicum cursum obligari videbatur et invisibili pulsu agitari qui eum ad nos paulatim alliciebat. vidimus eum tremere equi more qui muscas amovebat; os aperuit atque operuit; altero pede claudicabat, sed ad nos sensim attrahebatur.

"Locum quaerit ubi moriatur," inquit Iem.

Dominus Tata se vertit. "Multum a morte abest, Iem, nondum incohatus est."

Timon Ionicus cum ad deverticulum pervenit quod ante locum

Radleianum ducebat, reliquiis mentis misellae consistere coactus est et circumspicere, credo, incertus utram viam caperet. paucis passibus cunctanter incessit et ante portam Radleianam constitit. deinde se vertere conatus est, sed valde laborabat.

Atticus dixit: "intra sclopeti iactum progressus est, Hector. caedendus est nunc priusquam deverticulum intraret. nescitur quis ultra curvaturam sit. te intus recipe, mea Calla."

Calpurnia valvas reticulatas aperuit, obseravit, reseravit—et seram manu retinuit. me fratremque corpore suo impedire conata est, sed sub bracchiis eius spectavimus.

"Cape eum, o Domine Fringilla." Dominus Tata sclopetum suum Attico tradebat: vah! tantum Iem egoque non exsangues et mortui concidimus.

"Ne tempus perdas, mi Hector," inquit Atticus, "perge etiam."

"Domine Fringilla, unici opus est nobis ictus."

Atticus vehementer abnuebat. "Nihil morandum'st, o optime Hector! iste te non totum diem exspectabit—"

"Pro di immortales, Domine Fringilla, ecce illum! si eum non feriam, non potest fieri quin aedes Radleianas certe percuterem. equidem tam bene sclopetare non possum, ut scis!"

"Triginta annos sclopeto non usus sum—"

Dominus Tata sclopetum in Atticum potius iecit quam tradidit. "si nunc utereris, mihi quidem gratissimum esset," inquit.

Stupefacti patrem nostrum spectavimus sclopetum capere et in mediam viam progredi. celeriter progrediebatur, sed mihi videbatur quasi homo sub aqua natans moveri: tempus non fugiebat, sed tam lente surrepebat ut nauseam mihi faceret.

Ubi Atticus ocularia sustulit, Calpurnia murmurans, "Dulcissime Iesu adiuvato eum," inquit et manus ad genas posuit.

Atticus ocularia ad frontem movit; quae in viam humum delapsa sunt. per silentium vitri fracti crepitum audivi. Atticus oculos lubricabat et mentum palpabat; vidimus eum multum conventem.

Ante portam Radleianam Timon Ionicus mentem composuerat— vel potius dicam quodcumque mentis supererat. postremo se verterat ut cursum pristinum per vicum nostrum sequeretur. duos passus progressus est, deinde constitit et caput erexit. corpus eius rigescere vidimus.

Atticus lingulam pila praefixam subito manus motu propulsavit et sclopetum ad umerum sustulit. quae tanta celeritate effecit, ut simul fieri viderentur.

Sclopetum tonuit. Timon Ionicus prosiluit, flaccuit, corruit. farrago quaedam fulva atque alba in tramite iacebat. se percussum non senserat.

Dominus Tata de porticu desiluit et ad locum Radleianum cucurrit. ante canem constitit, subsedit, se vertit. frontem supra oculum sinistrum digito palpavit. clamavit: "Em, aliquantulum ad dextram tendebas, Domine Fringilla."

"Semper idem," inquit Atticus. "si optio mihi esset, bombardam potius ferrem."

Subsedit et ocularia collegit. fragmentis vitri sub pedem ad pulverem comminutis, Dominum Tatam adiit et despiciens ad canem stabat.

Singillatim ianuae aperiebantur, et vicinia gradatim reviviscebat. Domina Maudia gradus descendit cum Domina Stephania Corvina.

Iem totus torpebat. eum vellicando excitavi, sed cum nos appropinquare vidisset, Atticus clamavit: "Manete ubi estis."

Postquam cum Attico ad hortum revenit, Dominus Tata leniter ridebat. "Zebonem colligere eum iubebo," inquit. "non multum oblitu's, o Domine Fringilla. fertur hanc artem te numquam derelinquere."

Atticus silebat.

"Eho, Attice?" inquit Iem,

"Quid est?"

"Nihil."

"Heus tu, o mi Fringilla Monobolice!"

Atticus celeriter se vertit et ad Dominam Maudiam aspexit. inter se sine colloquio intuiti sunt, et Atticus in praefecti autocinetum ascendit. "Veni huc," inquit, Iemem alloquens. "ne cani isti adeas, audin' tu? ne adeas. periculi magnitudo eadem est utrum vivit an mortuus est."

"Ita vero, domne," inquit Iem. "O Attice—"

"Quid est, mi gnate?"

"Nihil."

"Quid istuc, o mi fili? nonne loqui scis?" Dominus Tata hoc dixit ridens. "nonne scis tatam tuum—"

"St, mi Hector," inquit Atticus interpellans. "ad oppidum redeamus."

Ubi discesserunt, Iem egoque ad gradus anticos Dominae Maudiae imus. Zebonem exspectantes sedebamus dum cum autocineto ad colluviem colligendam adveniret.

Iem stupefactus sedebat, et Domina Stephania "Papae!" inquit. "ecquis credidisset in mense februario canem rabidum fore? fortasse non rabidus erat sed insanus modo. quanto fastidio Harrii Ionici vultum viderem ubi huc ab urbe Mobili in autocineto regressus cognoverit Atticum Fringillam canem suum sclopeto occidisse! canis nescioquomodo pulicosus erat solum, opinor—"

Domina Maudia eam dixit cantilenam novam canturam, si canis adhuc per viam adiret. capite eius Montgomeriam misso, mox fore ut res vera aperiretur.

Iem vocem lucidiorem praebebat. "Tun' eum vidisti, Scytha? tun' vidisti ibi stantem modo? dein subito omnino relanguescebat modo, et sclopetum pars corporis eius esse visum'st . . . et tanta celeritate egit, audi . . . mihi decem minutas sclopetum intendere necesse'st, priusquam aliquid feriam . . ."

Domina Maudia dolose ridebat. "Agedum, o Ioanna Ludovica mea." inquit, "credin' adhuc patrem tuum nihil facere posse? adhuc te pudet illius?"

Animo summisso, "Non, domna," inquam.

"Oblita sum illo die te certiorem facere patrem tuum non solum harpa iudaica canere posse, sed etiam sclopetarium inter Maicomenses quondam optimum fuisse."

"Optimum . . ." Iem rettulit.

"Optimum dixi, o Iem Fringilla. tu quidem cantilenam novam nunc cantabis, credo. tantum, pro! nonne novisti Monoboliculum agnomen ei puero fuisse? crede mihi, ad Egressum cum adolesceret, si quindecies emisit et quattuordecim columbas deicit, querebatur quod copiam glandium plumbearum irrite consumeret."

Iem murmuravit. "Nihil umquam de hac re dixit."

"Nihilne umquam de hac re dicebat?"

"Non, domna."

"Cur nunc numquam venatur, inquam?"

"Vobis narrare possum, ut opinor," inquit illa. "pater vester imprimis humanitate sua praestat. bene sclopetare est donum Dei, innatum. ecce, usus est magister optimus, sed ars sclopetandi dissimilis est artibus aliis, videlicet artem clavichordio canendi. sclopetum deposuit, credo, cum Deum intellexisset plerisque animalibus se superiorem creavisse, id quod iniquum putaret. placuit ei, credo, non sclopetare donec sclopetandum esset, et hodie re vera sclopetandum fuit."

"In hac re gloriari debuit, inquam."

Domina Maudia, "Qui bene cogitant," inquit, "numquam in artibus innatis suis gloriari solent."

Zebonem advenire vidimus. ex autocineto suo furcam tulit, et Timonem Ionicum caute sublevavit. canem in autocinetum coniecit, deinde aliquid ex olla magna in locum ipsum fudit circumfuditque ubi Timon Ionicus ceciderat. "Nolite huc venire parumper," inquit.

Cum domum pervenissemus, fratri dixi esse nobis rem magni quidem momenti die lunae in schola praedicandam. Iem me verbis asperis adortus est.

"Ne verbum dicas, Scytha," inquit.

"Quantum ad me, profecto dicam. non cuivis puero contingit tatam optimum sclopetarium e pago Maicomio habere."

Iem "Credo, si voluisset nos cognoscere, enarravisset. si de hac re gloriaretur, enarravisset."

"Fortasse oblitus est," inquam.

"Non ita, Scytha mea; aliquid est quod non intellegas. Atticus senex est, sed mihi non est curae si nihil efficere potest—curae non esset si nihil omnino efficere posset."

Iem saxum cepit et ad autocineti stabulum laetitia triumphans coniecit.

illud secutus ad me clamavit: "Vir bonus est Atticus aeque atque ego ipse!"

XI

Cum parvuli essemus, Iem egoque ad rem nostram agitandam vicinitate meridionali continebamur, sed cum ad gradum secundum iamdudum progressa essem, et Boum Radleium vexare non iam cordi nobis esset, forum Maicomium nos in plateam alliciebat. quapropter domicilium praetereundum erat Dominae Silvanae. ad oppidum accedere nullo modo poteramus quin villam eius praeteriremus, nisi mille passuum circuitum facere vellemus. ob congressus illos quamvis parvi momenti qui priores inter nos fuissent, equidem haudquaquam plures cupiebam, sed Iem dixit me serius ocius adolescere oportere.

Domina Silvana praeter puellam Nigram quae constanter ei serviebat sola vivebat. aedes eius quae duabus ianuis a nostris distabat anticos gradus arduos et transitionem perviam habebant. anicula erat decrepita; cottidie in lecto se plerumque gerebat si non in sella rotali. pistolium inter multas pallas et chlamydes tenere dicebatur quod vir defunctus in bello civili gerebat.

Iem egoque illam oderamus. si in porticu sua erat ubi praeteribamus, obtutu oculorum eius ira incenso figebamur, atque interrogatione immiti de moribus nostris perterrebamur. quanti nos cum adulti essemus aestimatura esset magno portento praedicebat: nihili nos semper aestimabat. iamdudum villam illius ex adverso tramite praeterire desiveramus: quotiens ita faciebamus, maiore quidem voce rem nostram vicinis omnibus proclamabat.

Nihil agere poteramus quod ei placeret. si enim "Salve, Domina Silvana" quam iucundissime dicam, hoc responsum reddat: "Noli 'salve' mihi dicere, o virgo informis! dicendum est 'Salutem multam pomeridianam tibi dico, o Domina Silvana!'"

Odiosa erat. cum Iemem patrem nostrum 'Atticum' vocare quodam die audivisset, prorsum debacchata est. etenim non solum nos caniculas ex omnibus procacissimas esse quibus ipsa obviam iisset, sed etiam multum se miserere quod pater post nostrae matris mortem alteram uxorem non duxisset. matre enim nostra mulierem nullam fuisse venustiorem, et se tristissimam esse quod Atticus Fringilla liberis tam bonae mulieris undique lasciviendi licentiam permisisset. equidem matrem non memineram, Iem tamen eius memoriam recordatus est, et aliquando de illa mihi loquebatur. cum Domina Silvana hunc nuntium emisisset, vehementer saeviebat.

Frater meus, qui et Boum Radleium, et canem rabidum, et nonnullos alios terrores superavisset, ad Dominae Rachelis anticos gradus morari ignavissimum quidem censuerat; constituit igitur nobis cottidie vesperi currendum esse usque ad trivium quod ad sedem tabellariam erat, ut Attico a negotiis revenienti conveniremus. propter contumeliam aliquam a Domina Silvana in nos praetereuntes nuper iactam, pater Iemi vesperi iratissimo saepissime occurrebat.

"Animos tranquilla tuos, mi fili," aiebat, "haec est matrona et senex, et aegrotat. capite erecto vir bonus esto. quidquid illa tibi dicit, tuum est te ipsum continere ne tibi iram concitaret."

Iem dicebat illam sane non aegrotare quae tantopere streperet. cum nos tres ad aedes eius veniebamus, Atticus petasum nimia ostentatione exuebat, officiose rotabat et sic alloquebatur: "Salve, o Domina Silvana! quam tu vespertina tabulae similis es."

Numquam Atticum quale haec tabula argumentum haberet dicere audivi. qui novas res illi de foro nuntiabat, et affirmabat sese toto corde sperare eam bonum diem cras habituram. petasum capiti reddebat, me ad umeros suos coram ipsa facile tollebat, et domum crepusculo redibamus. illis temporibus patrem meum, qui sclopeta odisset et numquam ad bella isset, virum fortissimum censebam omnium qui umquam vitam egissent.

Iem pecuniam nonnullam ad diem natalem duodecimam pridie adeptus impendere valde studebat, itaque post meridiem ad oppidum mox profecti sumus. putabat se satis pecuniae habere ad machinulam vaporiferam sibi emendam, et mihi virgulam quam contorquere et superiactare possem.

Illam virgulam iamdudum desiderabam: erat apud tabernam V J Elmore, lenociniis et lamina tenuissima exornata est, et septendecim centesimis constabat. eo tempore gloria adducebar ut adulta cum choro Scholae Superioris Maicomiae virgulam contorquerer. ingenium meum ita educaveram ut baculum sursum iactatum deorsum cadentem paene capere possem; quam ob rem Calpurnia, quotiens me baculum manu tenentem videbat, domum intrare vetabat. hoc incommodum veram adepta virgulam credebam me superaturam, et fratrem qui eam mihi emisset liberalem putabam.

Domina Silvana in porticu sua excubias agebat ut praeteribamus.

Clamavit: "Quonam hac hora interdiu bini vaditis? sane scholam deseruistis. rectorem telephonabo quem certiorem faciam!" manus ad rotas sellae posuit et admodum circumegit.

"Ecce dies Saturni est, Domina Silvana," inquit Iem.

"Nihil interest utrum dies est Saturni annon," inquit verbis absurdis. "scitne pater ubi sitis, inquam?"

"O Domina Silvana, nosmet ipsi ad oppidum a pueris tantulae staturae ire soliti sumus." Iem palmam suam ad duos pedes supra tramitem extendit.

"Noli mihi mentiri!" inquit ululans. "O Ieremia Fringilla, Maudia Acanthis mihi dixit te vennunculorum suorum trichilam hodie mane fregisse. quae cum patrem tuum certiorem fecerit, tu quidem dolebis quod lucem diei vidisti! si ad ergastulum ante proximam septimanam non missus eris, nomen mihi non est Silvana!"

Iem, quippe qui trichilam Dominae Maudiae ex aestate priore non adisset, atque sciret Dominam Maudiam, etiamsi re vera adfuisset, haec Attico non enarraturam, omnia infitiatus est.

"Noli me contra dicere!" vociferata est. "Et tu—" digito arthritico me indicabat—"cur in bracis istis induta vilibus versaris? stola et interula feminea vestiri debes, o virgo improba! tu puella cauponia adulta evades nisi quis te corrigere potuerit. Pro pudor! si Fringilla in Caupona Oceia serviret!"

Territa sum. Oceia Caupona erat societas obscura quae ad forum septentrionale sita est. manum fratris prehendi; is tamen me repudiavit.

"Agedum, Scytha mea," inquit. "quod dixit mitte; capite erecto vir bonus esto."

Sed Domina Silvana nos retinuit. "Fringillarum non solum est haec quae in caupona servit, sed etiam ille qui in basilica pro Aethiopibus causidicus est."

Iem riguit. Domina Silvana sibi conscia erat se suo telo hominem medium percussisse.

"Ecce huiusce saeculi insolentiam! Fringillam adversus mores maiorum dimicare! vobis narrabo!" manum suam ad os posuit. quae ubi amota est, salivae araneam longam et argenteam trahebat. "pater vester nihilo melior est Aethiopibus quisquiliisque istis quibus causas dicit!"

Iem iracundia incandescebat. eum manulea traxi et dum per tramitem ambulamus, illa nos maledictis usque increpabat, orationem habens quasi philippicam de gentis nostrae moribus corruptis. cuius orationis propositio maior haec erat: dimidiam partem gentis Fringilliae in dementium asylo iam clausam esse; si tamen mater nostra viveret, non adeo rem nostram in peius mutatam esse.

Quae e verbis eius Iem gravissime ferret haud pro certo habebam; ego tamen aegre passa sum ea quae Domina Silvana de gentis nostrae debilitate mentali dixisset. quae probra ad Atticum passim intenderentur, adversus ea paene durata eram. haec tamen prima erant quae ab homine maturo iacta sunt. quod si ea omitterem quae de Attico nuper dixerat, res illa Dominae Silvanae satis ex usu esset. at iam aestas appetebat—aurae umbracula frigida reddebant, sed sol solum tepefaciebat, id quod res gratiores indicabat: anni scholastici finem et Dillonem.

Machinula sua empta Iem ad tabernam V J Elmore progressus est ut virgulam mihi emeret. rem suam sine gratia quaesitam in sinum trusit et mecum domum tacitus ibat. domum iens Dominum Lincum Deam virgula mea paene percussi, qui clamore magno "Caveto, Scytha," inquit, ubi eam sursum iactam descendentem capere non potui. cum prope villam Dominae Silvanae pervenissemus, virgula mea pulvere atrata erat quod totiens humo receperam.

Illa non erat in porticu sua.

Multis post annis me interdum rogabam quid tandem fratrem id facere coegisset, vel quare ab eis moribus effugisset qui ei dictitarent

"Vir bonus esto, mi fili", vel quomodo probitatem illam reliquisset quam sua sponte nuper sumpsisset. Iem de causis pro Aethiopibus dicendis, credo, tot gerras quot ego audire tulerat, et mihi positum erat eum semper aequo animo esse; natura enim se ita tranquillum praebebat ut non facile incenderetur. ipso autem tempore nihil de re intellegere potui nisi forte eum mente parumper alienatum esse arbitrarer.

Quod Iem fecit, id ipse sponte mea fecissem, nisi Attici interdicto coercita essem; id quod me cum matronis senilibus et atrocibus pugnare vetuit, ut mihi persuasum est. ad portam illius modo veneramus, cum Iem furibundus virgulam meam correptam vibrans gradus in hortum anticum cursu ascendit. oblitus est omnia quae Atticus monuerat, oblitus est eam pistolium sub palla tenere, oblitus est si Domina Silvana ipsa eum non percussisset, sane fore ut ancilla Iessica ferire posset.

Iram suam sedare non coepit donec camellias Dominae Silvanae cunctas detruncavit, donec solum foliis et calycibus viridibus substratum est. virgulam meam ad genu tortam atque in duas partes fractam abiecit.

Ad id temporis ego valde ululabam. Iem capillos meos vulsit, et dixit sibi nihil esse, seque idem iterum facturum si occasionem caperet, et nisi tacerem, capillos omnes e capite meos vulsurum. non tacui, et me calce sua contudit. delapsa sum et prona cecidi. Iem me surgere non sine asperitate iuvit, paenituit tamen eum, credo. nihil dicendum erat.

Hodie nobis non placuit Attico domum regredienti vesperi convenire. in culina latebamus dum Calpurnia nos eiecit. per nigromantiam nescioquam illa de hac re omnia scire videbatur. haudquaquam perita erat ad atrocitatem huius facti mitigandam, attamen Iemi crustum calidum bis coctum et butyro illitum dedit, quod ex aequo divisum mecum communicavit. vapidum et sine sapore erat.

Ad atrium venimus. ephemeridem pediludii sumpsi, lusorem Dixie Howell in tabula depictum inveni, fratri monstravi, "Quam hic tibi persimilis est!" inquam. quae verba ei gratissima esse debuerunt, ut credebam, sed nihil effecerunt. morosus ad fenestras in sella oscillari sedebat, frontem contrahens, exspectans. advesperascit.

saeculis post duobus geologicis, credo, calceos audimus gradus anticos radentes. valvis reticulatis strepitu opertis, paulisper siletur, et Atticus ad petasouchon in vestibulo est. eum audimus "Iem!" vocare. vox eius par vento hiemali est.

Atticus atrio luce electrica illuminato nos adhuc immotos invenit. altera manu virgulam meam tenebat, quae apicem suum flavum et sordidum in stragulo trahebat, altera pingues calyces camellienses nobis proferebat.

"Iem," inquit. "tuumne est opus?"

"Meum, o domne."

"Cur fecisti?"

Iem voce summissa respondit. "Ea dixit te Aethiopibus istis non meliorem esse quisquiliisque pro quibus causas diceres."

"Tu hoc fecisti quod ea id dixisset?"

Iem labra movit, sed cum "Ita, domne" diceret, non auditus est.

"Mi fili, quod ego pro Aethiopibus, ut verbis tuis utar, causas dicam, haud dubium est quin ab aequalibus tuis vexatus eris. attamen quod matronam senem atque aegram hoc modo habuisti, tibi non est ignoscendum. admoneo te ut protinus abeas cumque Domina Silvana colloquium habeas. posthac sine mora domum redi."

Iem non movit.

"Protinus dixi."

Ex atrio fratrem secuta sum. Atticus me iussit redire. redii.

Atticus ephemeridem suam sumpsit et in sella oscillari consedit quam Iem vacuam reliquerat. ut vera dicam, non intellexi qua ratione ad ephemeridem legendam tranquillo animo ibi sedere posset, dum periclitaretur filius unigena telo necari e Confoederato exercitu retento. sane Iem me interdum adeo vexabat ut occidere possem, sed ceteris paribus neminem praeter illum habui. quam rem Atticus aut non intellegere, aut si intellegebat non curare videbatur.

Propter hoc eum oderam, sed cum in rebus adversis es, facile te fatigas; mox ad gremium me celabam et in eius complexu contenta sum.

"Hercle," inquit, "grandior es natu quam ut complexum requiras."

"Tibi est nihil pensi," inquam, "quid ei eventurum sit. dimittis eum ut ictu pistolii necetur qui nihil fecit nisi pro te elocutus est."

Atticus caput meum sub mentum suum movit. "Non est nunc tempus metuendi," inquit. "Iemem numquam putavi futurum esse eum qui se imprudentem de hac re primus praeberet, putabam enim abs te me plus molestiae capturum."

Dixi me non intellegere cur imprudenter agere cuiquam non liceret; nullos eorum qui in schola scirem de aliqua re prudentes esse coactos esse.

"Mea Scytha," inquit, "aestate proxima te prudentem esse oportebit de rebus multo peioribus . . . non aequum est tibi et fratri, ut compertum habeo, sed aliquando pro viribus agendum est, et alea iacta quomodo nos gesturi simus magni momenti erit . . . hem, hoc tantum dicere possum: cum tu Iemque adulti eritis, forsan et hoc cum concordia animi quadam meminisse iuvabit et me vos nullo modo prodidisse percipere poteritis. haec causa, Thomae Rubeculae causa, aliquid est quod ad cor ipsum et animi conscientiam hominis pervadit. Scytha mea, ad ecclesiam ire et Deum colere non possem, si illum hominem adiuvare non conarer."

"O Attice, nonne erras . . .?"

"Quomodo?"

"Hem, plerique se recte cogitare opinantur, ut videtur, te autem errare . . ."

"His ita opinari licet, et nos opiniones apud eos observare decet. sed priusquam alios homines scrutari possim, me ipsum perscrutari oportet. una est res quae populi suffragiis non superatur, videlicet unius cuiusque conscientia."

Cum rediisset, Iem me adhuc in Attici gremio invenit. "Quid, mi gnate?" inquit Atticus. me surgere coegit, et fratrem clam speculata sum. qui integer esse videbatur, sed vultum nescioquomodo inusitatum praestabat. fortasse illa ei calomelanis dederat.

"Hortum eius purgandum curavi, et dixi me paenitere, quamquam re vera non paenituit, et promisi me ad herbam recrescere faciendam dies Saturni semper laboraturum."

"Nisi te paenitet, paenitere dicere non debuisti," inquit Atticus. "vetula est illa, Iem, et aegra. quidquid ex more dicit vel agit, obnoxiam non potes eam habere. sane mecum quam tecum eam locutam esse malim, sed non semper quod volumus capimus."

Iem rosa quadam in stragulo depicta teneri videbatur. "O Attice," ait, "cupit me sibi anagnostam fieri."

"Tene recitare cupit?"

"Ita, domne. me e ludo cottidie post meridiem venire cupit, etiam diebus Saturni, atque ei duas horas recitare. Attice, aequum'st?"

"Certo."

"Mensem tamen me id agere cupit."

"Mensem ergo acturus es."

Iem pollicem pedis in media rosa diligenter positum impressit. tandem, "Attice," inquit, "in tramite bene est, sed interior pars aedium obscura est et foeda. sunt in tecto umbrae et res horrendae . . ."

Atticus ridebat et torva tuebatur. "Talibus sane excitari debes qualia ad ea pertineant quae animo tuo fingere soles. quin credis te intra aedes Radleianas esse?"

Postero lunae die post meridiem Iem egoque gradus praeruptos ad aedes Dominae Silvanae ascendimus, et per vestibulum apertum tacite incessimus. Iem libro *Ivanhoe* armatus et scientia superiore repletus, ianuam quae secunda a sinistro erat pulsavit.

"Eho, Domina Silvana?" clamavit.

Iessica ligneam ianuam aperuit et valvas reticulatas reseravit.

"Tune est, o Iem Fringilla?" inquit. "sororem tecum habes. incerta sum—"

Domina Silvana, "Iessica," ait, "fac ut ambo ineant." illa nos admisit et ad culinam abiit.

Odor taeter ad nos limen transeuntes ferebatur qualem in domiciliis cineraceis et propter imbres putridis saepe olfaciebam, ubi sunt lampades quae oleo a carbone parato utuntur, et trullae aquariae, et cubicularia lintea cruda. ob quem odorem semper metuebam, exspectabam, vigilabam.

Erat lectum aeneum in angulo cubiculi, et erat in lecto Domina Silvana. in animo volutavi num Iem gestis suis illam ibi posuisset, et aliquamdiu me eius miserebat. multis sub stragulis iacebat et aliquatenus comis esse videbatur.

Prope lectum erat mensula marmorea quae aquaemanale sustinebat: erant in ea pocillum vitreum in quo posita sunt cochleare parvum, auriscalpium rubrum, pyxis quae lanam byssinam continebat, horologium excitatorium. quod chalybeium erat et tribus pedibus parvulis stabat.

"Ergo sororem istam spurcam tecum duxisti?" ita quidem nos salutavit.

Iem leniter, "Soror mea spurca non est," ait, "et te non timeo." sed non me fugit quod genua ei tremebant.

Declamationem exspectabam, illa tamen nihil dixit nisi, "Tibi licet recitare incohari, o Ieremia."

Iem in sella viminea consedit et librum *Ivanhoe* aperuit. aliam sellam traxi et iuxta eum consedi.

"Propius venite," inquit illa. "venite ad hoc latus lecti."

Sellas promovimus. numquam propius ad illam accesseram, et imprimis sellam amovere cupiebam.

Horribilis erat. vultus eius colorem reddebat pulvini inquinati, et ab ore madido umor per rugas sensim manabat quae mentum saepiebant ceu moles glaciata. lentigines seniles genas maculabant, et oculi caesii pupulas atras et minutissimas habebant. manus eius nodosae erant, et cuticula super ungues creverat. denturae palatum inferius aberat, et labrum superius eminebat. interdum labrum inferius ad palatum superius movebat et mentum secum trahebat. quo facto umor celerius fluebat.

Ad eam oculos non saepius intendi quam necesse erat. Iem libro iterum aperto recitare coepit. conata sum cum eo pariter legere, sed nimia celeritate ibat. si verbo obviam iret quod nesciebat, omittebat. sed Domina Silvana eum captum litteras syllabatim recitare cogebat. Iem ad viginti minutas recitavit, per quod tempus ego vel ad pegma qui fuligine foedatum supra caminum eminebat, vel per fenestram, vel quovis intuebar, dum ad illam non spectarem. dum Iem recitabat hoc animadvertebam: Domina Silvana non solum rarius ad Iemem corrigendum interpellabat sed etiam Iem ipse tempore quodam in media sententia recitationem intermiserat. non auscultabat.

Ad lectum aspexi.

Aliquid illi acciderat. supina iacebat, stragulis mento tenus adductis. caput tantum atque umeros videre potui. caput lente huc illuc nutabat. patulo maxime ore, interdum linguam paulum undantem vidi. funiculi salivae in labris se colligebant: illa eos modo sorbebat, modo os iterum patefaciebat. os quidem eius ipsum videbatur sui potens vivere, omnia enim per se et ab alio quodam corpore separatim exsequebatur, ac velut chema aestu maris refluente aquas absorbet et alternas sub auras erigit. interdum 'Pt' edebat, velut ubi materia quaedam liquida et viscosa fervescit.

Manicam Iemis traxi.

Ad me spectavit, deinde ad lectum. caput illius usque perlustrans ad nos nutavit. Iem, "Bene est tibi, o Domina Silvana?" inquit. ea non audivit.

Horologii tintinnabulum subito magnopere sonuit, et perterriti sumus. brevi tempore, mente et artibus adhuc contremescentes, Iem egoque domum profecti in tramite erant. non fugimus; Iessica nos dimisit: horologio adhuc tinniente, ea in cubiculo erat et Iemem meque expellebat.

"Discedite," ait, "domum abite."

Iem ad ianuam moratus est.

"Tempus est illi medicamenti sumendi," inquit Iessica. ut fores a tergo operiebantur, eam ad lectum Dominae Silvanae festinantem aspexi. domum cito pervenimus, nam tertia hora et dodrans erat. itaque Iem egoque in horto postico follem pulsavimus dum tempus Attici salutandi aderat. qui mihi duos penicillos flavos et fratri ephemeridem pediludii tulerat. quas res censebam praemium tacitum esse propter recitationem quam primam cum Domina Silvana hodie exsecuti essemus. Iem patri narravit quid accidisset.

"Vosne terruit?" inquit Atticus.

"Non quidem, domine," inquit Iem, "adeo tamen foeda est. morbo comitiali nescioquo corripitur. multum spuit."

"Non potest quin ita se gerat. homines qui aegri sunt aspectum gratum saepius non praebent."

"Memet terruit," inquam.

Atticus supra ocularia ad me spectavit. "Non quod tu fratrem comitari cogeris."

Postridie eadam apud Dominam Silvanam post meridiem passi sumus, et eadem postridie eius diei, dum gradatim ordo diurnus evasit: cadebant omnia primo non aliter quam opinati sumus: Domina Silvana Iemem de rebus sibi carissimis aliquantisper agitare solebat, videlicet de camelliis suis et de patris nostri philaethiopia. taciturnior autem sensim fiebat; deinde a nobis discedebat. horologium tintinnabat, Iessica nos dimittebat, et otiosi reliquum diem eramus.

Vespero quodam, "O Attice," inquam, "quid sibi vult 'philaethiops', quaeso?"

Attici vultus gravis erat. "Ecquis te ita appellabat?"

"Non, o domine, Domina Silvana te ita appellat. cottidie in suo loquendi exordio ita te appellat. me ita appellavit Franciscus anno proximo feriis nataliciis. tunc primo verbum illud audivi."

"Propter hoc igitur in eum insiluisti?"

"Ita vero, domine."

"Cur tandem me quid verbum sibi velit rogas?"

Conata sum Attico hoc explicare: verbum ipsum ab eo dictum me non tantum efferavit quantum modus dicendi. "Quasi me 'muculentam' quodam modo vocaret."

"Mea Scytha," inquit Atticus, "'philaethiops' verbum est illorum qui nihil valent, aeque ac 'muculentus'. difficile est explicare; homines indocti et agrestes hoc verbo utuntur cum credunt aliquem Afris magis quam sibi favere. accidit ut etiam boni quidam nostri eo verbo utantur cum aliquem verbis ineptis vel inconcinnis lacerare cupiunt."

"Num re vera philaethiops es?"

"Immo re vera sum. pro virili parte omnes homines diligere conor, quamvis aliquando difficile sit. dulcissima mea, numquam indignitas tibi est, si verbis vexaris ab istis qui ea contumelias vel probra esse putant. tales homines modo quantum sibi inopiae sit demonstrant; te non laedere possunt. itaque ne sinas Dominam Silvanam tibi molestiam exhibere. ipsi satis molestiae fuit."

Mense insequenti die quodam post meridiem Iem librum *Ivanhoe* recitabat quem ab Equite Gualtero Scytho scriptum esse arguebat, et Domina Silvana continuo eum corrigebat, cum aliquem fores pulsantem audivimus. illa "Intrato!" clamavit.

Atticus intravit. ad lectum iit et Dominae Silvanae manum cepit. "A negotiis veniens liberos non vidi," inquit. "putabam eos hic adhuc adesse."

Domina Silvana ei comiter ridebat. parum intellexi quomodo animum inducere posset ut cum eo alloqueretur quem adeo odisse videretur. "Scin' quota hora sit, Attice?" inquit. "est quinta hora minuta quarta decima. horologii tintinnabulum sonabit quinta hora et semihora. id quod te scire velim."

Subito animo meo comprehendi nos in dies apud Dominam Silvanam paulo diutius moratos esse, horologiumque in dies post intervallum longius tintinnasse; atque cum tintinnabulum sonaret, eam in multum morbum iam progressam esse. hodie cum Ieme sine ullo morbi sui indicio ad duas horas altercata est, et me tamquam vinculis sine spe inclusam esse sentiebam. si quando horologii tintinnabulum non sonaret, quid ageremus? hoc enim signo nos libertatem recipiebamus.

"Iemi mox non iam recitare necesse erit, ut suspicor," Atticus inquit.

Illa, "Septem dies, credo," inquit, "ut compertum habeam . . ."

Iem surrexit. "Hercle—"

Atticus manum extendit et Iem siluit. ut domum redibamus, Iem dixit sibi unum mensem modo recitandum fuisse, mensisque illius finem adesse, et hoc iniquum esse.

"Septem dies tantum, mi gnate," inquit Atticus.

"Minime," inquit Iem.

"Certe," inquit Atticus.

Septimana proxima rursus apud Dominam Silvanam aderamus. horologium non iam sonabat, sed Domina Silvana nos liberabat "Satis" locuta. itaque cum post meridiem sero regrediebamur, Atticum domi ephemeridem legentem inveniebamus. quamquam illa morbum comitialem non iam patiebatur, omnibus modis se eandem ac prius praestabat. cum Sir Walter Scott in exspatiando de fossis castellisque se versabatur, illam taedebat et nos vituperare placebat:

"O Ieremia Fringilla, dixi te summam paenitentiam acturum esse quod camellias meas perdidisses. nonne iam te paenitet?

Iemem valde se paenitere dicebat.

"Num cogitabas te Nivem Montanam meam perdere posse? immo Iessica dicit cacumen eius iam recrescere. nonne in posterum scies quomodo recte facere debeas? nonne radicibus eam evelles?"

Iem se pro certo ita facturum dicebat.

"Noli mihi mussitare, puer! caput erige et dic 'Ita vero, domna'. at non tibi libet caput erigere, opinor, qui tali patre natus sis."

Iem mentum tollebat, et ad Dominam Silvanam iracundia dimissa spectabat. per omnes septimanas vultum coluerat qui curam urbanam sed parum familiarem praebebat. quo vultu respondebat, quascumque ea res sanguinarias fingebat.

Tandem dies advenit. cum Domina Silvana quodam die "Satis" locuta esset, addidit "et confectum est. valete."

Res acta est. per tramitem cucurrimus laetitia et miseriarum levamento exsultantes et ululantes.

Ver illud bonum erat: dies longiores facti sunt et nobis plus temporis ad ludendum dederunt. Iemis mens rerum cognitione plerumque praeoccupata est quae ad vitam pedilusorum collegialium cunctorum pertinebant. cottidie vesperi Atticus nobis ex ephemeride de ludis recitabat. Alabamam ad Vas Rosarium progressuram esse, si quis ad lusores novicios iudicium adhiberet, quorum nomina nulla enuntiare poteramus. quodam die dum Atticus Ventidii Setini columnam vesperi recitat, telephonum sonuit.

Responso dato, ad petasouchon in vestibulo iit. "Parumper apud Dominam Silvanam ero," inquit, "diu non abero".

Atticus tamen tamdiu aberat ut cubitum ire iamdudum deberem. ubi rediit, cadum bellariorum ferebat. in atrio sedit et cadum ad sellam humum deposuit.

"Quid cupiebat?" inquit Iem.

Nonnullas septimanas Dominam Silvanam non videramus. cum praeteribamus numquam in porticu sua erat.

"Mortua est, mi fili," inquit Atticus. "obiit paucis abhinc minutis."

"Oh," inquit Iem. "esto."

"Esto recte dicis," inquit Atticus. "non iam dolorem patitur. diutissime aegrotabat. o gnate, nonne scivisti qualis esset morbus illi?"

Iem abnuit.

"Domina Silvana morphio assueta est," inquit Atticus. "multos annos id consumebat medicamentum ad dolorem mitigandum, quod medicus ei praescripsit. reliquam vitam degere potuisset medicamentum consumens, et mortua esset sine tanto dolore, sed natura nimis pugnax erat et pertinax—"

"Quid ais?" ait Iem.

Atticus dixit: "Paulo ante tuam improbitatem, me vocavit ut testamentum faceret. Doctor Reinoldus eam certiorem fecerat vitae menses paucos ei manere. res negotiosas suas omnes in ordine esse, sed, "Una res," inquit, "extra ordinem est."

"Quae res erat?" Iem turbatus est.

"Negavit se de vita discessuram esse cuiquam sive homini sive medicamento obnoxiam. o Iem, licet cuivis tantus sit dolor quantus illi dolorem medicamentis consumendis levare. illi tamen non licuit. dixit ante mortem suam a se noxam illam solvendam esse, et soluta est."

"Dicisne morbum illius talem fuisse?"

"Talem quidem. cum tu illi recitabas, dubito num verbum unum e recitatione audiret. mentem totam et corpus totum in horologium illud intendebat. etsi non in eius potestatem cecidisses, coegissem tamen te ire ei recitatum. fortasse paulum distracta est. erat alia ratio—"

"An mortua est libera?"

"Velut aer montanum," ait Atticus. "sensum usque ad finem habebat, credo, sensum ac pugnandi aviditatem. adhuc rem meam vehementer reprehendebat, et dicebat me reliquam aetatem acturum in tibi vadimonio capiendo ne in carcere tenereris. Iessicam iussit hunc cadum vobis parare—"

Atticus cadum bellariorum sumptum Iemi tradidit.

Qui cadum aperuit. inerat camellia candida et cerea et perfecta. Nix Montana erat.

Fratris oculi paene e capite exsiluerunt. "O Furia ac pestis, o Furia ac pestis!" exclamans inquit dum florem humum iacit. "cur me vexare non desinit?"

Subito Atticus surrexit et eum amplectebatur. Iem vultum suum in sinum Attici celavit. "St, st," inquit. "hac ratione, mihi crede, te certiorem facit—nunc omnia composita esse, Iem; nunc omnia composita sunt. sane matrona magna et honesta erat."

"Num magna et honesta?" Iem erubuit. "quae tibi tamdiu malediceret, num honesta erat?"

"Erat. multis de rebus sententiam suam propriam habuit, quae sane multo meae dissimilis esset. Mi gnate, ut tibi dixi, si non iracundia elatus esses, iussissem te illi recitare. cupiebam te aliquid de illa videre, cupiebam quale fortitudo esset vera te videre, potius quam fortem putare eum qui sclopetum manu teneret. homo re vera fortis est qui se priusquam rem incipiat superatum esse novit, sed nihilominus incipit, et ad finem persequitur, quidquid tempus postulet. aliquando vinces, raro tamen. vicit quidem Domina illa Silvana quamquam femina erat corpore exiguo cui librae modo nonaginta octo erant. sua sententia mortua est nulli homini nulli rei obnoxia. ex omnibus quos cognoveram illa homo erat fortissima."

Iem cadum sublegit et in ignem iecit. camelliam sublegit, et cum ad lectum irem, eum floris folia lata digitis tangentem vidi. Atticus ephemeridem legebat.

PARS
SECUNDA

XII

Iem duodecim annos natus est. difficile erat cum eo in eadem domo vivere, qui morosus et inconstans esset. cibi aviditas tanta eius erat, et me totiens iubebat desinere sibi molestias afferre ut Attico consuluerim: "Taenia inest ei, putan'?" quam rem Atticus negavit. Iemem enim pubescere. me oportere eum patienter et aequo animo ferre, et quam minime vexare.

Iem sic paucis septimanis se mutaverat. Dominae Silvanae corpus nuperrime humatum est: cum apud illam recitandum erat eo tempore mecum sociari satis placuerat. una nocte alienos Iem mores adeptus esse visus est, quos me sequi cogebat. nonnumquam pol mihi imperare audebat quid me facere oporteret. post altercationem quandam vociferatus est: "Tempus est tibi te puellaribus moribus studere et pudicitia uti." tum in lacrimas ii, et ad Calpurniam fugi.

"Ne nimium te angas de Domino Ieme—" ita coepit.

"Enimvero dominum dixisti?"

"Ita vero. Dominus modo Iem factus est."

"Non tantus natu est. deest qui eum pulset: ego ad pulsandum nimis parva sum. quid quaeris?"

Calpurnia, "Dulcissima mea," inquit, "quantum ad me, fieri non potest aliter quin Dominus Iem pubescat. solum esse saepius eum iuvabit, ut agat quidquid pueri adulescentes agere soleant, itaque tibi licebit ad culinam venire si quando te desolatam esse senties. nos hic multa agenda inveniemus."

Initium illius aestatis mihi bona augurabatur: Iemi liceat libita sua exercere; Calpurniam enim mihi satis placituram, dum Dill veniret.

quae laeta esse videbatur cum in culina apparebam, et spectando artem quandam inesse credebam, si qua puella esse optaret.

Aestas tamen advenit et Dill non aderat. accepi ab eo litteras et imaginem photographicam. in litteris scripsit se novum habere patrem cuius imago inclusa esset, et Meridiani sibi manendum esse quod naviculam piscatoriam una aedificare destinarent. patrem suum iurisconsultum esse Attico similem, sed Attico multo natu minorem. Dillonis pater novus vultum praestabat suavem, quam ob rem quod Dill eum ceperat delectabar, sed aegritudine quadam oppressa sum. Dill in fine epistulae dixit se in aeternum me amaturum esse, et me bono esse animo iussit, se enim venturum ut me uxorem duceret simulac satis pecuniae collegisset, itaque me precari ut sibi scriberem.

quod sponsum constantem habebam absentia eius vix mihi compensabatur. numquam prius hoc modo de tempore aestivo meditata eram, sed mihi aestas posita est in his ac talibus rebus: mente perspicio Dillonem ad piscinam sedere linum fumantem; Dillonis oculos micare propter consilia nodosa quibus Boum Radleium exire coacturus esset; Dillonem ignaro Ieme me summa celeritate amplecti ac suaviari; desiderium illud quod inter nos aliquando sentire sentiremus. cum eo vita erat mediocris; sine eo intolerabilis. tristis manebam duos dies.

Praeterea decurionibus ad necessitatem improvisam in civitatis curiam vocatis, Atticus duas septimanas aberat. Gubernator studebat ut lepadas aliquas eraderet quae in alveo rei publicae haerebant; Birminghamiae cessationes operis et obsessiones officinarum erant; in urbibus ordines eorum qui ad panem emendum esurientes opperiebantur longiores fiebant; homines qui in agris vivebant pauperiores fiebant. quae tamen res a re nostra longe remotae sunt.

Mirum erat quodam die mane videre imaginem satiricam in ephemeride *Montgomery Advertiser.* sub imagine titulus erat, "Fringilla Maicomensis." Atticus depictus est pedibus nudis et bracis curtatis ad mensam catenatus: in tabella diligenter scribebat dum puellae aliquae nugaces ad eum "Atatatae!" clamant.

Iem ut mihi rem explicaret, "Imago honorifica est," inquit. "ille tempus degit in rebus faciendis quae nisi quis facere voluisset numquam factae essent."

"Eho? quid dicis?"

Cum moribus novis illis, Iem gestum nescioquem philosophi adeptus erat, quo me ad insaniam adigebat.

"O mea levis Scytha, res non dissimilis est pagorum et talium rerum ordinationi vectigali. id quod viris plerisque modo frigidum est."

"Quomodo novisti?"

"Agedum, me solum relinque. ephemeridem lego."

Quod voluit accepit. ad culinam abii.

Dum putamina pisorum detrahit, Calpurnia subito, "Quid de vestra ecclesia hac Dominica faciam?"

"Nihil, me vide. Atticus offertorium nobis reliquit."

Calpurnia oculos semiapertos praebuit, et intellegere potui quae in animo haberet. "Calla," inquam, "scis nos nos bene gesturos. multos annos in ecclesia nihil mali egimus. "

Calpurnia evidenter meminerat Dominicam unam praeclaram. dies illa pluviosa erat cum nos et sine patre et sine litteratore relicti eramus. nullo impediente, pueri Eunicen Annam Simpson ad sellam alligatam in loco fornacis posuerunt. eius immemores in ecclesiam sursum processimus, et sermonem tacite audiebamus cum fragores horrendi e fistulis calefactoriis edebantur, quem strepitum usque audiebamus dum aliquis rem investigavit et Eunicen Annam extraxit dicentem se non iam Shadrach agere velle. Iemem enim Fringillam sibi dixisse non fore ut combureretur si fidei satis haberet, se tamen multum aestuavisse.

"Porro haec non est prima occasio, qua Atticus nos solos reliquit." ita questa sum.

"Verumtamen pro certo habet litteratorem tuum adfuturum. quod hac occasione dicere eum non audivi—sane oblitus est, credo." Calpurnia caput scabebat. subito risit. "velisne mecum ad ecclesiam cras ire, tu cum Domino Ieme?"

"Re vera?"

"Quid respondes?" Calpurnia ridebat.

Si illa me prius umquam in lavabro aspere lavavit, quanto asperius illo die Saturni me lavandam curavit! me totum corpus bis sapone perluere coegit, aquam novam in balneum ad lavationem utramque traxit, caput meum in pelvem trusum et sapone duro *Octagon* et sapone dulci Castellano detersit. Iemi multos annos confisa erat, sed ea nocte secretum eius invasit et iram excitavit: "Nonne alicui est lavari in his aedibus, nisi cuncta familia eum inspicit? "

Postridie vestem nostram inspicere primo mane coepit, id quod e more non erat. cum Calpurnia apud nos per noctem manebat, in culina in lecto temporario dormiebat. quod lectum eo die vestimentis Dominicae nostris stratum est.

Stolam meam adeo amylaverat ut mihi sedenti velut tentorium floreret. castulam me gerere coegit et cingillum puniceum circum medium corpus meum involvit. socculos meos qui ex corio patenti facti nigri et nitidi erant crustulo frigido tersit dum faciem suam velut in speculo videret.

"Quasi pompae Saturnali adfuturi essemus," inquit Iem. "qua ratione haec omnia facis, Calla?"

"Ne quis dicat me pueros meos non curare," ait mussitans. "Domine Iem, nullo modo focale istud cum vestimento isto gerere potes. viride est."

"Quid iam?"

"Vestimentum caeruleum'st. nonne perspicis?"

"Ha he he!" inquam cum ululatu. "Iem ad colores caecus est."

Iratus erat et erubuit, sed Calpurnia, "Omittite haec, precor. eundum est ad Primam Emptam cum vultu hilari atque laeto."

Ecclesia Prima Empta Africana Methodista Episcopalis in Colonia sita est, extra fines municipii meridionales trans callem quae ad molam veterem serratoriam ducebat. aedificium erat antiquum ligneis formis constructum cuius pigmentum e parietibus iamdudum recedebat. sola erat ecclesia quae Maicomi turrem et tintinnabula praestabat. Prima Empta appellata est quod prima mercede a servis liberatis empta erat. Afri ibi Deum colebant Dominicis diebus, diebus profestis homines albi alea ibidem ludebant.

Area ecclesiae durissima erat quasi lateribus coctis strata aeque ac coemeterium vicinum. si quis siccis temporibus mortuus est, cadaver glacie multa obducebatur dum terra imbribus putrescebat. nonnulla sepulcra lapide putri signata sunt; recentiora vitreis fragmentis multicoloribus designata sunt vel ampullis Cocacolae fractis. harundines fulgurales quae nonnulla sepulcra custodiebant mortuos indicabant qui inquieti dormiebant; cerei semiustulati ad infantum sepulcra stabant. coemeterium felix erat.

Nos aream intrantes odores dulces et amari Afrorum lautorum exceperunt: videlicet cum unguento capillari *Hearts of Love*, cum laserpicio, cum tabaco pulverizato, cum aqua Coloniensi *Hoyts*, cum tabaco ad manducandum parato *Brown's Mule*, cum mentha, cum talco syringa odorato.

Postquam me Iememque cum Calpurnia viderunt, viri pedem rettulerunt et petasos deposuerunt; mulieres manibus ad medium corpus compressis stabant: eadem quae honoris causa profestis diebus perficiebant. paulum diversi se moverunt, et viam angustam ad ecclesiae fores nobis aperuerunt. Calpurnia inter me et Iemem ambulans vicinis suis respondebat qui variis vestiti coloribus eam salutabant.

"Quid istuc est, Domna Calla?" vox locuta est aliqua a tergo.

Manibus Calpurniae ad umeros nostros positis, constitimus et circumspeximus. in via contra nos erat homo Afra procerae staturae. pondus eius in altero pede erat; cubitum sinistrum ad coxendicem concavam tenebat et palma sursum versa digitum ad nos intendebat. caput eius globosum erat quasi glans plumbea; oculi formam amygdalarum nescioquo modo praestabant; nares compressae sunt et os ceu arcus Indicus curvum erat. procerissima esse videbatur, ad septem pedes, credo.

Sensi Calpurniam umerum meum manu premere. "Quid vis, Lula?" inquit voce inusitata qualem numquam prius audiveram. locuta est tacite et cum fastidio.

"Velim noscere quor tu ducis albos pueros ad Nigram ecclesiam."

"Olli sunt mei comites," inquit Calpurnia. iterum vox eius mihi dispar sui visa est. loquebatur eodem modo ac alii qui aderant.

"Heia tu es comes mera, credo, apud Fringillas diebus profestis."

Per turbam murmures pervadebant. "Noli vexari," inquit Calpurnia mihi sibilans, sed rosae in petaso eius cum iracundia tremebant.

Cum Lula per tramitem ad nos veniret, Calpurnia, "Sta ilico, Aethiopissa," inquit.

Lula constitit, sed "Hem, pravum et pervorsum'st," inquit, "ducere albos pueros huc—olli habent suam ecclesiam, nos nostram. scin' quam? haec ecclesia est nostra, Domna Calla."

Calpurnia "Nonne Deus est idem?" ait.

Iem "Quin domum eamus, Calla?" inquit, "hic nos non accipiunt."

Mihi quoque visi sunt illi nos non accipere. sed eos ad nos pedem inferre potius sensi quam vidi. propius incedebant, ut credebam. sed cum ad Calpurniam spectarem, vegetis oculis laetior visa est. cum per tramitem iterum spectarem, Lula abierat. in eius loco nos stipabat coetus ingens Afrorum.

Unus e turba egressus est. erat Zebo, qui colluviem colligebat. "Domine Iem," inquit, "laetissumi habemus vos omnes hic. nil curandum'st de Lula. percontumax est quod Reverendus Ficus minatu'st facere illa repraesentaret actionem gratiarum pro puerperio. iamdudum praebuit se tumultuosam. vivit ingenio suo, se gerit arroganter. nos laetissumi sumus quod vos habemus."

Quo dicto, Calpurnia nos ad ecclesiae fores duxit ubi Reverendus Ficus nos salutavit et ad subsellium primum duxit. Prima Empta lacunar non habuit, parsque interior sine pigmento erat. in parietibus lychni cerosini qui non accensi sunt de mutulis aeneis pendebant. scamna longa et pinea pro subselliis erant. ultra cathedram, quae rudis erat ac quernea, vexillum erat puniceum et sericum cui color paene exciderat, quod affirmabat Deum esse Amorem. quae res solum erat ecclesiae ornamentum praeter pictoris *Holman Hunt* picturam Lucem Mundi rota impressam. nusquam videres clavichordium, organum, hymnorum libros, programmata ecclesiastica: impedimenta quae in ecclesia quot Dominicis videbamus. intrinsecus sine lumine obscura erat ecclesia: primo humida et frigida videbatur, sed propter frequentiam hominum aridior et calidior lente facta est. flabellum vile et chartaceum in quo pictus est Hortus Gethsemane versicolor ad unamquamque sellam erat, beneficio tabernae ferrariae Tyndarei, qui praeconium ita facit: "tu nominas, nos vendimus".

Calpurnia Iemi mihique signum dedit ut ad finem ordinis sederemus, et ipsa inter nos media sedit. e marsupio suo sudarium protulit, et nummulos quos in recessu eius vincti erant liberavit. decimam mihi dedit et Iemi decimam. hic "Nostrum habemus offertorium," inquit susurrans. illa "Ipsi retinete," inquit. "comites mei estis." Iemis vultu breviter monstrabat se dubitare num fas esset suam decimam retinere, sed propter humanitatem et comitatem dubitationem omisit, et ad sinum movit. ego sine dubitatione idem feci.

"Calla," inquam susurrans, "ubi sunt hymnorum libri?"

"Libros tales non habemus," ait.

"Quomodonam—?"

"St, tace," inquit. Reverendus Ficus prope cathedram stabat et ad coetum intuebatur ut conticere cogeret. erat vir brevis et compacto corpore qui vestem atram gerebat, focale atrum, camisiam candidam. catena horologioli aurea eius luce fulgebat quae per fenestras caecatas perveniebat.

"O fratres sororesque," inquit. "hodie laetissimi sumus quod comites nobiscum habemus. Dominus Fringilla et Domina Fringilla. omnes vos patrem eorum novistis. priusquam incipiam, nuntios recitabo."

Reverendus Ficus libellos protulit, quorum unum cepit et e corpore bracchio tenus porrexit. "Sodalitas Missionaria in aedibus Sororis Annettae Reeves die Martis convenit. res suendas ferte."

Ex alio libello recitabat. "Vos omnes sciunt de Thomae Rubeculae malo. Primae Emptae a puero sodalis fidus fuit. offertorium hodiernum et trium Dominicarum posterarum Helenae dabitur, uxori eius, ut eam domi iuvaret."

Iemem pulsavi. "An is est Thomas Rubecula quem Atticus—?"

"St, st!"

Ad Calpurniam me verti, sed tacere coacta sum priusquam aliquid loqui possem. perdomita oculos meos in Reverendum Ficum defigebam, qui dum quiescerem exspectare videbatur. "En praefectus musicae," inquit, "ducat nos in primo hymno."

Zebo e sella surrexit et per mediam alam ambulavit. ante nos constitit et ad coetum se vertit. librum hymnorum putrem ferebat. quo aperto, ait "Canemus ducentesimum septuagesimum tertium."

Hoc mihi nimium erat. "Quomodo canamus si libri hymnorum non sunt?"

Calpurnia risit. "St, dulcissima," inquit. "mox videbis."

Zebo leniter tussivit, et voce magna quae tonitruum procul distantem imitabatur recitabat:

"Ultra flumen scimus agrum"

Mirabile dictu centum voces concentum servantes verba Zebonis cecinerunt. syllabam ultimam, quae ad murmur subraucum produxerunt, secutus est Zebo eloquens:

"Qui est dulce sempiternum."

Iterum magnitudine cantus circa crescebat; sonus ultimus resonabat et Zebo eum excessit versum proximum recitans:

"Hanc ad ripam si vult fides veniemus."

Coetus haerebat, dum Zebo versum diligenter iterat, tum cecinit. ad chorum, Zebo librum clausit, id quod signum erat omnibus ut sine auxilio eius procedendum esset.

Cum ultimum sonum "... *iubilamus"* cecinissent, Zebo elocutus est:
"Dulce cui est semper lumen,
Ultra illud fulgens flumen."

Versum unumquemque concordia simplici vocum cecinerunt, dum hymnus murmure maestissimo exiit.

Iemem spectabam qui Zebonem limis oculis spectabat. equidem pariter non credidi, sed utrique audivimus.

Deinde Reverendus Ficus Dominum invocavit ut eis qui aegrotarent vel in rebus adversis essent benediceret. id quod nihil differebat a quo in nostra ecclesia agebatur, praeterquam ille Deo singillatim homines complures ostendit.

Sermone suo peccata simpliciter breviterque denuntiavit; sententiam quae in pariete a tergo erat cum severitate affirmavit; coetum admonuit de improbitate et crapularum, et aleae lusus, et feminarum extranearum. certo eos qui temetum contra leges in Colonia venderent satis molestiarum exhibere, sed feminas peiores esse. quam in mea ecclesia saepe audieram, eadem doctrina Turpitudinis Muliebris rursus turbata sum de qua re omnes clerici nimis occupati esse videbantur.

Iem egoque sermonem eundem quot Dominicas audiveramus, praeterquam quod Reverendus Ficus ex cathedra liberius sententiam suam de hominum singulorum peccatis palam prompsit: Iacobum Hardy quinque Dominicis ad ecclesiam non adfuisse quamquam non aeger esset; Constantiam Jackson in periculum cum vicinis rixandi summum venire quia saeptum e malignitate erexisset: quod primum ea ratione saeptum erectum esse e memoria Coloniensium.

Reverendus Ficus sermonem clausit. ad mensam ante cathedram stetit et hodiernum offertorium postulavit, quae res mihi fratrique inusitata erat.

Ei qui aderant singuli appropinquabant et decimas vicesimasque in cadum caffearium atratum posuerunt. Iem egoque idem fecimus, et decimis nostris cum tinnitu depositis "Gratias, gratias," audivimus.

Id quod inopinatum erat, Reverendus Ficus cadum vacuum fecit et nummum in palmam collegit. se erexit et, "Hoc non satis est," inquit. "decem dollariis opus est nobis."

Coetus se movit. "Omnes scitis quem ad usum foret. Helena non potest liberos illos reliquere ut foris laboret dum Thomas in carcere est. si unusquisque decimam iterum dabit, summam habebimus." quo dicto, Reverendus Ficus manu signum dedit, et ad aliquem in parte interiore ecclesiae vocavit. "Alex, valvas claude. nemo hinc abibit dum decem dollaria habebimus."

Calpurnia marsupium exploravit et perulam scorteam prompsit. cum susurro Iem, "Non hercle, Calla," inquit, ubi illa quartam fulgentem ei tradidit, "nos nostras dare possumus. cedo mi decimam tuam, Scytha."

Aer in ecclesia grave et crassum fiebat, et mihi in mentem venit Reverendum Ficum sudores coetui suo evocaturum esse dum pecuniam solverent. flabella crepitabant, pedes inquieti erant, qui tabacum manducare solebant excruciabantur.

Pavescebam cum ille severe, "O Carole Richardson, te nondum vidi in hac ala."

Vir gracilis bracas fulvas gerens per alam venit et nummum deposuit. coetus murmuribus se probare ostenderunt.

Deinde Reverendus Ficus, "Mihi placebit si omnes quibus non sunt liberi decimam alteram dabunt. ita summam habebimus."

Lente et operose decem illa dollaria collecta sunt. valvae apertae sunt, et aura tepida redintegrati sumus. Zebo hymnum recitavit *In ripis Iordanis procellosis,* et officium ecclesiae finitum est.

Sperabam manere et explorare, sed Calpurnia me per alam propulit. dum illa moratur ut cum Zebone et familia eius loqueretur, Iem egoque cum Reverendo Fico ad valvas ecclesiae sermonem habebamus. multa rogare cupiebam, sed me retinere constitui ut Calpurnia potius responderet.

"Laetissimi eramus quod vos omnes hic habebamus," inquit ille. "haec ecclesia patre tuo amicum meliorem non habet."

Non iam interrogationem meam comprimere potui: "Cur nummum colligebatis uxori Thomae Rubeculae?"

"Nonne rationem audisti?" Reverendus Ficus ita rogavit. "Helena tres parvulos habet, et non potest ad operam exire—"

"Cur non potest secum ducere, o Reverende?" Afri qui in agris laborabant infantes minutulos in qualicumque loco umbroso deponere solebant dum parentes opus facerent. ut fit, infantes in umbra inter duos ordines gossypii sedebant. eos qui sedere non poterant matres in tergis ferebant fasciis involutos Indorum more, vel in saccis byssinis condebant.

Reverendus Ficus invitus loqui visus est. "Ut re vera dicam, o Domina Ioanna Ludovica, Helenae hoc tempore difficile est quaestum invenire ... cum carpendi tempus erit, spero Dominum Lincum Deam eam conducturum esse."

"Cur ita, Reverende?"

Priusquam is respondere potuit, manum Calpurniae in meo umero sensi. itaque, "Gratias tibi agimus," inquam, "quod nobis adesse permisisti." Iem eadem dixit, et domum regrediebamur.

"Calla," inquam, "scio Thomam Rubeculam in carcere esse et aliquid mali fecisse, sed cur Helenam homines conducere nolunt?"

Calpurnia, stolam bombycinam caeruleo indico tincta et pilleum rotundum gerens, media inter Iemem meque ambulabat. "Propter quod homines dicunt Thomam fecisse," inquit. "idcirco homines nolunt aliquem e familia eius tractare."

"Quid fecit, quaeso, Calla?"

Illa cum gemitu, "Senex ille Robertus Evellus eum de stupro puellae suae accusavit, et fecit ut comprehensus et in carcerem coniectus sit—"

"Dominumne Evellum dicis?" recordatio aliqua in mentem meam venit. "an Evellorum illorum gentis est, qui quotannis ad scholam primo die venire et protinus domum ire solent? Atticus dixit eos quisquilias esse—numquam Atticum audivi de hominibus ita loqui ut de Evellis. dixit—"

"Gens illa quidem."

"Esto. si omnes Maicomenses Evellos quales sint homines noverunt, nonne laeti Helenam conducent? ...quid est stuprum, o Calla?"

"De hoc tibi Dominus Fringilla interrogandus est," inquit. "potest explicare melius quam ego. vosne fame laboratis? Reverendus hodie rem copiosissime prosecutus est, tantum languorem afferre non solet."

"Similis est oratori nostro," inquit Iem. "sed cur hymnos eo modo canitis?"

"Versuramne dicis?"

"Ita vocatis?"

"Ita. versuram vocamus. eo modo cecinerunt e memoria mea."

Iem dixit eos offertorio annuo servato fortasse libros hymnorum emere posse.

Calpurnia risit. "Nil beneficii esset. legere non possunt."

"Nonne legere possunt?" inquam. "omnes homines isti?"

"Sic est." Calpurnia adnuit. "ad quattuor homines tantum in Prima Empta legere possunt, quorum ego una sum."

"Ubi ad ludum isti, Calla?" inquit Iem.

"Nusquam. agedum, quis litteras meas me docuit? erat matertera Dominae Maudiae Acanthidis, Domina Bubulca, matrona aetate provecta—"

"Tune ita senuisti?"

"Maior sum natu Domino Fringilla etiam." Calpurnia ridebat. "etsi quanto maior pro certo non habeo! quodam die reminisci coepti eramus ut intellegerem quot annos nata essem. repetere possum paulo plures annos quam ille; itaque non multo senior sum eo, si concedere velis ut viri res praeteritas memoria minus repetere possint quam feminae."

"Quando est dies tibi natalis?"

"Natali Christi meum celebrare soleo. ita facilius in memoria teneo—diem natalem verum non habeo."

"Immo tu nullo modo videris Attici aequalis esse."

"Afri," inquit, "aetatem suam tardius ostendunt,"

"Fortasse quod legere non possunt. Calla, Zebonemne tu docuisti?"

"Ita vero, o Domine Iem. ne schola quidem erat ei puero. feci tamen ut disceret."

Zebo erat Calpurniae filius maximus natu. si quando de illa re cogitavissem, Calpurniam aetate seniore esse novissem—Zeboni enim liberos esse adulescentulos. sed numquam ita cogitaveram.

"Docuistine eum e libello elementario, nobis parem?" rogavi.

"Immo feci ut paginam e Bibliis cottidie caperet; et liber erat quidam e quo Domina Bubulca me docebat. at scin' unde receperim?"

Nescivimus.

Calpurnia, "Avus tuus Fringilla, "inquit, "mihi dedit."

"Tune in Fringillae Egressu nata es?" inquit Iem. "numquam hoc nobis narravisti."

"Certe, Domine Iem. educata sum inter Locum Bubulcium et Fringillae Egressum. totam vitam serviebam aut Fringillis aut Bubulcis, et Maicomum migravi cum pater tuus matrem uxorem duxisset."

"Qui liber erat, Calla?" inquam.

"Commentarii *Blackstone's*."

Iem stupefactus est. "Dicis te Zebonem ex hisce docuisse?"

"Ita vero, o Domine Iem." Calpurnia timide digitos suos ad os posuit. "soli erant libri quos habui. avus tuus dicebat Dominum Blackstone anglice optime scribere."

"Quapropter tu non loqueris similiter ac ceteri isti," inquit Iem.

"Quosnam ceteros dicis?"

"Ceteros Afros, Calla. sed in ecclesia tu aequaliter eis loquebaris . . ."

Numquam in mentem mihi venerat ut Calpurnia duas vitas admodum degeret. quod extra familiam nostram alteram vitam agebat aliquid novi erat nobis, nedum quod duas linguas loquebatur.

"Calla," inquam. "Cur Nigrorum locutione uteris ubi cum—" paene cum Nigris dixi, "cum popularibus tuis loqueris, etiamsi non rectam esse scis?"

"Age iam, imprimis Nigra sum—"

"Non sic loquendum est tibi, ut plane dicam," inquit Iem, "cum meliorem rem scias."

Calpurnia pilleo proclinato caput scabit, deinde pilleum super aures diligenter detraxit. "Difficillimum est dicere," inquit. "si tu Scythaque Nigrorum locutione domi utamini, nonne intempestivum sit? quod si ego in ecclesia Alborum locutione utar, et cum vicinis? hi censeant me ad Mosem superandum ambitiosam et gloriosam esse."

"Sed, Calla, tu meliorem rem scis," inquam.

"Non necesse est omnia quae scis enarrare. non est muliebre, atque hominibus non libet cum aliquo sociari cui plus scientiae quam sibi ipsis esset. quae res eos vexat. non mutabis quemquam recte loquendo. necesse est ut ipsi discere velint, et cum nihil discere volunt, tu nihil facere potes nisi aut tacere aut linguam eorum loqui."

"Calla, possim venire te visum aliquando?" "

Ad me despicit. "Ut me videas, dulcissima? me cottidie vides."

"Ad aedes tuas," inquam. "aliquando postquam rem tuam explevisti? Atticus me ducere potest."

"Quandocumque vis," inquit. "laeti erimus te excipere."

In tramite eramus prope Locum Radleianum.

"Specta ad porticum illam," Iem inquit.

Ad Locum Radleianum spectabam, sperans me visuram esse incolam istum larvalem in oscillo apricantem. oscillum vacuum erat.

"Nostram ad porticum dico."

Viam oculis perlustravi. delectata, recta, rigida, Amita Alexandra in sella oscillari sedebat quasi cottidie per vitam suam ibi sedere solita esset.

XIII

"Fer mihi saccum ad anticum cubiculum, Calpurnia," hoc primum iussit Amita Alexandra. et hoc secundum: "Desine caput scabere, Ioanna Ludovica."

Calpurnia saccum gravem sumpsit et ianuam aperuit. Iem "Ego feram," inquit et tulit ipse. saccum audivi cubiculi contignationem magno fragore pulsare. sonus ille visus est stolidi esse tamquam sacci qui diu non moveretur.

"An venisti ut nobiscum moreris, o Amita?" ita rogavi. Amita Alexandra ex Egressu raro intervisebat ut salutationem perficeret, et summo apparatu peregrinabatur. autocinetum Buick quadratum et perviridem possidebat cum rectore Afro: et vehiculum et rector munditiae nimis praestabant; hodie tamen nusquam videri poterant.

"Nonne pater tuus te certiorem fecit?"

Iem egoque abnuimus.

"Oblitus est, credo. num domum iam rediit?"

"Non iam, domna," inquit Iem, "primo vespero redire solet."

"Esto. ego paterque vester constituimus tempestivum esse mihi breve tempus apud vos commorari."

Si quis Maicomensis 'breve tempus' diceret, dicere vellet vel 'tres dies' vel 'triginta annos'. Iem egoque inter nos furtim aspeximus.

Illa mihi, "Iem iam adolescit," ait, "tu quoque adolescis. constituimus magno momento tibi esse feminae tutela frui. paucis annis, o Ioanna Ludovica, vesti muliebri, amatoribus studere tibi libebit—"

Potuissem ad hoc multa respondere: feminam esse Callam, me amatorum in studium non praemature commissuram esse, neque umquam muliebris vestis . . . sed tacui.

"Quid agitur de Patruo Iacobo?" inquit Iem. "venietne hic quoque?"

"Minime. in Egressu manet ut locum curaret."

Cum dixissem "Nonne eum desiderabis?" mihi conscia eram hoc interrogatum ineptum fuisse. utrum aderat an aberat nihil referebat; Patruus enim Iacobus numquam aliquid locutus est. Amita Alexandra ad rogatum meum non respondit.

Animo plura fingere non potui quae eam rogarem. re vera numquam aliquid fingere potueram, et sedebam cogitans de sermonibus eis quos difficiles inter nos antehac habuimus: Quid agis, o Ioanna Ludovica? Valeo, gratias, domina, quid agis tu? Valeo, gratias; quid tu faciebas? Nil. Nonne aliquid facis? Non, domina. Nonne amicos habes? Habeo. Quidnam omnes facitis? Nil.

Amita Alexandra scilicet me tardissimam putabat, quod quodam die audivi eam Attico narrare me pigram esse et limaci similem.

Quae ad explicanda ratio erat, quam eo tempore ab ea extrahere nolebam. Dominica dies erat, et Amita Alexandra Dominica die praecipue iracunda erat, propter thoracem eum muliebrem quem Dominicis gerebat, credo. obesa non erat, sed robusta, et vestimenta ad corpus protegendum capiebat quae et pectora ad altitudinem vertiginosam sublevabant et medium cingulo ita coartabant, et nates ita laxabant, ut fingere posses ei quondam figuram fuisse valde curvatam quasi vitrei horarii. undecumque spectares, formidabilis erat.

Post meridiem ad vesperum tempus egimus cum tristitia illa levi quae descendat cum necessarii apparent; quae tamen autocineto in semita audito dispulsa est. Atticus erat, qui Montgomeria domum revenerat. Iem dignitatis suae oblitus mecum ad eum salutandum cucurrit. Iem sacculum eius et capsam rapuit, ego in bracchia insilui, et id osculum sensi siccum quod mente absente daret, et dixi "Librumne mihi tulisti? scin' Amitam adesse?"

Atticus ad utrumque rogatum adnuit. "Placebitne vobis si apud nos habitabit?"

Affirmavi mihi multum placere. mentiebar, sed aliquando alicui mentiendum est, et semper cum rem mutare non potest.

"Existimavimus tempestivum esse vobis liberis—esto, res est haec, Scytha mea. Amita tua beneficium et mihi et vobis affert. non possum totum diem vobiscum adesse, et calidissima haec aestas futura est."

"Sic, domine," inquam: ne verbum quidem intellexi. credidi tamen adventum Amitae Alexandrae minus ab Attico institutum esse quam ab ipsa. mos erat amitae nostrae affirmare quid optimum esset familiae, et adventus eius optimum, credo, hoc modo erat.

Maicomenses eam liberaliter exceperunt. Domina Maudia placentam Alabamiam tanto temeto paratam coxit ut ebria facta sim. Domina Stephania Amitam Alexandram visebat et diu apud eam morata est dum plerumque abnuit et "uah" identidem dicit. Domina Rachelis proxima nobis vicina post meridiem eam interdum ad caffeam invitabat, et Dominus Nathan Radleius etiam in anticum hortum penetravit et dixit se valde delectari quod eam vidisset.

Cum nobiscum consedisset, et vita nostra ad rem cottidianam reversa esset, Amita Alexandra ex aevo apud nos habitavisse videbatur. postquam Sodalitati Missionariae cibum apposuit, famam suam ut coqua amplificavit (non tamen Calpurniae permisit particulas parare quae sodales per nuntios Christianorum Asiaticorum longos sustinerent); se Societati Amanuensium Maicomiae commisit et scriba facta est. omnium illorum consensu qui vitae pagi participes aderant, generis sui Amita Alexandra ex ultimis erat. eos mores praestabat qui quodam modo naves fluviales et scholas privatas redderent. qualecumque officium nescioquis memoraret, tali illa faveret; in casu accusativo nata est; garrulitas erat illi insanabilis. cum ad scholam discipula iret, verbum 'inconstantia' in ludi libris invenire sane non potuisses; ignorabat igitur quid hoc verbum valeret. numquam vitae eam taedebat, et si occasionem quamvis parvam caperet, praerogativa regia sua uteretur ut disponeret, moneret, praemoneret, admoneret.

Quotiens occasio dabatur, totiens aliarum gentium res male gestas ostendere solebat, ut nostrae gentis gloriam augeret, id quod Iem magis ridiculum putabat quam molestum: "Amitam nostram oportet linguam continere—plurimi Maicomenses nobis consanguinei sunt, si diligenter investiges."

Amita Alexandra, cum olim disceptaret quo pertineret iuvenis Samuelis Euhemeri mors voluntaria, dixit causam fuisse indolem eius gentis ad mortem propensam. Amita Alexandra, si puella quaedam sedecim annorum in choro summisse cachinnaret, diceret: "Qua re confirmatum est omnem feminam gentis illius varium et mutabile esse." Maicomensis quisque indolem nescioquam praestabat: indolem ad potandum vel ad aleam propensam, indolem nimiam parsimoniam, indolem festivam.

Quodam die Atticus, cum Amita nos certiorem fecisset curiositatem nimiam istam ardalionis Dominae Stephaniae Corvinae hereditariam esse, "Soror mea," inquit, "aequales nostri primi sunt, ut ita dicam, qui ad pubem progressi consobrinas suas uxores non duxerunt, vel primae quae consobrinis non nupserunt. nempe genti Fringillarum indoles ad incestum propensa est, nisi fallor?"

Amita abnuit, affirmavit tamen hoc modo manus parvas venisse nobis pedesque parvos.

Qua re adeo hereditate occuparetur numquam intellexi. mihi quidem nescioquomodo persuasum erat bonos esse eos qui optime sensu suo uterentur; Amita Alexandra tamen credebat, quamvis oblique loqueretur, quo diutius gens quaedam in eodem agro consedisset, eo meliorem esse.

"Evelli igitur boni sunt," inquit Iem. tertia enim aetas gentis istius cuius Burris Evellus fratresque pars erat adhuc in eodem agello a tergo sterquilinii Maicomii habitabat atque e sportula publica se tolerabat.

Sententia tamen sua Amita Alexandra rationem aliquam praebuit. Maicomum vetus erat oppidum. a Fringillae Egressu viginti milia passuum ad orientem distabat, sed modo incommodum erat quod longius a fluvio situm erat quam pleraque oppida eodem aevo condita. sed Maicomum propius ad fluvium conditum esset sine ingenio acerrimo Quintilii cuiusdam. qui in Saturniis regnis ubi duae semitae porcinariae conveniebant cauponam quae sola in finibus erat habebat. is qui patriae suae nullo modo favebat, et Indis et colonis pariter glandes metallicas ad sclopeta suppeditabat vendebatque. nec sciebat nec pensi habebat utrum pars agri Alabamii esset an nationis Criquae, dummodo suam rem bene gerere posset. res prospere gerebat cum Gubernator Gulielmus Wyatt Bibb, ad populi tranquillitatem in pago novo augendam, agrimensores complures misit qui pagi medium ipsum locarent et sedem rerum publicarum ibi conderent.

illi, qui hospites Quintilii essent, dixerunt cauponem in finibus pagi Maicomii esse et locum ei monstraverunt ubi credebant fore ut sedes pagi aedificaretur. nisi caupo ille Quintilius suam tabernam servandam multa audacia curavisset, oppidum Maicomum in media Palude Atra Winstonia, loco valde inamoeno, conditum esset. sed res aliter evasit. oppidum Maicomum e caupona Quintiliana quae origo erat propter hoc crescebat: quod vespero quodam Quintilius ille hospites suos ad ebrietatem tantam deposuit ut prae temeto vix palpebras sustinerent; ac coegit eos tabulis geographicis promptis modo paulum resecare modo paulum addere et medium locum pagi ad desiderium suum locare. proximo die tabulis redditis et temeti quinque quadrantibus in clitellas impositis eos dimisit. quorum uterque quadrantes duo accepturus erat, et Gubernator unum.

Quod imprimis ea ratione conditum est ut sedem praefecturae esset, oppido Maicomo deerat squalor ille quem plerumque alia oppida paris magnitudinis praebebant. ab initio erant ei aedificia robusta, basilica magnifica, viae latae et aspectu gratae. e populo Maicomensi multi se artifices professi sunt: eo ventum est ut dentes extraherentur, ut plaustrum repararetur, ut pecunia deponeretur, ut anima servaretur, ut muli sanarentur. nihilominus, dubitare licet quantum sapientiae tandem Quintilius caupo dolo suo ostenderit. oppidum novum a fluvialibus naviculis longius constituit, quae solam eo tempore vecturam publicam parabant. itaque homini e septentrionalibus vecto duorum dierum opus erat ut Maicomum ad tabernas perveniret. quapropter centum annos oppidum eiusdem magnitudinis mansit, velut insula in mari variegato arvorum gossypii et arbustorum.

Quamquam in Bello Civili oppidum Maicomum omissum est, per Aetatem Reficiendi et propter inopiam publicam, crescere coactum est. introrsum crescebat. quod pauci ab aliis locis eo migrabant, eaedem gentes ex eisdem gentibus uxores ducebant, dum admodum similes inter se omnes facti sunt. interdum aliquis Montgomeria vel Mobili cum coniuge peregrina reveniebat, sed is flumen cognationis quam minime turbulentum fecit. me puella, res ferme eaedem erant.

Ordo quidem perpetuus Maicomensibus erat, qui, credo, ita se gerebat: municipii seniores, qui aetate eadem orti multos annos una habitaverant, quid inter se cottidie agendum esset facillime praedicere poterant. habitum proprium, ingenium, etiam gestus sine certamine inter se sumebant; quos mores in omni aetati renovatos et cottidiano cultu politos credebant. haec igitur dicta increbuerunt: 'Nemo e gente Corvina negotium suum agere potest', 'Tertius quisque e gente Euhemera ad mortem propensus est', 'Veritas genti Agricolae non inest', 'Omnis Bubulcus hoc incessu pedem it'. haec atque talia ad vitam cottidianam honeste degendam consequebantur; 'Noli chartulam pecuniariam ab Agricola ullo accipere nisi clam argentarium consulueris'; 'Dominae Maudiae umerus demissus est quia Bubulca erat'; 'Nimirum Domina Gratia Euhemera temetum iuniperi ex ampullis medicamentariis Lydiae Pinkham bibit,—mater eius idem faciebat.'

Amita Alexandra ad Maicomenses velut corona ad caput accommodata est, sed non ad Iemem meque. quomodo huic contigisset ut Attici Patruique Ioannis soror esset in animo meo totiens volutabam, ut fabularum earum meminissem quas Iem quondam de liberis subditis et de radicibus mandragorae narraret, et quas tantum non oblita essem.

Quae cogitatio a re ipsa dum amita apud nos commoratur primum mensem separata est. paulum enim loquebatur mecum vel cum Ieme, neque eam videbamus nisi ad cenam vel noctu ante cubitum. tempus erat aestivum et nos foris eramus. nimirum cum ad aquam bibendam domum interdum currerem, atrium inveniebam a matronis Maicomensibus occupatum, quae pocula sorbillabant, susurrabant, ventilabant; et vocabar, "O Ioanna Ludovica, veni cum his matronis loquaris."

Cum in limine apparebam, Amitam me vocavisse paenitebat, ut opinor, quae ex usu luto aspersa essem vel harena perfusa.

"Colloquere cum consobrina tua Lilia." hoc quodam die post meridiem dixit, cum me in vestibulo illaqueatam teneret.

"Quacum?" inquam.

"Cum consobrina tua Lilia Rivula," inquit Amita Alexandra.

"Consobrina est nostra? nesciebam."

Amita eo modo ridere poterat quo simul Consobrinae Liliae officiose satisfaceret simul me valde reprehenderet. cum consobrina discessisset, certum habui me profecto poenas daturam.

Incommode accidit quod pater noster omiserat et de gente

Fringillarum me certiorem facere et liberis suis gloriam eius monstrare. Amita Iemem vocavit, qui mecum in lectulo caute sedebat. deinde exiit, et revenit librum ferens purpuratum in quo litteris aureis signatum est *Meditationes Iesu Sancti Clari*.

"Consobrinus vester hoc scripsit," inquit. "quam erat caput decorum!"

Iem libellum scrutatus est. "Consobrinusne est ille Iesus qui tamdiu in carcere inclusus est?"

Amita Alexandra, "Quomodo," inquit, "hoc novisti?"

"Enimvero Atticus dixit eum in Academia dementem factum scholae praefectum sclopeto necare conatum esse. quem consobrinus noster affirmavit nihil esse nisi cloacarum curatorem, et eum interficere conatus est telo antiquo manuali quod tamen in manu sua displosum est. Atticus dixit familiae quingenta dollaria solvenda esse ut is crimine illo liberaretur—"

Amita Alexandra immota stabat ciconiae instar. "Ne plura dicas," inquit. "hoc curandum est."

Ante cubitum in Iemis cubiculo eram librum petens, cum ianua pulsata Atticus intravit. in Iemis lecto sedit et sobrius ad nos aspexit; tum ridens ringebatur.

Sonum obscurum quasi tussiunculae edidit quem nuper adeo frequens ederet ut crederem eum tandem senescere, sed speciem eandem gerebat. "Nescio," inquit, "quomodo hoc mihi dicendum sit."

"Dic modo," inquit Iem. "ecquid mali egimus?"

Pater noster re vera inquietum se praebebat. "Minime vero. velim modo vobis explicare … Amita vestra Alexandra me rogavit … mi gnate, nonne scis te Fringillam esse?"

"Ita certior factus sum." Iem limis oculis intuebatur. vox eius maior sponte sua fiebat. "Attice, quid est?"

Atticus poplites alternis genibus imposuit et bracchia inter se plexit. "Conor de rebus vitalibus vobis narrare."

Iemem magis pigebat. "Omnia talia cognovi," inquit.

Subito Atticus gravior factus est. voce iurisconsulti severa sua, "Amita tua," inquit, "me rogavit ut conarer haec inculcare tibi et Ioannae Ludovicae: vos e gente cottidiana non procreatos esse; gentem autem vestram ex origine nobili ortam per multa saecula ad morum elegantiam auctam esse—" Atticus morabatur, intuens me in crure meo pyrallidem quaerentem.

Cum eam inventam erasissem, rursus "Ex origine nobili ortam", inquit, et iterum loqui coeptus erat. "et dixit vobis moliendum est nominis vestri dignos esse." neglectis nobis, sermonem producebat. "ea me rogavit vos iubere moliri ut bonorum et bonarum more vos gereretis, quod bonae genti nati essetis. de gente vestra vobis colloqui vult, et vos certiores facere quantum commodi gens vestra per annos pago Maicomio tulerit. si quidem quali gente orti sitis cognoscetis, credo, fortasse vobis persuadetur ut vos digno modo gereretis." dicendo finem quam celerrimum fecit.

Stupefacti Iem egoque inter nos spectavimus, deinde ad Atticum, qui ad collum vexari videbatur. nihil ei diximus.

Mox pecten cepi et dentibus eius Iemis mensam scabebam.

"Stridorem istum omitte," Atticus inquit.

Concisa brevitas eius me pupugit. pecten ad medium iter progressum erat, cum strepitu deieci. nulla de causa me lacrimari sensi, sed desinere non potui. hic meus pater non erat. meus pater numquam ita de moribus cogitabat. meus pater numquam de moribus ita disserebat. Amita Alexandra nescioquo modo eum persuaserat ut ita ageret. per lacrimas meas Iemem vidi pariter a patre interclusum, capite ad latus inclinato.

Nullum in locum abire potui, sed abitum me verti, et ad Attici gremium offendi. capite meo ibi merso, et borborygmos auscultabam qui subter vestimentum eius caeruleum fiebant, et horologioli sonum parvum et constantem, et strepitum hebetem camisiae amylatae, et murmur molle respirationis.

"Venter tuus fremit," inquam.

"Sentio," inquit.

"Globulo te purgare debes."

"Debeo."

"Attice, si haec et talia agemus, si digno more isto nos geremus, an rem nostram aliquo modo mutabimus? tune—?"

Manu eum cervicem meam tangentem sensi.

"Ne metuas. non est nunc tempus metuendi."

Cum hoc audissem, pro certo habui eum ad nos revenisse. sanguis in cruribus meis rursus fluebat, et caput erexi. "Re vera cupis nos illa et talia agere? non possum meminisse omnia quae Fringillae agere debeant . . ."

"Nolo te meminisse. obliviscere."

Ad ianuam iit et ianua a tergo clausa exiit. tantum non strepitu magno operuit, sed vix conscius factus leniter clausit. dum Iem egoque oculos intendunt, ianua iterum aperta, Atticus se ostendit. superciliis sublatis, ocularibusque delapsis, "Nonne propius in dies," inquit, "ad Consobrinum Iesum accedo? mihi familia quingenta dollaria impensura est, putan'?"

intellego quid efficere conaretur, sed Atticus qui vir sit, tantummodo animum virilem praestat. opus est animi feminei ad tantum laborem efficiendum.

XIV

Quamquam ex Amita Alexandra nihil ultra de gente Fringillia, multa quidem ex oppidanis posthac audivimus. quot diebus Saturni, si quando Iem forte mihi permitteret ut sibi comitarer qui nunc a me alienissimus in publico esset, vicesimas nostras manu tenentes per hominum sudantium turbam nos in via torquebamus, et interdum audiebamus "Ecce liberos eius," vel "Eccos Fringillas." cum ut accusatoribus obviam iremus nos vertebamus, nil videbamus nisi forte vel par agricolarum qui in pharmacopolae Mayco fenestra clysteres rimabantur, vel par mulierum rusticarum et obesarum qui petasatae in plaustro sedebant.

"Isti queunt ubiquomque ruris ferocire et stuprare, quantum placet iis qui curam habent huiusce pagi." haec erat sententia abdita hominis cuiusdam macilenti cui praeterienti offendimus. id quod me admonuit Atticum mihi interrogandum esse de aliqua re.

"Quid est stuprum?" ita eum illa nocte interrogavi.

Atticus ab ephemeride se vertit. in sella sua ad fenestram erat. cum iam adolesceremus, Iem egoque nos valde benignos ducebamus quod Atticum post cenam solum semihoram agere sinebamus.

Cum suspirium duxisset, dixit stuprum esse scientiam feminae carnalem vi et sine consensu habitam.

"Esto. si hercle tantillum est, cur Calpurnia me repressit ubi rogavi quid esset?"

Atticus alte cogitare videbatur. "Quid dixisti? velim iterum dicas."

"Esto. ab ecclesia iens eo die Calpurniam rogavi quid esset. ea me iussit te rogare, sed oblita sum, et nunc te rogo."

Ephemeridem nunc in gremium deposuerat. "Dic mihi iterum, amabo," inquit.

Quae omnia de itinere nostro ad ecclesiam cum Calpurnia facto pertinerent ei narravi. Atticus delectari videbatur, sed Amita Alexandra, quae in angulo sedens quiete suebat, opus picturatum deposuit et nos contra intuebatur.

"Calpurniae igitur ab ecclesia redibatis Dominica illa?"

Iem adnuit. "Ita vero, domna, ea nos duxit."

Memineram aliquid. "Ita vero, domna, et mihi promisit ut ad aedes suas aliquando po' meridiem irem. Attice, Dominica proxima ibo si tibi placet: placetne? Calla dixit se venturam ut me duceret, si tu cum autocineto abesses."

"Mecastor non placet!"

Hoc dixit Amita Alexandra. territa me verti, deinde ad Atticum reversa eum ad illam breviter aspicere videre potui, sed iam incautius loquebar: "Te non rogabam," inquam.

Quamquam vir erat corpore amplo, Atticus e sella surgere et in sellam sedere celerius poterat quam quivis mihi notus. iam iam surrexerat. "Excusa te tuae amitae," inquit.

"Illam non rogabam, te rogabam—"

Atticus se vertit et me intentis oculis intuebatur quasi me ad parietem acu affigeret. vox eius mortifera erat.

"Nunciam excusa te tuae amitae."

"Me paenitet, Amita," inquam mussitans.

"Agedum," inquit. "praeclare intellegendum'st. quidquid Calpurnia iubet, id facis. quidquid ego iubeo, id facis. et dum amita tua in his aedibus erit, quidquid ea iubet, tu facies. iam tenes?"

Tenui quidem, et postquam parumper in animo volvi, persuasum est mihi ut pedem cum dignitate referre non possem, nisi ad latrinam irem. ibi tamdiu mansi ut illi crederent me necessitate eo adductam esse. regressa atque in vestibulo morata, eos inter se ferociter in atrio discordantes audivi. per ianuam perspiciens Iemem in lectulo iacentem et ephemeridem pediludii pro vultu tenentem vidi. caput huc illuc vertebat quasi ad binos tennilusores invicem in ipso sphaeristerio potius quam ad ephemeridem spectaret.

". . . de illa tibi agendum est aliquid," Amita dicebat. "neglegentia tua concessum est rem illam diutius durare, Attice, diutius."

"Cui detrimento esset si eo iret? Calla eam bene ibi curaret aeque ac hic."

'Eam' dixerunt. de qua loquebantur? animo demisso rem intellexi: de me ipsam. sentiebam parietes carceris e puniceo et amylato gossypio texti me includere, et de fuga meditabar, id quod antehac iam semel mihi cordi fuerat; subita de fuga.

"Mi Attice, licet tibi clementi et miti esse, facilis enim es homo, sed filiam habes de qua tibi tecum animo agitandum est. et ista filia adolescit."

"Hac de re mecum agito quidem."

"Ne rem vitare coneris. serius ocius huic rei obviam eundum est, neque ulla ratio est cur hac nocte ad finem adducere non possimus. illa nobis non iam usui est."

Attici vox aequa erat: "Alexandra, Calpurnia ab his aedibus non abibit donec abire cupiet. tu fortasse aliter putas, sed sine illa non potuissem me per hosce annos bene gerere. illa familiaris est fida, et quae nunc est res tibi modo accipienda est. praeterea, soror mea, nolo te pro nobis nimis laborare; id quod nullo modo aequum est. Calla non minus quam antehac nunc usui est."

"Sed, mi Attice—"

"Praeterea, pueri nihil mali passi sunt, credo, quod ab illa educati sunt. haud scio an illa duriorem se praeberet quam mater ... numquam eos quicquam impune facere sinebat, numquam eis ut plurimae nutriculae Afrae ita indulgebat. quanta facultas ei inerat, tanta ad educandos eos utebatur. atque Callae facultates, ut opinor, plane optimae sunt. praeterea pueri eam amant."

A metu respirabam. de me non loquebantur, sed de Calpurnia tantum. ad me redii, et atrium intravi. Atticus ephemeride sua se celabat, et Amita Alexandra picturatum textum vexabat. quotiens acu suo orbem restrictum penetrabat, huiusmodi sonitum levem audires: puc, puc, puc. paulum morata est, et textile strictius fecit: puc, puc, puc. iratissima erat.

Iem surrexit et stragulum tacite transiit. nutu me vocavit ut sequerer. ad cubiculum suum me duxit et ianuam clausit. vultus eius gravis erat.

"Rixabantur, Scytha."

Iem egoque multum nuper rixabamur, sed neminem cum Attico rixari umquam aut audieram aut videram. visu difficile erat.

"Scytha mea, amabo, noli adversari Amitae nostrae, audin'?"

Attici dicta adhuc me ita vexabant ut lepos ille quo Iem in hoc rogando usus est me fugerit. rursus irascebar. "Tun' iubes quid faciam?"

"Nullo modo. quia hoc tempore sunt ei multae res, ne plus ei molestiae feramus."

"Quae res, quaeso?" Atticus mea sententia nullas res in animo habere videbatur.

"Est causa illa Thomae Rubeculae qui metum ei gravissimum affert—"

Negavi Atticum quicquam metuere umquam. quam causam praeterea nobis curae non esse, nisi forte uno die e septem. et etiam tunc curae brevius fuisse.

"Tibi quidem ita esse videtur, quod tu rem in animo nisi breve tempus tenere non potes. nobis hominibus adultis aliter—"

Amplitudinem istam odiosam, qua ratione se esse aliquid existimabat, non iam ferre potui. nihil agere volebat nisi aut solus legere aut solus sine me abscedere. quos tamen omnes legebat libros mihi adhuc tradebat, sed hanc mutationem fecit: antehac ad me delectandam eos dabat; nunc erudiendi et praecipiendi causa.

"Medius Fidius, Iem! quem te esse putas?"

"Severius iam dico, Scytha. si adversaberis amitae nostrae, ego te, me vide, verberabo."

Ad hoc apud me non eram. "Damnate morphodite, te necabo!" in lecto sedebat, et facile erat capillos a fronte vellere et pugnum ad buccam ducere. mihi alapam duxit, et sinistra mea iterum eum pulsare conabar, sed ventrem meum percussit et me humum prostravit. ictu illo paene exanimata sum, sed nihil ad me, quod sentiebam eum non solum mecum pugnare, sed etiam repugnare. adhuc in aequo eramus.

"Nempe tu nunc es vir adeo amplus et potens?" ululabam et iterum proeliari incipiebam. in lecto adhuc erat et stationem fidam mihi tenere non potui, itaque ad eum quam ferocissime me praecipitavi, pugilantem, vellentem, vellicantem, eruentem. pugnis certare coeperamus, iam in pancratio luctabamur. adhuc certabamus, cum Atticus nos distraxit.

"Satis," inquit, "ad lectos ambo, nunciam."

"Tatae!" inquam, Iemem deridens. qua hora ego cottidie cubitum ibam, is hodie ad lectum missus erat.

"Quis auctor erat?" inquit Atticus aequo animo.

"Iem erat. me iubebat quid faciam. num oportet me iam illi quidem parere?"

Atticus leniter risit. "Esto. totiens tibi Iemi parendum'st quotiens ille sibi parere te cogere potest. bene est?"

Amita Alexandra aderat sed tacebat, et dum per vestibulum cum Attico it, eam dicere audivimus: ". . . ex eis una res est haec de quibus te monebam." quo audito, discordia inter nos composita est.

Cubicula nostra contigua erant; ianuam communem claudens Iem clamavit: "Molliter cubes, Scytha."

"Molliter tu quoque," murmurans aio dum cubiculum transeo ut lumen afferam. lectum praeteriens in aliquid pedem posui quod calidum et mobile et levius erat. cummi duro admodum dissimile erat, quod vivum esse sentiebam. movere etiam audivi.

Cubiculo illuminato, ad solum prope lectum spectavi. quidquid pede meo tetigeram, abierat. Iemis ianuam pulsavi.

"Quid?" inquit.

"Qualis tactu est anguis?"

"Asper admodum. frigidus. pulverulentus. cur rogas?"

"Anguis est sub lecto meo, credo. veni spectes, amabo."

"Iocarisne?" Iem ianuam aperuit. bracas solas e veste cubiculari gerebat. notam pugnis meis afflictam animadverti adhuc in ore eius esse, id quod mihi modo placebat. cum intellexisset me de quo dicerem non iocari, "Si speras," inquit, "me vultum ad anguem demissurum, vana est spes tibi. mane dum."

Ad culinam iit et scopas tulit. "Debes in lectum ascendere," inquit.

"Re vera anguis est, putan'?" inquam. haec res singularis erat. domicilia nostra hypogaea non habebant. in massas lapideas condita sunt quae super solum paucis pedibus erant, et reptilium ingressus non ignotus sed inusitatus erat. Domina Rachelis cottidie mane temeti poculum hauriebat, ut ferunt, quod anguem sistrurum circum vestem lavatam in cubiculo suo conspiratum quodam die ad subuculam siccandam iens invenerat, id quod recordari adhuc eam terrebat.

Iem sub lecto scopas agitare expertus est. ad imum lectum spectabam, si forte anguis exiret. exiit nullus. ulterius agitabat.

"Grundiuntne angues?"

"Anguis non est. homo est."

Subito sarcinula fusca et sordida a lecto evolavit. scopis sublatis Iem haud multum afuit quin caput apparentis confringeret Dillonis.

"Pro Deus Omnipotens." Iemis vox religiosa erat.

Spectavimus ad Dillonem dum gradatim emergit. in loco eo perangusto aegre accommodatus erat. se erexit et umeros laxavit, pedes in talorum sedibus movit, cervicem fricabat. sanguine in omne corpus diffuso, "Salvete," inquit.

Iem iterum Deum precatus est. ego obstupui.

"Periturus sum," inquit Dill. "escamne habetis?"

Velut in somnio ad culinam ii. attuli lactis, et panis polentarii patellam cuius dimidiam partem ad cenam prius ederamus. Dill eum devoravit, dentibus primoribus e consuetudine suo manducans.

Vocem meam tandem recepi. "Qua via huc venisti?"

Itinere involuto venerat. cibo recreatus, hanc fabulam Dill narravit: se in vinculis catenatum a novo patre qui eum odisset ad mortem relictum esse in villae hypogaeo (Meridiani quidem villis erant hypogaea), ubi agricola quidam praeteriens, qui clamantem se ut auxilium ferret audivisset, pisis crudis suppeditatis clam vitam suam servasset. honestum enim hunc hominem pisorum medimnum siliquatim per foramen usque impulisse. unde catenis e pariete gradatim evellendis se tandem liberavisse. manicas adhuc gerentem duo milia passuum se Meridiano erravisse, ubi spectaculo parvo bestiario obviam iisset, et ad camelum lavandum statim conductum esse. Mississippiam cum spectaculo se lustravisse dum cursu ad pagum Abbatium ductum esse sensisset, qui trans fluvium contra Maicomum situs esset. quo semper sciret ubi gentium esset, sibi esse sensum efficacissimum. reliquum iter se pedestrem fecisse.

Iem "Quomodo huc venisti?" inquit.

Tredecim dollaria e matris marsupio ceperat et nona hora in tramen inscenderat et Maicomi Iunctione descenderat. ad decem milia passum e quattuordecim per dumetum Maicomum pede incesserat ne magistratus eum in via quaererent, et reliquum iter plaustro quod gossypium vehebat adhaerens fecerat. sub lecto se duas horas latuisse credebat. nos in cenaculo audierat, et propter famem tinnitu fuscinularum patellarumque tantum non mente alienatus erat. Iem egoque numquam cubitum ire in animo habere visi eramus. haesitaverat num exire debuisset ut mihi ad Iemem superandum auxilium daret, qui multo procerior crevisset; crediderat tamen Dominum Fringillam mox certamen staturum esse, itaque ubi esset manere constituerat. lassitudine confectus, spurcitie ultra modum foedatus, domi erat.

"Sane nescitur te hic adesse," inquit Iem. "nos enim sciremus, si te quaererent."

"Meridiani adhuc quaerunt in cunctis theatris cinematicis, credo." Dill risit.

"Debes matrem tuam certiorem facere ubi sis," inquit Iem, "debes eam certiorem facere te hic adesse."

Dill ad Iemem oculis tremulis spectabat, Iem ad solum. qui protinus surrexit et legem ultimam pueritiae nostrae violavit. e cubiculo exiit et per vestibulum incessit. "Attice," inquit. vocem eius procul audiebam. "veni huc, domine, sodes, paucis minutis."

Sub spurcitie sua Dillonis vultus sudore madens albescebat. nauseabam. Atticus in limine erat.

Ad medium cubiculum iit, et manibus in sinum celatis ad Dillonem despiciens stabat.

Vocem meam tandem recepi. "Bene est, Dill. si te aliquid cognoscere cupit, tibi narrare solet."

Dill ad me spectabat. "Bene est, dico," inquam. "te non vexabit, vide me, hem, tu Atticum non times."

Dill mussitans "Non timidus sum," inquit.

"Ieiunus tamen, credo."

Attici vox ut fit speciem leporis et suavitatis praebebat. "Scytha mea, nonne melius aliquid quam patellam frigidi panis polentarii afferre possumus? te hunc hominem implere bonis oportet, et cum reveniam, videbimus quid videre possimus."

"Domine Fringilla, noli narrare Amitae Racheli, noli cogere me redire, precor, o domine! iterum fugiam—"

"Ohe, mi fili," inquit Atticus. "nemo in animo habet te aliquo ire cogere, nisi forte mox ad lectum. apud Dominam Rachelem ibo narratum te hic adesse, et petitum ex ea ut noctem nobiscum agas. nonne tibi placet? et mehercle redde aliquid soli eius pago nostro cui proprium'st, soli abluvio iam gravior est nobis."

Dill oculis intentis ad patrem meum abeuntem spectabat.

"Festivus esse conatur," inquam. "dicere vult 'balneo utere'. ecce, te non vexabit, ut aiebam."

Iem in angulo cubiculi stabat, speciem proditoris recte praestans quippe qui proditor esset. "O mi Dill," inquit, "eloquendum mihi erat. trecenta milia passuum aufugere matre ignara non potes."

Ab illo sine verbis excessimus.

Dill edit et edit et edit. non ederat a nocte proxima. pecunia omni ad tesseram emendam usus est, in tramen ut saepissime ita inscendit, cum conductore qui eum bene cognoverat sermonem aequo animo habuit; sed legem illam de infantibus solis late peregrinandis appellare non ausus est: si pecuniam amisisti, conductor tibi satis pecuniae ad cenam dabit, quam pater tuus ad finem itineris ei reddet.

Dill escis reliquis consumptis ad cadum porci fabarumque qui in carnario erat manum porrigebat, cum Dominae Rachelis ululatus e vestibulo auditus est "Pro Iesu!" vehementer clamantis. ille velut cuniculus tremebat.

Cum fortitudine clamores hos et tales passus est: 'Te paenitebit cum domum duxero', et 'Parentes pro te metuendo insaniunt'; cum tranquillitate hoc accepit: 'Quam indolem praebes, gentis Harris est ista' ; cum risu audivit 'Tibi unam noctem manere licet' et, ubi tandem eum amplexa est, invicem eam amplecti libitum est.

Atticus ocularibus levatis vultum trivit.

"Pater tuus fatigatus est," inquit Amita Alexandra. quae verba prima multis horis locuta est, credo. adfuerat, sed plerumque stupefacta erat. "vos pueri nunc cubitum ite."

In cenaculo eos reliquimus, Atticum vultum adhuc terentem. "A stupro ad stragem ad scelestos!" eum ridentem audivimus. "quid novi duobus horis proximis?"

Quod res illa feliciter evenerat, Dill egoque erga Iemem comiter nos gerere constituimus. praeterea cum eo Dilloni dormiendum erat, itaque cum eo alloqui recusare non decebat.

Veste cubiculari induta, paulisper legebam et subito oculos apertos tenere non poteram. Dill Iemque silebant. ubi lucernam exstingui, sub ianua cubiculi Iemis nihil lucebat.

Diu dormivi, credo, quia ubi pulsando e somno expergefacta sum, cubiculum meum luce lunae occidentis pallescebat.

"Scytha, cedo locum."

Murmurabam. "Credidit se oportuisse. ne iratus sis ei."

Dill mecum in lectum inscendit. "Iratus non sum," inquit, "tecum dormire volebam. vigilasne?"

Iam vix vigilabam. "Cur fugisti?"

Non respondit. "Rogabam cur fugeris. re vera odiosus erat pater ut dixisti?"

"Non . . ."

"Nonne naviculum aedificastis ut scripsisti vos aedificaturos?"

"Promisit tantum. sed non aedificavimus."

Me cubito levavi, ut Dillonis formam umbratam spectarem. "Haec non est bona ratio fugiendi. saepissime non faciunt quod se facturos dicunt . . ."

"Illa non erat ratio. neque ille neque illa, neuter mihi quidem prospiciebat."

Insolentiorem rationem fugiendi numquam audiveram. "Quomodonam?"

"Semper domo aberant, et cum aderant ambo soli in cubiculum secreto abibant."

"Quid ibi agebant?"

"Nihil, nisi sedebant legebantque—me tamen secum adesse nolebant."

Cervicali summoto caput levavi. "Scin' quam? ego in animo habebam hac nocte effugere quod ecce adfuerunt omnes. tibi non placeret si semper adessent, Dill—"

Ille modo spiritum modo gemitum solitum patienter ducebat.

"—molliter cubes. Atticus modo totum diem modo ad multam noctem abesse solet, et abit decurio civitatis serviendae causa et nescio qua re—tua non interest si semper adsunt. mi Dill, si adsunt, nihil facere potes."

"Ita non est."

Ut Dill rem explicabat, cogitare incipiebam quomodo vita mea mutaretur, si Iem se mutaret, magis etiam quam nunc. quid facerem si Atticus non sentiret praesentiam meam meumque auxilium consiliumque meum necessaria esse? immo ne unum quidem diem in vita eum sine me mansurum esse. ne Calpurniam quidem vitam agere posse me absente. omnino me necessariam esse.

"Mi Dill, mihi non recte narras—parentes tui sine te vitam agere non possent. modo in te difficiles sunt, credo. audi quid de hoc admoneam—"

Dillonis vocem per tenebras usque audiebam: "Haec est res, hoc est quod dicere volo—re vera sine me meliorem vitam agunt, nullum beneficium eis dare possum. difficiles non sunt. quae omnia cupio, mihi emunt; sed dictum est 'nunc habes: te abire lusum decet. cubiculum tuum plenum est rebus. librum tibi dedi: te lectum abire decet.'" Dill vocem graviorem facere conatus est. "Tu non es puer. pueri domo exeunt ut cum pueris aliis pila luderent, pueri ad parentes vexandos non domi morantur."

Dill sua voce nunc loquebatur: "Difficiles quidem non sunt. te osculantur et amplectuntur et 'molliter cubes' vel 'salve' vel 'te amamus' aiunt—Scytha, eia, infantem pariamus."

"Unde?"

Dill de homine quodam audiverat cui erat naviculum quod ad insulam caliginosam remis agebat ubi omnes infantes erant; qui venum ibant—

"Mendacium est istud. Amita nostra dixit Deum eos per ductum fumarium demittere. sane eam hoc dixisse credo." Amitae dictio modo obscura eo die praeter consuetudinem fuerat.

"Immo hoc non verum est. infantes ab hominibus inter se pariuntur. sed homo est quoque—omnes infantes illos habet qui excitari exspectant. is animam in eos inspirat . . ."

Dill denuo solus cogitabat. pulchrae res in animo eius somniculoso versabantur. ubi ego librum unum ille duos perlegere poterat, sed res magicas malebat quas ipse fingeret. addere et subtrahere celerrime poterat, sed mundum malebat obscurum suum, ubi infantes dormiebant exspectantes dum carperentur velut lilia. loquendo ad somnum capiendum nos una lente ducebat, sed per quietem insulae eius caliginosae orta est imago pallida villae cineraceae cui erant valvae tristes et fuscae.

"Dill?"

"Mm?"

"Cur Bous Radleius numquam effugit, putan'?"

Dill alte gemuit et a me se vertit.

"Quo effugere potest fortasse non est ei . . ."

XV

Postquam multi sermones telephono illati sunt, postquam multae orationes pro reo habitae sunt, postquam epistula longa ad veniam dandam ab eius matre scripta est, constitit Dilloni licere ut nobiscum maneret. septem dies tranquillitate utrique fruebamur. qua re postea aegre fructi sumus, credo. calamitas nobis advenerat.

Quae quodam die post cenam vesperi incohata est. Dill apud nos erat; Amita Alexandra in sua cathedra in angulo sedebat, Atticus in sua; Iem egoque humi iacentes legebant. septem dies pacatissimi fueramus: ego Amitae nostrae parebam et oboediebam; Iem natu grandior factus in casula arborea nondum ludere volebat, sed me Dillonemque scalam funalem qua ad eam ascenderemus construere adiuverat; Dill consilium ceperat valentissimum quo Boum Radleium nobis incolumibus exire faceremus. (si seriatim bellaria citrea a posticis foribus ad hortum anticum demitteremus, ipse velut formica ea sequeretur.) en aliquis valvas anticas pulsabat. quibus apertis Iem Dominum Hectorem Tatam adesse nuntiavit.

"Invita eum intrare igitur," inquit Atticus.

"Iam invitavi. plures sunt in horto. te exire cupiunt."

Maicomenses adultos propter duas rationes tantum in horto antico foris stare videres: propter mortem et propter rem publicam. quis mortuus esset me rogabam. Iem egoque ad fores ibamus, sed Atticus "Intus redite," inquit.

Luce in atrio exstincta, naribusque ad foriculas compressis, Iem per fenestram spectare conatus est. Amita Alexandra questa est. "Brevi tempore modo spectabo, Amita mea," inquit, "qui sint comperiamus."

Dill egoque per aliam fenestram spectabamus. a coetu promiscuo Atticus stipatus est. omnes simul loqui videbantur.

Dominus Hector Tata, ". . . ad carcerem paganum," aiebat, "eum cras movebo. malum non quaero, nequedum promittere possum nil mali futurum . . ."

Atticus, "Ne stultus sis, Hector. Maicomenses sumus."

". . . dicebam me modo metuere."

"Mi Hector, hoc praecavebamus; causam ea ratione iam semel distulimus ne quid nobis metuendum foret. hodie dies Saturni est," inquit Atticus. "Lunae die, credo, quaestio erit. nonne unam noctem eum tenere potes? nemo Maicomensium, quantum opinor, his temporibus duris clientem mihi invidebit."

murmurabant omnes et laetari videbantur, dum Dominus Lincus Deas locutus est. "E municipibus nostris nemo est qui aliquid mali intendit; qui tamen e paganis Vetere Saro congregati sunt, illi quidem admodum sunt metuendi . . . nonne potes adducere rem quandam—quam rem dicere velim, mi Hector?"

"Permutationem conventus," inquit Dominus Tata. "quae sane nullo modo nunc utilis erit. nonne rem intellegis?"

Atticus aliquid dixit quod audire non potuimus. ad fratrem me verti, qui me manu sua tacere iussit.

". . . praeterea," ille aiebat, "num gregem times illum?"

". . . scis quomodo ebrii se gerant."

". . . Die Dominica potare non solent, ad ecclesiam plerumque adsunt . . ." Atticus aiebat.

"Occasio tamen eis praeclara patefacta est . . ." inquit aliquis.

Murmurabant bombilabantque dum Amita dixit si lucem non restitueret, Iemem haud dubie gentem suam turpitudine maculaturum esse. eam non audivit.

"Non intellego cur rem initio tetigeris," aiebat Dominus Lincus Deas. "omnia tibi hac re periclitantur, omnia dico."

"Re vera credis?"

Quibus verbis cum aliquem interrogabat, Atticus homo cavendus erat. "Re vera credis tua interesse ad eum locum movere, Scytha?" Tat, tat, tat et latrunculi mei cuncti e tabula versi sunt. "Re vera istud credis, mi gnate? lege hoc, quaeso." Iem per vesperum orationes

Henrici W. Grady legere moliebatur.

"Lince, iuvenis ille ad sellam fortasse destinatus est, sed non iturus est priusquam verum dictum est." Atticus vocem moderatus loquebatur. "et quod sit verum tu scis."

Murmur erat inter coetum, id quod prodigium maius esse videbatur cum Atticus ad imum gradum pedem rettulit, et illi propius accedebant.

Subito Iem magna voce clamavit: "Attice, tinnit telephonum!"

Illi invicem brevi pavescebant et dispersi sunt; homines erant quos cottidie videbamus: mercatores, agricolae qui in municipio versabantur; Doctor Reinoldus aderat; Dominus Avernus quoque.

"Responde, sodes, mi gnate." Atticus vocavit.

Cum risu omnes dilapsi sunt. luce restituta, Atticus Iemem ad fenestram invenit; qui vultum praebebat pallidum praeter notam rubentem et striatam in naribus foriculis factam.

"Cur, malum, omnes in tenebris sedetis?"

Iem eum spectavit ad sellam redire et ephemeridem vespertinam sumere. interdum credebam Attico morem esse ephemeride in temporibus dubiis formidolosisque tranquille legendo se probare et tentare, sive *Mobile Register* legeret sive *Birmingham News* sive *Montgomery Herald*.

"Nonne te agitabant?" Iem ad eum venit. "nonne te sectabantur?"

Atticus ephemeridem demisit, et ad Iemem oculis intentis aspexit. "Quales libros legebas?" inquit. deinde leniter, "immo, mi gnate. illi amici erant nostri."

"Num grex erat?" Iem limis oculis spectabat.

Atticus risum premere conatus est, sed frustra. "Non. nec greges neque ineptias eiusmodi Maicomi habemus. Maicomi de grege numquam audivi."

"Ku Klux Catholicos aliquos quodam tempore agitavit."

"Neque umquam de Catholicis Maicomi audivi," inquit Atticus. "hanc et aliam rem confundis. olim ad annum millesimum nongentesimum vicesimum sodalicium quoddam erat eorum, qui plerumque ambitionis causa de re publica conspirarent. praeterea neminem invenerunt quem terrere possent. quadam nocte ad aedes Iudaei cuiusdam nomine Samuelis Levy agmine magno contenderunt. is tamen in porticu sua haerebat tantum, et adeo secus accidisse dixit, cum quae gererent lintea cubicularia ipse eis vendidisset. ita fecit ut pudore confusi abierint."

Qui gentis Leviae erant omnibus signis se ostendebant Bonorum esse. cum ingenio qualicumque optime se gerebant, et aetates quinque hominum in eodem agro Maicomi habitabant.

"Ku Klux abiit," inquit Atticus. "numquam redibit."

Cum Dillone domum ambulavi et forte Attici sermonem excepi: "... tanti feminarum Meridionalium honorem aestimo quanti quivis virorum. non tamen fabulas officiosas servare malo quam vitam humanam." quo audito suspicabar eum cum Amita iterum verbis certavisse.

Iemem quaesitum in cubiculo inveni, in lecto alte cogitantem. "Certabantne illi?" inquam.

"Aliquantulum. de Thoma Rubecula illa usque ei molestiam agit. tantum non affirmavit eum dedecori esse genti nostrae. Scytha mea, timeo."

"Quid times?"

"Pro Attico timeo. ne quis eum laedat." Iem cum ambage loqui studebat; non ad rogata mea respondit, sed me abire iussit et molestias sibi facere vetuit.

Dies postera Dominica erat. dum cultores Dei post finem Scholae Dominicae et ante initium Ecclesiae deambulant, Atticum in horto cum circulo novo hominum stantem vidi. Dominus Hector Tata aderat, et me rogavi num Lumen Veritatis vidisset. numquam ad ecclesiam ire solebat. aderat etiam Dominus Silvestris. qui omnes societates nihili aestimabat praeter *Tribunum Maicomensem*, cuius ephemeridis ipse et dominus erat et editor et typographus. vitam ad impressorium degebat, ubi os siccum vini cerasini de urceo congiario bibendo interdum levabat. nuntios raro ipse colligebat; quos municipes ad eum afferebant. dicebatur quidquid in ephemeride esset id sua mente finxisse et in impressorio sua manu composuisse. id quod credibile erat. aliquid momenti acciderat, credo, si Dominus Silvestris exire coactus erat.

Attico intranti ad valvas obviam ii, qui Thomam Rubeculam ad carcerem Maicomium transductum esse dixit. atque sibi potius quam mihi loquens addidit si ab initio eum ibi tenuissent, nihil mali evenisse. aspexi eum in tertia ordine subselliorum considere, et audivi eum voce gravissima hymnum *Propius Deo Meo Tibi* tardius nonnullis notis cantare quam cultores ceteros. numquam nobiscum sedebat; in ecclesia solitarius esse malebat.

Pax illa simulata quae diebus Dominicis tenebat, propter praesentiam Amitae animum meum magis magisque irritabat. Atticus post cenam ad sedem suam statim fugiebat, ubi, si quando visendi causa eo iremus, eum corpore remisso legentem in sedili versatili inveniremus. Amita Alexandra se ad duas horas dormiendas componebat, et minata est poenam infandam si a nobis turbaretur. Iem senescens ad cubiculum multis cum pediludii ephemeridibus abire solebat. itaque Dill egoque diebus Dominicis ad tempus consumendum in Cervi Pascuo perrepebamus.

Sclopetare Dominica nefas erat, itaque Dill egoque follem Iemis per pascuum parumper calcitrabamus, id quod nihil proderat. Dill me rogavit num mihi placiturum esset Boum Radleium appetere. respondens negavi bonum esse eum vexare, et reliquum tempus pomeridianum Dilloni de rebus hiemis prioris narrabam. valde permotus est.

Vesperi post cibum diversi discessimus. Iem egoque nos more usitato ad rem cottidianam componebamus, cum Atticus aliquid fecit quod animos nostros novitate tenebat: ecce atrium intravit funem ferens electricum praelongum. cuius in fine erat globulus luminaris.

"Aliquamdiu foris abero," inquit. "cum reveniam, vos iam cubitum ierint, itaque nunc vobis 'molliter cubetis' aio".

Quo dicto petasoque induto e ianua postica exiit. "In autocineto ibit," inquit Iem.

Per occasionem pater noster aliquid agebat quo proprium ingenium suum praestabat. ut puta mensae secundae numquam gustabat, item ambulando delectabatur. e memoria mea, semper autocinetum Chevrolet erat in stabulo quod diligenter curatum multa milia passum ad itinera negotii causa agebat; cum tamen Maicomi negotium ei erat, pedibus duo milia passuum quater per diem ingrediebatur ad oppidum iens et rediens. ambulare affirmabat solum sibi corporis motum esse. apud Maicomenses si quis sine consilio perspicuo pedibus incederet, mens illius recte putaretur consilium perspicuum capere non posse.

Postea Amitae et fratri 'molliter cubes' dixi, et ad multum librum legeram, cum Iemem audivi in cubiculo suo strepitum facere. sonos eius quos ex usu cubans faciebat tam bene sciebam ut ianuam pulsarem: "Cur non cubitum is?"

"In breve tempus volo ad oppidum ire." bracas induebat.

"Qua re? ad decimam horam est."

Hoc sciebat, sed certus eundi erat.

"Equidem tecum ibo. si negabis, ipsa certa eundi ero, audin'?" Iemi scilicet mecum pugnare necesse esset ad me domi continendam, et Amitam nostram vexaret, credo, si pugna esset; itaque in deditionem aegre venit.

Vestem celeriter indui. exspectavimus dum lumen Amitae exstinctum est, et gradus posticos cum silentio descendimus. hac nocte nulla luna erat.

"Dill venire cupiet," susurrans inquam.

Cum tristitia "Cupiet quidem," inquit Iem. saeptum transiluimus, hortum lateralem Dominae Rachelis perrupimus, et ad Dillonis fenestram pervenimus. Iem in coturnicis modum duobus sonis sibilavit, et vultus Dillonis ad foriculas apparuit, et e conspectu evanuit. postea aliquanto foriculis apertis erepsit. qui multa stipendia meritus esset, non locutus est dum in tramite fuimus. "Quid est?"

"Iem circumspicientia conflictatus est," inquam. quo morbo Calpurnia dicebat adulescentes omnes eiusdem aetatis aegros esse.

"Sensum modo habeo," inquit Iem, "sensum modo."

Villam Dominae Silvanae, quae foriculis clausis camelliisque herbis inutilibus infelicibusque obsitis vacua stabat, et villas octo alias praeteriimus, et ad trivium ubi erat sedes tabellaria pervenimus.

Ad meridionalem partem forum desertum erat. araucariae ingentes in utroque angulo horrebant, inter quas vacerrae ferreae lanternarum publicarum lumine coruscabant. Praeterquam quod lux e latrina municipali radiabat, ea pars basilicae tenebricosa erat. area maior ubi tabernae erant basilicae aream circumdabat; lumina intrinsecus procul languebant.

Cum causas agere inciperet, Atticus in basilica sedem habebat, sed nonnullis post annis ad locum qui in aedificio argentario Maicomio erat migravit ut plus tranquillitatis acciperet. cum angulum fori praeteriremus, autocinetum eius ante argentarium collocatum vidimus. "Ibi inest," inquit Iem.

Sed non inerat. ut ad locum eius pervenires, andronem longum transeundum erat, per quem spectans litteras parvas et modestas post ianuam lucerna illuminatas legere debuisti, quae efferebant: *Atticus Fringilla, Iurisconsultus*. locus ille tenebricosus erat.

Iem per argentarii valvas rimatus est ut rem bene compertam haberet. quas manu aperire temptavit. valvae tamen occlusae sunt. "Per viam procedamus. fortasse Dominum Silvestrem visitat."

Hic non solum aedificium *Tribuni Maicomensis* administrabat, sed etiam ibi habitabat. id est sursum habitabat. de rebus in basilica vel in carcere gestis se modo per fenestram despectando certiorem faciebat. quod aedificium ad forum inter meridiem et solis ortum spectabat. ut eo perveniremus, carcer nobis praetereundus erat.

Carcer Maicomius ex aedificiis municipalibus augustissimum erat et foedissimum. Atticus dicebat talem structuram esse qualem Iesus iste Sanctus Clarus designare potuisset. pro certo e somnio nesciocuius apparuit. in oppido nostro cum tabernis quadratis cumque villarum tectis fastigatis multum discrepuit. carcer Maicomius iocatio esse pusilla videbatur Gothico more unam cellam latus et duas altus compositus, pinnis minutis et anteridibus volantibus expletus. phantasia augebatur opere testaceo et rubro quo a fronte tectus est, ac repagulis crassis et ferreis fenestrarum ecclesiasticarum. non in solo monte procul situs est, sed inter tabernam ferrariam Tyndarei et aedificium *Tribuni Maicomii* cuneatus est. carcer aedificatio erat quae Maicomensium sola in sermonem constanter veniret. obtrectatores dicebant eum latrinae Victorianae speciem praebere, fautores tamen oppido suo aspectum bonum et solidum dare; quem Aethiopum esse plenum neminem eorum qui huc peregrinarentur suspicaturum.

Cum per tramitem incederemus, lucem vidimus quae una sola procul ardebat. "Insolitum est," inquit Iem. "carceri non est lux externa."

"Supra ianuam est, credo," inquit Dill.

Funis electricus praelongus de repagulis fenestrae superioris deductus est. illuminatum globo nudo Atticum ad anticas valvas sedentem aspeximus. in sella quadam e loco suo allata sedebat, et muscarum nocturnarum ignarus quae supra caput eius saltabant ephemeridem legebat.

Accurrere ad eum in animo habebam, sed Iem me coercuit. "Ne ad eum eas," inquit. "grata non eris, vide me. in tuto est; domum eamus. volui ubi esset cognoscere tantum."

Transverso tramite forum transibamus cum quattuor autocineta e via Meridiana advenerunt; pulverulenta erant et segniter ordinatim incedebant. forum circumierunt, argentarium aedificium praeterierunt, ante carcerem constiterunt.

Nemo descendit. Atticum vidimus levatis ab ephemeride oculis aspicere. quam clausit, diligenter plicavit, in gremium demisit, deinde petasum a fronte retro movit. adventum illorum exspectare videbatur.

"Agedum," inquit Iem susurrans. forum et viam furtim transiimus, ut vestibulum Pantopolii *Jitney Jungle* peteremus. Iem per tramitem spectavit. "Propius accedere possumus," inquit. ad ianuam ferrariae Tyndarei cucurrimus: propiores eramus sed cum prudentia.

Illi singuli vel bini de vehiculis descendebant. corpora ex umbris facta sunt, ut formae solidae luce apparebant ad carceris ianuam incedentes. Atticus immotus manebat. illi eum nos celabant.

"Iste inest, Domine Fringilla?" inquit aliquis.

"Inest." Atticum respondere audivimus. "et dormit. nolite somno excitare."

Ut patri meo parerent, illi susurris murmuribusque secum loquebantur, id quod postea intellexi speciem rei haudquaquam comicae comicam fuisse quamvis obscenam.

Alius "Quid cupiamus scis bene," inquit. "apage! amove te a limine, Domine Fringilla."

Atticus comiter, "Quin te convertas et domum revenias, Gualtere?" inquit. "Hector Tata instat."

"Non hercle," inquit alius quidam. "Hectoris grex in silvas adeo progressu'st ut non ante lucem exiret."

"Vero? cur, quaeso?"

Responsum breve erat: "Scolopacem venatum misimus; nonne hoc consilium ante animo tuo habebas, Domine Fringilla?"

"Consilium habui sed non credidi. esto." et voce non mutata meus pater, "nonne res mutata'st?" inquit.

"Mutata quidem." vox gravis e tenebris alia orta est.

"Re vera credis?"

Quia Atticum eisdem verbis hoc rogare duobus diebus bis audivi, sciebam fore ut latrunculus alicuius caperetur. occasionem amittere nolebam. Iemem evasi, et quam celerrime ad Atticum currebam.

Iem clamavit et me capere conatus est, sed eum Dillonemque antecedebam. per caliginem corporaque olida in lucis circulum perrupi.

"Eho, Attice?"

Credidi me admirationem ei moturam, sed vultus eius laetitiam meam delevit. primo oculi eius metu micabant, sed minus metuere iam videbantur, dum Iem et Dill in lucem se insinuaverunt.

Odor temeti vapidi et suum harae taeter erat, et cum circumspexissem illos intellexi extraneos ignotosque esse. non erant idem quos proxima nocte vidi. scrupulus mihi rubenti iniectus est: quos numquam antea videram in coronam hominum triumphans insilueram.

Atticus e sella surrexit, sed senili more pigriter se movebat. ephemeridem lentis et modo tremebundis digitis erugatam diligentissime deposuit.

"I domum, Iem," inquit. "domum duc Scytham Dillonemque."

Solebamus mandatis Attici semper parere, si non libenter, celeriter saltem. Iem tamen ita se gerebat, credo, ut moveri in animo non haberet.

"Te domum ire iussi."

Iem abnuit. ut Atticus pugnos faciebat, ita Iem. ut signa inter se conferebant, parum similes inter se esse mihi videbantur: Iemis capilli oculique molles et fulvi, et vultus ovatus, et aures ad caput strictim aptae matris nostrae erant. ridiculo modo discrepabant cum Attici capillis atris et canescentibus et vultu quadrato. sed nescioquomodo pares erant, quod parem ferocitatem inter se praebebant.

"Mi gnate, te domum ire iussi."

Iem abnuit.

"Equidem eum domum mittam," inquit homo corpulentus quidam qui Iemem collo aspere rapuit. tantum non Iemem e pedibus vulsit.

"Ne tetigeris eum!" hominem mea calce celeriter contudi. nudis pedibus, mirum mihi visum est eum dolore vero humum decidere. crus eius contundere in animo habui, sed altius calcem direxi.

"Satis, Scytha." Atticus dextram ad umerum meum posuit. "ne

pedibus pulsato! ne—" me excusare conatam compressit.

"Nemini licet ita Ieme nostro uti!" inquam.

"Sat est, Domine Fringilla. fac abeant." aliquis fremuit. "ecce ad eos expellendos quindecim secunda habes."

In medio hoc coetu inusitato, Atticus stabat ut Iemem faceret sibi parere. "Non ibo," constanter respondebat Attico minanti, roganti, denique precanti: "Iem, amabo, sis, precor, duc eos domum."

Me paulum taedebat huiusce rei, sed sentiebam Iemem rationem suam habere agendi quod ageret, quippe qui Attico domum regresso fatum inexorabile speraret. catervam circumspexi. nox aestiva erat, sed homines vestem operariam et fabrilia camisia caerulea collo tenus globulis conexa plerumque gerebant. putabam eos ad frigora molles, manicae enim eorum extentae totum bracchium obvolvebant et ad extremas globulis conexae sunt. erant qui petasos gerebant ultra aures tenaciter demissos. homines contumaces esse videbantur, quos si ad speciem eorum somniculosam et inertem spectares, vigilare inusitatos existimares. iterum vultum familiarem quaesivi et in medio coetu inveni.

"Eho, Domine Vafer."

Me non audivisse visus est.

"Eho, Domine Vafer. quomodo cauda tua se habet?"

Bene noveram res litigiosas Domini Vafri, quas Atticus quondam mihi per singula enarraverat. homo amplo corpore erat. nictatus est tamen et pollicibus fasciolas tunicae bracatae trepidus prensabat. nescioqua mentis aegritudine affici videbatur; tussivit et me rectis oculis aspicere noluit. friguerunt verba mea, quibus ad amicitiam animum eius trahere tentavi.

Petasum Dominus Vafer non gerebat; quod tamen pars superior frontis eius contra vultum sole adustum alba erat, cottidie petasum gerere solebat, credo. pedes sculponeis gravatos huc illuc anxie movebat.

"Nonne me meministi, Domine Vafer? Ioanna Ludovica Fringilla sum. carya nobis quondam tulisti, meministine?" verba mea sentiebam futtilia et inania esse qui ab homini noto non agnoscerer.

Iterum coeperam. "Cum Gualtero ad scholam eandem eo," inquam. "nonne is filius est tibi? nonne filius est, domine?"

Persuasum est Domino Vafro ut paululum nutaret. me tamen re

vera noverat.

"Est in eodem gradu mecum," inquam, "et bene rem gerit. bonus puer est. puer profecto bonus. eum quodam die ad cenam domum duximus. ab eo fortasse de me certior factu's; olim eum pugnis cecidi, de hac re tamen comis erat. nonne eum salvere iubebis mihi, sis?"

Atticus dixerat officiosum esse, quotiens cum aliquo colloquereris, de quo studio ipse teneretur potius colloqui, quam de studio tuo. plane nato suo Dominus Vafer nihil studebat, itaque rursus caudae eius mentionem feci, si forte tandem animum eius ita confirmarem, quo familiarior nobis videretur.

Ita admonebam: "Cauda hereditaria malum'st", cum ante oculos meos paulatim ponebatur me apud totam catervam orationem habere. omnes ad me spectabant: erant qui ore aperto stupidi stabant. Atticus non iam Iemem castigabat: una cum Dillone stantes, ita re tenebantur ut fascinari viderentur. ore aperto Atticus ipse stupebat, id quod iamdudum incultum esse dixerat. ubi inter nos aspeximus, os operuit.

"Em, Attice, Dominum Vafrum inter alia certiorem faciebam caudam hereditariam malum esse, te enim dixisse non metuendi causam esse, quod tales res brevi tempore non solverentur . . . vosque una superaturos . . ." paulatim difficilius verba invenire mihi videbar, nam quanta fatuitate egissem in animo volutabam. nempe caudas hereditarias ad sermonem familiarem aptas esse.

Sudorem ad extremos capillos colligi sentiebam; omnia ferre poteram praeter hominum catervam ad me oculis intentis intuentum. stabant immoti.

"Quid est?" inquam.

Atticus nihil dixit. ad Dominum Vafrum circumspexi, cuius vultus aeque immotus erat. deinde mirum aliquid fecit. ecce subsedit et me utrisque umeris prensavit.

"Narrabo illi te salve dixisse, o bona mea."

Deinde surrexit et manum ingentem agitavit, "Sodales," inquit, "abeamus, excedamus, evadamus."

Ut advenerant, ita singuli vel bini ad autocineta putria pedem inviti retraxerunt. cum magno ianuarum strepitu, cumque multo machinarum tussi, discesserant.

Ad Atticum versa sum sed ad carcerem ierat, et vultu ad

murum presso innitebatur. ad eum veni et manicam traxi. "Iamne domum redire possumus?" adnuit; sudario frontem tersit seque vehementer emunxit.

"Heus, Domne Fringilla?"

Vox mollis et subrauca e tenebris desuper audita est: "Ollin' abiere?"

Atticus gradum reduxit et oculos sustulit. "Abierunt," inquit. "dormitum i, Thoma. te non ultra vexabunt."

Ex alio loco, vox acris per tenebras audita est. "Mehercle non vexabunt. sclopeto meo te usque protegebam."

Dominus Silvestris cum sclopeto bifistulato per suam fenestram supra *Maicomii Tribuni* sedem se promebat.

Iamdudum cubitum ire debui, et admodum fatigata fiebam; sed Atticus Dominusque Silvestris reliquam noctem locuturi videbantur, hic deorsum e fenestra, ille sursum ore sublimi. tandem Atticus revenit, lucem supra ianuam carceris exstinxit, sellam suam collegit.

"Licetne mihi sellam portare, Domine Fringilla?" inquit Dill. nihil tota nocte locutus est.

"Gratias tibi, mi fili."

Ad locum eius ambulantes, Dill egoque Atticum Iememque pone sequebamur. Dill sella illa impediebatur, et lentiore gradu incedebat. Atticus Iemque multo nos antecedebant, et Atticum credebam eum valde castigare quod domum ire noluisset; sed me fefelli. cum lanternam praeterirent, Atticus manum porrexit et capillos filii fricuit, quo gestu solo caritatem suam ostendebat.

XVI

Iem me audivit. caput per ianuam extendit qua cubicula nostra coniuncta sunt. dum ad meum lectum venit, in Attici cubiculo lumen subito apparuit. immoti mansimus dum exstinctum est. eum se in lecto volutantem audivimus, et morati sumus dum rursus quiesceret.

Iem me ad cubiculum suum duxit et secum in lecto posuit. "Dormito, amabo," inquit. "perendie haec res acta erit, fortasse."

Cum silentio domum intraveramus, ne Amitam nostram somno excitaremus. Atticus autocineti strepitum in aditu compressit, et tacite ad stabulum egit. per ianuam posticam intravimus unde ad cubicula nostra sine verbo imus. cum valde fessa essem et iam semisomna, memoria mea huiusce Attici, qui aequo animo ephemeridem erugabat petasumque a fronte movebat, immixta est memoriae Attici illius, qui olim in media via vacua solus exspectabat et ocularia tollebat. quo valeret res quae hac nocte evenisset subito intellexi, et lacrimari coepta eram. Iem se optime gessit: hac quidem occasione me non monuit homines quae ad novem annos natae essent non oportere se ita gerere.

Hodie mane nemo ad cibum avidus erat praeter Iemem, qui ova devoravit tria. Atticus eum cum admiratione aperta intuebatur; Amita Alexandra caffeae libabat et oculis malignis omnes reprehendebat. pueros qui noctu domo elaberentur dedecori esse familiae. Atticus se oblectari dixit quod sui dedecori adessent sed Amita "Nugae!" inquit. "Dominus Silvestris continuo aderat."

"Braxton ille singularis est, credo." inquit Atticus. "Afros contemnit, neque vult eorum aliquem sibi adesse."

Opinio in vulgo edita est Dominum Silvestrem homunculum esse ferocem et impium, cuius pater fascinatus nescioquomodo ioci causa Braxton Bragg eum nominavisset. cui nomini ne se accommodaret summa ope per vitam enisus est. Atticus dixit eos qui nomina e ducibus Confoederatis traherent, potatores graves ac constantes fieri.

Calpurnia Amitae Alexandrae plus caffeae dabat, sed mihi dare recusavit quamquam vultu adeo dulci ad illam intuebar, quo, credebam, eam implorarem et persuaderem. "Nimis parva es adhuc," inquit, "certiorem te faciam quando non sis." dixi caffeae paulum fortasse aptum fore stomacho meo. adnuit et poculum ex abaco cepit. unum cochlearium caffeae in poculum fudit et lacte ad summum complevit. lingua exsertanda gratias egi, et oculos levavi ut Amitae nostrae frontem ad monendum contractam conspicerem. Atticum tamen fronte contracta intuebatur.

Dum Calpurnia in culina abesset, animum continebat; tum "Noli coram eis eo modo loqui."

"Quomodo loqui?" inquit, "coramve quibus?"

"Eo modo coram Calpurnia. coram ea 'Braxton Silvestris Afros contemnit' aperte dixisti."

"Em certum habeo Callam hoc novisse. noverunt omnes Maicomenses."

Me non fugerat patrem nonnihil nuper mutatum esse, praecipue si quando cum Amita Alexandra sermonem haberet. non iracundiam admodum praestabat, sed sententiam suam pervicacia quadam tenebat. voce modo severiore "Quidquid nos dum cenamus loqui decet, decet coram Calpurnia loqui. quae scit quanto apud nos in honore sit."

"Hoc usum non esse bonum puto, Attice, quoniam ita animos istorum excitare potes. scis quomodo inter se loquantur. quae omnia in hoc municipio interdiu facta sunt, ante solis occasum in Colonia vulgata sunt."

Pater meus cultellum deposuit. "Nescio legem ullam quae eos loqui vetat. si nos rem ad fabulandum tantam eis non daremus, fortasse tacerent. cur caffeae tuae non bibis, Scytha?"

Cochleari in poculo ludebam. "Credebam Dominum Vafrum amicum esse nobis. iamdudum ita mihi dixisti."

"Amicus est adhuc."

"Sed proxima nocte te laedere cupiebat."

Atticus furcilla prope cultellum deposita catillum amovit. "Immo Dominus Vafer," inquit, "est homo bonus. nempe caecum animi se aliquando ostendit aeque ac nos ceteri."

Iem locutus est. "Caecitatem animi noli vocare. ubi primum heri noctu advenit, te occidere cupiebat; te occidisset."

"Fortasse me paulum laesisset, credo," inquit Atticus. "sed, mi gnate, cum natu maior eris, hominum naturam facilius accipies. qui catervae intersunt et tumultuosi, homines sunt nihilominus. Dominus Vafer hesterna nocte catervae pars erat, sed homo nihilominus. ut fit, colluviem invenies eandem in omni oppidulo Meridiano ab hominibus expletam quos amicos esse habes. o infamiam! quanti aestimandi sunt illi?"

"Minimi quidem," inquit Iem.

"Sic habet. nonne opus erat pupulae octo annos natae qui eos ad mentem suam duceret?" Atticus inquit. "id quod aliquid nos docet: grex bestiarum ferarum reprimi potest quia hominum est tandem. ehem, fortasse in vigilum loco, pueros eligere debemus ... hesterna nocte vos pueri fecerunt ut Gualterus Vafer in calceis meis brevi tempore steterit. satis erat."

Nempe Iemem speravi natu maiorem homines melius accepturum; equidem numquam acciperem. "dies quo primo Gualterus ad scholam reveniet ultimus ei erit," inquam.

Atticus tranquille, "Ne tetigeris eum. nolo alterutrumque vestri inimicitias capere de hac re, quodcumque fit."

"Nonne vides," inquit Amita Alexandra, "quid eveniat propter haec ac talia? noli negare te a me monitum esse."

Atticus affirmavit se numquam negaturum, et sella amota surrexit. "Tempus adest mihi negotii gerendi. da mi veniam, Iem. nolo te Scythamque hodie ad oppidum ire, precor."

Ut Atticus abibat, Dill per vestibulum in cenaculum insiluit. "Per totum oppidum hodie mane percrebrescit," inquit. "de quo modo nos centum homines manibus meris arcuimus ..."

Amita Alexandra oculis diris eum tacere coegit. "Centum non erant," inquit, "nemo aliquem arcuit. globus erat modo Vafrorum istorum qui ebrii et turbulenti erant."

"Ohe, Amita mea, hoc est modo naturae Dillonis," inquit Iem. nobis signum dedit ut sequeremur.

Illa "Vobis in horto hodie manendum est," inquit, ut ad porticum anticam ibamus.

Tamquam Saturni dies esse videbatur. pagani e meridionali parte villam nostram lente sed continuo praeteribant.

Dominus Adolphus Raimondus in equo generoso modo huc modo illuc subito inclinaturus praeteriit. "Non intellego quomodo in equo se teneat," inquit Iem murmurans. "quomodo pati potes mane ante horam octavam ebrius fieri?"

Plaustrum praeteriit in quo erant mulieres complures. petasos gerebant xylinos et stolas manuleatas. homo barbatus qui petasum lanigerum habebat raedam agebat. Iem Dilloni, "Eccos Mennonitas," inquit. "globulis in veste sua non utuntur." eos procul in silvis habitare, trans flumen plerumque negotium agere, raro Maicomum venire. quae res Dilloni placebat. "Omnes oculos caeruleos habent," inquit Iem explicans, "et postquam uxorem duxerunt viris non licet barbam radere. qui etiam uxores delectant barbis suis titillantes."

Dominus X Billups mulo praetervectus nobis bracchia iactavit. "Is est homo mirus," inquit Iem. "X, signum quod decussis vocatur, est nomen verum eius, non prima nominis littera. olim in basilica erat, et nomen ab eo petiverunt. 'X Billups' ait. scriba ei imperavit ut nomen litteris singulis enuntiaret, et X ait. iterum imperavit, et X ait. imperare non desiverunt dum decussim in charta scripsit, quam ut omnes aspicerent monstravit. rogatus unde nomen adeptus sit, dixit parentes suos se natum ita perscripsisse."

Paganis nostris praetereuntibus, Iem Dilloni de civium praestantiorum rebus gestis et moribus enarrabat: Dominus Taensa Jones suffragio suo Prohibitionem illam admodum adiuvit; Domina Aemilia Davis sternutamentum naribus clam hauriebat; Dominus Byron Waller violina canere sciebat; Dominus Iacobus Slade tertiam suam dentitionem patiebatur.

Plaustrum apparuit in quo vehebantur municipes quidam vultus ultra modum severiores gerentes. ubi hortum anticum Dominae Maudiae, aestivis floribus splendidum, digitis indicabant, Domina Maudia ipsa in porticum exiit. de illa prodigium est hoc: cum in porticu sua erat ita nobis distabat ut vultum clare videre non possemus, sed e gestu et statu animum eius semper intellegebamus. nunc stabat cubitis eminentibus, umeris modo demissis, capite ad alterum latus inclinato, ocularibus sole micantibus. certum habebamus eam cachinno improbissimo ora distorquere.

Raedarius mulos retardavit et mulier quaedam rauca voce vocavit: "Qui cum vanitate venit pergit ad tenebras!"

Domina Maudia respondens "Cor gaudens exhilarat faciem!"

Pedilavatores credebant Diabolum, mea sententia, Scripturam ad suam rem ita proferre, raedarius enim mulos properavit. qua ratione hortum Dominae Maudiae odissent res occulta erat, praecipue quod illa quamvis plerumque foris vitam ageret, Scripturam optime proferre poterat.

"Ibisne ad basilicam hodie?" inquit Iem. ad villam eius ambulaveramus.

"Non quidem," inquit. "nihil negotii est mihi hodie cum basilica."

"Nonne spectatum ibis?" inquit Dill.

"Non quidem. fastidio est spectare hominem miserrimum de capite iudicium subire. eccos. aspice; feriati sunt quasi Ludos Romanos prosequantur."

"Causa in publico palam et aperte cognoscenda est, Domina Maudia," inquam. "non rectum esset, nisi ita ageretur."

"Non sum inscia de hac re," inquit. "quod in publico est, num ideo mihi eundum est?"

Domina Stephania praeteriit. caput petasatum et manus tectas praebebat. multo cum murmure "Eccos," inquit. "crederes Gulielmum Jennings Bryan orationem habiturum."

"Et quo tu ibis, o mea Stephania?" inquit Domina Maudia.

"Ad Pantopolium."

Domina Maudia negavit se umquam in vita sua Dominam Stephaniam petasatam ad Pantopolium ire vidisse.

"Hem," inquit Domina Stephania, "meditabar num ad basilicam paulisper ire deberem, visum quid Atticus ageret."

"Caveto ne te cogeret testimonium denuntiare."

Rogavimus Dominam Maudiam explicare: dixit Dominam Stephaniam tot de hac causa scire videri ut vocatam testari oporteret.

Usque ad meridiem morati sumus, cum Atticus cenatum domum regressus dixit se matutinum tempus egisse in iudicibus legendis. post prandium, Dillone collecto ad oppidum iimus.

Dies festa erat. tot animalia ad vacerras publicas iam ligata sunt ut ne uni quidem pecudi locum invenisses, itaque muli plaustraque sub omni arbore collocata sunt. per aream basilicae hominum circuli convivia habebant; in ephemeridibus sedebant, bucellatum melle et lacte calido mitigatum ex amphoris fructuariis hauriebant. erant qui pullos antea coctos mandebant, vel porcinae carnis antea frictae rodebant. qui ditiores erant cibariis consumptis Cocacolae ebibebant, quam in conditario emptam e poculis bulbaceis hauriebant. pueri oribus pinguitudine perunctis inter coetum per lusum latitabant quaeritabantque, et infantes ad matrum mammas prandebant.

Procul in angulo fori, Afri otiosi sedebant, cenantes sardas, crustula, et Nehicolae sapores acriores. Dominus Adolphus Raimondus cum eis sedebat.

"Mi Iem," inquit Dill, "en e sacculo bibit."

Dominus Adolphus Raimondus ita facere videbatur: duae cannulae potoriae luridae ex ore in sacculum chartaceum et fulvum ducebantur.

"Neminem vidi umquam ita facere," inquit Dill tacite. "quomodonam quod est intus intus tenere potest?"

Iem ridebat. "Intus est ampulla Cocacolaria temeto plena. ita facit ne mulieres vexaret. videbis eum per pomeridianum tempus usque sorbillantem; parumper ad ampullam replendam abibit."

"Cur cum Afris sedet?"

"Semper idem. eos magis diligit quam nos, quantum opinor. solus ad fines pagi procul habitat. ancillam habet Afram et mixtos liberos varios. monstrabo tibi si eorum videbimus."

"Quisquiliae esse non videtur."

"Non est. ripam alteram ibi tenet cunctam, et de gente vetere etiam ortus est."

"Cur ita se gerebat?"

"Modo indoles est ei," inquit Iem. "ferunt eum matrimonii sui numquam oblitum esse. uxorem ducere debuit quandam a Spenderia gente natam, credo. cuius gentiles die nuptiarum epulas sollemnes dare in animo habebant, sed res aliter evenit. post caerimoniae exercitationem, sponsa destinata sursum ad cubiculum ascendit, et caput suum displosit. sclopeto usa est. pedis digitis manuclam movit."

"Numquamne rationem eius cognoverunt?"

"Numquam. nemo umquam scivit nisi ipse Dominus Adolphus.

illam ita fecisse ferunt quod de puella eius Afra cognovisset; marito enim eum putasse sibi licere et hanc amicam et illam uxorem tenere. ex eo tempore modo ebrius fuit. liberos illos tamen bene curare solet, mihi crede."

"Iem," inquam, "quid sibi vult 'liberos mixtos'?"

"Tales vidisti, Scytha. semalbi et seminigri sunt. scis puerum illum rufum et crispum qui pro conditario bona nobis portat. is semalbus est. re vera tristes sunt."

"Quomodo tristes?"

"Neutro generi accepti vel grati sunt. Afri eos non accipiunt quod semalbi sint, albicolores quod Afri. itaque interpositi sunt, neque usquam accipiuntur. ferunt tamen Dominum Adolphum duos e liberis ad septentriones misisse. Septentrionales ibi enim hominibus eius modi indulgere. ecce unum ex eis!"

Puerulus qui manum mulieris Nigrae tenebat ad nos ambulabat. integer mihi videbatur Niger esse: cutem quasi socolata coloratam cum naribus latis et dentibus pulchris praestabat. interdum laete exsultantem mulier Nigra manu trahebat ut desinere cogeret.

Iem moratus est dum praeterierunt. "Is est unus e parvulis illius," inquit.

"Quomodo certum habere potes?" inquit Dill. "mihi quidem Niger esse videbatur."

"Aliquando non potes, nisi scis aliquem unde ortus sit. sed is est Raimondus dimidiatus, mihi crede."

"Sed quomodo certum habes?" inquam.

"Ut dixi, scire unde ortus sit necesse est."

"Quomodo, precor, scis nos Nigros non esse?"

"Patruus Ioannes Fringilla negat nos certum scire. quantum retro scrutari ipse potuisset, nos Nigros non esse, nihilominus ex Aethiopia fortasse venisse sub tempus Veteris Testamenti."

"Em si sub tempus Veteris Testamenti iam pridem venimus, non iam nostra interest."

"Equidem ita credebam," inquit Iem. "sed in his locis si quis vel unam guttam sanguinis Nigri habet, integer est Niger. ecce, aspicite—"

Subito quasi signum nescioquod vidissent, ephemeridibus chartis sacculis abiectis ac passim sparsis, ei qui in area prandebant surrexerunt. liberi ad matres venerunt, infantes ad coxendices continentur, viri qui petasos sudore foedatos gerebant familias congregatas per fores basilicae egerunt. in altero angulo Nigri Dominusque Adolphus Raimondus surrexerunt et a bracis pulverem deterserunt. pueri et mulieres paucae inter eos aderant, ut Nigris dies adeo festa non videretur. patienter ad fores post familias albas exspectabant.

"Ineamus," inquit Dill.

"Non," inquit Iem. "exspectandum est dum illi intraverunt. Atticum non iuvabit, credo, si nos videbit."

Basilica Pagi Maicomii tibi videretur in contentionem cum Basilica illa Arlingtonia aliquo modo duci propterea, quod columnae quibus tectum meridionale innitebatur visu graviores erant quam ut tectum sustinerent. quae columnae solae non dilapsae sunt, postquam basilica antiqua anno MDCCCV deflagravit. circum eas basilica altera aedificata est, vel potius adversus eas aedificatam diceres. absque porticu meridionali, basilica Pagi Maicomii, ut quae Victoriana aetate ineunte aedificata esset, a septentrionali aspectu visa speciem blandiorem dabat. ab altero tamen aspectu, columnae ad imitationem Graecarum positae cum turri ingenti discrepabant, quae horologium nono decimo saeculo factum sed scabrum et fallax tegebat. haec spectans municipes cognosceres quibus pro virili parte omnia vestigia temporis acti sibi conservare placeret quamvis tenuia.

Cum, ut ad consessum pervenires, ad tabulatum secundum ascenderes, nonnullas cellas obscuras praeterires ubi sine sole nonnulli ministri pagani habitabant. etenim pecuniae publicae assessor, et pecuniae publicae coactor, et scriba paganus, et advocatus paganus, et scriba iudicialis, et iudex probationis vitam omnes in caveis tenebricosis et frigidis ibi agebant quae commentarios putres, et ferrumen vetus et umidum, et urinam foetidam olebant. interdiu locum illuminare necesse erat; contignatio aspera erat et semper pulverulenta. incolae harum cellarum natura accommodati sunt domicilio suo: homunculi vultibus cineraceis vento vel sole intacti videbantur.

Noveramus multos quidem adesse, sed quae in vestibulo erant multitudines non exspectabamus. Iemem Dillonemque amisi, sed ad parietem quae prope scalam erat progressa sum; certum enim habebam fratrem me mox quaesiturum. cognovi me in media Sodalitate Fucorum esse et conata sum oculos eorum fugere quantum potui. quam sodalitatem frequentabant senes otiosi qui camisias candidissimas, bracasque fulvas gerebant quae habenis decussatim sublevatae sunt. hi vitam totam ignave desederant, et aetatem decrepitam eadem ratione in foro otiosi agebant sub quercibus in pineis subselliis segniter sedentes. re iudiciali cum tanta diligentia et cum tanto fastidio implicati sunt, ut Atticus diceret eos de legibus tot novisse propter longum observandi tempus quot Iudex Maximus. soli plerumque ibi spectatores erant, et hodie irasci videbantur quod ex solito variatum esset. cum loquebantur, vocibus suis securi et audaces esse videbantur. de patre meo sermo erat.

". . . credit se scire quid agat," inquit aliquis.

"Ehem, istud dicere nolim," inquit alius. "Atticus Fringilla est vir litteratissimus, assiduus in libris est."

"Libros legit sane, ad hoc nihil." sodales ridebant.

"Sine me de aliqua re certiorem te facere, mi Gulielme," inquit tertius. "scin' quam? quaestio iudicialis cognitorem eum ascripsit ut Aethiopis huius causam defenderet."

"Scio. sed Aethiopem defendere Atticus in animo habet. id est quod mihi non placet."

Hoc novi erat; novi aliquid erat quod rem aperuit et in lucem attulit. vellet nollet Atticum causam defendere oportebat. insolitum putabam quod nihil nobis de hac re locutus est. qua defensione pro Attico et pro nobis ipsis usi essemus! enimvero defensorem esse oportuisse, et hac ratione rem agere. quod si cognovissemus, rarius nobis pugnare minus rixare opus fuisset. at municipum sententias illas quomodo intellegere potest? ut Aethiopem defenderet a quaestione Atticus cognitor ascriptus est. Atticus eum defendere in animo habebat. id quod illis non placebat. id quod nostros animos confundebat.

Afri, qui exspectaverant dum albicolores ascenderent, iam intrabant. "Eho, iam manendum' st vobis," inquit sodalis quidam, baculo levato. "nondum licet vobis eo ascendere."

Sodales artibus rigidis ascendere coeperant, et Iemi Dillonique obviam ierunt qui ad me quaerendam descendebant. hi quamvis in multitudine compressi vix praeterierunt, et Iem clamavit: "Eheu, Scytha, sella nulla relicta est. in rectum stare cogemur."

"Eccos," inquit. moleste ferebat Afros qui magno impetu scalam ascendebant. senes qui eos antecedebant locum standi plerumque possessuri videbantur. nos infelices esse, mea quidem culpa, ut Iem me certiorem fecit. miseri ad parietem stabamus.

"Nonne intrare potestis?"

Reverendus Ficus ad nos despiciebat, petasum suum atrum manu tenens.

"Heus Reverende," inquit Iem. "non possumus. Scytha haec rem nobis perturbavit."

"Esto. videamus quid facere possimus."

Reverendus Ficus aegre ascendit. mox rediit. "Nulla est sella deorsum. putatisne bene esse, si ad maeniana mecum veniretis?"

"Sane," inquit Iem. laeti Reverendum Ficum ad conclave celeriter antecessimus. inde scalam tectam ascendimus et ad ianuam exspectavimus. Reverendus Ficus nos cum anhelitu secutus est et leniter nos inter Afros qui in maenianis erant direxit. quattuor Nigri surrexerunt ut nobis sellas darent primores.

Maeniana ea ubi Afri sedebant basilicam velut porticus in tabulato secundo tribus lateribus circumdabant, unde omnia videre poteramus. iudices ad sinistrum sub longas fenestras sedebant. sole adusti, proceri, graciles erant. omnes agricolae esse videbantur, ut fit: oppidani raro iudices fiebant, qui plerumque aut albo eradebantur aut excusabantur. unus et alter iudicum Vafros elegantiore cultu ornatos referebant. pro tempore erecti et intenti sedebant.

Quattuor viros qui ad duas mensas sedebant a tergo spectabamus: ad alteram, quae librum fulvum et tesseras aliquas flavas tenebat, accusator et alius quidam sedebant, ad alteram, in qua nihil erat, Atticus et Thomas Rubecula.

Post cancellos quod spectatores iudicio dividebat, testes sedebant in sellis corio vaccino instructis. terga eorum aspectabamus.

Quaesitor Sartor in suggestu erat. pistrem referebat annosum et somniculosum, cuius pisces ductores velociter ante frontem deorsum scribebant. Quaesitor Sartor plerisque quaesitoribus, credo, vix differebat: vir suavis erat et canus et modo rubicundus, qui iudicium cum tanta comitate administrabat ut fortasse te perturbaret—aliquando pedes in mensa sua fulciebat, saepe ungues cultello purgabat. in cognitionibus aequitatis, praecipue si prolixae post cenam producebantur, erant qui eum dormitare arbitrabantur, id quod errorem esse gravem invenerunt. postquam iurisconsultus quidam, ut eum excitaret, sponte libros multos humum pulsavit, oculis non apertis, Quaesitor Sartor murmurans, "Domine Whitley, si rursus id facies, centum dollariis constabit."

Vir erat legibus eruditus, et quamvis rem suam suaviter tractare videretur, re vera quascumque causas suscipiebat firme et constanter moderabatur. unica tamen occasio erat ubi in quaestione publica Quaesitor Sartor haesit seque non invenit. en Vafri eum prohibuerunt. Vetus Sarum, ubi latibulis se tegebant, incolebant duae gentes quae primo inter se dispares et dissimiles erant, sed idem nomen forte gerebant, id quod exitum incommodum habuit. Vafri et Vaferi inter se uxores tamdiu ducebant, ut nulli momenti esset quibus litteris nomen utrumque scriberetur. nulli momenti, dico, dum Vafer quidam cum Vafero quodam agrum quendam pro se vindicabat, et illum in iudicium adduxit. inter controversiam huiusmodi, Iacobus Vafer testatus est matrem suam nomen in tabulis et ceteris 'Vafrum' scripsisse, sed re vera Vaferorum esse, nec quomodo nomen recte scribendum esset scire, et librorum infrequentem esse lectorem, et interdum cum in porticu vesperi sederet mentis et consilii vacuam visam esse. postquam novem horas de vita rudi incolarum Veteris Sari audivit, Quaesitor Sartor litigatores dimisit. rogatus quare ita egisset, Quaesitor Sartor, "Propter coniventium manutenentiam," inquit, et dixit se per Deum sperare litigatoribus satis placere quod utrique rem suam in publico palam proposuissent. placuit quidem. nihil enim magis ab initio cupiebant.

Mos erat Quaesitori Sartori singularis. permittebat aliis ut in iudicio fumarent, sed ipse fumare non solebat. interdum, si ita felix esses, praeclarum esset eum aspicere dum sigarrum longum et aridum in os positum lente manducaret. cigarrus defunctus e conspectu paulatim excedebat, et in conspectum nonnullis post horis redibat faex vapida et mucosa, vi cuncta eius extracta et cum saliva Quaesitoris Sartoris concocta. olim Atticum rogavi quomodo uxor Domini Sartoris oscula ei dare pati posset, ille tamen negavit eos multum osculari.

Sedes testandi erat ad dextram Quaesitoris Sartoris, et ubi ad sellas advenimus, en Dominus Hector Tata iam testabatur.

XVII

"Iem," inquam, "ecce qui illinc sedent, an Evelli sunt?"

"St, tace," inquit Iem, "testatur Dominus Hector Tata."

Hic ad occasionem vestitus est; vestimentum cottidianum id gerebat quod quivis homo negotians, ut similis omnibus factus esse videretur: deerant perones, lignatorisque tunica, et balteus ille glandibus plumbeis aptus. dehinc non iam me terrebat. in sede testandi sedens, accusatorem manibus inter genua iunctis intentoque animo auscultabat.

Qui accusator, Dominus Gilmer nomine, nobis fere ignotus erat. Abbatis Villa ortus est; eum nisi ad quaestiones non videbamus; ne tunc quidem semper, quod de quaestionibus nec mea nec Iemis magni intererat. ut qui calvesceret, glabrumque praestaret vultum, aetas eius anceps erat: utrum quadraginta an sexaginta annos natus esset difficile erat discernere. quamquam ad tergum eius spectabamus, scivimus eum altero oculo paetulum esse, id quod ad rem suam amplectabatur; spectare ad aliquem videbatur cum re vera nihil eiusmodi faceret. et iudicibus igitur et testibus asper immitisque erat. illi enim mentes erigebant quod se diligenter perspici credebant, hi idem agebant, ex eadem ratione.

Dominus Gilmer ". . . tuis verbis, o Domine Tata," aiebat.

"Esto," inquit Dominus Tata, ocularia tangens et ad genua sua capite demisso balbutiens, "vocatus sum—"

"Iudicibus loquendum est, sis, o Domine Tata. gratias. quis te vocavit?"

Dominus Tata, "Accitus sum a Robertulo nostro," inquit, "id est, ecce, a Domino Robertulo Evello, nocte quadam—"

"Qua nocte, o bone vir?"

Dominus Tata, "Nox erat," inquit, "ante diem duodecimum Kalendas Decembres. sedem meam relicturus eram ut domum irem, cum Robertulus, id est Dominus Evellus, intravit, valde permotus, et iussit me celeriter procedere ad domicilium suum, quod Aethiops quidam filiam suam stupro violasset."

"Processistine?"

"Certe. in autocinetum ascendi, et quam celerrime processi."

"Et quid invenisti?"

"Inveni eam humi iacentem in media cellula ea, quae alicui ineunti prima ad dextram est. multis verberibus caesa est, sed ad pedes sublevavi, et ea faciem lavit in situla quae in angulo erat, et dixit se bene habere. rogavi quis eam laesisset, et dixit Thomam Rubeculam—"

Quaesitor Sartor, qui animum ad ungues suos defigebat, oculos levavit tamquam si exspectaret dum aliquis contra diceret; Atticus tamen silebat.

"—rogavi eam num iste his verberibus cecidisset, et adnuit. rogavi num iste ea abusus est, et adnuit. itaque ad domicilium Thomae Rubeculae processi, et eum reduxi. ea istum esse qui fecisset declaravit, itaque eum comprehendi. omnia habes."

"Gratias," inquit Dominus Gilmer.

Quaesitor Sartor inquit, "Visne testem interrogare, Attice?"

"Volo", inquit pater meus. ad mensam suam sedebat; sella obliquata, poplitibusque alternis genibus impositis, altero cubito presso super sellam nitebatur.

"Medicumne vocavisti, o Praefecte? ecquis medicum vocavit?" inquit Atticus.

"Non, domine," inquit Dominus Tata.

"Nonne medicum vocavisti?"

Dominus Tata iterum, "Non, domine," inquit.

"Cur non vocavisti?" Atticus voce severiore loquebatur.

"Enimvero tibi dicere possum cur non vocaverim. opus non erat, Domine Fringilla. multis verberibus caesa erat. sane aliquid acciderat."

"Medicum tamen non vocavisti? dum aderas, ecquis medicum accivit, petivit, eam ad medicum duxit?"

"Non, domine—"

Quaesitor interpellavit. "Ter ad interrogatum respondit, Attice. medicum non accivit."

Atticus, "Rem certissimam habere modo volebam," inquit, "o Quaesitor." qui leniter risit.

Iem cancellos quibus nitebatur manu artius prensabat. spiritum subito collegit. deorsum intuita, eorum qui ibi sedebant animos eodem modo commoveri non vidi, et me rogavi num Iem modo tragoediam ageret. aequo animo quoque spectabant et Dill et Reverendus Ficus qui iuxta sedebant. susurrans "Quid istuc est?" inquam, sed mihi statim "St, tace!" inquit.

"O Praefecte," Atticus aiebat, "dicis eam multis verberibus caesam esse. quomodo?"

"Em—"

"Vulnera eius verbis modo exprime, mi Hector."

"Em caput caesum est. contusiones in bracchiis iam apparebant, et accidit ad dimidium horae antehac—"

"Quomodo pro comperto habes?"

Dominus Tata risit. "Nollem dixissem! utut illi haec dixerunt. ubi tamen adveni, ea admodum contusa est, et oculum suggillatum praestabat."

"Utrum oculum?"

Dominus Tata nictavit et manus per capillos traxit. leni voce "Sine me cogitare," inquit et ad Atticum spectavit quasi interrogatum hoc puerile putaret.

"Nonne meminisse potes?"

Dominus Tata digito aliquem paulum ab ore suo distantem quem cerni non potuit monstrare videbatur, et "Sinistrum," inquit.

"Mane paulisper, o Praefecte," inquit Atticus. "sinistrum eius oculum dicis utrum ad te spectantis, an ad eandem partem spectantis quo tu spectabas?"

Dominus Tata, "Ita vero, dextrum dicere volo. dexter erat oculus, o Domine Fringilla. nunc memineram, hoc latere facies contusa est . . ."

Dominus Tata iterum nictavit, quasi ei subito res quaedam clara facta esset. deinde capite verso ad Thomam Rubeculam spectavit, qui naturae sponte caput suum levavit.

Res quaedam et Attico clara facta erat, et e sella surrexit. "O Praefecte, quid dixeris, sodes, itera."

"Dextrum fuisse oculum dixi."

"Non . . ." Atticus ad scribam transiit, et super manum eius citatim scribentis se inclinavit. qui scribere desivit, ad commentarii paginam prioris spectavit, et haec verba attulit: "'O Domine Fringilla nunc memineram hoc latere facies eius contusa est.'"

Atticus Dominum Tatam intuitus est. "Itera sis. utrum latus dicis, mi Hector?"

"Dextrum dico, Domine Fringilla, sed plura contusa habuit—vin' audire de his?"

Atticus de alia re interrogaturus esse videbatur, sed potius placuit dicere: "Volo. quae alia vulnera habuit?" cum Dominus Tata responderet, Atticus se vertit et ad Thomam Rubeculam spectabat, quasi hoc rem esse dicere vellet de qua consilium prius non cepissent.

". . . bracchia eius contusa erant, et mihi cervicem suam monstravit. erant in iugulo notae quae digitis manifeste factae sunt—"

"In faucibus ita? in cervicis aversa parte?"

"Circum omnem cervicem dicere velim, Domine Fringilla."

"Dicere velis?"

"Ita vero, domine. parvam habebat cervicem. quivis circumplecti manibus potuisset—"

Atticus severe "Responde modo ad interrogatum," inquit. "aut adnue aut abnue, sodes, o Praefecte." Dominus Tata conticuit.

Atticus consedit et accusatori nutavit, qui quaesitori nutavit, qui Domino Tatae nutavit. qui invitus surrexit et sedem testandi reliquit.

Deorsum capita vertebantur, pedes solum radebant, infantes ad umeros movebantur, et nonnulli pueri e conclavi currebant. Nigri qui pone sedebant inter se leniter susurrabant. Dill Reverendum Ficum rogabat quid res sibi vellet, hic tamen negabat se intellegere. hactenus res frigidissima fuerat. nulla vox intonuerat, nullae disputationes inter iurisconsultos adversarios, nulla concitatio fuerat. quanta spe deciderunt, mea sententia, qui omnes aderant! Atticus comiter progrediebatur, quasi causam de dominio nescioquo ageret. is qui maria turbulenta facillime verbis suis sedare posset, idem causam stupri aeque frigidam facere poterat ac contionem sacerdotis. e mente mea abierunt terrores illi et odorum temeti foetidi stercorisque, et hominum oculis sopitis contumacium, et vocis raucae cuiusdam per noctem clamantis, "O Domine Fringilla, ollin' abiere?" insomnia nostra cum prima luce evanuerunt, omnia optime evasura erant.

Spectatores omnes se aequo animo gerebant eodem ac Quaesitor Sartor, praeter Iemem. qui os praestabat in risum tortum oculosque laetos, et nescioquid dicebat de testimonii affirmatione, id quod mihi persuasit ut se iactaret.

". . . heus! o Roberte E Lee Evelle!"

Voce gravi scribae arcessitus, en homo surrexit qui gallinaceum pusillum referebat et ad sedem sese superbe intulit. nomine audito, cervix eius rubescebat. postquam se vertit ut iusiurandum acciperet, vidimus vultum eius rubicundum aeque ac cervicem. vidimus quoque eum nullo modo similem esse duci illi Confoederatorum e quo nuncupatus erat. peniculus quidam capillorum nuper lautorum a fronte prominebat; nasus exiguus et acutus et mucidus; mentum nullum habebat, quod cervicis rugosae particeps esse videbatur.

". . . ita Deus adiuvet me," cecinit ut gallus bucinus.

Oppida quae Maicomium magnitudine aequabant gentes tenebant omnia similes Evellorum. sive res publica prospere gereret sive aliter, gentes eae vitam pariter agebant. quae velut hospites municipii per patriae res secundas ac per angustiores eodem modo vivebant. nulla Cessatoribus Coercendis Praefecta liberorum multitudinem eorum in schola retinere poterat; nemo saluti publicae praepositus eos vitiis congenitis vel vermiculis variis vel morbis eis exuere poterat qui locis peculiares essent sordidis.

Evelli Maicomi post sterquilinium publicum in tugurio quodam habitabant, ubi antea Nigri vivebant. cuius parietes contabulatae sunt laminisque ferreis etiam firmatae; tectum vice tegulis stratum est cadis metallicis malleo complanatis. itaque forma universa primam designationem aedificandi vix ostendebat. quadratum erat tugurium, et cellulas habebat quattuor exiguas quae ad transitionem spectabant. quattuor massis calcariis aegre sustinebatur. vice fenestris foramina modo in parietibus erant, quae aestivo tempore tecta sunt pannulis oblongis et foedatis ut bestiolas molestas excluderent quae de purgamento Maicomensium convivabantur.

Esuriebant tamen bestiolae nonnumquam, nam Evelli epulas de sterquilinii purgamento exquisitissimas cottidie colligebant; si quid non esculentum esset, circum domum disponebant ut agellus eorum casulam lusoriam infantis cuiusdam vesani referebat: vice saepimento circumdatus est ramis arborum disiectis, scoparum manubriis, instrumentorum rusticorum hastilibus, quae omnia passim capitibus malleolorum robiginosorum rastellorumve pectinatorum, palis, securibus, ligonibus praefixa sunt et filo aculeato coniuncta. intra hunc aggerem erat cohors squalida ubi invenires reliquias autocineti antiqui *Model-T* quod rotis amissis ligno vice levabatur, et cathedram reiectam qua olim medicus dentium usus esset, cadumque nivarium antiquum, et alia minora : calceos veteres, radiophona confecta, formas ligneas quae picturas quondam tenebant, serias fructuarias subter quas pulli esurientes fulvi cum bona spe vellicabant.

Attamen quid de horti angulo quodam opinari deberent, Maicomenses incerti erant. matellae sex vitro metallico pictae sed laesae ad saepem in ordine stabant, quae gerania rubra et splendida tenebant. haec tanta cum diligentia curabantur quasi Dominae ipsius Maudiae Acanthidis propria fuissent, si forte ea geranion in suo horto poni concessisset. quae ferunt Maiellae Evellae esse.

Nemo pro certo habebat quot pueri in illo loco habitarent. alii sex alii novem dicebant; si quis praeteriit, complures vultu squalido ad fenestras semper vidit. nemo tamen praeteribat nisi festo Nativitatis Christi, cum Dei cultores sportulas offerebant, praefectusque municipis nos precabatur ut collectori colluviei adiuvaremus, si arbores natalicias scrutaque ipsi eiceremus.

Cum festo Nativitatis anno superiore precibus praefecti pareret, Atticus nos secum duxit. semita a via publica praeter sterquilinium ad coloniam parvam Nigrorum ducebat quae ad quingentos passus post Evellos sita est. ut ad viam revenires, necesse erat cui autocinetum agebat aut retro regere aut ad vehiculum circumagendum per totam semitam iter facere; plerique rectores in Nigrorum hortis anticis vehicula circumagebant. quamvis mense Decembri sub vesperum dies hiemabat, tuguria Nigrorum culta et commoda et bene calefacta esse videbantur. fumus enim pallidus e ductibus surgebat, liminaque propter ignes flavebant quae in focis intra flagrabant. nidor suavis et iucundus ferebatur pulli et lardi bene fricti ut quodam modo aura vespertina levis et fragilis redderetur. Iem egoque olfecimus sciurum quem coquebant, Atticus tamen, ut qui homo ruri natus altusque esset, didelphidis et cuniculi odores invenit; qui odores e naribus nostris evanuerunt cum Evellorum domicilium iterum praeteribamus.

Homullus ille qui ad sedem testandi erat hoc modo unico a vicinis suis differebat: si lixivia in aqua calidissima tersa esset, huius quidem alba esset cutis.

"Dominus es Robertus Evellus?" rogavit Dominus Gilmer.

"Mi certum' st nomen, o bone," inquit testis.

Tergum Domini Gilmeri paulum rigescebat, et me miserebat eius. haud scio an aliquid nunc explicandum sit. liberi iurisconsultorum dicuntur, cum parentes in iudicio vehementer disputare vident, rem perperam intellegere: constat enim eos credere advocatos adversarios parentum inimicos esse, ex qua re excruciari, mirumque arbitrari si parentes cum carnificibus illis dextra dextrae iuncta e conclavi ad intermissionem primam una exeant. Iem egoque nos aliter gerebamus. dum patrem nostrum spectamus nulla vulnera mente accipiebamus, sive vinceret sive vinceretur. me paenitet quod non est mihi cum ira vel studio de hac re disserere. si quid dicerem, falsum esset. discernere tamen poteramus quando acerbitate disputari magis quam arte coeptum esset; hoc tamen alios iurisconsultos spectando didiceramus potius quam patrem nostrum. Atticum numquam magna voce uti per vitam meam audivi nisi cum surda quadam loqueretur. ut Dominus Gilmer ita Atticus: sutor quisque ad crepidam. praeterea, Dominus Evellus praesertim quod testis Domini Gilmeri erat, eum contumelia vexare non debuit.

Deinde rogavit: "Paterne es Maiellae Evellae?"

"Si pol non sum, nil queo facere nunc, mamma'st defuncta." hoc responsum erat.

Quaesitor Sartor se movit. lente in sella versatili se vertit et ad testem benigne spectabat. "Paterne es Maiellae Evellae?" ita rogavit ut risum qui deorsum ortus est subito desinere fecerit.

Summisso animo "Ita vero, domine," inquit.

Quaesitor Sartor plura cum voce benevolenti addidit: "Haecne est occasio qua primus in iudicio fuisti? non memini te prius vidisse." teste adnuente, meditatus est. "euge. quod curvum est tibi corrigamus. dum hoc iudicio praesideo, nolo sermonem audire inquinatum ullum ab ullo homine de ulla re. intellegisne?"

Dominus Evellus adnuit, sed non intellexit, credo. Quaesitor

Sartor suspirio ducto, "Bene est tibi," inquit, "o Domine Gilmer?"

"Gratias, domine. o Domine Evelle, dicas nobis, sis, verbis tuis quid vesperi acciderit die ante diem duodecimum Kalendas Decembres."

Iem, capillis a fronte amotis, paulum risit. 'verbis tuis' signum erat proprium Domino Gilmero. saepe nos rogabamus cuiusnam verba Dominus Gilmer crederet testem forte locuturum.

"Em illa nocte die duodecumo ante Kalendas Decembres, reveniebam cum vehe cremiorum e silvis, et quom adveni ad sepem, audii Maiellam stridentem intra domum modo porci transfixi—"

Quaesitor Sartor ad testem acriter spectavit, sed animo comprehendit, credo, illum his verbis nihil mali cogitare.

"Quota hora erat, Domine Evelle?"

"Paulo ante solis occasum. esto. dicebam quod Maiella stridebat quasi Iesum superare volebat—" quaesitor rursus ad Dominum Evellum ita spectavit ut tacuerit.

"Scilicet ululabat?" inquit Dominus Gilmer.

Dominus Evellus turbatus ad quaesitorem spectavit. "Esto. Maiella strepebat vociferatione vesana, itaque demisi vehem, et currens quam celerrume implicatus sum in saepimento, sed quom explicavi me, cucurri ad fenestram et vidi—" vultus Domini Evelli rubicundior fiebat. surrexit et digito Thomam Rubeculam indicavit. "—ecce vidi decolorem istum Aethiopem stuprantem meam Maiellam!"

Iudicium Quaesitoris Sartoris tam serenum erat ut rarissime malleolo uti necesse esset, sed tundebat iterum atque iterum quinque minutas. Atticus surrexerat, et aliquid ad suggestum ei dicebat; Dominus Hector Tata ut qui praefectus vigilum esset in medio conclavi ad frequentiam comprimendam stabat. a tergo Afri iracundia moti summisso murmure fremebant.

Reverendus Ficus Iemem, qui ultra me Dillonemque sedebat, cubito trahebat. "Domine Iem," inquit, "Domina Ioanna Ludovica tibi domum ducenda est. o Domine Iem, audin'?"

Iem caput vertit. "Scytha, domum i. Dill, tu Scythaque domum ite."

"Necesse'st me cogere," inquam, verba enim sancta Attici memineram.

Iem aspectu terribili Reverendo Fico, "Bene est, credo, o Reverende," inquit, "rem non intellegit."

Hoc graviter tuli. "Equidem intellego. quidquid tu potes ego possum."

"Ohe, st! illa rem non intellegit, Reverende, nondum novem annos nata est."

Reverendus Ficus nos oculis atris et anxiis aspiciebat. "Scitne Dominus Fringilla vos adesse? haec res aliena est et Dominae Ioannae Ludovicae et vobis pueris."

Iem abnuit. "Nos ille videre non potest quod procul abest. bene est, o Reverende."

Iemem victurum esse certum habui, quia sciebam neminem ulla ratione eum nunc discedere coacturum. Dill egoque ad tempus securi eramus; Atticus tamen si aspiceret, nos videre posset.

Dum Quaesitor Sartor malleolo tundit, in sede testandi Dominus Evellus sibi gratulari atque in opificio suo gaudere videbatur. tribus verbis eos qui laete convivia sub auris habebant ad catervam hominum verterat qui cum contumacia et anxietate murmurabant. malleolo omnes effascinabantur quo quaesitor gradatim levius atque levius mensam feriebat, dum sonus nihilo maior audiebatur quam si penicillo levissime tangeret.

Cum tandem rursus iudicio suo praeesset, Quaesitor Sartor sellam inclinavit. subito lassitudine confectus videbatur; senem esse se clare ostendebat, et cogitabam de Attici dictis—eum Dominamque Sartorem non multum osculari. maior annis septuaginta erat, credo.

"Petitum est," inquit Quaesitor Sartor, "ut spectatores ab hoc iudicio emoverentur, mulieres puerique saltem. quod pro tempore negaturus sum. homines plerumque vident quae videre cupiunt, audiunt quae audire; itaque licet eis liberos suos cogere eadem pati, sed unam rem vobis promitto: quaecumque videbitis, quaecumque audietis, cum silentio accipietis. sin minus, ex hoc iudicio discessuri estis, sed non discedetis priusquam vos omnes miseri coram me adducti crimine iudicii despiciendi arguti eritis. o Domine Evelle, oportet te testimonium tuum intra fines continere linguae Anglicae et Christianae, si potes. procede, o Domine Gilmer."

Dominus Evellus mihi hominem surdum et mutum referebat. verba ipsa eum numquam audisse certum habebam quibus Quaesitor Sartor eum allocutus est—os enim tacite movebat ut qui vix ea intellegeret—vim tamen se verborum intellexisse vultu ostendebat. gaudium illud non iam ore monstrabat, sed gravitatem pervicacem, quae Quaesitorem Sartorem haudquaquam fallebat. dum Dominus

Evellus in sede testandi erat, quaesitor eum intente intuebatur, quasi ad errorem provocaret.

Dominus Gilmer et Atticus inter se spectaverunt. Atticus rursus sedebat, pugno ad genam apposito ut vultum videre non possemus. Dominus Gilmer desperare paulum videbatur. metu tamen satis relevatus est, ubi Quaesitor Sartor hoc rogavit: "O Domine Evelle, tune vidisti reum in concubitu cum filia tua?"

"Sic."

Spectatores silebant, reus tamen aliquid dixit. Atticus ad eum susurravit, et ille conticuit.

"Dicis te ad fenestram fuisse?" inquit Dominus Gilmer.

"Sic, domne."

"Quatenus a terra est haec?"

"Ad tres pedes."

"Apertumne aspectum cellae habuisti?"

"Sic, domne."

"Qualem speciem praebuit cella?"

"Omnino turbata'st, tamquam post duellum."

"Quid fecisti ubi reum vidisti?"

"Em circum curro intratum casam, sed iste currit e foribus ante me. vidi quis erat certum. de Maiella nimis confusus non sequutus sum istum. curro in casam, et eccilla in solo iacebat eiulans—"

"Quid postea fecisti?"

"Quin curro ad Tatam quam celerrume. novi quis erat certum, ecce se tegebat in isto latibulo Aethiopum, ecce praeteribat casam meam quotidie. Quesitor, rogabam concilium quindecim annos purgare istud latibulum. infesti sunt nobis qui circum habitant, et derogant fortunas nobis—"

Sine mora, "Gratias, o Domine Evelle," inquit Dominus Gilmer.

Testis ille celeriter de sede descendebat cum Attico obviam iit, qui ad eum interrogandum surrexerat. Quaesitor Sartor permisit iudicibus ridere.

Atticus cum comitate, "Mane dum, domine," inquit. "licetne mihi te pauca rogare?"

Dominus Evellus cum ad sedem testandi rediisset et se composuisset, ad Atticum vultu eo superbo spectabat quem plerique Maicomenses, si quando testes contra advocatum adversarium starent.

Atticus primo "O Domine Evelle," inquit. "illa nocte multum quidem cursum est. agedum, dicis te in casam cucurrisse, ad fenestram cucurrisse, intra cucurrisse, ad Maiellam cucurrisse, ad Dominum Tatam cucurrisse. dum ultro citroque curris, quaeso, ad medicum cucurristi?"

"Opus non erat. vidi quid accidit."

"Unam tamen rem non intellego," inquit Atticus. "nonne Maiellae casum curabas?"

"Edepol," inquit. "vidi quis fecit."

"Non ita. corporis casum Maiellae dicere volebam. nonne putasti illam propter iniuriarum naturam officio medico statim indigere?"

"Quid?"

"Nonne putasti eam medico egere statim?"

Testis negavit se de tali re umquam cogitasse; medicum enim se cuiquam suorum per vitam suam numquam vocasse; atque si vocasset, quinque dollariis constitisse. "Sat est?" inquit.

"Non omnino," inquit Atticus minima vocis contentione. "o Domine Evelle, nonne audisti praefecti testimonium?"

"Quomodo?"

"Nonne aderas cum Dominus Hector Tata testis in sede erat? nonne audisti quae omnia dixit?"

Dominus Evellus diligenter cogitavit, et rem tutam habere videbatur.

"Sic," inquit.

"Illumne audisti exponentem vulnera Maiellae?"

"Quomodo?"

Atticus se vertit ad Dominum Gilmerum et leniter risit. Dominus Evellus videbatur nolle defensori suo tamquam quota hora diei esset quaerenti responsum dare.

"Dominus Tata testatus est eam oculum dextrum suggillatum praebuisse, et contusam esse circum—"

"Oh omnia grata sunt mi quae ille dixit."

Atticus leniter "Omnia vero?" inquit. "pro certo id habere volebam." ad scribam iit et aliquid locutus est. qui nos nonnullas minutas delectavit Domini Tatae testimonio legendo eadem voce qua pretia, ut fit, in foro argentario legerentur: "... sinistrum ita vero dextrum dico dexter erat oculus o Domine Fringilla nunc memineram hoc." paginam versavit. "latere contusa est o Praefecte quid dixeris sodes itera dextrum fuisse oculum dixi."

"Gratias, mi Bertule," inquit Atticus. "iterum audisti, o Domine Evelle. visne aliquid addere? consentisne cum praefecto?"

"Cum praefecto sum. oculus suggillatu'st et multum contusa'st."

Homullus ille dedecoris eius oblitus esse videbatur quo nuper a quaesitore depressus erat. scilicet credebat manifestum esse se Atticum facile superaturum. videbatur iterum rubescere; pectus tumescebat, et iterum gallus rufus et cristatus factus est. fastu tanto tunicam dirupturus erat, credo, postquam Atticus hoc rogavit:

"Domine Evelle, potesne legere et scribere?"

Dominus Gilmer interpellans, "Exceptionem rogo," inquit. "videre non possum quomodo eruditio testis ad causam attineat; nihil ad rem, nihil ad haec."

Quaesitor Sartor locuturus erat, cum Atticus, "O Quaesitor," inquit, "si mihi licebit hoc et alterum rogare, mox videbis."

"Esto. videamus," inquit Quaesitor Sartor, "sed certum fac ut videamus, Attice. "exceptio negata est."

Dominus Gilmer studere videbatur aeque ac nos ceteri ut de eruditione Domini Evelli reperiret, vel quomodo ad causam attineret.

"Iterum rogabo," inquit Atticus. "potesne legere et scribere?"

"Edepol possum."

"Vin' nomen tuum scribere et nobis ostendere?"

"Edepol volo. quidni? quomodo putas me chartulae levamenti nomen notare?"

Dominus Evellus municipes suos delectabat. erant qui deorsum susurrabant et ridebant, opinor, quod eum personam festivam agere putarent.

Metuebam. Atticus quid ageret scire videbatur, sed mihi quidem eum referebat qui sine lumine ranas venaretur. noli noli noli testem umquam de ulla re interrogare nisi iam certum habes quid responsurus sit: qua sententia in gremio nutrita eram. si hoc faceres, inopinatum saepe responsum acciperes, quod rem tuam frangeret.

Atticus in sinu suo aliquid quaerebat. involucro epistulari graphioque extractis, lente subit et se vertit ut omnes iudices se facile viderent. graphii operculum remotum in mensam leniter posuit. graphium paulisper agitatum, testi cum involucro tradidit. "Vin' nomen tuum nobis scribere?" inquit. "aperte tamen, ut iudices te scribere videant."

Dominus Evellus in involucro verso scripsit et oculis levatis sibi placuisse visus est; Quaesitorem Sartorem vidit ad se in sede testandi intueri quasi ad hyacinthum florescentem et suave olentem; Dominum Gilmerum vidit a mensa surgere incipere; iudices ad se spectare vidit, inter quos erat qui procumbebat manibus in vacerris positis.

"Quidnam vos ita delectat?" inquit.

Quaesitor Sartor "Scaeva es," inquit, "o Domine Evelle."

Dominus Evellus iratus ad quaesitorem se vertit, et dixit se non videre ad quam rem scaevitas sua pertineret, seque Christianistam esse ab Attico Fringilla fraudatum. causidicos enim fraudulentos se semper fraudare fraudulenta arte. quid accidisset se narravisse, narraturumque idem etiam atque etiam. id quod re vera fecit. quidquid ab Attico postea interrogatum est, ille nihilo rem suam mutavit: se per fenestram spectasse, se Aethiopem persecutum esse, se ad praefectum vigilum cucurrisse. tandem Atticus eum dimisit.

Dominus Gilmer unum rogatum adiecit."De tua scaevitate, an aequimanus es, o Domine Evelle?"

"Edepol non sum, bene uti queo altera manu et altera. en haec atque illa aeque sunt bonae." haec addidit intente ad mensam defensorum intuens.

Iem accessione morbida nescioqua cum silentio corripi videbatur. cancellos molliter tundebat, et semel susurravit: "Cepimus illum."

Ego tamen aliter censebam; Atticus conabatur, credo, Dominum Evellum ostendere Maiellam contundere potuisse. hactenus sequi potui. si oculus dexter suggillatus est, atque illa plerumque ad dextrum latus oris contusa est, fieri potuit ut a scaeva quodam contusa esset. ad hoc Sherlock ille Holmes et Iem Fringilla conveniant. scilicet Thomas Rubecula quoque scaeva esse potuit. Domini Tatae exemplo usa, aliquem qui ad me spectabat fingebam, quasi mimus fabulam in mea mente agerem; quem celeriter intellexi dextra tenere sinistra contundere eam potuisse. ad illum despexi. ad tergum eius spectabamus, sed umeros latos et cervices taurinas videre poteram. facillime rem gerere potuisset. credebam Iemis messem in herba adhuc esse.

XVIII

Rauca voce iterum locus sonabat.

    "Heus, o Maiella Viola Evella—!"

Virgo ad testandi sedem ambulavit. cum dextram levaret, et testimonium suum verum, totum verum, nihil nisi verum fore iuraret, atque ut ita Deus se iuvaret precaretur, nescioquomodo fragilis corpore esse videbatur; cum tamen ad eam in sede testandi spectaremus, facta est illa qualis re vera erat, puella compacto et robusto corpore qui strenue laborare solebat.

In pago Maicomio facile erat discernere qui constantius lavarentur ab eis qui per annum semel abluerentur. Dominus Evellus speciem eius praestabat qui aqua ferventi invitus perfusus esset; cutis enim eius, quasi propter nocturnam macerationem corio eo spoliata esset quo caepae tallarum modo protegebatur, ob solem et pluviam vulnera iam accipiebat. Maiella tamen, credo, se mundam habere conabatur, et geraniorum illorum rubrorum quae in horto Evellorum colebantur memineram.

Dominus Gilmer Maiellae imperavit ut suis verbis iudices certiores faceret quid vesperi accidisset diei ante diem duodecimum Kalendas Decembres anni superioris, suis modo verbis si vellet.

Maiella tacita sedebat.

"Ubi eras eo die vesperi sub solis occasum?" Dominus Gilmer patienter incipiebat.

"In porticu."

"Qua porticu?"

"Una'st solum, in porticu antica."

"Quid in porticu agebas?"

"Nil."

Quaesitor Sartor, "Dic nobis modo," inquit, "quid acciderit. nonne hoc facere potes?"

Maiella eum intuita in lacrimas effusa est. ore manibus tecto plorabat. Quaesitor Sartor permisit ei ut parumper ploraret, deinde, "Iam satis est," inquit. "nemo timendus est eorum qui adsunt, dummodo vera dicas. haec omnia aliena sunt tibi, credo, sed nihil pudendum est tibi, nihil metuendum. quid times?"

Maiella aliquid adeo summisse locuta est ut exaudiri non posset.

"Quid locuta es?"

Cum lacrimis, "Illum," inquit, digito Atticum indicans.

"Dominumne Fringillam?"

Vehementer nutavit et, "Ne ludat me ut Tatam meum," inquit, "conans affectare quod est scaeva ..."

Quaesitor Sartor capillos longos et albos radebat. manifestum erat eum tali impedimento numquam obviam iisse. "Quot annos nata es?" inquit.

Maiella "Decem et novem annos," inquit, "et sex menses."

Quaesitor Sartor, postquam paulum screavit, voce molli loqui conatus est sed parum feliciter. cum fremitu, "Dominus Fringilla," inquit, "te terrere in animo non habet. si haberet, ego adsum qui eum impediam. quapropter hic sursum sedeo. tu puella adulta aetate es; age, recte modo sedendum est et nobis dicendum quid tibi acciderit. nonne hoc facere potes?"

Iemi susurrans, "Prudentia'st illi, putan'?" inquam.

Iem sedem testandi intentis oculis intuebatur. "Nescio adhuc," inquit. "videlicet prudentiae satis est ut se miserari quaesitorem faciat. sed haud scio an illa nescioquomodo—"

Animo placato, Maiella ad Atticum cum timore semel in perpetuum spectavit, et Domino Gilmero, "Em in porticu eram, domne," inquit, "en iste advenit, et, ecce erat armarium vestiarium quod Tata attulerat ad cremium—Tata me iussit frangere dum abest in silvis, sed sentiebam quod corpore non sat valida eram, et en iste praeteribat—"

"Quis est 'iste'?"

Maiella Thomam Rubeculam digito indicavit. "Me oportet te

rogare ut explicatius loquaris, sodes," inquit Dominus Gilmer. "scriba gestus inscribere non potest."

"Eccum," inquit, "Rubeculam."

"Posthac quid accidit?"

"Dixi, 'Veni huc, Aethiops, et frange hanc arcam mi, habeo vicesimam tibi'. edepol facile potuisset id facere. itaque venit in hortum, et ego casam intravi petitum vicesimam ei, et verti me et subito iste attemptabat me. papae en currit ad me et attemptat me a tergo. tenet cervicem meam, iactat voces impias et spurcas—ego certabam et clamabam, sed ille tenebat cervicem meam. tutudit me iterum et iterum—"

Dominus Gilmer moratus est dum Maiella se colligeret; quae sudarium in rudem sudore suo madidum torserat; quod cum aperuisset ut frontem tergeret, manibus calidis eius omnino erugatum erat. morata est dum Dominus Gilmer aliud insuper interrogaret, sed postquam is nihil dixit, hoc addidit, "—iecit me in solum et abusus est me."

"Tun' ululasti?" inquit Dominus Gilmer, "an ululasti vel repugnasti?"

"Credo. clamavi voce clarissima, calcitravi, clamavi quam maxime."

"Posthac quid accidit?"

"Parum memini dehinc, sed sensi hoc: pater meus erat in cella et stabat prope me et clamabat 'Quis fecit, quis fecit?' deinde nescioquomodo collapsa fui, et dehinc Dominus Tata levabat me a solo, et ducebat ad situlam."

Post hanc recitationem Maiella confidentior facta est, sed dissimilis erat eius fidentia patris arrogantiae: furtiva enim nescioquomodo videbatur, felemque referebat cui oculi immoti, caudaque irritabilis.

Dominus Gilmer, "Dicis te," inquit, "quam enixissime ei repugnasse? manibus pedibus obnixe pugnasse?"

"Edepol pugnavi," inquit Maiella, patris verba referens.

"Affirmas illum edepol te prorsum abusum esse?"

Maiella vultum distorsit, et metuebam ne rursus lacrimaret. non tamen lacrimavit, sed "Fecit quid facere cupivit."

Dominus Gilmer manu faciem tergendo se aestum aegre ferre ostendit. "Satis est pro tempore," inquit non sine comitate, "sed tu ibi mane. suspicor terriculum illud nomine Atticum Fringillam te interrogaturum esse."

Quaesitor Sartor cum morositate quadam murmurans, "Accusator," inquit, "non temptabit defensorem apud testem suspectum facere, pro hoc tempore saltem."

Atticus cum risu surrexit, sed cum ad sedem testandi ambulare potuisset, amictu aperto pollicibusque in thoracem conditis, spatium ad fenestras lente transiit. despectabat sed despectans multum teneri non videbatur, deinde se vertit et ad sedem suam lente ambulabat. multorum experientia annorum me docuit eum aliquam rem decidere conari.

Ridens, "Domina Maiella," inquit. "hinc quidem te actutum terrere nolo, nondum quidem terrebo. at cognoscemur modo inter nos. quot annos nata es?"

"Dixi decem et novem, ecce dixi quaesitori illi." Maiella iratius ad suggestum capite nutavit.

"Ita fecisti, ita fecisti, domna. tibi aequum erit indulgere mihi, Domina Maiella, senesco enim, et omnia meminisse ut antea non possum. fortasse te rogabo de rebus quas antea dixisti, sed nonne mihi responsum dabis? euge!"

Nihil in Maiellae vultu videre poteram, quo Atticus adduceretur ut crederet eam sibi adiumento magno fore. immo saevo eum vultu intuebatur.

"Non dabo responsum ad te," inquit, "dum tu ludas me, ne ad unum quidem verbum."

"O domna?" inquit Atticus admiratione motus.

"Dum tu ludificare me."

Quaesitor Sartor: "Dominus Fringilla te non ludificatur. quid est istuc?"

Ad Atticum Maiella oculis semiapertis spectabat, sed quaesitori locuta est. "Dum ille appellat me domnam et Dominam Maiellam. non ferendum'st os illius, audacia non accipiunda'st."

Atticus iterum ad fenestras ambulavit, et Quaesitori Sartori ut ad hoc responderet concessit. Quaesitor Sartor is non erat qui aliquem ad commiserationem facile commoveret, sed eum rem explicare conantem paulum miserebar. Maiellam certiorem fecit: "Domino Fringillae hoc mos est tantum. res inter nos in hoc iudicio multos annos egimus, et Dominus Fringilla erga omnes semper se comem et humanum gerit. te non ludificari, sed erga te comitatem praebere conatur. hoc mos est illi tantum."

Quaesitor se in sella reclinavit. "Attice, de hac actione procedamus, et scriba scribet testem os non accepisse, ipsa contra dicente."

Me rogabam num quis per vitam umquam illam 'domnam' vel 'Dominam Maiellam' vocavisset; nemo ita eam vocaverat, credo, quae comitate cottidiana stomacharetur. quomodo ea vitam suam agebat? mox invenimus.

Atticus, "Dicis te undeviginti annos natam esse," ait. "quot habes sorores fratresque?" a fenestris ad sedem ambulavit.

"Septem," inquit, et me rogabam num omnes similes essent atque exemplum quod die primo illo in schola vidissem.

"Tune maxima es natu? maxima nata?"

"Sic."

"Quot abhinc annis mater tua mortua est?"

"Nescio. multis annis."

"Ad scholam aliquando iisti?"

"Lego et scribo bonum ut meus Tata, eccille."

Maiella mihi tamquam Dominum Jingle quemdam referebat de quo in libro nuper legeram.

"Quot annos in schola aderas?"

"Duos vel tres annos. nescio."

Lentius sed firmius intellegebam quo Attici interrogata valerent: per ea interrogata, si Dominus Gilmer non recusaret, si quidem satis ad rem pertinere duceret, se gradatim coram iudicibus vitam Evellorum cottidianam depicturum esse. iudices haec didicerunt: chartula levamenti longe afuit quin ad familiam pascendam satis pecuniae ferret, et Tata in suspicionem venerat quod ad voluptatem potandi plerumque eam impenderet. is interdum in paludem nonnullos dies abibat et aeger reveniebat. rarius ita pedes eorum frigescebant ut solearum opus esset, sed in casu frigoris, canthis pneumaticis veteribus soleas bonas facere poterant; aquam situlis e fonte trahebant quae e sterquilinio extremo effluebat, e quo loco quisquilias auferebant, et lavationem suam quisque curabat. si quis lavare vellet, sibi ipsi aquam traheret; pueri iuniores gravedinosi semper erant et lumbricos semper patiebantur; matrona quae aliquando visitabat Maiellam rogavit cur in schola non mansisset. illa responsum scripsit: si duo e familia legunt scribuntque, eruditionis non opus esse ceteris—Tatamque eis domi egere.

"Domina Maiella," inquit Atticus oblitus sui, "puellae undeviginti annos natae amicitias comparant, credo. quibuscum amicitia est tibi?"

Testis fronte contracta, "Amicitiamne dicis?" inquit.

"Etiam. nonne aequalem tui cognovisti, vel maiorem natu vel minorem, vel amicum vel amicam? amicosne modo cottidianos?"

Maiella, quae ab hostili animo ad aequum quieverat, rursus ira flagrabat. "Tune ludificare me iterum, Domine Fringilla?"

Quod rogatum Atticus fecit ut responsum sibi fieret.

Inde, "Patremne tuum diligis," inquit, "o Domina Maiella?"

"Egon' eum diligo, quid dicere vis?"

"Dicere volo, bonusne est tibi? facilisne est tractare?"

"Sat agit, nisi quando—"

"Nisi quando?"

Maiella ad patrem spectavit, qui sellam ad maeniana inclinavit. recte considebat et responsum eius exspectabat.

"Nisi quando nihil," inquit Maiella. "dixi quod sat agebat."

Dominus Evellus reclinavit.

"Praeter ubi potat?" Atticus tam leniter rogavit ut Maiella adnuerit.

"Tene aliquando attemptat?"

"Quid dicis?"

"Ubi iratus est, tene contudit?"

Maiella circumspexit, ad scribam despexit, ad quaesitorem aspexit. "Cum rogata es, respondendum est, Domina Maiella," inquit Quaesitor Sartor.

"Meus Tata ne uno quidem digito attigit me per totam meam vitam," inquit cum animi constantia. "ne uno quidem digito attigit me."

Attici ocularia paulum lapsa in naso sursum movit. "Commorationem bonam habuimus, Domina Maiella, et nunc, credo, ad causam procedere debemus. dicis te rogavisse Thomam Rubeculam ut confringeret aliquid—quid erat?

"Armarium vestiarium, id est arca quaedam vetula quae cistellas altero latere continet."

"Thomamne Rubeculam bene noveras?"

"Quid dicere vis?"

"Dicere volui hoc: tune noveras quis esset, ubi habitaret?"

Maiella adnuit. "Sapii quis erat, praeteribat casam nostram quotidie."

"Primumne hoc die eum rogavisti ut intra saeptum veniret?"

Quo audito Maiella paulum tremuit. Atticus ad fenestras iter suum faciebat. id quod antea: aliquid rogabat, deinde per fenestram spectans morabatur dum responsum daretur. eam tremere non vidit, sed tremorem eius adnotasse mihi videbatur. iterum "Primumne—" inquit.

"Sic."

"Nonne prius rogavisti eum ut intra saeptum veniret?"

Nunc parata est. "Non rogavi, edepol non rogavi."

Atticus tranquille "Si semel negas," inquit, "satis est. numquamne eum prius rogavisti ut tibi beneficium aliquod redderet?"

Hoc cessit. "Fortasse," inquit, "complures Aethiopes circumibant."

"Plures occasiones fortasse meminisse potes?"

"Nequeo."

"Esto. nunc ad eventum procedamus. nonne dixisti postquam te vertisses Thomam Rubeculam a tergo tibi fuisse?"

"Sic."

"Nonne dixisti eum cervicem tuam tenuisse, vocesque impias et spurcas iactavisse?"

"Sic."

Atticus subito accurate meminisse videbatur. "Nonne dicis 'Me cepit, et strangulavit, et abusus est!'"

"Sic."

"Meministine eum faciem tuam contudisse?"

Testis haerebat.

"Satis meministi, credo, eum te strangulavisse. per omne tempus repugnabas, memento? Nonne tu 'calcitravisti, clamavisti quam maxime!' meministine eum faciem tuam contudisse?"

Maiella silebat. clarius aliquid sibi facere videbatur. brevi tempore etiam credebam eam quoque homunculum antepositum in animo talem fingere, qualem ego Dominusque Tata. ad Dominum Gilmerum spectavit.

"Facile est ad interrogatum respondere, Domina Maiella, itaque rursus conabor. meministine eum faciem tuam contudisse?" Attici non iam voce iucunda, sed arida, aequa, iuridiciali, loquebatur. "Meministine eum faciem tuam contudisse?"

"Non memini an contudit me. immo dicere volo 'sic, memini, contudit me.'"

"Haecne secunda sententia responsum est tuum?"

"Quidnam? sic, contudit—sed non memini, modo non memini . . . celerius accidit."

Quaesitor Sartor vultu severo Maiellam intuitus est. "Noli lacrimare, o bona—" quod loqui incipiebat, cum Atticus "Lacrimet si libet, " inquit, "o Quaesitor. prorsum tempus omne habemus."

Maiella patulis naribus iram ostendit, et ad Atticum spectavit. "Quidquid rogabis, respondebo—ecastor vin' locare me hic et ludere me? quidquid rogabis, respondebo—"

"Bene est," inquit Atticus. "pauca modo adhuc roganda sunt. o Domina Maiella, ne nos taedeat, testata es reum te contudisse, te cervice rapuisse, te strangulavisse, te abusum esse. quis re vera haec omnia fecerit cupio te certum habere. indica, sodes, eum qui te stupro violavit."

"Indicabo. eccum!"

Atticus ad reum se vertit. "Mi Thoma, surge. sine Dominam Maiellam te longe inspicere. eum esse dicis, o Domina Maiella?"

Thomae Rubeculae umeri fortes sub tenui camisia undare videbantur. ad pedes surrexit et dextra sellae innitente astabat. tamquam inaequalis esse videbatur, sed non propter statum. bracchium sinistrum brevius duodecim unciis dextro praebebat, quod membrum resolutum ad latus demissum est. manus pusilla et flaccida et arida bracchio extremo erat. quod membrum omnino inutile ei esse intellexi, quamvis procul in maenianis essem.

Iem commotus, "Scytha," inquit, "ecce, mi Scytha! ecce, Reverende, mancus est ille!"

Reverendus Ficus ad Iemem incumbens cum susurro, "Bracchium illud," inquit, "ei oppressum est instrumento quodam quo lana xylina purgatur; ubi puer erat laesus est instrumento Adolphi Raimondi. haud multum afuit quin tanto e vulnere sanguine effuso mortuus sit . . . musculi lacerti eius omnes ex ossibus evulsi sunt—"

Atticus "Is est," inquit, "qui te stupro violavit?"

"Edepol est."

Quod proxime eam rogavit unum solum erat verbum. "Quomodo?"

Maiella iratissima erat. "Quomodo fecit nescio, sed fecit quidem—dixi quod tam celeriter accidit ut—"

"Tranquille cogitandum est nobis—" Atticum tamen loquentem

interrupit Dominus Gilmer quod ille inique testem interrogaret: omnia ad rem, omnia ad haec esse, nihilominus testem ab Attico minaciter terreri.

Quaesitor Sartor plane risit. "Ohe! conside, o mi Horati," inquit, "nihil eiusmodi facit. immo Atticum terret testis."

Nisi quaesitor nemo in iudicio erat qui risit. etiam infantes ita tranquilli erant, ut me rogarem num ad matrum mammas oppressi essent.

"Agedum," inquit Atticus. "Domina Maiella, testata es reum te strangulavisse et te contudisse—negavisti eum a tergo obrepsisse et te prostravisse, dixisti tamen te vertisse et ecce illum adesse—" Atticus ad mensam suam revenerat, quam pugno indentidem pulsabat ut verba premeret. "—visne aliquid e testimonio mutare?"

"Vin' me dicere aliquid quod non accidit?"

"Non quidem, domna. quod accidit volo te dicere aliquid. dic nobis iterum, sis, quid accidit?"

"Iam dixi tibi quid accidit."

"Testata es te vertisse et ecce illum adesse. inde te strangulavit?"

"Sic."

"Deinde faucibus resolutis te contudit?"

"Dixi quod ita fecit."

"Sinistrumne oculum tuum ille dextra sua suggillavit?"

"Devitavi dextram eius. dextra rasit—transiens testam meam rasit. id est quod accidit. devitavi dextram quae rasit me." Maiella tandem lumen viderat.

"Subito rem clarius vides. at dudum rem tam clare non recordata's?"

"Dixi quod iste contudit me."

"Esto. nonne te strangulavit, te contudit, te stupro violavit?"

"Edepol ita est."

"Puella es corpore robusta, quid eo tempore faciebas? ibi modo morabaris?"

"Dixi quod clamabam, calcitrabam, pugnabam—"

Atticus ocularibus depositis, oculum qui bonus erat dextrum ad testem vertit, et plurima rogabat. Quaesitor Sartor, "Singillatim," inquit, "o Attice, interrogandum est. testi tempus respondendi permitte."

"Esto. cur non cucurristi?"

"Conabar . . ."

"Conabaris? quid te prohibuit?"

"Ego—me prostravit. id est quod accidit. prostravit me et insiluit."

"Constanter clamabas?"

"Edepol clamabam."

"Cur tandem ceteri te non audiverunt pueri? ubi erant? ad sterquilinium?"

Nil respondit.

"Ubi erant?"

"Cur clamoribus tuis non fecisti ut illi cursu venirent? nonne propius sterquilinium vobis quam silvae?"

Nil respondit.

"An clamavisti priusquam patrem ad fenestram vidisti? an prius clamare tibi placuit?"

Nil respondit.

"An propter patrem potius quam propter Thomam Rubeculam primum clamavisti?"

Nil respondit.

"Quis te contudit? utrum pater an Thomas Rubecula?"

Nil respondit.

"Quid pater per fenestram vidit, utrum stuprum an stupri optimam defensionem? cur vera non dicis? nonne Robertulus Evellus te contudit?"

Cum se a Maiella verteret, videbatur stomacho laborare, sed Maiella vultu suo terrorem rabie commixtum praestabat. Atticus defatigatus consedit et ocularia sudario detersit.

Subito Maiella loquacior facta est. "Cupio dicere aliquid," inquit.

Atticus caput levavit. "Cupisne nobis dicere quid acciderit?"

Misericordiam tamen qua Atticus in voce sua utebatur illa non audivit. "Cupio dicere aliquid, quod ubi dixi, plura non dicam. ecce Aethiops iste abusus est me, et si, o vos boni et doctissimi, non vultis facere aliquid de hac re, vos, o cussilires, estis omnes homines timidissimi et ignavissimi et nequissimi. flocci non facio illecebras fatuas tuas. flocci non facio blanditias cum arrides me appellans domnam vel Dominam Maiellam, o Domine Fringilla—"

Tum re vera ad lacrimas iit. umeros singultu irata quatiebat. quod promiserat effecit. ad rogata plura respondere iam noluit, quamvis Dominus Gilmer ut ad viam reveniret suadere conaretur. si adeo pauper et indocta non fuisset, Quaesitor Sartor in carcerem misisset quod in iudicio omnes contemptui haberet. illi nescioquomodo Atticus plagam vehementem inflixit, sed nihil voluptatis sibi ceperat. demisso sedebat capite, neque ullum vidi hominem cuius ex oculis acribus tantum odii micaret quantum Maiellae, cum sede testandi relicta Attici mensam praeteriret.

Postquam quaesitori Dominus Gilmer accusatores satis fecisse dixit, hic "Iam omnibus quidem satis est. decem minutarum intermissionem capiemus."

Atticus et Dominus Gilmer convenerunt ante suggestum et susurrabant. deinde e conclavi per ianuam quandam exierunt quae a tergo sedis testandi sita est. id quod omnibus nobis signum erat pandiculandi. artus meos cum in longi subsellii margine tamdiu sederem paulum torpore hebetare cognovi. Iem surrexit et oscitatus est, Dill idem egit, et Reverendus Ficus faciem petaso detersit. tempestatem nimis aestuosam esse ait.

Dominus Braxton Silvestris, qui tacite in sella scriptoribus ephemeridum reservata sedebat, et testimonia cerebro illo spongioso combiberat, oculis acerbis ad maeniana ubi Afri sedebant levatis, me forte conspexit. fremuit et oculos demisit.

"Iem," inquam, "Dominus Silvestris nos conspexit."

"Nihil ad nos. Attico non narrabit; in pagina sociali *Tribuni* modo rem proferet." ad Dillonem se revertit ut litis res maximi momenti explicaret, credo. sed me rogabam quae essent res illae. controversiae non fuerant longae inter Atticum Dominumque Gilmerum; accusator Dominus Gilmer invitus esse videbatur; nemo fere oratores deterrebat ne testes naso ducerent velut asinos. Atticus tamen olim nobis dixerat si quis iurisconsultus in Quaesitoris Sartoris iudicio testimonium stricte construeret, fore ut ipse ad finem stricte a quaesitore destrueretur. quam rem mihi ita explicavit: etsi Quaesitor Sartor iners esse vel in somno rem gerere videretur, iudicia eius rarius restituta esse; placentam enim edendo probari. Atticus dicebat eum quaesitorem bonum esse.

Mox Quaesitor Sartor revenit, et ad sellam versatilem ascendit. e sinu sigarrum extractum diligenter inspexit. Dillonem pugno pulsavi. sigarrus a quaesitore approbatus morsum saevum accepit. ut explicarem, "Aliquando huc venimus ad eum spectandum," inquam. "ad hoc, vide me, tempus reliquum pomeridianum aget. ecce, specta." inscius quantum desuper ab omnibus inspiceretur, Quaesitor Sartor sigarrum extremum iam disiunctum atque ad labra scienter impulsum 'fluc' sonum emittendo ab ore disposuit. vas sputatorum tanta subtilitate ferivit ut scloppum e decursu audiremus. "Mehercle praeclarus fuisset puer, credo, cum sputi pilulis." Dill ita murmurabat.

Ut fit, per intermissionem omnes ad auras exire solebant; hodie tamen nemo movebatur. Fuci otiosi etiam illi, qui minores natu pudore afficere ut sellas relinquerent non potuerant, adhuc ad parietes stabant. Dominus Hector Tata, credo, latrinam publicam ad usum ministrorum iudicii reservaverat.

Atticus et Dominus Gilmer revenerunt, et Quaesitor Sartor ad horologium suum spectavit. "Ad horam quartam est," inquit, id quod mirum mihi quidem visum est; quamquam horologium publicum horis duabus saltem sonuerat, nec audiveram nec tremores eius senseram.

"Etiamne post meridiem rem hodie perficere possimus?" inquit Quaesitor Sartor. "Quomodo tecum, mi Attice?"

"Possumus, credo," inquit Atticus.

"Quot habes testes?"

"Unum."

"Age. voca eum."

XIX

Thomas Rubecula digitis suppositis sinistram dextra sublevavit. manum manu ad Biblia rexit, quorum tegumentum atrum sinistra molli et debili tangere conatus est. cum dextram tolleret, sinistra inutilis a libro delapsa mensam scribae percussit. rursus idem conficere conabatur, cum Quaesitor Sartor fremitu edito, "Satis est, o Thoma," inquit. Thomas iusiurandum iuravit, et ad sedem testandi processit. Atticus celerrime eum adduxit ut nos certiores de his rebus faceret: Thomam viginti quinque annos natum esse; cum tribus liberis maritum; legem prius violavisse: olim triginta dies in carcere egisse quod intemperantia se gessisset.

"Sane intemperantem te praebuisti," inquit Atticus. "quomodo?"

"Implicatus fui certamine cum alio homine. is conatus est secare me."

"Potuitne te secare?"

"Ita vero, domne, sed paulum. non doluit mihi, quod ecce—" Thomas umerum sinistrum movit.

"Ita vero," inquit Atticus. "ambone in pari peccato convicti estis?"

"Ita vero, domne. ego ductus fui in carcerem quod nequivi solvere pecuniam, ille solvit suam."

Dill ad Iemem incumbens rogavit quidnam Atticus ageret. ille dixit Atticum iudicibus monstrare quomodo Thomas nihil celaret.

"Maiellamne Violam Evellam cognovisti?" inquit Atticus.

"Ita vero, domne. opus erat locum eius quotidie praeterire ubi ad agrum ibam et ubi ex agro redibam."

"Cuius agrum?"

"Carpo gossypium pro Domino Linco Dea."

"Num mense novembri carpebas?"

"Non ita, domne. tempore autumnali et per hiemem servio in horto eius. servio constanter totum annum. habet multos arbores caryas inter alia."

"Dicis tibi necesse eunti et redeunti locum Evellorum praeterire operae causa. an fieri potest ut alia via eas?"

"Non ita, domne. nulla via'st alia quam scio."

"Mi Thoma, umquamne illa tecum locuta est?"

"Ita vero, domne. levabam petasum meum ei praeteriens, et quodam die me rogavit venire intra septum et confringere armarium vestiarium sibi."

"Quando te rogavit ut armarium illud confringeres?"

"Domine Fringilla, rogavit iamdudum vere proximo. memini quod messis erat et sarculum habebam mecum. dixi quod nil habebam praeter hoc sarculum, sed ea dixit quod asciam habebat. dedit mihi asciam et confregi armarium. ea ait: 'Nonne tibi vicesimam dare necesse'st, putan'?' et ego dixi, 'Non, domna, nullum'st pretium.' tum ii ad casam meam. Domine Fringilla, vere erat proximo iamdudum, ad unum annum abhinc."

"Locumne posthac intravisti?"

"Ita vero, domne."

"Quando?"

"Saepe quidem intrabam."

Quaesitor Sartor sponte malleolum suum sublaturus erat, sed manum demisit. murmur quod infra audiebatur sine auxilio eius oppressum est.

"Qua ratione?"

"Quid?"

"Cur saepe intra saeptum ibas?"

Thomas Rubecula fronte remissa, "Illa intrare rogabat me, domne. quotiens illic praeteribam, credo, habebat operae aliquantulum quod facere poteram; puta lignum frangere, aquam trahere. irrigabat flores illos rubros quotidie—"

"Pecuniamne accipiebas propter operam tuam?"

"Non, domne, postquam prima occasione obtulit mi vicesimam. mi libebat facere hoc, nec Dominus Evellus nec pueri ferebant auxilium ei, ut visum'st, et scivi quod super habebat vicesimas nullas."

"Ubi erant ceteri pueri?"

"Semper aderant, ubique. alii spectabant me laborantem, alii sedebant in fenestra."

"An tecum loquebatur Domina Maiella?"

"Ita vero, domne, mecum loquebatur."

Dum Thomas Rubecula testificatur, intellegebam Maiellam Evellam ab humana gente omni desolatam esse si quis alius in orbe terrarum. ne Bous quidem Radleius aeque ac illa desolatus erat qui viginti quinque annos aedes suas non reliquisset. cum Atticus eam rogavisset num amicos amicasve haberet, primo quid dicere vellet non intellegere visa est, posthac credere eum se ludificari. tam erat tristis, credo, quam liberi quos mixtos Iem appellabat: quod apud porcos viveret albi homines cum ea versari nolebant, Nigri quod alba esset. Domini Adolphi Raimondi ritu vivere non potuit, qui cum Nigris vitam agere mallet, quod nec fluminis ripam possideret neque a gente bona et vetere orta esset. nemo dicebat "mos tantum est illis" cum de Evellis loqueretur. Maicomenses sportulas natalicias offerebant, pecuniam socialem dabant, ad eos tergiversati sunt. Thomas Rubecula, credo, homo erat qui solus eam honeste umquam tractavit. illa tamen dixit eum se abusum esse; atque ubi surrexit ad eum quasi sub pedibus caenum esset despiciebat.

Atticus cogitationem meam tacitam interpellavit. "Locumne umquam Evellorum intravisti," inquit, "an in loco umquam Evellorum pedem posuisti nisi quis eorum ut intrares te plane et aperte invitavit?"

"Non quidem, o Domine Fringilla, numquam ita feci. non is sum, domne, qui vult ita facere."

Atticus aliquando affirmabat hanc viam et rationem esse cernendi utrum testis mentiretur an verum diceret: auscultare magis quam spectare. quam rem experta sum—ter negationem suam Thomas uno spiritu volvit; at adeo tranquille sineque querimonia locutus est, ut ei contra sententiam meam crederem, quamquam nimis negaverat. Niger honestus esse videbatur, et Niger honestus numquam in hortum alicuius sua sponte iniisset.

"Thoma, quid tibi vesperi accidit die ante diem duodecimum Kalendas Decembres anni proximi?"

Deorsum spectatores omnes animam continuerunt et e sellis modo procubuerunt. a tergo Afri idem fecerunt.

Thomae cutis atra et cineracea erat velut textile molle et bombycinum, atratum sed non nitidum. oculorum album in vultu emicabat, et cum loqueretur, dentes candidi fulgebant. si non mancus, vir pulcher et praeclarus fuisset.

"O Domine Fringilla," inquit, "illo die vesperi ibam ad casam meam ut solebam, et ubi praeteribam locum Evellorum, ecce Domina Maiella erat in porticu ut ipsa ait. mirum erat silentium nec sciebam quor. cogitabam quor, et praeteribam, quom ille rogavit me intrare et se paulum iuvare. porro, intravi intra septum et circumspectavi inventurus lignum quod confringendum erat, sed ligni non vidi, et illa ait: 'Non, sed habeo aliquid tibi quod in casa faciundum'st. ianua vetula est e cardinibus et mox autumnus aderit.' 'Domna Maiella,' inquam, 'haben' instrumentum quo cochleas extorquere possum?' ait quod certum habebat. porro, ascendi gradus, et illa indicavit mi intrare, et intravi in cellam et inspexi ianuam. aio 'Domna Maiella, haec ianua videtur esse bona, traxi huc illuc et illae cardines fuere bonae.' tum clodit ianuam contra me. Domne Fringilla, me rogabam quor tantum erat silentium, et deprehendi quod nulli pueri ilico aderant, ne unus quidem, et aio 'Domna Maiella. ubi pueri?'"

Thomae cutis atra iam nitebat, et manu faciem detersit.

"Aio ubi pueri?" inquit, "et illa quodam modo ridebat et ait quod omnes iere ad oppidum capturi gelata. 'Reservabam omnes meas vicesimas totum annum ad rem, sed rem perfeci. omnes iere ad oppidum.'"

Thomas vexari apparebat sed non propter aestum. "Quid posthac dixisti, Thoma?" inquit Atticus.

"Aio aliquid huiusmodi: 'Domna Maiella, vere callidissima's indulgens eis.' et illa ait: 'Credin'?' timebam quod forte illa non prehendit animum meum. volebam dicere quod illa callida erat quod ita reservavit pecuniam, et benigna erat quod indulsit pueris."

"Te accepi, Thoma. procede," inquit Atticus.

"Esto. aio quod potius oportet me redire ad meam casam, non possum aliquid facere adiuturus, et illa ait 'Immo potes,' et rogo 'Quid?' et ait 'Em ascendito in illam sellam, et cedo mi illum cadum de summo armario.'"

"Non idem armarium sane quod confregisti?" inquit Atticus.

Testis leniter ridebat. "Non idem, domne, aliud tamen. en paene tam altum erat quam cella ipsa. equidem faciebam quid rogavit, et porrigebam manum, quom illa complexa'st crura mihi, quod nullo modo provideram. illa complexa'st mea crura, Domne Fringilla. me multum terruit itaque desiliens everti sellam. ubi discessi, ea res erat sola, nil nisi ea supellex sola turbata'st in ea cella, Domne Fringilla. pro Deus do iusiurandum."

"Quid accidit postquam sellam evertisti?"

Thomas Rubecula loqui omnino desiverat. ad Atticum breve circumspectavit, inde ad iudices, inde ad Dominum Silvestrem qui in extremo conclavi sedebat.

"Thoma, iuravisti te totum verum dicturum. vin' dicere?"

Thomas os manu anxie tersit.

"Quid accidit posthac?"

"Respondendum est tibi," inquit Quaesitor Sartor. tertia pars sigarri evanuerat.

"O Domne Fringilla, ego desilui de sella et me verti et illa quodam modo assultavit mi."

"Assultavit tibi? an vi usa est?"

"Non, domne, complexa'st me. illa complexa'st medium corpus mi."

Tunc Quaesitor Sartor malleolo vehementer mensam pulsavit; quo facto locus omnis lampadibus desuper forte illuminatus est. nondum tenebrae erant, sed post meridiem non iam per fenestras sole perfundebatur. Quaesitor Sartor cito spectatores turbatos refecit.

"Posthac quid egit?"

Testis voce summissa singultare velut strangulatus videbatur. "Illa distendit manum, et dedit mi savium ad genam. ait quod numquam prius saviata erat virum adultum, itaque in aequo'st saviari Aethiopem. ait quod nihili aestimabat quae tata secum fecerat. ait 'da mi savium ut do, Aethiops.' aio: 'Domna Maiella, fac exeam' et currebam, sed illa tenebat tergum suum ante ianuam, et necesse erat pulsare eam. nolebam laedere eam, o Domne Fringilla, et aio 'fac egrediar,' sed simulac aio, ecce Domnus Evellus iste per fenestram clamat."

"Quid hic dixit?"

Thomas Rubecula iterum strangulari visus est, et oculis apertius intentis, "Quod non decet dicere," inquit, "quod non decet pueros horum audire."

"Quid dixit, mi Thoma? narrandum'st. oportet te iudicibus prorsum enarrare quid dixerit."

Thomas Rubecula oculis stricte clausis inquit: "Ait: 'Heus tu, o scortum damnatum, necabo te.'"

"Posthac quid accidit?"

"O Domne Fringilla, tam celeriter currebam, itaque nescio quid accidit."

"Thoma, tune stupro Dominam Maiellam Evellam violavisti?"

"Non ita, domne."

"An tu aliquo modo eam laesisti?"

"Non ita, domne."

"An restitisti ei cum te assultaret?"

"Domine Fringilla, conatus sum. sine offensione conatus sum. nolebam eam offendere. nolebam eam pulsare vel laedere ullo modo."

In mentem hoc mihi venit: mores Thomae Rubeculae mutatis mutandis aeque boni erant ac Attici. donec pater meus postea rem explicavit, non intellexi quanto in discrimine Thomas versaretur: si mulierem albam contundere ausus esset, quodcumque re vera factum esset id nulli momenti fore; eum nil nisi mortem certam exspectaturum. itaque placuisse quam primum currere, quo facto se dignum condemnationis sane ostendisse.

"Thoma," inquit Atticus, "redi iterum ad Dominum Evellum. an dixit tibi aliquid?"

"Nil mi, domne. fortasse dixit aliquid, sed ego non adfui—"

Atticus interpellans acriter "Satis," inquit. "quidquid audivisti, quis erat quocum ille loquebatur?"

"O Domine Fringilla, loquebatur cum Domna Maiella et spectabat ad eam."

"Tu posthac cucurristi?"

"Cucurri quidem."

"Cur cucurristi?"

"Quod timebam, domne?"

"Cur timebas?"

"Domne Fringilla, si Aethiops esses mei similis, tu quoque timeres."

Atticus consedit. Dominus Gilmer ad sedem testandi incedebat, cum e spectatoribus Dominus Lincus Deas surrexit et nuntiavit:

"Cupio omnes vos iam iam cognoscere aliquid. puer ille mihi octo annos serviit, nihil mali exhibuit, nil mali."

"Tace, o audacissime!" Quaesitor Sartor expergefactus magna voce fremebat. et facies rubra facta est. mirabile dictu sigarrus non eum impediebat quin loqueretur. "O Lince Deas," clamavit, "si quid habes quod cupis loqui, loqui potes iureiurando obstrictus et tempore opportuno, sed pro re nata ex hoc iudicio abi, excedi, audin'? ex hoc iudicio abi, o vecors, excedi, audin'? male mihi sit si hanc causam iterum audiam!"

Quaesitor Sartor truces oculos in Atticum intendit, quasi eum ad verba provocaret, sed Atticus capite demisso in gremium ridebat. aliquid memineram: Atticus quondam enarraverat Quaesitorem Sartorem verba quaedam ex cathedra aliquando pronuntiavisse quae ultra vires essent, paucos tamen eorum qui eo tempore adessent eis obstitisse. ad Iemem spectavi, qui abnuit. "Si e iudicibus quis surgat et loqui coeperit, res alia sit. Dominus Lincus modo pacem turbabat, credo."

Quaesitor Sartor iussit et scribam si quid forte scripsisset post 'si Aethiops esses mei similis, tu quoque timeres' delere, et iudices interpellationem neglegere. ad alam mediam suspiciose spectavit et moratus est, credo, dum Dominus Lincus Deas discederet. deinde "Procede, Domine Gilmer," inquit.

"Nonne olim triginta dies in carcere egisti quod nimis intemperantia et incontinentia te gessisti?" inquit Dominus Gilmer.

"Sic, domine."

"Qualem speciem Aethiops ille praebuit postquam tu proelio defunctus es?"

"Equidem ab illo contusus fui, Domine Gilmer."

"Sane. sed tu convictus es?"

Atticus caput sustulit. "Levius erat delictum, et in tabulis scriptum est, o Quaesitor." defessi cuiusdam vox illa mihi visa est.

"Nihilominus, testis respondebit," inquit Quaesitor Sartor, qui aeque defessus videbatur.

"Sic, domne. triginta dies egi."

Certum habui Dominum Gilmerum cum sinceritate iudicibus hoc

narraturum: qui intemperantiae convictus esset, eum facile Maiella Evella abuti in animo habere potuisse, ob quam rationem solam suae rei esse. at tales rationes ad persuadendum magno usui erant.

"Rubecula, nonne una manu armaria et ligna confringere facile potes?"

"Sic, domne, credo."

"An ita manu vales ut feminam strangulare et ad solum trudere possis?"

"Hoc numquam feci, domne."

"Sed satis vales?"

"Credo, domne."

"Nonne, o puer, oculis appetentibus eam diu aspiciebas?"

"Non, domne, numquam eam aspexi."

"Nonne, o puer, valde comis eras qui pro ea tot et tanta confringeres et traheres?"

"Adiuvare eam conabar tantum, domne."

"Nonne valde benignus eras, cui opera tua domi essent postquam opus cottidianum confeceras?"

"Sic, domne."

"Cur haec tua non faciebas potius quam illa Dominae Evellae?"

"Utraque faciebam, domne."

"Scilicet valde operosus eras. quare?"

"Quare quid, domne?"

"Quare tu opera illius feminae facere ita studebas?"

Thomas Rubecula, responsum quaerens, haesitabat. "Illa habebat neminem qui poterat adiuvare, credo, ut aio—"

"Quamquam in loco aderant Dominus Evellus ipse septemque liberi, o puer?"

"Sic. aio quod illi numquam erant auxilio ei, ut mi videtur—"

"An tu nulla ratione omnia confregisti et operatus es nisi mera benignitate, o puer?"

"Conatus sum adiuvare, aio."

Dominus Gilmer iudicibus ore distorto ridebat. "Tu homo valde benignus esse videris. tune omnia haec faciebas ne uno quidem asse remuneratus?"

"Sic, domne. valde miserebar eam, illa videbatur dare plus laboris atque operae quam ceteri—"

"Scilicet tu quidem miserebaris illam? scilicet illam quidem tu miserebaris?" Dominus Gilmer videbatur ad laquearia ascensurus esse.

Testis se erravisse sensit et in sella se anxie movit. sed detrimentum acceptum est. responsum Thomae Rubeculae nullis placuit eorum qui deorsum sedebant. Dominus Gilmer diu moratus est dum hi cordi penitus haberent.

"Domicilium praeteribas ut solebas," inquit, "die duodecimo ante Kalendas Decembres, et illa te ad armarium vestiarium confringendum intrare rogavit?"

"Non, domne."

"An negas te domicilium praeterisse?"

"Non, domne. illa ait quod habebat aliquid mi quod faciundum'st in casa—"

"Illa dicit se te rogavisse ut armarium vestiarium confringeres, an ita est?"

"Non, domne, non est."

"Dicis igitur illam mentitam esse, o puer?"

Atticus surrexerat, sed Thomae Rubeculae eius non opus erat. "Non aio quod illa mentita'st, Domine Gilmer, aio quod illa mente errat."

Cum quae Maiella in testimonio suo dixerat iteraret, deciens Dominus Gilmer eum interrogavit, et deciens testis ille constans responsum idem reddidit: eam mente errare.

"Nonne Dominus Evellus te e loco depulit?"

"Non, domne. non censeo quod is depulit me."

"Non censes? quid dicere vis?"

"Volo dicere, non moratus sum dum depulit me."

"Libero quidem ore de hac re loqueris; cur tam celeriter cucurristi?"

"Quod timebam, aio, domne."

"Si bonae mentis conscientia tibi erat, cur timebas?"

"Ante aiebam, non erat tutum Aethiopi haerere in tali re."

"Tu tamen non haerebas—testatus es te Dominae Evellae resistere. an adeo timebas ne ea te laederet ut cucurreris tu, qui homo Afer tantae sis molis?"

"Non, domne, timebam quod ero in iudicio, uti sum nunc."

"An timebas in custodiam trahi, an timebas ne confitendum esset tibi quid feceris?"

"Immo, domne, timebam ne confitendum esset mi quid non faxim."

"An tu lingua procaci mihi uteris, o puer?"

"Non, domne, hoc non in animo'st meo."

Interrogationis Domini Gilmeri non plus audivi, quod Iem me Dillonem educere coegit. nescioqua ratione Dill lacrimare coepit, nec desinere poterat; primo tacite plorabat, sed mox eum plorantem nonnulli in maenianis audiebant. quoniam non solum Iem me vi cogere minatus est nisi cum eo libenter exirem, sed etiam Reverendus Ficus me exire oportere dixit, exii. Dill bene esse eo die mane visus erat, neque ullo modo aegrotare, sed nondum ab effugio illo se omnino collegerat, credo.

Postquam ad imos gradus pervenimus, "Nonne te bene habes?" inquam.

Ut cursu gradus meridionales descendebamus, Dill conatus est se colligere. in primo gradu Dominum Lincum Deam desolatum vidimus. qui "Ecquid accidit, Scytha?" inquit nobis praetereuntibus. "Non, domine," inquam ubi praeterii, "Dill hic aeger est."

"Exi sub arbores," inquam. "aestu afficeris, credo." quercum maximam petivimus et sub ea consedimus.

"Illum quidem ferre non potui," inquit Dill.

"Quem, Thomamne dicis?"

"Immo Dominum Gilmerum, qui interrogando eum ita urgebat, qui tanto odio eum alloquebatur."

"Mi Dill, hoc opus efficiendum est illi. quidni? hercle si accusatores non essent, defensores non haberemus, credo."

"Haec omnia scio, Scytha. interrogandi tamen ratione sua is me aegrum fecit, aegrum simpliciter."

"Eum ita se gerere oportet, mi Dill, iratus erat—"

"Non ita se gessit, ubi—"

"Mi Dill, illi quidem accusatoris testes erant."

"Esto. ita non se gessit Dominus Fringilla cum Maiellam et Dominum Evellum interrogaret. ille semper eum puerum vocabat, et eum obliqua oratione carpebat, et eo respondente ad iudices semper circumspectabat—"

"Esto, mi Dill, Aethiops est tantum."

"Flocci non facio. nefas est, nescioquomodo nefas est ita eos urgere. non oportet quemquam ita loqui—me aegrum facit."

"Hic modus operandi est Domino Gilmero consuetus; omnes enim reos ita interrogando urget. tu eum summa vi reum interrogare non iam vidisti. hercle, ubi—esto. dimidia parte tantum artis suae Dominus Gilmer urgere hodie visus est, mea quidem sententia. talibus verbis iurisconsulti urgere solent plurimi."

"Dominus Fringilla non solet."

"Is exemplum non est, mi Dill, est enim—" conabar e memoria quaerere verbum acre illud quo Domina Maudia olim usa est. mox memineram: 'idem est in iudicio et in vicis publicis.'"

"Hoc non in animo habebam," inquit Dill.

A tergo vox aliqua, "Quid tu in animo habeas equidem scio," inquit. quam credebamus ex arboris trunco venisse, sed Domini Adolphi Raimondi erat. "Ne dicas molli te animo esse; te aegrum facit simpliciter. an rem acu tetigi?"

XX

"Veni huc, mi fili, aliquid ad aegritudini tuae medendum habeo."
Cum homo pravus esset, Domino Adolpho Raimondo oboedire nolebam, sed Dillonem secuta sum. nescioquomodo putabam Attico non placiturum esse si Domini Raimondi amici fieremus, et Amitae Alexandrae pro certo habui displiciturum.

"Ecce," inquit, dum sacculum Dilloni chartaceum cum cannulis potoriis profert. "Perpota; te tranquilliorem faciet."

Dill cannulas sugebat, leniter ridebat, valde bibebat.

"Hahahae," inquit Dominus Raimondus quem pueros corrumpere evidenter delectabat.

Admonens, "O mi Dill," inquam, "caveto!"

Dill cannulas demisit et ridebat. "Scytha, nihil est nisi Cocacola."

Dominus Raimondus qui in herba iacebat ad arborem consedit. "Num vos parvuli me prodetis? famam meam pessum detis si ita faciatis."

"Dicis Cocacolam te bibere tantum in sacculo isto? Cocacolam simplicem?"

"Ita vero, domina." Dominus Raimondus adnuit. odorem eius dilexi. olebat alutam, equos, gossypium. cothurnos equestres gerebat anglicos quales numquam antea videram. "em hanc solam plerumque bibo."

"Simulas igitur te ebriosum—veniam abs te peto," me interpellavi. "non in animo habui—"

Dominus Raimondus nullo modo alienatus ridebat, et cum prudentia quadam aliquid rogare conata sum: "Cur agis ut agis?"

"Quam ob rem simulare soleam dicere vis? hem, facillimum est," inquit. "sunt quibus modus vivendi meus non placet. quod non curo an placeat, in potestate mea est imperare eis ut in malam rem abeant. at re vera non curo utrum placeat necne, sed ut in malam rem abeant nolo imperare. capisne?"

Dill egoque, "Non, domine," inquimus.

"Rationem eis dare conor, vide me. cum ad oppidum venio, id quod rarius accidit, si vacillo tituboque et ex hoc sacculo poto, homines dicere possunt Adolphum Raimondum in temeti potestatem teneri, proinde mores mutare nolle. proinde ita vitam agere, quod vitam corrigere non posset."

"Hoc probi non est, Domine Raimonde, simulare te praviorem esse quam es."

"Probi non est, sed hominibus commodissimum est. ut secreto tibi dicam, Domina Fringilla, homo potandi modicus sum, id quod, viden', illi numquam comprehendent. numquam comprehendere poterunt me ita vivere ut vivam quod ita vivere velim."

Sentiebam me non decere hunc hominem pravum auscultare, qui mixtos haberet liberos, cuique pensum nullum esset quis cognosceret. homo tamen iucundissimus mihi esse videbatur. nemini enim antehac obviam ieram qui sua sponte fraudem in se perfecerat. sed cur nobis rem illam privatissimam commiserat? quare rogavi eum.

"Quod pueri estis et intellegere potestis," inquit. "et quod audivi illum—"

Ad Dillonem capite nutavit. "Illius quidem naturam res hominum non iam superaverunt. cum paulo natu maior fuerit ea aegritudine non iam afficietur, non iam plorabit. illi forsitan res quaedam inaequa esse videatur, quam tamen non plorabit, si plures annos confecerit."

"Quam rem non plorabo, o Domine Raimonde?" Dill se masculum esse asseverabat.

"Non plorabis malam rem quam homo homini dat inscius, non plorabis malam rem quam homines albi hominibus Nigris dant, ne tantillum quidem morati ut hos quoque humani generis esse animo comprehendant. "

"Aethiopem fraudare quam hominem album deciens peius esse dicit Atticus," inquam, "quod dicit omnium pessimum esse."

Dominus Raimondus hoc negaturus erat, sed "O Domina Ioanna

Ludovica," inquit, "sane ignoras tatam tuum cottidianorum nullo modo esse hominum, id quod paucis annis circumactis forsitan intellegere possis; nondum enim homines satis experta es. ne hoc quidem municipium experta es, ut tamen experiaris, in basilicam reveniendum est modo. nihil aliud facere opus est."

Quo audito memini nos Domini Gilmeri percontationis audiendae occasionem ferme omittere. ad solem spectavi qui post tecta tabernarum ad fori partem occidentalem subinde obibat. hac urgebat lupus, hac canis angebat—nesciebam utro potius ruerem: utrum ad Dominum Raimondum an in Consessum Quintum Iudicialem. "Agedum, mi Dill," inquam, "te nunc bene habes?"

"Ita vero. mihi pergratum erat tecum convenire, o Domine Raimonde, et gratias ago tibi pro potione, quae animum meum optime tranquillavit."

Ad basilicam recurrimus, gradus duasque scalas ascendimus, in maeniana repsimus. Reverendus Ficus sellas nobis servaverat.

Conclave tranquillum erat, et rursus me rogavi ubi essent infantes. Quaesitor Sartor sigarrum suum, qui iam ad maculam fuscam contractus est, in medio ore tenebat; Dominus Gilmer ad mensam suam in tabella flava scribebat, scribendi celeritate scribam superare conans iudicialem qui stilum celeribus manus motibus propulsabat. cum murmure "Eheu," inquam, "percontationem omisimus."

Atticus iudicibus adhuc alloquens ad dimidiam partem orationis suae advenerat. scripta quaedam e capsa quae ad sellam posita est evidenter extraxerat, quia haec in mensa nunc iacebant. quae Thomas Rubecula inquiete contrectabat.

". . . sine testimonio ullo quod fidem afferret, hic vir capitalis rei accusatus iudicium nunc capitis subit . . ."

Iemem pugno impuli. "Quamdiu loquebatur?" inquam.

Iem cum susurro, "Testimonium modo recensebat," inquit, "et victuri sumus, Scytha mea. non potest fieri quin vincamus, vide me. ad quinque minutos iam loquebatur. rem tam apertam tamque facilem monstravit, em quam ego, credo, tibi monstrassem. rem adeo tute intellexisses."

"At Dominus Gilmer . . .?"

"St. nihil novi, more usitato. st. tace nunc."

Rursus despeximus. Atticus sine ira et studio loquebatur cumque eadem facultate non aliter quam si litteras dictaret. ante iudices lente huc illuc ambulabat, qui cum diligentia auscultare videbantur; capitibus allevatis iter Attici oculis sequebantur; quem eo pluris aestimabant, credo, quod verba ore non tonaret.

Atticus paulum interquievit, et aliquid inusitatum fecit. horologio catenaque abiunctis et in mensam dimotis, "Permissu iudicii—?" inquit.

Quaesitor Sartor adnuit, et subinde Atticus aliquid fecit quod numquam aut prius aut postea, aut secreto aut in publico facere vidi: colobio, subucula, focali solutis, paenulam etiam exuit. priusquam ad horam somni se exuebat numquam aliquid vestimenti solvere solebat, ut mihi fratrique tamquam nudus coram nobis stare videretur. horror nos spectantes occupavit.

Atticus manus in sinu condidit, et dum ad iudices revenit bullam auream ad cervicem vidi et acumina stili graphidisque lumine micantia.

"Iudices," inquit. Iem egoque iterum inter nos spectavimus: Atticus eadem voce "Scytha," dicere potuisset. vox enim eius ariditatem tranquillitatemque amiserat, et cum iudicibus loquebatur quasi cum hominibus qui in trivio ad sedem tabellariam circumirent.

"Iudices," inquiebat. "quam brevissime dicam, sed mihi placebit reliquo tempore vobiscum uti ut vos ita monerem: nec difficilem hanc rem, nec nodosa vobis subtilissime exploranda esse; necesse tamen ut pro certo reum illo crimine noxium esse sine ulla dubitatione haberetis. in principio haec causa numquam in iudicium adduci debuit. simplex est haec causa, ac velut nigrum albumque.

"Accusator ille qui pro re publica litem intendit a medico ne paululum quidem testimonii protulit, quo id scelus testaretur re vera factum esse, cuius accusatus esset Thomas Rubecula. hominum autem duorum testimonio confisus est quod non solum propter interrogationem in dubio maximo est, sed etiam a reo ipso contradictum est. reus non est noxius, noxius tamen est quidam qui in hoc conclavi adest.

"Nil nisi misericordia est mihi est erga illam quae prima pro re publica testata est. attamen non tanta est misericordia mea ut eam miserear quae suam ad noxam dimittendam periculum capitis hominem subire cogeret.

"Noxam dico, o iudices, noxa quia adducta est. scelus in se nullum admisit, sed morem maiorum antiquum patriumque rupit, morem illum nostrum qui tam severus est ut si qua violavit, e medio expellitur quippe quae nobiscum vivere indigna sit. paupertate crudeliter oppressa est et rerum ignorantia: quia tamen alba est homo, meum tamen non est misereri eam. quae optime intellegebat quantum in se peccatum admisisset, sed quod cupidines sibi magis valerent quam mos in quem peccabat, in peccando obduravit. obduravit, et quod postea fecit id nobis omnibus subinde usu venit. idem fecit quod virgines puerique ubique—conata est a se peccati indicium dimittere. in hac tamen re non adulescens erat quae illicitum aliquid celare conaretur: impetum fecit in eum cui nocuerat; necessitate quadam adducta est: illum enim seponendum, a sese semovendum, ab orbe terrarum tollendum. indicium peccati sui delendum.

"Quid peccati erat indicium? erat homo, Thomas Rubecula. Thomam igitur Rubeculam a sese semovendum esse. Thomam enim Rubeculam sibi cottidie referre quid fecisset. quid fecit? hominem Nigrum tentavit.

"Alba erat illa et tentavit Nigrum. aliquid fecit quod apud nos infandum est: Nigrum osculata est; non senem patruumve, sed Nigrum virilem et fortem et iuvenem. mos ille nullius erat momenti priusquam rupit, ruptus tamen in eam subinde illapsus est.

"Pater eius rem vidit, et de huius verbis reus testatus est. quid fecit pater? nescimus, sed argumentum nobis indicat Maiellam Evellam atrociter ab aliquo contusam esse qui sinistra manu sola plerumque usus esset. at quid fecerit Dominus Evellus nonnulla ex parte scimus: id enim fecit quod faceret quivis homo honestus religiosus constans et albus—mandatum iureiurando edidit, quod sane manu sinistra subscripsit, et ecce coram vobis nunc sedet Thomas Rubecula, qui iusiurandum manu ea dedit quam solam utilem habet—dextram dico.

"Itaque Nigrum hominem quietum et honestum et verecundum, qui demum temeritatis tantum praebuit ut albam feminam misereri ausus sit, verbis oportuit contendere contra duos albos. quales essent quove modo hi se in sede testandi gesserint renovare vobis non opus est mihi—ipsi vidistis. praefecto vigilum nostro excepto, omnes qui pro re publica testimonium dederunt, o iudices, cum ea audacia cumque ea arrogantia se vobis iudicioque hac ratione praestiterunt, quod non dubium esse sibi posuerunt quin vos testimonium suum accepturi essetis, non dubium esse quin vos, o iudices, secum de hac re prava consensuri essetis: Nigros mentiri cunctos, Nigros turpes natura esse cunctos, Nigros indignos esse qui cum mulieribus nostris versarentur cunctos. id quod scilicet nobis ponendum est de cunctis quibus par sit ingenium.

"Id quod, iudices, tam nigrum scimus mendacium esse quam Thomae Rubeculae cutem, mendacium quod vobis monstrare non opus sit. veritatem enim scitis et haec est veritas: sunt Nigri mendaces, sunt Nigri turpes, sunt Nigri indigni qui cum mulieribus versarentur et nigris et albis. at humano generi universo apta est haec veritas, neque unico hominum generi. non est vir in hoc iudicio quin aliquando mentitus sit, non est quin turpe aliquid fecerit; non vir in orbe terrarum est quin mulierem cum cupidine aliquando intuitus sit."

Atticus paulum interquievit, et sudarium extraxit. deinde ocularia deposita tersit; et alteram rem primo vidimus: numquam eum sudare videramus—is erat cui vultus numquam sudore difflueret, qui nunc rubidus nitebat.

"Una res addenda est mihi antequam discedo. Thomas Jefferson olim omnes homines dixit aequales creatos esse, quae verba Ianqui eaeque e sexu muliebre penes quas rei Washingtoniae administratio est in nos conicere student. sunt in hoc anno MDCCCCXXXV quibus placeat his sine circumiacentibus uti verbis quasi in omni re idonea sint. exemplum ridiculissimum quod mihi in mentem venit hoc est: ei qui a re publica ad pueros educandos praepositi sunt pueros stultos et ignavos cum strenuis impigrisque promovent. videlicet quod omnes aequales creati sint, educatores illi vobis graviter severeque narrabunt pueros relictos se inferiores esse credentes pessima pati. novimus quidem omnes homines ad eam rationem saltem non aequales creatos esse quam plures hortantur ut accipiamus. alii aliis calidiores sunt, alii meliorem rei prospere gerendae facultatem habent nobili genere nati; sunt qui plus faciant pecuniae, sunt mulieres quae meliores coquant placentas—sunt qui natura se ingeniosos ultra plerosque homines praestent.

"Una tamen est ratio in patria nostra qua omnes aequales creati sunt—unum est institutum humanum quod pauperem cum Rockefeller aequalem facit, quod stultum cum Einstein, quod indoctum cum professore. quod institutum est iudicium, sive iudicium summum Civitatum Foederatarum, sive iudicium decurionale quod in terra obscurissimum sit, sive iudicium hoc honoratum cui servitis. iudicia nostra vitia eadem praebent quae omnia hominum instituta, iudicia tamen in nostra patria cunctos in cunctis rebus exaequant, atque in iudiciis quidem nostris omnes homines aequales creati sunt.

"Haudquaquam imaginem summae perfectionis singularem de virtute iudiciorum nostrorum iudicumque mente mea concepi— immo mihi quidem haec virtus non est imago, sed res vera, quae vivit et magna efficit. o iudices, est nullum iudicium melius quam unusquisque qui iudex coram me hic sedes. tanta iudicio fides est quanta iudici unicuique, et iudicibus quanta viris ipsis qui selecti sunt. confido vos, iudices, testimonia quae audivistis sine ira et studio recensuros, rem iuste disceptaturos, reum hunc familiae reddituros. pro Deus, perfungimini munere."

Atticus voce summissa aliquid a iudicibus aversans dixit quod audire nequivi. potius sibi loquebatur quam iudicio. Iemem pulsavi. "Quid dixit?"

"'Pro Deus, perducimini ad eum.' hoc dixit, credo."

Dill subito procubuit et manu vestem Iemis traxit. "Eccam!"

Animis demissis digitum eius spectavimus. Calpurnia per mediam alam ambulabat, ad Atticum prorsum incedens.

XXI

Calpurnia ad cancellos timide constitit et ibi morata est dum a Quaesitore Sartore animadverteretur. encombomate mundissimo praecincta est, et involucrum manu tenebat.

Quaesitor Sartor eam conspexit; "Nonne Calpurnia es?" inquit.

"Sic, domine," inquit. "licetne mihi epistulam Domino Fringillae mandare, sis, o domine? nihil pertinet, nihil ad iudicium."

Quaesitor Sartor adnuit et Atticus a Calpurnia involucrum cepit. quo aperto lectaque epistula, "O Quaesitor," inquit, "haec epistula a sorore mea data est. scribit liberos meos domi non adesse, a meridie non visos, sis, amabo, licetne?—"

"Equidem scio ubi sint, Attice." Dominus Silvestris eloquebatur. "Eccos cum Afris in maenianis—ibi post meridiem usque adfuerunt ex hora prima minuta duodevicesima."

Pater noster se vertit et sursum intuitus est. cum clamore "Iem, istinc descende," inquit. deinde aliquid quaesitori dixit quod non audivimus. Reverendum Ficum transcendimus et ad scalam processimus.

Atticus Calpurniaque nobis deorsum obviam ierunt. Calpurnia irata visa est, Atticus autem defessus.

Iem valde commotus saliebat. "Nonne vicimus?"

Atticus breviter, "Nescio", inquit. "At vos hic post meridiem usque adfuistis? domum ite cum Calpurnia, et cenam habete, et domi manete."

"O Attice, obsecro, sine nos revenire," inquit Iem. " sententiam sine nos audire, amabo, precor tibi, o domine."

"Fortasse mox iudices exibunt et redibunt, nescimus—" intellegebamus tamen Atticum severitatem suam remissurum esse. "Esto. omnia audivistis: liceat vobis reliqua audire. age vero, post cenam revenire licebit. facite nunc ut lente edatis; nihilo enim momenti privati eritis—si iudices adhuc non redierint, opperiri nobiscum poteritis. sed finitum erit, opinor, priusquam reveneritis."

"Putan' eos tanta celeritate eum absoluturos?" inquit Iem.

Atticus ad respondendum hiscebat, sed ore operto discessit.

Precabar mihi ut Reverendus Ficus sellas nostras servaret, sed precari desivi postquam memineram plurimos ad se reficiendos e sellis dum iudices abessent surgere solere—hac nocte tabernam, cauponam, hospitium gregatim frequentaturos esse, nisi forte cenam quoque secum tulissent.

Calpurnia fecit ut domum iter maturaremus: "—deglubendi vos omnes vivi! heu, vos in tantum malum incidisse! ut pueri talia audiretis! o Domine Iem, num adeo mentis inops es ut sororem parvulam ad iudicium istud ducas? Dominam Alexandram vis morbi subita et ingens urgebit, cum cognoverit! pueros non decet audire . . ."

Vicus illuminatus est, et Calpurniae faciem obliquam et iracundam videre poteramus dum lanternas praeterimus. "O Domine Iem, prudentiorem credebam te quam ut illam, quae soror parvula sit, in tantum discrimen mitteres. quonam consilio, o inepte? quonam proposito? nonne te admodum pudet? nonne rubore afficiendus es? adeone es mentis inops?"

Exhilarata sum gaudio immodico. tot acciderant quot multos annos mihi tractanda et cogitanda esse sentiebam, et nunc ecce Calpurnia Iemem suum praeclarum vehementer castigabat—quid novi vel miri vesperi eventurum esset?

Iem arridebat. "Nonne vis de re illa audire, o Calla?"

"Tace, o improbe. em cum te oportet summisso capite pudere, tum rides—" Calpurnia minas renovabat nonnullas quae iamdudum nimis torpuerant: quibus Iem ad paenitentiam haudquaquam adductus est. cum anticos gradus velo dato ascenderet, in eum iaculata est crambem illam recoctam: "Si Dominus Fringilla te non pulsabit, sane a me vapulabis. i in casam, verbero."

Intravit cum risu Iem, et Calpurnia sine verbis permisit Dilloni ut ad cenam maneret. "Dominam Rachelem te oportet statim telephonare, ut eam certiorem facias ubi sis," inquit. " ad te quaerendum ubique trepidabat—caveto ne te mane Meridianum remittat."

Amita Alexandra nobis convenit, et paene collapsa est ubi Calpurnia eam certiorem fecit ubi fuerimus. postquam ei narravimus Atticum dixisse licere nobis revenire valde turbata est, credo, quia nil per cenam locuta est. cibum modo in patella huc illuc motum tristi vultu intuita est, dum mihi et Iemi et Dilloni cenam fert Calpurnia, sed animose et vehementer. dum lactis fundit, vel pomorum terrestrium acetariorum pernaeque apponit, modo mollius modo validius "vos dedecet" murmurabat. "Age nunc. lente edite." iussum hoc erat ultimum.

Servaverat quidem sellas Reverendus Ficus. mirum nobis visum est quod ad horam unam tantum afueramus, mirumque quod iudicium invenimus nullo modo mutatum, nisi quod sedes testandi vacua erat, aberatque reus; afuerat etiam Quaesitor Sartor; regressus est tamen dum consedimus.

"Nemo fere se movit," inquit Iem.

Reverendus Ficus, "Paulum se moverunt," inquit, "cum iudices exissent. viri cenam uxoribus apposuerunt, hae infantes aluerunt."

"Quamdiu e conclavi iudices?"

"Ad semihoram. Dominus Fringilla Dominusque Gilmer paulum locuti sunt, et Quaesitor Sartor iudicibus commisit ut ad rem deliberandam exirent."

"Quomodo hic se gessit?"

"Quid dicis? eia, haud male quidem. non querendum est—se valde aequum praebuit. nescioquomodo eis dixit si huic crederent, aliam sententiam dandam esse, si tamen illi, aliam. aestimabam eum paulum ad nostros inclinari—" Reverendus Ficus caput scabebat.

Iem leniter ridebat. sane cum sapientia, "Inclinari non debet, o Reverende," inquit, "sed ne metuas, nam vicimus. ob testimonia quae audivimus, vide me, iudices non possunt eum condemnare."

"Ne tantam fidem habeas rerum nostrarum, Domine Iem, iudices numquam vidi qui Nigri hominis causae magis quam albi faverunt . . ." sed Iem cum Reverendo Fico dissentiebat, et nobis coacti sumus eum testimonia recensentem audire, sententiamque suam quam de lege stupri vi inferendi habebat accurate dicentem: stuprum non esse si femina tibi permitteret, sed necesse ut duodeviginti annos nata esset, in Alabama quidem, Maiellamque undeviginti natam. debes clamare et ululare, ut videtur, et opprimi et calcari, vel potius ictu ultimo confici. sin minus sis annis duodeviginti nata, non necesse haec omnia pati.

Quae Reverendo Fico non placebant. "O Domine Iem," inquit. "non istam decet dominulam de talibus rebus audire ..."

"Ohe," inquit Iem, "ea de quae disserimus non intellegit. Scytha carissima, nonne natu minor es quam ut haec intellegas?"

"Non hercle vero, quae dicis omnia verba intellego." fortasse nimis ei persuasum est, quia Iem tacuit nec de re postea umquam locutus est.

"Quota hora est, o Reverende?" inquit.

"Ad horam octavam."

Deorsum intuita Atticum manibus in sinu positis perambulantem vidi: fenestris circuitis, praeter cancellos ad sedem testandi accessit. quam spectavit, Quaesitoremque Sartorem in throno inspexit, inde quo profectus est regressus. cum mihi animadvertisset, ad eum manum iactavi. quo signo viso, mihi nutavit et peregrinationem suam resumpsit.

Dominus Gilmer ad fenestras stabat et cum Domino Silvestri loquebatur. Bertus, scriba iudicialis, perpetue fumabat: recumbebat pedibus in mensam positis.

Ministri tamen illi iudiciales, vel eorum utique qui aderant, id est Atticus, et Dominus Gilmer, et Quaesitor Sartor qui graviter dormiebat, et Bertus, soli se usitato more gerebant. numquam in basilica conventum hominum ita celebrem videram qui tam tranquillum se praestitit. interdum infans quidam morose vagiebat, et puer se subito abripiebat; puberes tamen omnes quasi in ecclesia taciti sedebant. Afri in maenianis sedebant circumstabantque cum patientia tamquam Iobi illius qui tot et tanta in Bibliis passus est.

Horologium basilicae vetus breviter ut fit parturiebat, atque hora octiens indicata clangorem tantum emisit ut nobis ilico aures exsurdaret ossaque tremefaceret.

Ubi undeciens clangebat, non iam rerum sensus habui: fessa quod sopori tamdiu resistebam mihi somno brevi uti permisi, innisa Reverendi Fici umero bracchioque consolanti. statim experrecta sum, et dehinc vigilare consulto conabar deorsum spectando et animum meum defigendo ad capita eorum qui ibi sedebant: calva erant sedecim, et quae comam subrutilam praestabant quattuordecim, et quae fulva vel nigra ad quadraginta et—em subito aliquid in mentem mihi venit quod Iem quondam mihi explicaverat, cum de animi natura brevi tempore philospharetur: dixit si tot homines, quot stadium complerent, in unicam rem animum eadem ratione omnes defigerent ut exempli gratia arborem in silvis accenderent, fore ut arbor illa sua sponte ardesceret. cogitabam sine tamen gravitate num rogare possem omnes qui deorsum sedebant ut animos in Thomam Rubeculam liberandum defigerent; sed putabam eos nihil effecturos si tam fessi essent quam ego.

Dill graviter dormiebat, caput umero Iemis innisus, Iemque tacebat.

"Nonne diutissime adsumus?" inquam.

Cum laetitia quadam, "Ita vero," inquit.

"At opus esset ut dixisti modo quinque minutis."

Iem fronte contracta, "Sunt quae tu non intellegas", inquit, et ita fatigata sum ut disputare noluerim.

Scilicet paulum vigilabam: nisi tandem vigilassem, qui mihi irrepebat sensu non commota essem. hic sensus non dissimilis erat illius qui anno superiore hieme mihi accessit, et frigore tremebam quamquam tempus hac nocte aestuabat. sensus ille crescebat, dum frigidum in basilica aer factum est aeque ac mane quodam februario, cum aves mimicae silerent, cumque fabri villam novam Dominae Maudiae malleolis non iam tunderent, et cum eorum qui in vico nostro habitabant fores tam firmiter obditae essent quam fores loci Radleiani. hic via deserta et exspectans, illic basilica frequens et populo conferta. nox aestiva et aestuosa nihil differebat mane hiemali. Dominus Hector Tata, qui iudicium ingressus cum Attico loquebatur, perones potuisset gerere et lignatoris tunicam manuleatam. Atticus in tranquillo itinere suo se retinuerat, et pedem in sellae tigillum tulerat. cum Dominum Tatam loquentem auscultaret, manu lente femoris latus palpabat. exspectabam dum hic diceret "Cape eum, o Domine Fringilla" . . .

sed Dominus Tata dixit: "Hoc iudicium in ordinem veniet." voce magna et imperiosa locutus est, et qui deorsum sedebant capita subito allevaverunt. Dominus Tata exiit et cum Thoma Rubecula rediit. ad locum iuxta Atticum eum direxit, et ibi stabat. Quaesitor

Sartor se e somno ad subitam alacritatem excitavit et rectus sedebat, ad iudicum sedilia vacua spectans.

Quae postea evenerunt velut in somnio fieri mihi visa sunt. iudices enim in somnio redeuntes vidi, qui movebantur quasi sub aqua natarent, et vocem Quaesitoris Sartoris procul sonantem et exilem audivi. aliquid vidi quod nemo nisi filia iurisconsulti aut videret aut videre metueret; non aliter quam si Atticum spectarem in viam progredientem, sclopetum ad umerum levantem, lingulam digito propulsantem: spectarem tamen pro certo habens globos sclopeto vacuo inesse nullos.

Quem convicerunt reum ad eum iudices oculos numquam coniciunt; em nemo Thomam Rubeculam ex his iudicibus regredientibus aspectabat. iudex primus chartulam Domino Tatae tradidit qui scribae tradidit qui quaesitori tradidit . . .

Oculos operui. Quaesitor Sartor iudices singulos suffragia rogabat: "Damno . . . damno . . . damno . . . damno . . ." Iemem furtive intuita sum: manus eius quod cancellos tenebant exsangues factae erant, umerique subito movebantur quasi quotiens "damno" illud ipse audiebat, totiens ferro transfixi essent.

Quaesitor Sartor aliquid loquebatur. malleolum manu tenebat, quo tamen non usus est. Atticum quamvis turbata chartulas a mensa in capsellam ponere vidi. qua crepitu parvo clausa, Atticus scribae appropinquavit cui aliquid locutus est, et ad Dominum Gilmerum nutavit, inde Thomae Rubeculae appropinquavit cui aliquid susurro locutus est. Atticus dum susurrat manu sua umerum Thomae tetigit. Atticus paenulam a sella receptam ad umeros suos posuit. deinde e conclavi discessit, non tamen per exitum usitatum. domum brevi via ire cupiebat, credo, quod ad exitum meridionalem per mediam alam celeriter ambulavit. oculis secuta sum caput summum eius ad fores progredientis. Atticus sursum oculos non allevavit.

Aliquis me pulsabat, sed nolebam oculos meos remittere ab eis qui deorsum erant, vel ab Attico qui per aulam tanto solitudine ambulabat.

"Heus, o Ioanna Ludovica?"

Circumspexi. stabant cuncti. circa nos et in maenianis adversis cuncti e sellis surgebant Nigri. vocem Reverendi Fici tam procul audire videbar quam Quaesitoris Sartoris.

"O Domina Ioanna Ludovica, exsurge. pater tuus pertransit."

XXII

Dehinc Iem invicem plorabat. faciem eius lacrimae iratam variabant, ut per turbam laetantum progrediebamur. dum ad angulum fori pervenimus ubi Atticus nos exspectabat, mussans "Non est rectum" aiebat. Atticus sub lanterna publica stabat et eius speciem praebebat qui nihil mali tulisset; colobio conserto, collari focalique eleganter compositis, horologio catenato micante, ad tranquillitatem refectus rursus apud se erat.

"Rectum non est, Attice," inquit Iem.

"Non quidem, mi fili, non est rectum."

Domum ambulavimus.

Amita Alexandra vigilabat. stola cubicularia induta est et thoracem suum pro certo habui eam subter gerere. "Me miseret, o mi frater," inquit. cum numquam eam fratrem Atticum appellare prius audivissem, ad Iem furtim intuita sum; is tamen non auscultabat. modo ad Atticum aspiciebat modo deorsum despiciebat, et in animo volutabam num Atticum putaret nescioquomodo auctorem esse damnationis Thomae Rubeculae.

Amita nostra, Iemem indicans, "Hem, se bene habet?" inquit.

"Mox se bene habebit," inquit Atticus. "corde non iam ita duratus est ut rem lente ferat." pater noster suspirium duxit. "cubitum eo," inquit. "si mane non expergiscar, noli me suscitare."

"Mea quidem sententia ab initio non prudens eras, ubi sisti eos—"

Atticus interpellans, "Hic lares sunt eis, o soror mea, hic tectum," inquit. "domum talem eis creavimus ut eos rem accipere paresque esse oporteat."

"Sed non oportet ad basilicam ire et ibi volutari—"

"Em Maicomensibus id proprium est aeque ac convivia eorum qui doctrinae Christianae propagandae theaeque potandae causa conveniant."

"Mi Attice—" Amita Alexandra oculis intentis se anxiam praestabat, "te minime credidissem ob hanc rem ita acerbum fieri."

"Non acerbus sum, fessus tamen. cubitum eo."

Iem sine ulla spe, "Attice—", inquit.

Is in limine se vertens, "Quid est, mi gnate?" inquit.

"Quomodo id facere ausi sunt? quomodonam?"

"Nescio, sed fieri quidem scito. fecerant prius, fecerunt hac nocte, facient rursus, et quotiens faciunt, nemo plorare videtur nisi pueri. molliter cubes."

Sed mane ut fit semper melior est res. Atticus e lecto tempestivus surrexit, et in atrio *The Mobile Register* iam legebat cum tardi ingressi sumus. Iem semisomnus vultu rogare videbatur quod lingua vix poterat.

"Non est nunc tempus metuendi." Atticus ei dum ad triclinium imus respondit ut animum eius demissum erigeret. "nondum res perfecta est. certum habeas appellationem futuram esse." tum visu in patellam defixo, "Hui! Medius Fidius, Calla mea," inquit, "quid est?"

Calpurnia, "Ecce hunc gallum Thomae Rubeculae tata tibi hodie mane misit. vobis coxi."

"Dic illi me superbia elatum esse quod mihi dedit. haud scio an gallum prandeant in Villa Alba! hui! quaenam hae res?"

"Panicelli sunt," inquit Calpurnia. "Stella a deversorio eos misit."

Attico ad eam cum stupore spectante, "Oportet ineas," inquit, "o Domine Fringilla, ut quid in culina sit videas."

Eum secuti sumus. satis cibi in culinae mensa erat ad familiam obtegendam: carnis porcinae salitae, lycopersicorum, fabarum, vennunculorum etiam. Atticus ridebat cum seriolam invenit quae ungues porcinos muria et aceto conditos tenebat. "An amita nostra concedere velit mihi in triclinio hos haurire, putan'?"

Calpurnia, "Haec omnia ad gradus posticos iam posita sunt, ubi hodie mane adveni. illi magni aestimant quod fecisti, Domine Fringilla. num extra modum egrediuntur?"

Attici oculi lacrimabant. paulisper nihil locutus est. "Dic eis," inquit, "dic me gratissimum esse. dic eis numquam hoc rursus faciendum. tempora duriora sunt quam ut . . ."

Culinam reliquit, ad triclinium iit, Amitam Alexandram valere iussit, petasum induit, ad oppidum evasit.

Dillonis pede in vestibulo audito, Calpurnia Attici prandium in mensa intactum reliquit. dum escam cuniculi more arrodit, Dill nobis narravit quid Domina Rachelis ad rem hesternam locuta esset. hoc erat: si Atticus Fringilla vel quis similis eius vult capite in murum lapideum arietare, rem capitis sui facit.

Dum gallinaceum femur rodit, Dill cum fremitu, "Indicassem ei," inquit, "sed hodie mane non ea videbatur cui indicare potuissem. dixit se ubi essem ignaram ad multam noctem vigilasse, praefectumque vigilum ad me quaerendum missuram, nisi ipse in basilica adfuisset."

"Mi carissime, desinendum'st tibi exire, precor te," inquit Iem, "nisi eam certiorem iam fecisti. tantum modo eam vexas, vide me."

Dill suspirio tracto patienter, "Quo iturus essem enixissime ei narravi; ad aures surdas cantabam dum omnino debilitatus defatigatusque factus sum—nam angues in aedicula saepius videt. ista sextarium ad prandium cottidie mane potare solet, credo,—scio eam duo pocula plena potare, quia vidi."

Amita Alexandra, "Ne sic loquaris, Dill." inquit. "pueros dedecet. nimis contumeliosus es."

"Contumeliosus non sum, Domina Alexandra. num verum dicere contumeliosum est?"

"Ita est, si quis more tuo verum dicit."

Iem oculis micantibus ad eam spectavit, sed Dilloni, "Abeamus," inquit. "licet poculum tecum ferre."

Ubi ad porticum anticam advenimus, Domina Stephania Corvina rem enarrabat in auribus Dominae Maudiae Acanthidis Dominique Averni. ad nos in breve spectaverunt et ad colloquium suum revenerunt. Iem sonum nescioquem ceu fera faucibus edidit. utinam telum tenerem!

"Odi puberes cum ad te spectant," inquit Dill. "faciunt credas te nescioquomodo peccasse."

Domina Maudia clamans imperavit ut Iem Fringilla sibi adesset.

Iem cum fremitu se ex oscillo levavit. "Tecum ibimus," inquit Dill.

Domina Stephania naribus trementibus se exspectationis plenam praebuit. cognoscere volebat quis nobis permisisset ut iudicio adessemus—se ipsam nos non vidisse, sed rem percrebruisse et in sermone omnium municipum hodie mane esse: nos cum Afris in maenianis adfuisse. Atticusne nos ibi disposuit ut quodam modo—? num animam nobis intercludebant cuncti isti—? Scythane omnia intellexit quae—? nonne ira inflammati sumus ubi tatam nostrum victum conspeximus?

"Tace, Stephania." verba Dominae Maudiae mortifera erant. "nolo tempus matutinum omne in hac porticu agere—o Iem Fringilla, te vocavi ut cognoscam num tu comitesque tui placentae gustare velint. quinta hora sum experrecta; adnuere igitur debetis. ignosce nobis, o Stephania. vale, o Domine Averne."

Apud Dominam Maudiam in culinae mensa posita est placenta magna cum duabus parvis. tres parvas exspectabamus. Domina Maudia non ea erat qui Dillonis obliviceretur, id quod vultu nostro sane demonstrabamus, credo. sed ei congruimus, ubi Iemi placentae illius magnae frustum secatum obtulit.

Gustantes sensimus hoc modo Dominam Maudiam confirmare per sese nihil mutatum esse. tranquille in culinae sella sedebat nos intuens.

Subito locuta est. "Ne te angas, mi Iem. dum anima est, spes est."

Cum domi de aliqua re exspatiari volebat, Domina Maudia semper digitos in genua pandebat et denturam componebat. quibus rebus iam confectis, aures ereximus.

"Hoc tantum tibi dicere volo: sunt viri natura ad incommoda et molesta pro nobis facienda aptissimi, quorum pater tuus unus est."

"Oh," inquit Iem. "esto."

Domina Maudia respondens, "Ne tu mihi 'oh' vel 'esto' dicas, improbe," inquit. verbis enim illis noverat Iemem eorum esse qui crederent omnia futura fato fieri. "satis annorum tibi non est ut iuste sermonem meum queas aestimare."

Iem ad placentam spectabat semesam. "Talis sum ego qualis uruca quaedam," inquit, "quae in chrysallide condita est; eius similis sum quae in loco calido veste obducta dormit. scilicet Maicomenses optimos esse semper putabam ex omnibus qui in orbe terrarum lucem vident; mihi quidem semper tales esse videbantur."

"Vero tutissimi sumus ex omnibus," inquit Domina Maudia. "qui ut Christianos nos esse demonstremus insolenter et raro rogamur, rogati tamen Atticum habemus virosque eius similes qui pro nobis laborare velint."

"O utinam ceteri Maicomenses eadem sentirent." Iem cum maerore loquebatur.

"Admiratione moveberis si cognosces quot homines ita sentiant."

"Quisnam?" Iem voce maiore loquebatur. "Cedo," inquit, "quis Maicomi solam quidem rem fecit ut Thomam Rubeculam iuvaret? Ecquis?"

"Primo amici eius Afri, deinde homines nostri similes, quorum exempli causa nomino Quaesitorem Sartorem, et Dominum Hectorem Tatam. desine vorare incipe cogitare, Iem. cum Atticum nominaret qui iuvenem illum defenderet nonne suspicatus es Quaesitorem Sartorem consulto et cogitato egisse? studiumve Attici nominandi praecipuum habuisse?"

Ita erat, opinor, ut ea dicebat. ad quaestiones Maximum Viridem defensorem constituere solebant. hic, cui novissimo iurisconsulto Maicomi creato rei iudicialis deerat experientia, Thomae Rubeculae suscipere debuit causam.

"De hac re cogitandum est tibi," Domina Maudia aiebat. "non casu accidit. heri in porticu ibi exspectans vesperi sedebam. diutissime exspectabam ut vos omnes viderem per viam accedentes, et exspectans cogitabam: Atticus Fringilla non vincet, non vincere potest, sed scin' quam? hic solus est e Maicomensibus qui iudices tamdiu de sententia agere in tali re cogeret. mecum animo volvebam: non dubium est quin ad meliora iam progressi simus; quamvis tamquam infantis incessu tardo et parvulo, nihilominus ad meliora pedetemptim progredimur."

"Tibi quidem libeat sic loqui—nonne Christiani quaesitores et iurisconsulti possunt iudices circumvenire qui non sunt Christiani?" Iem mussans locutus est. "simulac adoleverim . . ."

"De hac re tibi cum patre tuo agendum est," inquit Domina Maudia.

Cuius gradus frigidos et nuper renovatos in solem descendimus, Domino Averno Dominaeque Stephaniae inter se adhuc disputantibus obviam imus. non procul se moverant, et ante Dominae Stephaniae villam iam stabant. Domina Rachelis ad eos incedebat.

Dill, "Cum ego adoleverim," inquit, "sannio fiam."

Iem egoque obstupefacti sumus.

"Nimirum," inquit. "nihil nisi ridere in hac vita de hominum rebus agere possum, itaque sannio in circo factus usque cachinnabo."

"Quod sursum est deorsum facis, mi Dill," inquit Iem. "sanniones tristes sunt: ei sunt qui ab hominibus ipsi derideantur."

"Esto. equidem novae speciei sannio ero. in medio circo stabo et homines deridebo. ecce veneficas istas," inquit digito indicans, "hae omnes debent scopa pervolare. Amita Rachelis iam pervolat."

Dominae Stephania Rachelisque more fanatico bracchia nobis iactabant quasi Dillonis verba confirmarent.

Iem cum suspirio, "Hercle," inquit. "mala res sit, credo, si eas non videamus."

Aliquid secus acciderat. Dominus Avernus propter sternutamentum vultum rubicundum praestabat, et nos accedentes emunctione sua e tramite paene deturbavit. Domina Stephania animi concitatione tremebat, et Domina Rachelis umerum Dillonis tetigit. "Tu in hortum posticum i," inquit, "et ibi mane. periculum appropinquat."

"Quid istuc est?" inquam.

"Nonne iam audisti? in foro pervagatu'st sermo—"

Amita Alexandra, quae tunc ad fores venerat, nos vocabat. sed serius advenerat. Dominae Stephaniae nos certiores facere libuit: hodie mane Dominus Robertulus Evellus in trivio ad sedem tabellariam Atticum excepit, in faciem ei salivam inspuit, eumque etsi ultima actio vitae suae foret dixit se interempturum.

XXlll

"Utinam Robertulus Evellus tabacum non masticaret." hoc tantum modo de re locutus est Atticus.

ut narrabat Domina Stephania Corvina, Atticus a sede tabellaria discedebat, cum Dominus Evellus ei appropinquavit, exsecratus est, inspuit, mortem minatus est. illa, Dominam Stephaniam dico, quae cum bis rem narravisset ipsa adfuisse omniaque e Pantopolio praeteriens vidisse sibi videbatur, narravit Atticum nihil commotum esse, sed sudarium extraxisse, faciem detersisse, ibi constitisse, dum Dominus Evellus contumeliam iaceret talem qualem ipsa ne ab equis quidem feris coacta iteraret. Dominus Evellus veteranus erat belli cuiusdam obscuri; id quod Attici responso imbelli placidoque adiunctum, credo, fecit ut sic quaereret: "Vah! an nevis pugnare, o tu cinaede nigricultor? an magnificentior?" Domina Stephania dixit Atticum ita respondisse: "Minime, vetustior tamen", atque manibus in sinum positis, ambulationem confecisse. se Atticum Fringillam magnopere admirari quippe qui frigidissimum se praestare aliquando posset.

Iem egoque hoc festivum esse non putavimus.

"Sclopetandi tamen e paganis nostris peritissimum olim se praestitit. potuit—"

"Scis eum sclopetum ferre nolle, Scytha carissima," inquit Iem. "sclopetum enim non possidet—scis eum sclopetum ne ista quidem nocte ad carcerem tenuisse. mihi dixit, si quis sclopetum teneret, cuivis in ipsum sclopetandi illecebram praebere."

"Haec res dissimilis est," inquam. "rogare eum possumus ut sclopetum ab aliquo peteret."

Quo dicto ille "Gerrae!" inquit.

Dill censebat fortasse profuturum esse, si ei persuaderemus ut nobiscum communem animi dolorem adhiberet. nos enim non solum fame morituros si Dominus Evellus eum necaret, sed etiam ab Amita Alexandra sola educationem nostram accepturos, quae, ut cuncti sciremus, Attico in sepulcrum condito, statim Calpurniam dimissura esset. Iem dixit fortasse profuturum si, ut quae puella essem et cruda, more puellari lacrimarer et baccharer. ne hoc quidem profuit.

Cum tamen nos animadverteret per vicos languide versantes, nihil edentes, studium rerum usitatum non praestantes, Atticus intellegebat quanto timore occuparemur. quadam nocte Iemem ephemeride nova pediludii oblata elicere conatus est; quam cum paginis remisso animo volutis abiecisset, "Quid est istuc, mi gnate?" inquit.

Iem extemplo: "Dominus Evellus."

"Quid accidit?"

"Nihil accidit. propter te timemus, et putamus te oportere de isto facere aliquid."

Atticus limis oculis intuitus paulum ridebat. "Quid faciam? an cogam eum recipere se vim mihi non adhibiturum?

"Si quis pollicitus est se interempturum aliquem, mentem eo destinatam habere videtur."

"Quod loquenti quidem destinatum erat tantum," inquit Atticus. "Iem, potin' cum Robertulo Evello paulisper calceos mutare? honestatem ego omnem eius in illo iudicio minutatim discidi, si forte ab initio quid honestatis ei inerat. cui necesse erat mecum mutuum facere, quae res talibus hominibus commune est. itaque si inspuendo in faciem meam, mihique mortem minando, ille se semel temperavit quominus Maiellam Evellam verberaret, mihi bene est. necesse erat in aliquo indignitatem suam vindicaret; malim igitur in me eum vindicaturum quam in multitudine puerorum puellarumque illarum. capin'?"

Iem adnuit.

Atticus dicebat "Robertulus Evellus haud timendus est nobis, iram suam eo die mane omnem missam fecit," cum Amita Alexandra intravit.

"Hoc non adeo certum haberem, Attice," inquit. "tales homines nihil non facient ut malignitatem expleant. scis istos quales sint."

"Quomodonam Evellus mihi nocere possit, o soror carissima?"

"Furtivo nescioquo modo," inquit Amita Alexandra. "at hoc exploratum habeas."

Atticus "Non cuivis homini," inquit, "Maicomi se furtivo modo gerere contingit."

Postea non timebamus. liquebatur iam aestas, qua plene perfructi sumus. Atticus nos certiores fecit Thomam Rubeculam nihil passurum esse donec iudicium maius causam eius recenseret, atque libertatis, vel novae saltem quaestionis, spem magnam habere. in Fundo Carcerali Enfield conditum esse qui septuaginta milia passuum abesset in pago Castrensi. ubi Atticum rogavi num Thomae uxori liberisque ad visendum venire liceret, licere negavit.

Quodam die vesperi, "Si appellatio eius non erit probata," inquam, "quid patietur?"

"Ad sellam ibit," inquit Atticus, "nisi Gubernator poenam leviorem ei irrogaverit. non est nunc tempus metuendi, Scytha mea. spem bonam habemus."

Iem in lectulo recumbens ephemeridem *Popular Mechanics* legebat. capite allevato, "Non rectum est," inquit. "etsi noxius esset, neminem occidit. nemini vitam eripuit."

"Scis, credo, stuprum alicui per vim inferre in Alabama rem esse capitalem," inquit Atticus.

"Sane scio, at iudicibus non necesse fuit ut capitis damnarent—si placuisset, viginti annos ei indicere potuissent."

"Esto. Thomas Rubecula Afer est, mi Iem. in his quidem locis, ut fit, si quis de scelere eiusmodi arguitur, nulli sunt iudices qui dicere volunt, 'Te noxium credimus, sed non valde.' aut prorsum liberandus esset aut nihil."

Iem abnuebat. "Scio iniustum esse, intellegere tamen non possum quae sit iniuria. fortasse stuprum non decet rem capitalem esse . . ."

Atticus ephemeridem ad sellam deposuit. negavit se stupri legem in controversiam ullo modo vocare, graviter tamen diffidere cum propter coniecturam tantum accusator supplicium capitis rogaret iudicesque concederent. ubi me auscultare intuitus est, faciliorem rem fecit—"Hoc dicere volo: priusquam is qui aliquem necavit capitis damnetur, unus vel duo homines qui ipsi interfuerunt et rem viderunt in iudicio adsint. adsit aliquis qui dicere potest, 'Sic, ego interfui et eum vidi sclopeto utentem.'"

"Plures tamen suspensi, id est suspendio interempti sunt, propter coniecturam," inquit Iem.

"Scio, quorum multi supplicium sane meriti sunt, sed sine testibus qui ipsi interfuerunt, semper in dubio res erit, etiam in magno dubio. lex dicit 'dubium satis aequum esto', ego tamen censeo dubium quam maximum accipere reum decere. quamvis enim minima innocentiae verisimilitudo esset, insons esse potest."

"Ergo ad iudices est, opinor. iudices omnino tollere debemus." Iem constans erat.

Atticus aegre risum reprimere potuit. "Te parum benignum nobis praebes, mi fili. haud scio an melior ratio sit. legem muta. legem ita muta ut quaesitores soli poenam statuere possint cum capitalis res est."

"Ergo ad legem mutandam Montgomeriam procede."

"Divinare non possis quantae molis sit legem mutare. in vita mea legem mutatam non videbo, et si in tua videbis, senex iam eris."

Hoc Iemi non satis erat. "Aliter censeo. iudices tollendi sunt. ille noxius plane non fuit, hi tamen dixerunt."

"Si tu inter iudices fuisses, mi fili, et tui similes undecim iuvenes, Thomas liber esset. antehac nihil in vita ratiocinationem tuam interpellavit. illi duodecim qui iudices Thomae fuerunt in sua vita cottidiana satis aequi sunt; tu tamen aliquid vidisti quod eos interpellavit quominus ratione illa iudicarent. idem ante carcerem illa nocte vidisti. iste grex eorum non discessit quod homines erant qui rationis participes erant, sed idcirco discessit quod nos adfuimus. apud nos est aliquid quod homines facit vesanos—non aequos se praebere queant, etiam si ita velint. si nostris in iudiciis homo albus cum Nigro verbis contendit, vincit semper albus. res est deformis, vera tamen."

"Quamvis vera, non est recta," inquit Iem animo stolido. manu compressa genu leniter tundebat. "non decet hominem damnare propter tale testimonium—non decet."

"Te quidem non deceret, istos tamen decebat, et damnaverunt. quanto ad aetatem adultiorem progrediaris, tanto plura eiusmodi videbis. basilica is locus est ubi praecipue cum aequitate homines tractari decet, quemcumque colorem arcus caelestis cute praestare eis contingit. vulgus tamen iram inveteratam istam in iudicium secum ferre solet. adolescens Nigros ab albis fraudari per vitam cottidie videbis; sed audi, hoc memento: cum albus homo Nigro ita utitur, quodcumque divitiarum habet, quacumque gente ortus est, quisquis est, nihil est nisi quisquiliae."

Atticus tam tranquille loquebatur ut ultimum verbum illud quasi fragor in auribus nostris sonuerit. capite meo allevato, e vultu eum vehementer iratum esse intellexi. "Nihil mihi stomachum movet magis quam albus degener qui Nigri ignorantiam sibi quaestui habeat. ne decipiamini: ratio omnium habetur, et quandoque ad calculos vocabimur. utinam ne in vestra aetate fiat, mi pueri.

Iem caput scalpebat. subito oculos latius aperuit. "O Attice," inquit, "cur nobis Dominaeve Maudiae similes numquam in consilio iudicum sedent? numquam in iudicibus quemquam vides e Maicomensibus,—e silvis omnes veniunt."

Atticus in sella oscillanti umeros reclinabat. nescioquam ob causam Iem eum delectare videbatur. "Mecum volvebam quando hac de re cogitaturus esses," inquit. "multae sunt causae. imprimis Domina Maudia iudex fieri non potest quod femina est."

"An dicis feminas in Alabama non posse—?" iratissima eram.

"Dico. sane necesse est, ut opinor, nostras matronas imbecillas tueri a causis sordidis talibus ac Thomae Rubeculae. praeterea," cum risu loquebatur, "dubito nos umquam causam totam iudicaturos— mulieres enim credo ad interrogandum interpellaturos semper."

Iem egoque ridebamus. Domina Maudia inter iudices praeclara sit. de vetula illa Domina Silvana meditabar in sella sua rotali sedente— "Desine malleolo tuo pulses, o Ioannes Sartor, hunc interrogare volo." haud scio an maiores nostri prudentius fecerint.

Atticus dicebat, "Nostri ita aes nostrum exsolvimus: iudices meritos accipimus, ut fit. primo Maicomenses nostri praeclari rei iudicialis studio non tenentur, deinde timent, deinde—"

"Quare timent?" inquit Iem.

"Puta dum. si Dominum Lincum Deam, puta, Dominae Maudiae pretium doloris aestimare oporteat, quae sub rotis Dominae Rachelis vehiculi oppressa est; neutram matronam emptorem e taberna sua amittere velit. constatne? itaque Quaesitorem Sartorem certiorem facit se praesto esse in iudicum consilio non posse, quod neminem habeat qui se absente tabernam curet. itaque Quaesitor Sartor eum dimittit. aliquando eum cum iracundia dimittit."

"Cur credat ille," inquam, "alterutram earum apud se mercari omissuram esse?"

Iem, "Nimirum Domina Rachelis velit," inquit, "Domina Maudia nolit. at suffragia iudicum tacita sunt, Attice."

Pater noster risit. "Iter tibi, mi fili, multo plura milia passuum faciendum est. sane oportet tacita esse iudicum suffragia. is tamen qui in iudicum consilio sedet suam cogitur de re sententiam dicere atque palam ostendere. id quod hominibus facere non iuvat. aliquando incommodum est."

"Ecce Thomae quidem iudices sententiam sane celeraverunt." Iem mussabat.

Atticus digitis horologium suum tetigit. "Minime vero," inquit. sibi potius quam nobis loquebatur. "Immo haec una res me cogitare coegit num forte prima rudimenta quaedam per caliginem videre possem. nonnullas horas illi iudices in deliberando afuerunt. sententia ipsa fortasse vitari non potuit, credo, sed paucis minutis, ut fit, sententiam dicere solent. qua occasione—" loqui subito intermisit, et ad nos spectabat. "te iuvabit, ut opinor, cognoscere unum fuisse hominem solum quem iudices ad sententiam suam non sine summa difficultate adducere possent—quem vero ab initio absolutionem simplicem vehementer suasisse."

"Quis?" Iem mirabundus erat.

Atticus oculis micantibus, "Meum non est dicere," inquit, "sed hoc tantum dicere possum. erat ex amicis tuis quidam Veteris Sari . . ."

Iem cum gannitu nescioquo, "An Vafrorum quidam?" inquit. "hui! ex eis quidam—neminem ex eis agnovi . . . nonne ludis?" rimis oculis Atticum intuebatur.

"Ex eorum gente quidam. instinctu nescioquo eum non dimisi. instinctu quidem dico. dimittere potui sed non dimisi."

Iem cum gravitate, "O di boni," inquit. "modo occidere conantur, modo liberare . . . istius gentis dum vivo numquam animos comprehendere potero."

Atticus dixit si eos investigaturus esses, satis te intellecturum. negavit Vafros quicquam ab aliquo aut cepisse aut accepisse postquam ad Orbem Novum pervenissent. hoc quoque Vafrorum esse: si te dignum honoris putarent, ut te defenderent et sublevarent manibus pedibus quantum possent eniti. Atticus dixit se sentire vel potius suspicari eos carcere ea nocte relicto Fringillas in multo honore habuisse. at et fulmine et altero Vafro opus fuisse ut unus quidem iudex animum mutaret. "Si duos eorum forte habuissemus, in pendenti consilium iudicum fuisset."

Iem lente, "Dicisne te hominem inter iudices re vera accepisse qui pridie vesperi te occidere cuperet? quomodo te tanto periculo committere potuisti? quomodonam, o Attice?"

"Qua re in animo versata, periculum minimum fuit. num discrepat alter ab altero qui convicturus est? nonne paululum discrepat alter qui convicturus est ab altero qui mentis non compos est? is unicus erat ex omnibus nominibus de quo haerebam."

"Quomodo Domino Gualtero Vafro," inquam, "sanguine coniunctus est ille?"

Atticus surrexit et pandiculatus est, etsi nobis hora somni nondum erat. occasionem tamen ephemeridis legendae desiderare eum scivimus. qua sumpta plicataque, caput meum leniter pulsavit. sibi mussabat: "Videamus. cogitationem feci. consobrinus duplex est."

"Quomodonam potest?"

"Duae sorores duobus fratribus nupserunt. hoc tantum dicere volo. ipsi fingite."

Me torquebam et constitui si ego Iemi nuberem, si Dill sororem haberet quam in matrimonium duceret, liberos nostros consobrinos fore duplices. ubi Atticus abiit, "Medius Fidius, Iem," inquam, "quam singularis est gens ista! audistin', Amita mea?"

Amita Alexandra hamo stragulum texebat, et nos non intuebatur, auscultabat tamen. calatho iuxta posito, stragulo in gremio explicato in cathedra sua sedebat. numquam intellegere potui qua re matronae stragula lanea vesperi aestuantes texerent.

"Audivi," inquit.

Memineram quantam molestiam occasione illa mihi intulissem qua iamdudum ad iuniorem Gualterum Vafrum adiuvandum festinavissem. quod ita me gesseram nunc gaudebam. "Simulac schola denuo aperta erit, Gualterum domum ad cenam invitabo." ita intendebam, oblita me clam constituisse eum conspectum statim contundere. "interdum ei licebit etiam apud nos post ludum commorari. Atticus eum in vehiculo Vetus Sarum reducere poterit. fortasse licebit nobiscum aliquando pernoctare, bene'st tibi, Iem?"

"De hac re prospiciamus." in hoc loquendo, ut fit, Amita Alexandra nobis aliquid minabatur potius quam pollicebatur. turbata ad eam versa sum. "Cur non, Amita mea? honesti sunt homines."

Ad me supra ocularia sutoria spectavit. "Ioanna Ludovica, haud dubium est quin homines sint honesti. homines tamen nobis dissimiles sunt."

Iem, "Dicere vult eos sordidos esse, Scytha."

"Quomodo sordem praestant?"

"Em vulgares sunt. musicam agrestem diligunt, et cetera."

"Esto. equidem diligo."

"Noli ineptire, Ioanna Ludovica," inquit Amita Alexandra. "ecce. liceat Gualterum Vafrum se tergere dum fulgeat, calceis vesteque nova se velare, sed numquam Iemi similis erit. praeterea ex ea gente ebriosi sunt innumerabiles. mulieres Fringillarum hominibus talibus favere non solent."

"O mea Amita," inquit Iem. "nondum novem annos nata est."

"Est ei nunciam discere, meo quidem iudicio."

Amita Alexandra locuta erat. recordata sum memoriam acrem occasionis illius qua prius eadem firmitate et constantia sententiam promulgavit. quare tamen numquam compertum habui. quodam die casae Calpurniae visendae consilio tenebar—curiosa ac studiosa eram. conviva eius esse cupiebam, et quomodo viveret, quae essent familiares cognoscere. illa non aliter se gessit quam si lunae alterum latus videre cuperem. hodie rationem rei gerendae aliam praestitit, sed mentem eandem. fortasse idcirco apud nos morabatur, ut nobis opitularetur ad amicos legendos. mihi placebat ei resistere quam diutissime: "Si honesti sunt homines, cur non licet Gualterum belle habere?"

"Non te vetui belle eum habere. tu comis esse et humana debes, tu omnes benigne et liberaliter habere debes, cara mea. istum tamen domum invitare non debes."

"Quod si gentis erat nostrae, Amita mea?"

"Re vera non gentis nostrae est, si tamen esset, responsum meum idem fuisset."

Iem intervenit. "O Amita," inquit. "Atticus dicit amicos te eligere posse, familiam negat; sed familiares generis tui esse sive agnoscas sive non; si tamen non agnoscas, te ineptissimum praebere."

"Patrem tuum iterum reddis," inquit Amita Alexandra, "atque iterum confirmo Ioannae Ludovicae non licere Gualterum Vafrum ad hanc villam invitare. si eius consobrinus duplex simul patruelis matruelisque esset, etiam tunc in his aedibus non acciperetur, nisi ad Atticum negotii causa veniret. quid quaeris?"

Vehementer quidem rem vetuerat, sed hodie in animo habebam facere eam ut rationem daret. "Sed cum Gualtero ludere cupio, Amita mea. quare mihi non licet?"

Ocularibus depositis in me intuita est. "Dicam tibi quare," inquit. deinde lente et articulatim: "quod iste faex est. ergo cum eo ludere non deceat. te cum eo versari veto, te sequi atque imitari eum veto, te nequitiam ab eo qualemcumque accipere veto. patri tuo satis molestiae iam affers."

Animo pendeo quid fecissem nisi Iem me prohibuisset. me umeris raptam complexus est, et cum furore plorantem ad cubiculum duxit. Atticus nos audivit et per ianuam spectavit. "Bene est, domine," inquit Iem aspere, "nil est." Atticus abiit.

"Em manduca hoc, Scytha." Iem e sinu pastillum e socolata et saccharo glomeratum extraxit. quem paucis minutis in ore meo in offam mollem manderam.

Iem res suas in mensula disponebat. capilli eius a fronte sursum prominebant, a tergo deorsum, et in animo volvebam num quando ad viri comam accederet. si toto capite raso denuo coepisset, fortasse capillos munde et eleganter renaturos esse. supercilia densiora, corpus gracilius fieri animadverti, staturaque ipsum proceriorem.

Cum se vertisset, quod putabat, credo, me iterum ploraturam esse, "Aliquid tibi ostendam," inquit, "si nemini narrabis." quaesivi quid esset. camisia aperta timide et verecunde ridebat.

"Hem, quid est?"

"Nonne vides?"

"Non quidem."

"Immo sunt capilli."

"Ubi?"

"Ecce. eccos."

Quamquam nihil videram, quod me nuper consolatus erat, eos pulchros esse dixi. "Bellissimi sunt, mi Iem."

"Sub alis etiam," inquit. "anno proximo ad pediludium exibo. Scytha, ne sinas te ab Amita nostra vexari."

Hesterno die, credo, vexare Amitam me vetabat.

"Puellas tractare non assueta est, memento, puellas saltem tui generis. conatur te mulierem honestam et liberalem facere. nonne potes suendo studere vel tali rei?"

"Mecastor, nequeo. illa me non amat, et non curo. quid quaeris? cum Gualterum Vafrum faecem vocavit, tum me iratam fecit, o mi Iem, potius quam cum me molestiam Attico afferre dixit. quam rem iamdudum composuimus; cum eum rogassem num quid molestiae ferrem, rem parvam esse respondit. scilicet se facile comprehendere molestiam huiusce modi, itaque si quando molestiam afferre cuperem, ne brevissimo quidem momento mihi dubitandum esse. nihil ad Atticum. propter Gualterum accidit—ille puer non est faex, Iem. non est similis Evellorum."

Iem calceos exuit, et pedes in lectum allevavit. pulvino fultus lucernulam accendit. "Scin' quam, Scytha? omnia nunc explorata habeo. nuper rem cogitabam, et iam bene exploratam habeo. quattuor sunt genera hominum in orbe terrarum. est genus cottidianum quale nostros et vicinos nostros tenet, est genus Vafrorum quale silvas habitat, est Evellorum quale sterquilinium, et Nigri."

"Quid de Seribus, de Arcadibus qui procul in pago Baldovino habitant?"

"In Maicomio pago dico. res est haec: nostri Vafros non amant, Vafri Evellos non amant, Evelli Afros oderunt et contemnunt."

Iemi hoc dixi: si ita res esset, quam ob rem Thomae iudices qui de genere Vafrorum lecti sunt Thomam non liberavissent ut erga Evellos livorem et malignitatem suam ostenderent?

Iem quid rogassem missum fecit quod infantile esset.

"Scin' quam?" inquit, "vidi Atticum, cum musicae agrestis in radiophono audit, pede terram in numerum pulsare; et temeti bibere ei libet plus quam cuivis homini—"

"Ergo nos Vafrorum similes sumus," inquam. "non intellego cur Amita nostra—"

"Immo, sine perficiam—similes quidem, dissimiles tamen sumus nescioquomodo. Atticus quodam die dixit Amitam adeo de gente intentam sollicitamque esse, quod nos nihil haberemus nisi decus gentis nostrae tantum, assem tamen ne unum quidem."

"Immo vero Atticus mihi quodam die narravit res illas de gentis antiquitate nugas esse, quod gentes aliae aliis aeque antiquae essent. ubi rogavi num gentes Afrorum vel Anglorum includerentur adnuit."

"Decus non est idem ac antiquitas," inquit Iem. "decus enim paritur, credo, si gens vestra diu legere et scribere potuit. huic rei multa cum diligentia studui, et illa est sola ratio quam animo concepi. iampridem multo antea cum Fringillae in Aegypto erant, eorum vir quidam aliquas litteras hieroglyphicas didicit, credo, et filium suum docuit." Iem risit. "finge Amitam nostram proavum suum gloriari quod legere et scribere posset—mulieres mira quidem optant de quibus glorientur."

"Esto. gaudeo quod ille potuit. sin aliter, quis Atticum eosque docuisset? si Atticus legere non potuisset, res nostra ardua et difficilis fuisset. mea tamen sententia, mi Iem, decus gentile non ita constitutum est."

"At quomodo igitur explicabis cur Vafri dissimiles sint? Dominus Gualterus nomen suum vix scribere potest, nam vidi eum. nos modo legere et scribere diutius potuimus quam illi."

"Immo omnibus hominibus discere necesse est, nemo iam doctus nascitur. ille Gualterus quantum potest callidus est, sed modo impeditur quod domi interdum manendum est ei ut tatam adiuvet. hebeti ingenio non est. immo ego censeo unum hominum genus esse. id est homines."

Iem se vertit et pulvinum pulsavit. ubi ad se revenit, vultum nubilum praebebat. animus eius deficiebat, ut fit, et cavebam. frontem contraxit, os in angustum adduxit. parumper silebat.

Tandem, "Equidem eodem modo censebam," inquit, "ubi tui aequalis aetate eram. si genus unum est hominum, cur inter se bene gerere non possunt? si omnes similes sunt, cur sponte sua alii alios contemnunt? Scytha mea, credo me aliquid intellegere coepisse. credo me intellegere coepisse quare Bous Radleius in aedibus suis inclusus tamdiu intus manserit ... manet quod ipse intus manere optat."

XXIV

Calpurnia encombomate rigidissimo et large amylato praecincta est. in ferculo placentam portabat glaciatam. ad ianuam flexilem retro incessit ut leniter propelleret. quanta venustate quantoque lepore vasa gravia et cuppediis onerata manibus tractaret mirabar. mirabatur quoque Amita Alexandra, credo, quae fecerat ut illa hodie ministraret.

Mensis Augustus minimum afuit quin september fieret. cras Dill Meridianum discessurus erat; hodie cum Ieme in Vortice Latratoris aberat. Iem non sine ira et stupore quodam cognoverat neminem Dillonem in natatione instituendum umquam curavisse, quam sollertiam arbitratus est ita necessariam esse ut ambulationi aequaret. duobus diebus ad flumen post meridiem pedem tulerant. cum nudi naturi essent dixerunt mihi adesse non licere; itaque sola eas horas aut cum Calpurnia aut cum Domina Maudia egi.

Hodie Amita Alexandra et circulus eius missionarius per domum ubique 'certamen bonum certabant'. quamquam in atrio erat, vocem Dominae Gratiae Euhemerae e culina exaudivi quae nuntium quendam de Mrunis afferebat quantum cognoscere poteram. squalidissima erat eorum vita, qui mulieres suas in tuguriis exponebant, cum tempus earum, quidquid id erat, venisset; familiae nullam in mente tenebant imaginem—id quod compertum habui Amitae meae vexaturum esse—liberosque ubi tredecim annos nati erant cruciatum horribilem perferre cogebant; framboesia et ascaridibus auriculariis omnes contacti sunt, corticemque arboris cuiusdam manducatum in ollam communem exspuebant, quo ebrii reddebantur.

Quibus rebus auditis matronae extemplo moratae sunt ut se cibo potuque reficerent.

In dubio eram utrum triclinium intrare an extra manere me oporteret. Amita Alexandra me iussit ad tempus reficiendi sibi convenire; per eam partem conventus quae ad negotium pertineret me adesse non necessarium, ne taedium mihi afferret. stolam eam puniceam qua diebus Dominicis vestiri solebam et calceos et tuniculam gerebam; itaque in animo volvebam num si quid dilapsum vestem macularet, Calpurniae opus foret stolam meam iterum lavare ut cras gererem. quod hodie illa operosissima fuerat, foris manere mihi placuit.

"Licetne te iuvem, o Calla?" volebam enim aliquo modo servire.

Calpurnia in limine morata est. "Si velut mus," inquit, "tranquilla eris in angulo isto, ubi revenero licebit iuvare ad fercula oneranda."

Ianua aperta, murmur muliebre maius factum est ; indistincta et inordinata audiebam huiusmodi: "Enimvero, o Alexandra, talem placentam numquam vidi … quam exquisitam … meam tali subtilitate crustam coquere numquam queo, numquam queo … quis parvula ruborum crustula mente concepisset? … Calpurnia vero? … quis credidisset? .. ecquis vobis narravit uxorem praedicatoris … mecastor verum est, quamquam infans alter non iam ambulat …"

Conticuerunt et cognovi omnibus satis ministratum esse. Calpurnia regressa matris meae urceum gravem et argenteum in ferculo posuit. "Hic urceus caffearius," inquit murmurans, "singularis est. his diebus non iam tales faciunt."

"Licetne mihi ferculum intra ferre?"

"Si eam diligenter feres et non demittes. in abacum depone iuxta Dominam Alexandram. ecce ad pocula et cetera deponendum est. illa libatura est."

Clunibus conata sum meis Calpurniae more ianuam propellere, sed ianua moveri noluit. ea cum risu mihi aperuit. "Cave, nam gravis est. ne spectes ad eam, diligenter porta ne qua gutta pereat." iter feci secundum: Amita Alexandra cum surrisu splendido, "Mane nobiscum, o Ioanna Ludovica," inquit. consilium ita inibat ut me doceret in mulieribus honestis et liberalibus haberi.

quae matrona circulum invicem convocabat, e consuetudine ea vicinas invitare solebat ut cibi potusque gustarent, sive Baptistas sive

Presbyterianos; quapropter aderant et Domina Rachelis, quae pulchre sobria erat, et Domina Maudia et Domina Stephania Corvina. prope Dominam Maudiam consedi et mecum volutabam quare petasos ad viam transeundam matronae induere semper solerent. matronarum frequentia mihi tantum trepidationis semper faciebat ut alibi esse vehementer desiderarem, quod desiderium Amita Alexandra dicebat 'nimia indulgentia depravari'.

Matronae calores vitare videbantur veste tenui et pallida gerenda. pleraeque faciei candorem creta multa induxerant, ruborem nullae; nullae fucandi stilo labris suis utebantur nisi eis colorem Tangerinum Naturalem darent. unguiculos micantes reddebant Cutice Naturali, aut Cutice Puniceo si non iam ad magnam senectutem ingressae sunt. iucunde olebant. anconibus cathedrae firme tenendis potueram manibus meis ita moderari, ut auribus arrectis tranquilla sederem dum aliquis me alloqueretur.

Dentatura aurea Dominae Maudiae emicabat. "Multa munditia exornata es," inquit, "o Domina Ioanna Ludovica. ubi sunt bracae tuae hodie?"

"Sub veste longa."

Festiva esse in animo non habueram, matronae tamen riserunt. errore cognito, genae meae caluerunt. Domina autem Maudia me graviter spectavit. ea quidem numquam me ridebat nisi consulto festiva esse optaveram.

E silentio quod subito insecutum est, Domina Stephania Corvina, quamquam non prope sedebat, clamavit: "Heus! qualem te adultam in animo profiteri habes, o Ioanna Ludovica? an iurisconsultam?"

"Non, domna," inquam, "nihil de hac re cogitavi . . ." ita respondi, gratiam enim ei habui quod tanta cum benignitate rem mutaverat. celeriter officium futurum mecum eligebam. me nutricem profitear? aviatricem? "Em . . ."

"Oh, credidi te iurisconsultam fieri optasse. etenim iam ad basilicam ire exorsa es."

Matronae iterum riserunt. "O qualis cavillatrix Stephania est illa!" inquit aliquis. Domina Stephania rem persequendi in spem venit. "Nonne vis adulta iurisconsulta fieri?"

"Immo nil nisi mulier honesta."

Domina Stephania me suspectam obtutu suo habuit, insolentiam tamen me verbis eis non intendisse constituit, et in hoc dicendo acquievit: "Ohe, non multum progredieris donec vestem longam saepius gerere coeperis."

Domina Maudia manum meam sua firmius premebat; itaque nihil locuta sum. satis erat consolatio illa.

Domina Gratia Euhemera a sinistra sedebat, et sensi decorum esse cum ea colloqui. Dominus Euhemerus, maritus eius, qui coactu quodam, credo, Methodistis fidem servabat, nihil ad se ipsum pertinere vidit dum cantat:

"O Gratia Admirabilis,
Quam dulcis sonus nominis,
Quae servavisti hominem,
Miserum mei similem . . ."

Constat tamen apud Maicomenses Dominam Euhemeram eum sobrium effecisse et municipio admodum usui esse coegisse. sine dubio Domina Euhemera e matronis Maicomensibus sanctissima et religiosissima erat. rem quaerebam quae eius animum teneret. "Quali rei," inquam, "operam vos omnes hodie post meridiem dedistis?"

"O puella mea," inquit, "o miseriam atque aerumnam istorum Mrunarum!" quo dicto, cursum loquendi iniit. opus non esset plura interrogare.

Dominae Euhemerae oculi magni et atri semper lacrimis complebantur cum de hominibus miseris meditabatur. "Quam vitam in locis istis agunt," inquit, "uliginosis et virgultis obsitis, nullo comitante praeter illum J. Grimes Everett. nemo ex Albis vult appropinquare istis praeter sanctum illum J. Grimes Everett."

Domina Euhemera voce sua canebat velut organo; verba omnia numeros modosque sibi proprios accipiebant. "Paupertatem . . . obscuritatem . . . turpitudinem . . . nemo novit praeter J. Grimes Everett. scin' quam? ubi ecclesia mihi dedit ut ad campum tentorium iter facerem, J. Grimes Everett mihi dixit—"

Interpellans, "Illicne aderat, domna?" inquam. "credidi—"

"Domi requietem laborum habebat. J. Grimes Everett mecum loquens mihi, 'O Domina Euhemera,' inquit, 'animo tuo concipi non potest, tu animo concipere non potes quantum istic certamen certemus.' hoc mihi dixit."

"Ita vero, domna."

"Cum eo loquens, 'O Domine Everett,' inquam, 'mulieres Methodistarum Ecclesiae Episcopalis Maicomiae Alabamiae Meridionalis tibi centum per centum cunctae suffragamur.' hoc ei dixi. et scin' quam? proinde in cordi meo fidem meam obligavi. mihi dixi me domum regressam scholam de Mrunis habituram et nuntios illius J. Grimes Everett Maicomensibus perlaturam. quam rem nunc gero."

"Ita vero, domna."

Cum Domina Euhemera caput quatiebat, cirri eius nigri simul saliebant. "O Ioanna Ludovica," inquit, "tu puella es felix. tu in domo Christiana cum Christianis in municipio Christiano vivis. istic in illius J. Grimes Everett terra nihil est praeter pravitatem et squalorem."

"Ita vero, domna."

"Pravitatem et squalorem—quid dixisti, o Gertrudis?" Domina Euhemera matronam proximam tamquam organo suo cum tinnitu multo canens allocuta est. "Oh, istud. immo ignoscendum est et obliviscendum, credo, ignoscendum et obliviscendum. ecclesiam nunc et semper oportet propter liberos istos adiuvare istam ad Christianam vitam agendam. virorum nostrorum est ad istum locum egredi et isti praedicatori imperare ut isti mulieri sic hortaretur."

Interpellans, "Gratiam fac, sodes," inquam, "an de Maiella Evella loqueris?"

"De Maiella? minime, o puella. de uxore Nigrantis istius, de uxore Thomae—" nomen ignorare videbatur.

"—Rubeculae, domna."

Domina Euhemera ad proximam illam reversa est. "Una res est," inquit, "quam veram et certam esse habeo, o Gertrudis, tametsi sunt qui a me dissideant. si istos certiores ita faciemus: 'nos vobis ignoscimus, omniaque obliti sumus', tota res peribit."

Iterum interpellavi. "Ohe, Domina Euhemera," inquam, "quidnam peribit?"

Ad me rursus versa est. Domina Euhemera earum erat quae liberos ipsae nullos haberent, quotiens autem cum pueris puellisve loquuntur, vocem alienam sumendam esse putant.

Voce ampla et magnifica, "Nihil, o Ioanna Ludovica," inquit. "at isti coqui et coloni sane parum contenti sunt, sed nunc iam compositum est—post enim quaestionem istam totum murmurabant diem."

Domina Euhemera ad Dominam Fabriciam versa est. "Aio tibi, o Gertrudis, tetrico Nigranti nihil molestius esse. ora istorum hiantia hactenus demissa sunt. si quem huiusmodi in culina habes, dies tibi omnino pessum iit. scin' quid Sophillae meae dixerim, Gertrudis? 'O Sophilla mea,' inquam, 'hodie tu te Christianam non praebes. Iesus Christus numquam mussans et querens sic versabatur.' Scin' quam? beneficium dedi. oculis e solo levatis, 'Non, domna,' inquit. 'Iesus numquam mussans versabatur.' aio tibi, o Gertrudis, te oportere numquam occasionem omittere pro Domino fidem tuam testificandi."

Me in memoriam reduxi organi parvi et antiqui quod in Fringillae Egressus sacello erat. ubi parvula diem totum me optime gesseram, Atticus me sinebat folles pneumaticos lingula inflare, dum ipse melum uno digito canebat. sonus ultimus sustinebatur dum ad sustinendum satis aeris erat. Domina Euhemera aer suum exhaustum, credo, restituebat dum Domina Fabricia se ad loquendum parabat.

Domina Fabricia matrona magnifico erat corpore qui oculos praestabat pallidos et pedes graciles. capillos nuper calamistratos, et anulos comae abundantis canos et contentos habebat. matronae illi Maicomensium religiosissimae religione sua proxime accessit. ante omnia dicta praefari solebat sonum singularem et sibilum.

"S-s-s O Gratia," inquit, "idem est, credo, quod nuper Fratri Cassulio narrabam. 's-s-s O Frater Cassuli,' inquam, 'nos certamen non vincere videmur, non vincimus. s-s-s isti,' inquam, 'non curant. s-s-s istos quantum possumus educamus, istos quantum possumus Christianos facere conamur, nulla tamen mulier in lecto suo his noctibus tuta est.' ille mihi dixit, 'O Domina Fabricia, qualem ad rem his diebus in hoc loco perveniamus omnino nescio.' s-s-s ei dixi id verum esse."

Domina Euhemera sibi sapiens adnuit. vox eius in sublime lata est: multo maior erat et tinnitu pocillorum caffeariorum et mugitu molli matronarum quae bellaria mandabant. "Gertrudis mea," inquit, "aio esse bonos in hoc municipio, bonos sed in errorem ductos. boni sunt sed in errorem ducti. sunt municipes, dico, qui credunt se recte facere, ne nomen alicuius dicam, sunt tamen municipes qui dudum crediderunt se recte facere, nihil autem confecerunt, praeterquam quod istos exagitaverunt. id tantum confecerunt. num illo tempore recte facere sibi viderentur, equidem nescio, non enim in tali re erudita sum. nihilominus quam tetrici ... quam queruli ...

aio si Sophilla mea vel paulo diutius in querelis suis permansisset, dimisissem eam. numquam per saetam istam capitis eius haec ratio penetravit: me idcirco eam adhibere quod praesenti tempore in rebus adversis indigens si quando dollarium et quadrantem accipere possit, accipiat oportet."

"Scilicet municipis illius cibum gula tua sine difficultate gluttis?"

Hoc dixit Domina Maudia. bina lineamenta ad extrema labra apparuerant. mecum tacita sedebat, pocillo caffeario in altero genu librato. cum de uxore Thomae Rubeculae loqui intermissum esset, equidem rem colloquii illius mente mea non iam sequebar, et de Fringillae Egressu et de fluvio mihi meditari placebat. Amita Alexandra omnia sursum deorsum verterat: tempus negotii valde sanguinolentum erat, hora autem socialis tristis odiosaque.

Domina Euhemera, "Maudia mea," inquit, "enimvero quid dicere velis nescio."

Domina Maudia breviter: "Enimvero scis."

Nec plura dixit. ubi Domina Maudia irata erat, brevitas eius frigidissima erat. aliquid eam iratissimam reddiderat, et oculi caesii aeque erant frigidi ac vox. Domina Euhemera rubebat, me strictim aspexit, statim neglexit. Dominam Fabriciam videre non potui.

Cum a mensa surrexisset, Amita Alexandra simul plus cibi sine mora dabat, simul cum Domina Euhemera Dominaque Portia cito colloqui coepta est. quas postquam ut cum Domina Petronia fabularentur hortata est, pedem rettulit. erga Dominam Maudiam gratiam vultu suo eximiam ostendit, et genus mulierum admirabar. Domina Maudia et Amita Alexandra numquam invicem inter se familiariter usae erant, et ecce Amita mea ei tacitas gratias ob aliquam rem agebat. qua de ratione omnino nesciebam. mihi satis placuit cognoscere aliquid in Amitae Alexandrae pectus adeo penitus descendere posse ut gratias ob auxilium datum haberet. haud dubium erat quin cum genere muliebri mox mihi necesse foret consociare, et migrare tamquam ad mundum feminarum ubi matronae bene olebant, lente oscillabant, se leniter ventilabant, aquam frigidam bibebant.

Sed apud patris mundum me intimam facilius faciebam. viri enim similes ac Dominus Hector Tata te innocua interrogando non captabant ut tibi illuderent; etiam Iem te non vituperabat nisi aliquid

ineptum dixisses. mulieres vivere videbantur a viris nescioquomodo
territae, invitaeque eos ex toto approbare. me tamen viri delectabant.
quantumcumque voces impias iactare et potare et alea ludere
et tabacum manducare solebant, nescioquid venusti eis inerat;
quomodocumque iniucundos se praebebant, nescioquid naturae
meae ad eos perliciebat . . . non erant—

"Dissimulatores, o Domina Petronia, natura sunt dissimulatores."
haec aiebat Domina Euhemera. "nos saltem qui hic in Austri partibus
vivunt peccato illo non onerati sumus. qui tamen Aquilonis regionem
habitant non ad cenam sedent cum istis servitute liberatis. nos saltem
non dissimulant istis dicendo: 'Ita vero, aequales paresque nobis
estis, sed a nobis procul este!' nos meridionales dicimus 'vobis de
moribus vestris vivendum, nobis nostris.' credo Dominam Elinorem
illam Roosevelt dementem fuisse, dementia quidem omnino captam
esse, quae Birminghamiam venerit et cum istis sedere conata sit. si
praefectus Birminghamiae essem, utinam—"

Esto. Birminghamiae neque illa neque ego praeficiebamus,
Alabamae tamen unum diem gubernator fieri cupiebam: Thomam
enim Rubeculam celeritate tanta liberarem ut circulo missionario
tempus non foret spiritum colligendi. quanto dolore Thomas rem
suam pateretur, Calpurnia coquae Dominae Rachelis nuper narrabat,
nec cum ego culinam intrassem loqui desivit. negabat Atticum posse
quicquam facere quo vincula faciliora fierent. verba quae ultima is
Attico dixisset priusquam ad carcerem deductus esset haec fuisse:
"Vale, Domine Fringilla, nil poteris facere plus, non proderit conari
plus." Calpurnia ait enim Atticum sibi dixisse omnem Thomae
spem periisse eodem die quo ad carcerem duxissent. Atticum
rem explicare conatum esse, quantum posset ne spem deponeret
suasisse, omnibus viribus ut liberaretur se moliri confirmasse. coqua
Calpurniam rogavit qua re Atticus non "Re vera liberaberis," dixisset
tantum, id quod putabat Thomae magnum fore solacium. Calpurnia
"Quia tute," inquit, "legis ignara es. ubi cum familia vivis quae iuris
perita est, hoc est primum quod discis praeceptum: certum nulli rei
responsum dare potes. Dominus Fringilla rem non potuit affirmare
inscius ipse num vera esset."

Foribus magno strepitu opertis, Attici pedes in vestibulo audivi.
mea sponte quota hora esset reputabam. qua hora in cottidiano

domum non redibat, atque his circuli missionarii diebus in serum noctis ex usu in oppido morabatur.

In limine constitit. vultu pallore infecto, petasum manu tenebat.

"Ignoscite mihi," inquit, "o matronae. procedite in conventu vestro, nolite a me turbari. Alexandra, vin' in culinam mihi venire? velim Calpurniam breve tempus auferre."

Per triclinium non iit, sed culinam per vestibulum posticum et ianuam posticam intravit. Amita Alexandra egoque ei obviam imus. ianua triclinii iterum aperta est et Domina Maudia se addidit. Calpurnia e sella surgere incipiebat.

"Calla mea," inquit Atticus. "velim venias mecum ad aedes Helenae Rubeculae—"

Amita Alexandra de patris mei vultu perturbata, "Quid est?" inquit.

"Thomas mortuus est."

Ad os Amita Alexandra manus admovit.

"Occiderunt eum," inquit Atticus. "currentem. tempus exercendi erat. aiunt eum caecum et furiosum impetum in saepem prorsum fecisse ac transcendere coram omnibus tentasse—"

"Nonne prohibere conati sunt? nonne monuerunt?" Amitae Alexandrae vox tremula erat.

"Certe custodes eum stare iusserunt. primo sclopeta ad auras tetenderunt, deinde ad occidendum. saepem transcendentem tutuderunt. quippe qui tanta celeritate curreret, ut dicebant, si duo bracchia sana habuisset, effugisset. septendecim locis telis eorum perforatus erat. quos non decuit tot ictibus deicere. Calla, velim mecum venias ut operam des mihi ad Helenae rem narrandam."

Illa cum murmure, "Etiam, o domne," inquit dum encomboma exuere trepide conatur. Domina Maudia adiit ut nodum solveret.

Amita Alexandra, "Oleum," inquit, "camino multum additum est, mi Attice."

"Tot homines," inquit, "quot sententiae. quanti Nigrum unum plus minusve aestimabant qui ducentos tenerent? Thomam quidem nostrum illi non conspexerunt sed fugitivum."

Atticus se ad frigidarium acclinans ocularibus levatis oculos trivit. "In spem tantam adducebamur," inquit. "quae in spe haberem illi narravi, sed nihil veri dicere potui praeterquam quod nos tanta spes teneret. suspicor spe ab Albis data Thomam totiens depulsum adeo taeduisse ut pro se spem salutis potius capere constitueret. tune parata's, o Calla? "

"Sic, o Domine Fringilla."

"Eamus igitur."

Amita Alexandra in Calpurniae sellam consedit et manus ad vultum misit. admodum tranquilla sedebat; adeo silebat ut metuerem ne collaberetur. Dominam Maudiam anhelantem audivi quasi nuper gradus ascendisset; interea in triclinio matronae magnam voluptatem e garritu suo capiebant.

Suspicata sum Amitam Alexandram lacrimasse, sed manibus a vultu remotis manifeste non lacrimabat. fatigata tamen visa est. locuta est voce frigida.

"Affirmare non possum me omnia quae agat probare, Maudia mea, sed frater est meus, et scire volo quando haec res finem captura sit." et voce maiore, "cruciatur," inquit." non saepe ita afflictum se exhibet, cruciatur tamen. eum vidi cum—quid ab eo porro accipere cupiunt, o Maudia, quid tandem?"

"Qui cupiunt? quosnam dicis?" inquit Domina Maudia.

"Hos municipes nostros dico. ut qui nummos suos perdere timeant, his tamdiu cordi est quamdiu quae ipsi facere nolunt ille facit; quibus tamdiu cordi est quamdiu ille facit quae ipsi facere timent, quamvis valetudine affectus; sunt enim qui—"

"St. tace, ne te audiant," inquit Domina Maudia. "cogitastin' umquam hac ratione, Alexandra? utrum Maicomenses satis sunt gnari annon, illum laudibus nostris celebramus quibus maximis aliquem ornare possumus. confidimus illi ut cuncta iuste et probe faciat. quid quaeris?"

"Quosnam dicis?" Amita Alexandra se nepotem suum duodecim annos natum subsequi numquam cognovit.

"Pauci illi e municipibus nostris qui negant aequitatem ita notatam esse: 'Albis solis secretam'; pauci illi qui affirmant iudicium iustum omnibus apertum esse, non nobis tantum; pauci illi quibus satis modestiae sit ut cogitent, cum Nigros conspiciunt, sine Dei gratia se tales fuisse." acerbitatem Domina Maudia veterem suam recipiebat. "em municipes dico nostros qui perpauci decus tralaticium sustinent. illos quidem dico."

Si animum incubuissem meum, paulum aliquid verbis eis addere potuissem quibus Iem decus sibi definierat, sed sentiebam me totam tremere, nec tremores sedare poteram. Fundum Carceralem Enfield olim videram, et aream exercendi Atticus mihi monstraverat. tanta erat quanta campus pediludarius.

"Mitte tremores istos." a Domina Maudia iussa statim misi. "surge, o Alexandra, diutius eas reliquimus."

Amita Alexandra surrexit et thoracem rugatum ad coxendices levigavit. sudario e cingulo extracto emunxit. caesarie palpata, "Num manifestum est?" inquit.

Domina Maudia, "Nullo modo," inquit. "tene iam bene habes, Ioanna Ludovica?"

"Ita vero, domna."

Firmiter ac fortiter, "Congrediamur igitur," inquit, "cum matronis."

Postquam Domina Maudia ianuam triclinii aperuit, voces earum elatiores audiebantur. Amita Alexandra me anteibat, et limen transeuntis caput levari vidi.

"Oh, Domina Petronia cara," inquit. "tibi caffeae deest. da mihi afferam."

"Calpurnia mandatum breve tempus persequitur, Gratia mea." Domina Maudia loquebatur. "da mihi plura tradam ruborum crustula, ecce. audin' quid heri egerit consobrinus meus, illum dico qui piscandi amore tenetur . . .? "

Ita progrediebantur ridentum per ordinem mulierum, perque triclinium ad pocilla caffearia replenda, vel ad bellaria disponenda tametsi nihil dolerent nisi malum domesticum quo Calpurnia in tempore aberat.

Murmur molle iterum audiebatur: "Ita vero, Domina Petronia, J.Grimes ille Everett sanctorum est et martyrum, qui ... in matrimonium ducendus erat itaque fugitum est ... ad tonstricem post meridiem omnes Saturni dies ... simulac sol occidit, accubat cum ... pullis, corbis pullis plenus morbidis, Fridericus ait ex hoc omnia commota esse, Fridericus ait ..."

Amita Alexandra me intuita leniter risit. ferculum quod liba tenebat in abaco spectabat et ad ea nutavit. diligenter ferculum cepi et me ad Dominam Euhemeram ambulantem spectavi. me intra decus tralaticium tenens, eam rogavi num liborum gustare placeret. si Amita mea se his diebus tanto decore gerere poterat, me quoque decebat.

XXV

"Ne ita facias, Scytha. expone eum in gradibus posticis."
       "Iem, insanusne es?"
"Iussi exponere in gradibus posticis."

Parvo eo animali sublecto et in imo gradu posito invita ad lectum redii. mensis september aderat, sed tempestatem frigidiorem secum non attulerat; itaque adhuc in postica porticu reticulata dormitum ibamus. muscae flammiferae adhuc volitabant, lumbrici nocturni et insecta alata quae totam aestatem culiculare petebant eo non iam abierant quocumque autumno ire solent.

Glomeris intra aedes nescioquomodo penetraverat. quae bestiola pusilla, credo, gradus ascenderat et sub valvas repserat. librum prope lectum deponebam cum conspexi eam. hae bestiolae plus digito longae sunt, quae tactae se in orbem complicant pilulae similem glaucae et rotundissimae.

Prona iacens manu deorsum extenso ei fodicavi. se complicavit. deinde se tutam sentiens, credo, lente explicavit. paucos digitos pedibus centum progressam iterum tetigi. se complicavit. somni plena rem perficere constitui. manus mea ad eam opprimendam descendebat, cum Iem locutus est.

Ille frontem contraxerat. id quod haud scio an ad aetatem instantem pertineret, quam tamen sperabam eum citius transiturum esse. certe animalibus numquam se crudelem praebuerat, bestiolarum tamen generis numquam eum tanto amore affectum esse vidi.

"Cur mihi comprimere eam non licuit?" inquam.

"Quia molestae tibi non sunt," inquit. luce qua legebat exstincta, obscurus iam loquebatur.

"Tu ad illud aetatis," inquam, "iam advenisti, credo, qua muscas culicesque occidere non vis. me certiorem fac ubi animum mutaveris. aliquid tamen dicere velim: quotiens pyrallis mihi scalpenda es, iners et ignava cessare nolo."

"Ohe, opprime os," inquit semisomnus.

Iem potius quam ego is erat qui puellam magis magisque in dies similitudine referret. de Dillone meditabar dum vigilo supina et delicata somnique cupida. qui cum nos kalendis instantibus reliquisset, promiserat e ludo liberatum se confestim rediturum. parentes enim suos sane compertum habuisse sibi Maicomi aestatem agere placere. Domina Rachelis nos secum in autocineto meritorio ad Iunctionem Maicomiam duxit, et Dill nobis valedixit, manum e tramine quatiens dum e conspectu fuit. meo tamen ex animo non erat: eum desiderabam. duobus diebus quos ultimos apud nos agebat, Iem eum in natatione instituerat—

'—in natatione instituerat'. subito experrecta, quid Dill mihi dixisset recordata sum.

Vortex Latratorius in extrema est semita quae a via Meridiana ad mille passus extra oppidum dividitur. per viam stratam vehi facile est sive plaustrum praeteriens sive autocinetum privatum retineas, facile quoque breve spatium ad rivum ambulare. molestum est tamen si vesperi domum pede incedere necesse est, cum pauca sunt vehicula: itaque natantibus cura est ne tardius morentur.

Dill dixit se Iememque ad viam vix pervenisse, Atticum cum vidissent ad se autocinetum agentem. quod ab eo non conspectos esse viderentur, se manu significasse. tandem Atticum cursum tardasse; cum obvii essent, dixisse: "vos oportet vecturam ex aliquo petere. equidem parumper domum non sum rediturus." Calpurniam in sede posteriore fuisse.

Dill plura narraverat: "Iem adeo questus, dehinc precatus est ut Atticus tandem: 'Bene est. nobiscum venire licet, dummodo in autocineto maneatis.'

Dum ad Thomae Rubeculae casam vehuntur, Atticus eis narravit quid accidisset.

A via strata deverterunt, et praeter sterquilinium praeterque domicilium Evellorum, perque semitam angustam ad tuguria Nigrorum lente vehebantur. puerorum turba Nigrorum calculis vitreis in Thomae horto antico ludum agebant. autocineto collocato, Atticus descendit. Calpurnia eum per portam anticam secuta est.

Dill eum a puero quodam petere audivit, "Ubi est mater, Samuelle?" Samuellumque dicere "Apud sororem Stephaniam, Domine Fringilla. vin' curram vocatum?"

Dill dixit Atticum primo incertum visum adnuisse, et Samuellum cursim abiisse. "Nolite ludum continere, pueri," inquit ille.

Puellula ad casae ianuam venit et Atticum intuens morabatur. Dill dixit comam eius in gradus plurimos fractam et ad caudas pusillas plexam esse quae omnes fasciis coloratis ligatae sunt. latissimo ridebat rictu et ad patrem nostrum incedebat, sed brevior erat quam ut gradus in tuto descenderet. Dill dixit Atticum ei appropinquasse, petasum exuisse, digitum obtulisse. quo prensato, adiutam ab illo gradus descendisse, et Calpurniae traditam esse.

Samuellus matrem celeri incessu sequebatur, et simul advenerunt. Helena, "Bonum vesperum tibi," inquit "velisne te accommodes?" neque ab ipsa neque ab Attico plura dicta sunt.

"O Scytha," inquit Dill, "statim in pulverem praeceps collapsa est. em in pulverem se praecipitavit, quasi ingenti pede gigas quidam forte contudisset eam. ecce—" Dill pede pingui suo terram pulsavit. "ac velut tibi formicam contundere libitum esset."

Ut dixit Dill, Calpurnia Atticusque Helenam ad pedes humo levatam ad casam modo portare modo ducere curaverunt. diu intus manserunt, et Atticus solus exiit. cum domum regredientes sterquilinium praeterveherentur, Evellorum erant ibi qui eos vituperaverunt; sed ipsa verba quae loquerentur Dill auribus non cepit.

Maicomenses duos fere dies morte Thomae tenti sunt; duo dies satis superque erant nuntio per regionem vulgando. "Audin'? ... Nonne audisti? ferunt eum incredibili celeritate cucurrisse ..." Maicomenses mortem Thomae proprium et naturale existimabant. Aethiopibus proprium esse abrumpere et abscedere. Aethiopibus naturale nullum capere consilium, nullam rei futurae rationem habere, caeca autem mente currere quam primum. at mirabile dictu Atticum Fringillam facere potuisse ut iste impune rem ferret, sed ...

"Mane dum! minime gentium! hercle scin' quales sint isti? nempe rem probat. quod facile offertur, facile amittitur. Rubeculae istius connubium iure sanctum erat, se mundum sedulo praebebat, ad ecclesiam constanter ibat ceteraque eiusmodi agebat, sed crede mi, vulpes pilum mutat non mores, aurum non in sterquilinio quaeritur. Nigri est nigritudinem nudare."

Ad haec singula sed pauca accesserunt, ut quivis auditor suam pro se fabulam narraret; deinde nihil vulgatum est dum ephemeris *Tribunus Maicomensis* edita est proximo die Iovis. in qua denuntiatio mortis erat brevis inter Acta Afrorum, sed inerat commentarius etiam a moderatore ipso scriptus.

Dominus Silvestris cum se acerbissimum praeberet, de clientibus nihil curabat utrum subnotationem renovare aut praeconia publica emere placeret necne. (Nedum Maicomenses eodem modo se gerebant; licere enim Domino Silvestri magna voce clamare et quidquid ei cordi esset scribere, eum tamen praeconia et subnotationes utique accepturum esse. si enim in ephemeride sua se ludificari vellet, sua interesse.) ille de rebus iniustis non scribebat, sed ut pueri puellaeque rem animo intellegerent. existimabat enim nefas esse debiles occidere homines, sive starent, sive sederent, sive effugerent. eos qui mortem Thomae effecerant cum venatoribus puerisque istis comparabat quibus propter mentis inopiam aves cantrices caedere placeret. quapropter Maicomenses existimabant eum scriptum adeo poeticum creare in animo habere ut in libello *Montgomery Herald* denuo ederetur.

Verumne? Itane? Domini Silvestris scripta legens in animo hoc volutabam. verum sine mente occisus est? at Thomas ex aequo et iusto usque ad diem mortis suae iudicatus erat. in publico iudicio accusatus, a duodecim civibus bonis et honestis convictus erat; pater meus certamen pro illo usque certaverat. tum demum verba Domini Silvestris intellexi: ad Thomae Rubeculae vitam servandam, Atticum omni vi usum esse quae homini libero in promptu esset; sed in iudiciis intimis istis quae occultissima essent in hominum cordibus nullam fuisse spem salutis. Thomas mortuus est simulac Maiella Evella ore aperto ululavit.

Nomine Evello in animum meum redacto, paulum nauseabam. Maicomenses beneficio Dominae Stephaniae illius, per quam rumores quasi mare per fretum Britannicum diffundebantur, ingenti celeritate quae Dominus Evellus de morte Thomae sentiret bene comperta inter se tradiderunt. illa Amitae Alexandrae Ieme praesente ("Ecastor satis annorum ad audiendum habet") narraverat Dominum Evellum dixisse uno iam perempto duos fere reliquos. Iem me metuere vetuit, Dominum enim Evellum multa iactare nihil dicere. monuit quoque ne quid Attico dicerem. si ullo modo facerem ut Atticus me scire sciret, se ipsum numquam mecum iterum locuturum.

XXVI

Ludo denuo recluso, denuo locum Radleianum cottidie
praeteribamus. Iem ad gradum septimum progressus in schola
superiore versabatur, quae ultra aedificium ludi litterarii sita est; ego
iam in gradu tertio eram. consuetudines moresque nostri cottidiani
adeo iam discrepabant ut cum Ieme ad ludum mane tantummodo
ambularem, nec viderem nisi ad cibum. ad pediludium ibat, sed
propter aetatis ac corporis imbecillitatem nihil agebat nisi quod
aquarius pro lusoribus situlas ferebat. quam rem summo studio
efficiebat; plerumque vesperi domum per tenebras rediit.

Locus me Radleianus non iam perterrebat, etiamsi sub
ingentibus quercibus adhuc caliginem exhibebat eandem,
horroremque eundem et frigus idem, atque eodem modo se
ingratum et iniucundum nobis praestabat. adhuc Dominus Nathan
interdum caelo sereno conspiciebatur, ad oppidum iens aut ab
oppido rediens; Boum inesse propter veterem rationem illam
scivimus, quod nemo eius elationem mortui vidisset. interdum
conscientia mentem meam ad dolorem aliquantulum excitabat,
quod interfueram cum videlicet Artorius Radleius tormentis a
nobis infligeretur. ecquis solitarius homo vult pueri per foriculas
aspiciant, litterulam in extrema harundine piscatoria positam
tradant, noctu per holera errent?

Attamen duorum capitibus Indis denariorum memor eram, et
mastichae, et imaginum sapone sculptarum, et nomismatis cuiusdam
robigine infecti, et horologii et catenae fractae. quas res Iem aliquo
loco condiderat, credo. quodam die post meridiem ad arborem illam

inspiciendam constiti; tumebat truncus circum caementi pannum illum. flavescebat pannus.

Opportunitate ad videndum bis data, haud multum afuit quin ipsum conspiceremus, id quod plerisque satis esse oportuit.

Quotiens tamen aedes praeteribam totiens eum quaeritabam. fortasse quodam die mihi conspicere contingeret. ita animo fingebam: praeteriens forte illum conspicerem in sella oscillari sedentem. ego "Salve, o Domine Artori," dicerem, quasi dixissem cottidie vesperi per vitam meam. ille "Salve, o Ioanna Ludovica," diceret quasi dixisset cottidie vesperi per vitam meam. "Nonne serenum est caelum nobis?" "Ita vero, domine," locuta ambulationem conficerem.

Vana tamen species erat. illum conspicere numquam contingeret nobis. fortasse luna imminente egressus re vera ad Dominam Stephaniam oculos intendebat. equidem intuendi causa hominem aliam legissem, sed suum negotium agere licet. ad nos utique numquam oculos intendebat.

Quadam nocte, cum forte dixissem me Boum Radleium semel ante mortem meam bene inspicere destinare, Atticus "Num denuo coepti estis?" inquit. "si haec res ita sit, vos iam iam iubeo: desinite. qui senex sim, me non decet vos e loco Radleiano agitare. praeterea, periculosum est. periclitamini sclopeto interfici. scis Dominum Nathanem si quando umbras videat ad eas sclopetare, etiam ad umbras quae vestigia pusilla et nuda pediculis suis parvulis ponant. secundis avibus non occisa es."

Profecto conticui. simul Atticum mirata sum. tum primum nos certiores fecerat se de aliqua re multo plura novisse quam putaremus. et multis abhinc annis acciderat. immo anni prioris aestate—immo anni superioris. tempus nos ludificabatur. Iemi res me memorare oportebat.

Tot et tanta iam passi eramus ut Boum Radleium minimi aestimaremus e rebus quae nobis timorem facerent. quae nos forte porro passuri essemus, Atticus negavit se praevidere. at enim res se tranquilliores sponte sua reddere solere, et omnes Maicomenses tempore procedente oblituros esse se ad vitam Thomae Rubeculae umquam animum attendisse.

Atticus forsan bene prospicere potuit, sed ea quae aestate illa

evenerant nos imminebant ceu fumus qui in conclavi clauso
non diffugit. Maicomensium qui adulta aetate erant de lite illa
numquam collocuti sunt aut mecum aut cum Ieme. cum tamen
liberis suis sane hac ratione colloqui videbantur: nos non sponte
Atticum parentem adeptos esse, itaque Attico neglecto liberos suos
decere nobis quidem belle uti. quam rem ipsi liberi numquam
soli excogitassent: si condiscipuli nostri ad suam voluntatem se
gessissent, Iem egoque pugnis nostris multa et grata certamina
singuli cum eis certassemus et rem in aeternum composuissemus.
quae tamen cum ita essent, capitibus allevatis boni atque honesti
fieri subacti sumus. quodam modo tempus relatum est nobis illud
Dominae Silvanae, ululatu omisso. mira tamen mihi res quaedam
erat, quam numquam intellexi. quamquam parens Atticus tot et
tanta reliquit, municipibus tamen eum decurionem nullo adversario
ut assolet reficere placuit. hominum genus absurdissimum esse
conclusi. eos igitur vitabam, neque umquam de eis cogitabam nisi
vi quadam coacta.

Quodam die in ludo ita sum coacta. die septimo quoque,
scholam habebamus de Actis Diurnis. puerum quemque oportebat
aliquid novi ex ephemeride carpere, remque bene digestam ceteris
discipulis patefacere. persuasum est ut hac ratione pueri multa et
difficilia superare discerent: eos enim et coram amicis in medium
prodeundo statum decorum confidentiamque sibi comparaturos; et
sermones inter se habendo disertiores futuros; et ex Actis Diurnis
unam rem cognoscendo memoriam suam tenaciorem facturos; et
quanto singillatim e grege electi gravarentur, tanto laetiores ad
multos reventuros.

Quae ratio subtilissima erat, sed apud Maicomenses, ut fit, in
usu exercitationeque parum prospere evenit. imprimis puerorum
agrestium pauci ephemeridas ad manum habebant, itaque pueri
oppidani plerumque Actis Diurnis onerabantur, id quod agrestibus
vel amplius monstrabat quanto cariores oppidani quam se haberentur.
si quis agrestium potuerat, aliquid excerptum saepius ferebat ex
ephemeride quae *Grit Paper* appellatur. quam Domina Portia,
magistra nostra, credebat scriptum vile et indecorum esse. numquam
cognovi cur frontem contraheret si quando puer aliquid de *Grit*
recitaret, sed nescioquomodo haec ephemeris referre illi videbatur

istos quos musica fidicularum delectaret, vel qui bucellatum melle mitigatum ad prandium vorarent, vel qui Sancti essent Volubiles, vel qui cantarent *Sweetly Sings the Donkey* sed verbum '*Dunkey*' perperam pronuntiarent. quae omnia ad detrectanda ludi magistri sane conducebantur ab eis qui rei publicae praestant.

Attamen perpauci puerorum noverant quid esset proprium Acti Diurni. Paulus Carolus Paululus qui centum annos natus esse videbatur si de vaccis vel de vaccarum moribus agebatur, ad mediam fabulam quandam de persona *Uncle Natchell* pervenerat, cum Domina Portia eum inhibuit. "Carole," inquit, "hoc actum diurnum non est, sed venditoris nesciocuius proscriptio."

Caecilius Iacobus tamen bene noverat quid esset. cum in eius rem ventum esset, surrexit et loqui coeptus est. "Senex ille noster Hitler—"

Domina Portia, "Adolphus Hitler, o Caecili," inquit. "neminem decet incipientem 'senex aliquis' loqui."

"Ita vero, domna," inquit, "senex ille noster Adolphus Hitler prosequebatur—"

"'persequebatur' dicere voluisti, o Caecili . . ."

"Non domna, immo hic scriptum est—esto; senex ille noster Adolphus Hitler sectatur Iudaeos et conicit in carcerem et rapit eorum rem et vetat excedere e patria et lavat omnes imbecillos et—"

"An imbecillos lavat?"

"Sic, domna, o Domina Portia, credo quod se lavare nequeunt. satis sensus non habent, non credo quod imbecillus quit habere se mundum. esto. Hitler cepit consilium continere Semiiudaeos quoque in unum locum, et vult perscribere nomina eorum quod timet quod forte molesti erunt, et censeo quod hoc est malum et id est meum actum diurnum."

"Optime fecisti, mi Caecili," inquit Domina Portia. anhelans ille ad sedem rediit.

Manus quodam loco allevata est. "Quomodo id facere potest?"

Cum patientia Domina Portia, "Quis facere quid?" ait.

"Velim rogare quomodo Hitler potest conicere tot homines in carcerem, vel quor ii qui rei publicae praestant non prohibent illum?" quod dixit is qui manum sustulit.

"At Hitler is est qui rei publicae praeest," inquit Domina Portia, et occasione capta ut ludus significantior fieret tabulam atratam adiit et litteris magnis D E M O C R A T I A scripsit. "Democratia," inquit. "ecquis verbum definire potest?"

"Nos," inquit aliquis.

Manum levavi, memor veteris sententiae candidati ambitiosi cuiusdam de qua Atticus mihi quondam locutus est.

"Quid censes tu verbum significare, o Ioanna Ludovica?"

"'Omnibus aequa iura, nullis privata.'" protuli.

"Optime, Ioanna mea Ludovica, optime fecisti." Domina Portia ridebat. post verbum D E M O C R A T I A, scripsit S V M V S. "nunc, o pueri puellaeque, una voce loquimini: 'Democratia sumus.'"

Locuti sumus. deinde Domina Portia, "Id est," inquit, "in quo America et Germania inter se differunt. nos democratia sumus et Germania est dictatura. Dic-ta-tu-ra," inquit. "hic persequi aliquem non credimus iustum esse. persecutio oritur ex eis quibus opiniones praeiudicatae sunt. Prae-iu-di-ca-tae." diligenter litteras expressit. "gens in orbe terrarum non est Iudaeis melior, et quare Hitler ita non arbitretur, mihi quidem res occultissima est."

Vox cuiusdam inquisitioni dediti e mediis, "Quor illi," inquit, "non amant Iudaeos, quaeso, o Domina Portia?"

"Equidem nescio, Henrice. ubicumque domicilium habent, ad rem publicam multa afferunt, et praeterea gens est religiosissima. Hitler religionem tollere conatur; quapropter forsan eos non amat."

Caecilius nos allocutus est. "Pol non habeo pro certo," inquit, "sed ferunt quod ii permutent nummos vel aliquid, sed nullo modo decet persequi eos propter hoc. nonne sunt albi?"

Domina Portia, "Cum ad rhetorem ibis," inquit, "o Caecili, cognosces Iudaeos persecutionem per omnem memoriam rerum gestarum semper passos, etiam e patria expulsos esse. Iudaeorum historia e formidolosissimis est earum quas in annalibus legimus. hora est arithmeticae, pueri."

Quoniam arithmetica me numquam delectabat, horam trivi per fenestram spectans. Atticum numquam frontem contrahere vidi nisi cum Elmer Davis novissima de Hitlero dabat. radiophono exstincto, "Ohe!" aiebat. quodam die a me rogatus cur erga Hitlerum tam impatientem se praestaret, "Quia est homo vecors," respondit.

Dum pueri se numeris exercent, hoc responsum in animo volutatum mihi non satis esse videbatur. unus homo vecors et sescentiens centena milia hominum Germanorum? mea sententia hi illum in carcerem conicerent potius quam ille hos. aliud etiam tamquam dissonum sonum edebat—de quo patrem rogatura eram.

Rogatus dixit se ignarum quomodo responderet respondere non posse.

"At licet Hitlerum odisse?"

"Non licet," inquit. "nemo est quem odisse liceat."

"Attice," inquam, "aliquid est quod non comprehendo. quae Hitler agat pessima esse dixit Domina Portia, et de hac re ex alto suffusa est rubore—"

"Nimirum."

"Sed—"

"Quid?"

"Nihil, domne." abii nesciens an Attico explicare possem quid in animo volutarem, incertaque num quod mihi sensus incohatus tantum esset clarius facerem. fortasse Iem respondere posset, quippe qui de ludi re plura quam Atticus intellegeret.

Qui aquam portabat totum diem ille defessus erat. tunicae arienarum duodecim lactariam ampullam haustam ad lectum humi circumiacebant.

"Quare te farcis?" inquam.

"Exercitor dicit si viginti quinque libris gravior tribus annis fiam, mihi ludere licebit. haec est ratio celerrima."

"Si modo omnia non vomes, Iem," inquam, "cupio te rogare aliquid."

"Dic." libro posito crura extendit.

"Nonne Domina Portia bella est mulier?"

"Certe," inquit Iem. "me iuvabat ubi in classe eius eram."

"Hitlerum vehementer odit . . ."

"Ecquid perperam facit?"

"Audito. hodie exspatiabatur quanta malignitate is Iudaeos persequeretur. Iem, nonne nefas est persequi aliquem? vel de aliquo homine te inhumanum praestare?"

"Vero hercle, Scytha. quid est?"

"Audito. cum e basilica ea nocte excederet, Domina Portia gradus descendens nos anteibat—tu quidem forte non conspexisti, credo—et cum Domina Stephania colloquebatur. illam edicere exaudivi tempus adesse quo istis documentum sibi

habendum esset, istosque locum suum tenere iam dedignari, ac
nimis cito istos in matrimonium nos ducere in animo habituros.
quomodonam, mi Iem, potes simul Hitlerum ita odisse simul
erga homines qui apud te ipsum vitam agunt te inhumanum
praestare?"

Subito Iem iratissimus erat. e lecto saliit, meque collari raptam
agitabat. "Cupio numquam de ista basilica iterum audire, numquam,
numquam. audin'? me audin'? ne verbum quidem loqueris mihi de
hac iterum, audin'? ohe, abito!"

Necopinata res mihi adeo visa est ut non lacrimaverim. e Iemis
cubiculo repsi et ianuam leniter operui ne stridor nimius eum iterum
vexaret. subito defessa Atticum desiderabam. in atrio erat, et ad eum
adibam ut in gremio considerem.

Atticus ridebat. "Ita crevisti, cara," inquit, "ut pars tui tantum
tenenda sit." me amplexus est. leni voce, "Scytha mea," inquit. "ne
liceat Iemi te vexare. his diebus in angustum venit. vos nuper audivi."

Atticus dixit Iemem talem rem e mente delere conari, qualis
re vera in animo aliquamdiu condenda esset dum satis temporis
praeteriret. qua de re in animo posthac volutata rationem tandem
deducturum esse. postquam in animo rem volvere potuisset, apud
se futurum esse.

XXVII

Haec omnia aliquatenus nobis quiescebant sicut Atticus dixerat. ubi ad medium mensem octobrem ventum est, duae res tantum novae sed parvae duos Maicomenses forte attigerunt. immo res erant tres, quae ad nos ipsos Fringillas pertinere non videbantur, quamquam quodam modo accidit ut demum pertinuerint.

Prima res haec erat: Dominus Robertulus Evellus paucis diebus munus publicum accepit et dimissus est, quo facto in annalibus eo tempore scriptis forsitan se singularem praestaret; ex eis qui opera carentes rei publicae serviebant eum solum scio qui propter pigritiam a procuratoribus *WPA* dimissus erat. tam breviter insignis per municipium cantabatur quam, credo, muneri suo operam dare conabatur: Maicomenses pariter Domini Evelli obliti sunt et Thomae Rubeculae. ille posthac ad chartulam pecuniariam e sportula publica accipiendam quot septimanis rursus ibat, qua sine gratia accepta simul voce obscura murmurabat: cinaedos enim illos qui se municipio praefectos esse putarent homini honesto non permissuros ut rem suam faceret. ea quae sportulae praeerat, Ruth Jones nomine, dixit Atticum a Domino Evello palam accusatum esse quod per malevolentiam ut dimitteretur fecisset. qua re ita vexata est ut ad Attici sedem accederet quo eum certiorem faceret. Atticus eam ne vexaretur monuit; Robertulum enim Evellum si secum de dimissione illa colloqui cuperet, viam ad sedem suam bene novisse.

Deinde Quaesitori Sartori haec res accidit. is Dominicis diebus vesperi ad ecclesiam ire non solebat: ibat tamen uxor. tempus illud Dominicum in villa sua amplissima solus agere praecipue gaudebat, cum se in tablino condere liceret ad scripta Roberti Sartoris legenda. (qui cognatus non erat, quamvis quaesitori se cognatione extulisset.) quodam die vesperi dictionis floridae et translationis uberis blanditiis captus, a libro suo avocatus est crepitu molesto. cani suo pingui et parum insigni cui nomen erat Anna Sartor, "St. tace," inquit. deinde intellexit se cenaculum vacuum alloqui, crepitumque a tergo ortum esse. cum ad porticum posticam Annae liberandae causa lentis passibus incessisset, valvas reticulatas apertas et oscillantes vidit. praeter umbram ad villae angulum brevi conspectam, advenam non vidit. cum ab ecclesia domum rediisset, maritum Domina Sartor in cathedra sedentem invenit, scriptis Roberti Sartoris omnino captum, sclopetum in gremio tenentem.

Postremo tertia res Helenam Rubeculam Thomae viduam attigit. etsi Maicomenses Domini Evelli obliti erant aeque ac Thomae Rubeculae, et Thomae Rubeculae aeque ac Boi Radleii, is autem qui Thomam operarium conducebat, Dominus Lincus Deas, haudquaquam oblitus erat eius. Helenae munus domesticum fecit. re vera ministrae ei non opus erat; quod tamen res illa sic cecidisset, se sollicitudine magna affectum esse dixit. quis liberos eius curaret dum abesset numquam cognovi. Calpurnia dixit difficile esse Helenae, quod ad Evellos vitandos necesse esset forsan mille passus devio itinere procedere. Helenam enim dixisse se cum primum per viam publicam ire conata esset, conviciis et contumeliis ab eis vituperatam esse. Dominus Lincus Deas eam ad operam cottidie mane venientem intuitus, via errare tandem credebat, quapropter causam afferre coegit. "Omittas rem, sodes, o Domine Lince, sodes, domne". Helena ita orabat. "Mehercle non omittam," inquit ille. imperavit ei ut antequam domum post meridiem iret ad tabernam suam eo die accederet. quo facto, Dominus Lincus taberna clausa capiteque operto Helenam domum duxit. cum via compendiaria eam duceret, locum Evellorum praeterierunt. cum reveniens iterum praeteriret, ad fores illas ridiculas moratus est.

"Evelle?" vocavit. "heus tu, Evelle!"

Fenestrae ad quas cottidie stipati sunt pueri puellaeque vacuae erant.

"Certum habeo vos cunctos inesse humique iacere! audito me, Robertule Evelle! si quando audiam puellae meae non licere per hanc viam ambulare, faciam ut tu ante solis occasum in carcerem coniciaris." in pulverem despuit et domum iit.

Helena ad operam proximo die mane ambulans via publica usa est. nemo eam conviciatus est, sed cum locum Evellorum paucis passibus praeteriisset, respiciens Dominum Evellum pone sequentem vidit. dum se vertit et ad villam Domini Linci Deae progreditur, semper Dominus Evellus eodem intervallo pone sequebatur. dum procedit semper vocem mollem a tergo audiebat foeda leniter usque loquentis. perterrita Domino Linco Deae telephonavit qui non procul a villa in taberna sua erat. qui e taberna egressus, Dominum Evellum se ad saepem acclinantem vidit. qui "Ne spectes me, Lince Dea," inquit, "sicut faecem. non futui istam—"

"Primum tu ex agro meo corpus istum hircosum aufer. nam in saepem incumbis meam quam non sum tam dives ut atramento novo reficere possim. deinde procul es a coqua mea, alioquin faciam ut de vi reus fies—"

"Non tetigi istam, Lince Dea, non coiturus sum Aethiopissae!"

"Quantum ad te attinet, sive tanges eam sive non tanges nihil quidem mea refert. sed si tantillum quid faceres ut illa te timeret, in carcerem conici merereris, sin tibi de vi convinci non satis erit, te per legem de feminis defendendis convincam. abi in malam rem! si dubites me serio loqui, iterum molesta, sis, puellam illam!"

Dominus Evellus manifeste eum serio loqui credidit, ab Helena enim nil mali postea relatum est.

De his rebus meditata, Amita Alexandra, "Metuo, Attice," inquit, "valde metuo. ille videtur inimicitias perpetuas cepisse contra omnes qui iudicio isto interfuerunt. scio genus illud hominum quantas simultates exercere soleant, nescio tamen cur ipse simultatem suam ita nutriat. nonne in basilica rem explevit?"

"Equidem intellego, credo," inquit Atticus. "fortasse penitus in cordi suo novit e Maicomensibus perpaucos re vera fabulis suis Maiellaeque credere. existimabat enim fore ut vir fortissimus duci sibi contingeret, nihil tamen pro laboribus adeptus est nisi verba huismodi: 'Bene est. nos hunc Nigrum convincemus, sed tu ad sterquilinium tuum redi.' nunciam sane tantum livoris et odii apud omnes ut dicam ita implevit ut satis superque sibi habere deberet. mutato caelo non iam molestus erit."

"Cur in villam Ioannis Sartoris vi irrumpere conatus est? scilicet non conatus esset, credo, nisi ignorasset Ioannem domi adesse. qui lucem nullam Dominicis diebus vesperi ostendit nisi in porticu antica et in atrio suo . . ."

Atticus tamen, "Certum non habes," inquit, "Robertulum Evellum id culiculare secuisse, nescis quis fecerit. rem conicere possum. equidem eum mendacem esse monstravi, Ioannes stultum. dum Evellus in sede erat, Ioannem intueri vultu gravi non audebam. qui Evellum intuebatur quasi gallina esset quae ab ovo nata quadrato tria praestaret crura. non mihi persuadebis quaesitores non facere ut iudices praeiudicarent alicui." haec locutus Atticus ridebat.

Ad finem mensis octobris, animi nostri, ut fit, schola, ludis, studio cottidie occupabantur. quodcumque oblivisci cupiebat, Iem e mente id deposuisse videbatur. condiscipuli beneficio Dei nos patris nostri insolentiam oblivisci patiebantur. quodam die Caecilius Iacobus a me petivit num Atticus rerum novarum cupidus esset. qui a me rogatus adeo delectatus erat ut gravius rem tulerim. affirmavit tamen se me non deridere. "Dic Caecilio," inquit, "me novarum rerum aeque cupidum esse ac Thomam illum Cotton Heflin."

Amita Alexandra vigebat. Domina Maudia tamquam ictu certo animos earum pepulerat, credo, ut omnes e circulo missionario utique tacerent; illa enim rursus in ceteras dominabatur. cuppedia vel exquisitiora faciebat. Dominam Euhemeram auscultans plura cognoscebam de vita cottidiana miserorum Mrunarum: familias eorum tantilli aestimari ut e tota gente una et magna familia fieret. puero cuivis tot patres esse quot viri gentiles, tot matres quot mulieres. illi J. Grimes Everett ad has res mutandas molienti precum nostrarum ingens opus esse.

Maicomenses ad se redierant aeque ac anno proximo et anno superiore, duabus rebus parvi momenti mutatis. primum hoc evenit: municipes a fenestris tabernarum autocinetorumque schidas removerant illas in quibus scriptum est: DPR—NOS NOSTRVM AGIMVS. Atticus a me rogatus qua de causa, dixit quod Decretum Patriae Reciperandae mortuum esset. a quo interfectum esset rogatus a senibus novem dixit.

Eventum alterum rei publicae tanti momenti non erat. usque adhuc, Maicomenses vigiliam Omnium Sanctorum nullo ordine nulla disciplina gerebant. puer quisque suam rem agebat, vel a pueris aliis iuvabatur si forte res quaedam movenda esset: exempli gratia si cisium parvum in equorum stabuli tectum ponendum esset. parentes tamen arbitrati sunt res anno superiore omnem modum excessisse, cum tranquillitas Dominarum Tuttiae Fruttiaeque fracta esset.

Dominae Tonsoriae Tuttia Fruttiaque matronae erant innuptae, sorores quae in eadem villa vivebant cui soli e villis Maicomiis hypogaeum erat. vulgatum est sorores Tonsorias Republicanas esse, quae e Clantone Alabamio profectae sunt anno MCMXI. mores earum nobis inusitatae sunt, et nemo sciebat cur hypogaei eis opus esset. nihilominus hypogaeum et cupiverunt et effoderunt, et per reliquam vitam earum pueri innumeri quotannis ex eo expellendi erant.

Dominae Tuttia Fruttiaque (quibus nomina erant Sara Franciscaque) non solum mores illos Ianquorum praestabant, sed utraque surda erat. quam rem Domina Tuttia negabat et in mundo sonitu omni carente vitam agebat; Domina autem Fruttia ne quid praetermitteret, bucina auditoria utebatur tanta magnitudine ut Iem diceret megaphonium esse canis illius quem Victrolam phonographium auscultantem videres.

Quae cum ita essent et quod vigilia Omnium Sanctorum accedebat, erant pueri pravi qui exspectaverant dum Dominae Tonsoriae obdormiverant, noctu atrium eorum intraverant (ostium enim praeter Radleios nemo occludebat), omnem supellectilem furtim ablatam in hypogaeum condiderant. nego me sociam talis rei fuisse.

Postridie mane magno clamore vicini excitati sunt. "Audivi eos! audivi eos vehiculum ad ostium agentes! solum sono quasi quadrupedante quasserunt. iamdudum in Nova Aurelia erunt!"

Domina Tuttia certum habebat pelliones quosdam qui duobus abhinc diebus per oppidum commeabant supellectilem suum surripuisse: "Subnigri erant," inquit vocem lentius trahens, "Syrii."

Vocatus est Hector Tata. loco inspecto dixit sua sententia operas qui in municipio habitarent fecisse. Domina Fruttia dixit se sonum vocis Maicomiae ubivis cognoscere, nullasque voces Maicomias in cenaculo illo pridie nocte fuisse. omnes enim illos litteram R in loquendo tremula voce ubique crispavisse. nihil aliud ad supellectilem reperiendam usui esse nisi canes illi qui fugitivos sanguine vestigarent. Domina Tuttia flagitante, Domino Tatae necesse erat ab oppido decem milia passuum pergere ut canes Molossos rure collectos ad vestigia poneret.

Qui a Domino Tata ad gradus anticos Dominarum Tonsoriarum resoluti, hoc tantum egerunt: circum villam cucurrerunt et ad ianuam hypogaei ululabant. cum ter eos resolvisset, rem tandem intellexit. ad meridiem nullum puerum nudis pedibus usquam Maicomi vidisses, neque ullus calceos deposuit dum canes remissi sunt.

Itaque matronae Maicomenses nuntiaverunt hoc anno res aliter eventuras esse: "Auditorium scholae superioris apertum erit. spectaculum parentibus edetur; liberis erunt ludi festivi—liceat eis mala ex aqua dentibus capere, e saccharo tosto dulciola obducendo facere, ad asinum caudam acu figere. praeterea praemium viginti quinque centesimarum dabitur illi qui habitum optimum ad diem festam a se ipso formatum geret."

Iem egoque ingemuimus. nedum ipsi feceramus aliquid, sed erant principia quae iam dudum posita erant. Iem se aetate grandiorem esse putabat quam ut vigiliae Omnium Sanctorum particeps esset. se inter eos conspici nolle qui propter hanc rem ad scholam superiorem adessent. esto; Atticus, credo, me ducere velit.

Heu mox cognovi in scaena me illo die adesse oportere. Domina Gratia Euhemera spectaculum composuerat quod appellatum est *Pagus Maicomius: ad astra per aspera;* electa eram ut perna essem. arbitrata est mirabile fore si pueri quidam apte vestiti fructus effingerent qui in agris nostris cultura communi proferrentur. vaccae Caecilius Iacobus habitum gesturus esset, phaseolus Agnes Bona factura esset pulcher, arachis alius quidam futurus esset, et alii aliter donec ad finem et phantasiae Dominae Euhemerae et copiae puerorum perventum esset.

Officium nostrum erat ut bis exercitata cognovi, in scaenam a sinistra ascendere dum Domina Euhemera, quae non solum auctor sed etiam narrator erat, qui essemus nos singulos declarat. verbo "Porcina" clamato, se ut intrarem monituram esse. deinde cunctos cantaturos:

"O Page noster Maicomi,
O Page noster Maicomi,
Semper nos fidissimi
Omnes erimus tibi."

Postremo ad spectaculum consummandum, ipsam Dominam Euhemeram ad scaenam cum vexillo Alabamio ascensuram esse.

Vestem meam parare facile erat. Domina Crensa, quae in municipio vestifica victum quaeritabat, inventionis acumine Dominae Euhemerae aequabat. illa metallici aliquantum reticuli captum pernae salitae in formam flexit. quod linteo fusco tectum colore induxit ut pernam veram simularet. tantum subsidere potui, ut quispiam hoc conceptaculo demittendo caput meum corpusque ad genua contegeret. Domina Crensa providenter ad visum duo foramina mihi fecerat. opus bonum erat. Iem dixit me pernae cui crura essent omnino adaequare. incommoda tamen nonnulla erant: in veste tam astricta calidissima eram: si nares prurirent, radere non possem; et circumclusa exire sine auxilio sola non potui.

Cum dies festa advenisset, existimabam familiares omnes adfuturos esse ut me agentem spectarent, sed hac spe deiecta sum. Atticus quantum poterat considerate dixit spectaculum sibi hac nocte non ferendum quippe qui omnino fatigatus esset. Montgomeriae enim se septem dies afuisse et hodie post meridiem domum sero rediisse. credebat tamen a me rogatum Iemem forsan me ducere velle.

Amita Alexandra dixit bene vesperi cubitum sibi utique eundum esse; scaenam diu post meridiem hodie ornavisse et fatigatam esse. quo dicto subito conticuit. os claudit, tum ad loquendum aperuit, sed verbum nullum locuta est.

"Quid est, Amita mea?" inquam.

"Nihil est, nihil," inquit. "aliquis sepulcrum meum modo transiit." quidquid id erat quod breve tempus verita erat, illud ex animo dimisit, et mihi suasit ut domi familiae soli in atrio spectaculum ipsa darem. me in vestem compressa, Iem ad ianuam constitit et "Po-orcina" vociferatus est eadem voce qua Domina Euhemera usa esset. ubi ingressa sum, Atticus Amitaque Alexandra magnopere delectatae sunt.

Partes meas in culina iterum coram Calpurnia egi, quae dixit me admirabilem fuisse. viam transire cupiebam ut Dominae Maudiae me monstrarem, sed Iem dixit se credere illam ad spectaculum adfuturam esse.

Posthac sive adessent sive abessent nulli momenti mihi erat. Iem dixit se me eo ducere velle. itaque iter illud iniimus quod longissimum una fecimus.

XXVIII

Pridie Kalendas novembres praeter solitum calebatur. nobis amiculorum opus haudquaquam erat. vento crescente Iem "Pluet," inquit, "priusquam domum pervenimus". nox illunis erat.

Lanterna quae ad trivium erat umbras profundas in villam Radleiorum proiciebat. Iemem leniter ridentem audivi. "Hac quidem nocte, ut opinor," inquit, "nemo eos vexabit." pernam portabat meam, non sine difficultate ut quae modo inhabilis esset. censebam eum officium viri honesti et liberalis fungi.

"Nonne terribilis est locus?" inquam. "Bous aliquem laedere non in animo habet, mihi tamen valde placet quod tu mihi ades."

"Scin' Atticum noluisse tibi permittere ut sola ad scholam ires?"

"Quapropter? schola modo interiecta est trivio et areae."

"Puellulis noctu transeuntibus," inquit ioci causa, "permagna est area illa. nonne larvas times?"

Risimus. "En larvae, Vapores Calidi, carmina dira, signa arcana! res illa antiqua," inquit Iem, "Angelite, sive vivis, sive iam es mortuus, noli spiritum bibere nostrum: esto devius!'"

"Obsera os," inquam. ante locum Radleianum eramus.

Iem, "Bous domi non adest, credo. ausculta!"

Avis mimica solitaria et tenebrosa qui supra nos latebat e thesauro suo multa effundebat omnino ignara cuius arborem assideret, vocem ab icterorum acutissimo pipatu et a cyanocittarum stridore irato recipiens ad caprimulgorum gravissimum ploratum.

Cum ad trivium perventum esset, pedem offendi ad radicem quae in via erat. Iem me iuvare conans vestem meam in pulverem demisit. non tamen decidi ipsa, et mox rursus procedebamus.

Via relicta aream scholae intravimus. nox iam caeca erat.

Paulum progressa, "Quomodo scis ubi simus, Iem?" inquam.

"Scio nos magna sub quercu illa esse, quod frigidum locum transimus. cave ne iterum cadas."

Cautius iam ibamus, et iter pedibus praetentabamus ne ad arbores offenderemus. haec arbor erat quercus antiqua et unica, quam duo pueri manibus iunctis circumdare non poterant. procul erat e conspectu ludi magistris atque eorum delatoribus, et vicinis scrutandi avidis; prope erat locum Radleianum: scrutandi tamen avidi Radleii non erant. sub ramis spatium erat parvum et bene occulcatum, propter proelia multa lusumque aleae multum et furtivum.

Lux ex auditorio scholae procul effulgebat quae nos admodum caecabat. Iem "Ne ad lucem prospectes, Scytha," inquit. "si humum spectabis, non cades."

"Oportuit lampadium tecum ferre, Iem."

"Nesciebam nos ita obscuros ituros esse. caelum antea non putabam ita caliginosum fore. nubibus enim multis obductum est, sed pluviosum nondum."

Aliquid ad nos exsiluit.

"Di immortales!" Iem clamavit.

Oribus nostris orbe lucis subito illuminatis, Caecilius Iacobus e tenebris cum lampadio laetabundus exsultavit. "Hahahae, male de vobis!" inquit ululans. "certum habui vos hac via venturos!"

"Qua re tu solus in hoc loco erras, mi puer? nonne Boum Radleium times?"

Cum parentibus ad auditorium vectus, Caecilius illic nos non conspexit et huc erravit quod bene cognitum habebat nos mox adventuros. Atticum tamen nobiscum adfore crediderat.

"Edepol haud multum distat," inquit Iem. "ecquis ad trivium timet ire?" nos tamen fateri oportebat Caecilium bene gessisse; re vera nos terruisse, quo facto ei concessum esse ut per scholam omnibus rem narrare posset.

"Nonne, malum, tu hac nocte vacca es? ubi est vestis tua?"

"Post pulpitum est," inquit. "Domina Euhemera dixit spectaculum postea aliquanto incepturum esse. tuam ad meam post pulpitum ponere potes, Scytha, ut nos cum ceteris circumire possimus."

Iem putavit hoc optimum esse, optimumque idcirco esse quod Caecilius egoque comites iremus. quo facto Iemi liceret aequalibus suis comitari.

Ubi ad auditorium pervenimus, fere omnes municipes aderant. aberant Atticus et matronae illae ornando fatigatae, et, ut solet, si quis inops vel homo segrex erat. praeterea omnes ut dicam pagani, credo, advenerant: hominibus agrestibus curia tota comptis et pumicatis scatebat. huic aedificio erat vestibulum latum; ibi homines tabernas frequentabant quae in utroque latere statutae erant.

Tabernis conspectis non sine gemitu, "Heu, mi Iem," inquam, "pecuniam meam oblita sum."

"Atticus autem non oblitus est," inquit Iem. "ecce triginta centesimae. res sex facere poteris. bene vale."

"Bene habeo," inquam, si mihi erunt triginta centesimae ac Caecilius. quocum ad frontem auditorii, per ianuam sinistram, post scaenam ii. perna mea deposita, festinanter abii, nam Domina Euhemera ante ordinem primum sedilium ad mensam stabat et scripturam verbis novissimis furens mutabat.

"Quot nummos habes?" a Caecilio petivi. is quoque centesimas triginta habebat; itaque pecunia pares eramus. primas vicesimas disperdidimus ad Domum Horribilem, quam nullo modo horruimus; in septimi gradus locum atratum ingressi atque a larva qui ibi ad tempus habitabat circumducti coacti sumus tangere res complures quae corporis humani dicebantur partes esse. acina duo cutibus resectis in patella tangere coacti, "Ecce oculos eius," certiores facti sumus. "Ecce cor eius," quod nobis iecur crudum esse videbatur. "Ecce viscera eius," et manus nostrae in pastae vermiculatae catinum immersae sunt.

Caecilius egoque ad complures tabernas ambivimus. uterque nostri ab uxore Quaesitoris Sartoris saccum Divinitatis emit. haec est dulciolorum albatorum ab ea domi coctorum. cupiebam mala capite in situlam merso dentibus capere, id quod Caecilius insalubre esse affirmabat. mater eius credebat eum morbum contracturum capitibus omnium in eodem alveo immersis. "Nullus est morbus," inquam, "quem nunc in hoc oppido contrahere possis." Caecilius autem dixit matrem suam affirmasse insalubre comesse quae alii iam gustavissent. postea ab Amita Alexandra de hac re quaesivi; ea dixit homines qui opinionem eiusmodi haberent plerumque plebeios et ineptos esse.

Empturi eramus offam tosti sacchari, cum nuntii a Domina Euhemera missi advenerunt qui nos post scaenam ire iuberent, quod tempus parando iam esset. aula multitudine complebatur, et Symphonia Scholae Superioris Pagi Maicomii ante scaenam conducta erat; scaena illuminata erat, et aulaeum rubrum et bombycinum undabat et fluctuabat propter motum eorum qui a tergo huc illuc usque currebant.

Caecilius egoque frequentiam post scaenam in vestibulo angusto invenimus; puberes vidimus qui petasos tricornes ab ipsis domi factos gerebant, vel pilleos Confoederatorum, vel galeas Belli Hispanici, vel cassides Belli Pancosmii. pueri puellaeque ad res rusticas diversas referendas vestitae ante fenestram solam et parvam stipabant.

Non sine ploratu atque angore, "Aliquis vestem meam pessum dedit," inquam. Domina Euhemera ad me citato equo contendit, reticulum metallicum reformavit, me ipsam intus impulit.

"Tune bene habes ibi?" inquit Caecilius. "eminus vox tua venire videtur, quasi trans collem modo loqueris."

"Nec tua propius venit." symphonia carmen rei publicae canebat, et cunctos auditores e sedilibus surgere audivimus. tum tympana sono gravissimo resonabant. Domina Euhemera quae ad mensam prope symphoniacos locata est, nuntiavit: "Pagus Maicomius: Ad Astra Per Aspera." tympanum iterum graviter sonuit. "hoc sibi vult," inquit pro hominibus agrestibus verba vertens, "e luto ad stellas." addidit, id quod, credo, non necesse erat: "ecce spectaculum!"

Cum susurro Caecilius, "Quid esset sane nemo sciret," inquit, "nisi ipsa eos certiores faceret." qui statim tacere iussus est.

"Municipes quidem sciunt cuncti," inquam.

"Sed agrestes adsunt," inquit Caecilius.

"Eho! tacete!" aliquis imperavit, et nos conticuimus.

Quotiens Domina Euhemera dictum edebat, totiens tympanum pulsu sonabat. lugubre carmen canebat de pago Maicomio: pagum nostrum vetustate civitatem ipsam anteire, partemque olim fuisse regionum Mississippiae et Alabamae, hominemque album qui primus in silvis incognitis pedem posuisset fuisse abavum remotum quinquiens quaesitoris eius qui quaestioni de heredibus praeesset, de quo tamen nihil postea auditum esset. deinde Tribunum illum intrepidum Maicomum nomine venisse, a quo pagus nomen accepisset.

Quem Andreas Jackson legioni praeficere constituit, sed Tribunus Maicomus nimium confidentiae parum ingenii ad cursum recte tenendum praebuit; itaque omnes qui secum in bellum contra Criquos equitaverunt ad malam rem venerunt. Tribunus Maicomus propositum suum tenebat ad democratiam in regione statuendam, sed bellum illud quo primo interfuit ultimum sibi quoque evasit. nuntiis ab Indo quodam socio allatis imperatum est illi ut ad meridiem contenderet. quae via ad meridiem vere duceret ut comperiret, licheni arboris cuiusdam consulit, et eos qui corrigere conati sunt atrociter neglexit, quod turbulenti essent qui imperium suum detractarent. quibus rebus confectis, Tribunus Maicomus ad hostes fugandos in iter cogitatum se dedit, et ad septentriones in silvas perveteres cum errore tam inextricabili copias suas duxit ut a colonis qui ad interiorem migrabant tandem servati sint.

Domina Euhemera per semihoram de rebus a Tribuno Maicomo gestis exspatiata est. poplitibus duplicatis et sub vestem plicatis, cognovi me sedere vix posse. consedi et Dominae Euhemerae bombum et tympanorum percussum auscultans mox obdormivi.

Postea vulgatum est Dominam Euhemeram omnibus viribus ad spectaculum consummandum se gessisse. illam "Po-orcina" animo confidenti ideo molliter cecinisse quod pinus et phaseoli cuncti ad monitum intravissent. paulisper moratam, "Po-orcina?" clamasse. ubi nihil evenisset, "PORCINA!" maxima voce vociferatam esse.

Aut illam dormiens audivi, credo, aut symphonia illa *Dixie* canens me excitavit: sed cum Domina Euhemera ipsa ad scaenam cum vexillo Alabamio ascendit, tum mihi simul scaenam intrare placuit. "mihi placuit" dicere nollem, sed hoc tantum: ceteris pueris occurrendi tempus adesse putabam.

Postea mihi narraverunt Quaesitorem Sartorem aulam exisse, atque foris ibi moratum esse tantos risus edentem et genibus suis tot alapas ducentem ut uxor eius aquae cum pilula tulerit.

Domina Euhemera venereum iactasse visa est, quae plausu ab

omnibus gaudentibus incredibili comprobata esset, sed me post scaenam captam spectaculum suum profligasse dixit. illa fecit ut me ineptam esse sentirem, Iem autem qui ad me domum ducendam venit mei miserebatur. quomodo novisset me sub veste male habere nescio; dixit tamen me bene egisse. me intravisse paulo tardius, ne plura. tantum non aeque ac Atticus Iem aliquem dolentem laetari facere potuit. "tantum non" dico; ne Iem quidem me per multitudinem illam ire cogere potuisset, et ei placuit mecum post scaenam morari dum omnes abirent.

"Vin' exuere istam, Scytha?" inquit.

"Non, usque gestare volo," inquam. ita indignitatem meam subter vestem celare potui.

"Vosne domum vehi vultis?" aliquis quaerebat.

"Non domne, sed gratia'st." Iem ita dicentem audivi. "ambulatiuncula est nobis modo."

"Cave larvas," vox illa inquit. "vel potius larvas mone ut Scytham caveant."

"Pauci nunciam manent," inquit Iem. "abeamus."

Aula ad vestibulum transita, gradus descendimus. nox caeca adhuc erat. autocinetis reliquis ad alteram partem aedificii collocatis, lumina eorum nobis minimo usui erant. "Si autocineta adessent quae ad domum nostram itura essent, melius videre possemus," inquit Iem. "ecce Scytha, da mihi teneam tuam—suffraginem. forsitan cadas."

"Bene videre possum."

"Ita vero, sed forsitan cadas." in capite tactum eius lenem sensi, et fratrem eam pernae partem iam prehendisse posui. "Tenes me?"

"Factum."

Aream scholae transibamus adeo obscuri, ut pedes nostros vix videre possemus. "O Iem," inquam, "calceos meos oblita sum. post scaenam sunt adhuc."

"Esto. eamus petitum." ubi tamen nos vertimus, lumina in auditorio subito exstincta sunt. "cras petendum est," inquit.

Ut Iem me domum ducebat, cum querela, "Sed cras dies dominica est," aiebam.

"Ianitorem rogare poteris ut te admittat . . . Scytha mea?"

"Quid istuc?"

"Nihil."

Iem iamdudum in talem rem non inierat. quidnam secum meditaretur in animo meo volvebam. mihi narraturum cum placeret; scilicet ubi domum venisset. digitos eius sensi vestem summam premere, tenaciores, credo. capite quassante, "Iem, non necesse est—" aiebam.

"Tace dum, Scytha," inquit me digitis premens.

Cum silentio progressi sumus. "Satis tacui," inquam. "quid meditaris?" me verti ut eum intuerer, sed conspicere vix potui.

"Credo me aliquid audisse," inquit. "mane dum."

Constitimus.

"Audin' aliquid?" inquit.

"Non."

Passus quinque tantum progressi sumus cum iterum me consistere iussit.

"Iem, mene terrere conaris? scis me natu maiorem esse quam ut—"

"Tace," inquit, et eum non ludificari comprehendi.

Nox tranquilla erat. eum iuxta facile spirantem audire poteram. crura mea nuda aliquando aura subita et leni tangebantur, etsi nox ventosa praevisa est. erat tranquillitas ea qualis fulgores et tonitrua antecedit. auscultabamus.

"Catulum modo audivi," inquam.

"Canis non est," inquit Iem. "dum ambulamus audio, sed cum moramur non audio."

"Vestis meae crepitum audis. lemures modo tibi molestiam ferunt . . ."

Quae dicebam magis ut animum meum a pavore reciperem quam fratris, nam pro certo dum procedimus id audivi de quo narraret. meae vestis non fuit.

Paulo post, "Caecilius est noster," inquit Iem. "ne nos iterum ludat. fac putet nos non festinare."

Lentius incedebamus. Iemem rogavi quomodo Caecilius nos per tenebras persequi posset, qui, ut mihi videretur, sane a tergo ad nos offenderet.

"Te quidem videre possum, Scytha."

"Quomodo? ego te non video."

"Lineamenta tua adipata exstant." Domina Crensa lucidam induxit materiam quae in scaena illuminata nitesceret. "te satis clare videre possum, et, credo, Caecilius te satis clare videt ut intervallo modico sequatur."

Caecilio probare volui et nos gnaros esse eum pone sequi, et arrectos esse. versa subito hoc clamavi: "Caecilius Iacobus mollis et ventriosus est pullus!"

Constitimus. responsum nullum fuit nisi a pariete scholae quae "ullus" procul reboabat.

"Illum capiam," inquit Iem. "HEUS!" magna voce clamavit.

"Heu, heu" paries reboavit.

Caecilii non erat tamdiu se tenere. cum ludos alicui semel fecerat, etiam atque etiam eundem renovare iocum solebat. iam dudum ad nos prosilire debuit. Iem iterum me consistere iussit.

Susurrans, "Scytha," inquit, "potin' rem istam deponere?"

"Credo. sed vestem perexiguam subter gero."

"Stolam tuam hic teneo."

"In tenebris induere non potero."

"Bene habet. eice ex animo."

"O mi Iem, timesne?"

"Non timeo. puto nos paene ad quercum venisse. paucos passus ulterius progressi, ad viam pervenerimus. tum lucernas ad viam conspicere poterimus." Iem voce loquebatur tarda et frigida et demissa. in animo volvebam quamdiu de Caecilio fabulam producturus esset.

"Cantare debeamus, putan'?"

"Non. potius rursus tacere, Scytha."

Citius nondum ambulabamus. Iem mecum pariter sciebat non facile esse celeriter pedibus procedere quin pedem in lapides offenderes, vel digitum tuum laederes, vel alia incommoda patereris; et nudis pedibus eram. crepitabantne arbores vento perflatae? sed neque ventus erat neque arbor ulla praeter quercum magnam.

Comes noster pedes dissoluto modo trahebat, quasi sculponeas calceosve graves gereret. quisquis erat, bracas spissas et linteas gerebat: crepitum eum quem arborum esse credideram, ut evenit, linteum faciebat linteo affrictum, passu omni "uic uic" sonans.

Cum harenam frigescere sentirem, certum habui nos prope quercum magnam esse. Iem caput meum pressit. constitimus et auscultabamus.

Pedisequus ille noster nobiscum non iam constiterat. bracae suae usque se affricabant. tum constiterunt. currebat ad nos. passibus non puerilibus currebat.

"Curre, Scytha! curre! curre!" Iem ululabat.

Gradu uno et ingenti facto, me vacillantem sensi; bracchiis inutilibus inhabilis in tenebris titubabam.

"Iem, Iem, fer opem! subveni, o Iem!"

Aliquid reticulum meum circumfusum collisit. metallum metallo contusum est, et humum cecidi, me simul in pulvere volutans ut quantum potui me longius amoverem, atque e carcere meo metallico elaberer. sonos diversos propius audio: erant qui rixabantur, qui calcibus contundebantur, qui calceis visceribusque lutum et radices radebant. aliquis ad me volutat et fratrem tango. is citissime surgit et me secum trahit, sed quamquam caput meum umerique soluti sunt, adeo implicata sum ut non porro progressi simus.

Paene ad viam pervenimus, cum manum Iemis a me elapsam esse sentio, ipsumque retro motu subito humum propulsari. iterum rixantur, et aliquid displosum aridum dat sonitum. Iem eiulat.

Ad fratris eiulatum currebam, et delapsa offendi in ventriculum alicuius flaccidum et masculinum. is qui ventrem gestabat "Uaha" inquit, et bracchia mea captabat: sed cum stricte vestitu meo revincirentur, capere non potuit. ventriculum mollissimum praestabat, bracchia tamen ferrea. gradatim me adeo comprimebat et elidebat ut respirare vix possem. moveri non potui. subito retro propulsatus humumque coniectus est. tantum me non secum traxit. putabam Iemem se erexisse.

Est ubi quid accidat in mentem lentius veniat. stupefacta atque elinguis ibi stabam. sonitus eorum qui rixabantur deminuebat; aliquis spiritum aegre ducebat, et nox tranquilla facta est.

Tranquilla erat praeter hominem illum qui multo anhelitu spirabat; anhelabat et titubabat. putavi eum ad quercum isse et ad eam se acclinasse. graviter tussivit; tussis eius adeo aspera erat ut ossa singultu quaterentur.

"Iem?"

Nullum responsum erat praeter hominis anhelitum.

"Iem?"

Iem non respondit.

Homo se movere coepit. eum gementem audivi trahentemque in solo ponderosum aliquid. quattuor iam homines sub arbore esse lente intellegebam.

"Attice . . .?"

Homo ille gravi et instabili gradu ad viam ambulabat.

Ibam eo ubi eum fuisse putabam, et desperatione accensa solum pedibus praetentabam. mox aliquem pede meo tetigi.

"Iem . . .?"

Pedibus meis bracas, fibulam cinguli, globulos, incognitum nescioquid, iugulum, vultum tetigi. quem vultum propter genas hirsutas et intonsas fratris non esse cognovi. olfeci viscium vapidum.

Quo viam esse credebam cursum tenebam, incerta iam quia totiens versa eram. viam tamen inveni et ad lampadariam spectavi. homo aliquis per lucem praeteribat. qui incessu citiore ambulabat, quippe qui onus ferret gravius quam ut facile teneret. trivium transibat. Iemem ferebat. Iemis bracchium praependebat specie monstruosa.

Cum ad trivium pervenissem, homo ille hortum nostrum anticum transibat. puncto temporis Atticum in limine illustratum conspexi; qui gradus cursu descendit et cum illo Iemem in aedes tulit.

Cum per vestibulum ibant, ad ostium simul perveniebam. Amita Alexandra currebat ut mihi obviam iret. "Arcesse Doctorem Reinoldum!" vox Attici acris e Iemis cubiculo sonabat. "ubi est Scytha?"

"Ecce illam," inquit Amita Alexandra, dum me secum ad telephonum trepida trahit. "Bene habeo, Amita mea," inquam, "telephonandum est."

Excipulo ex hamo tracto, telephonans "O Eula Maia," inquit, "arcesse Doctorem Reinoldum, cito!"

"Agnes mea, paterne tuus domi est? mecastor, ubinam est? roga eum, amabo, venire huc simulac regressus erit, precor; gravissima res est!"

Non opus erat Amitae Alexandrae nomen suum dicere; Maicomenses voces suorum invicem noverant.

Atticus e Iemis cubiculo venit. simulac Amita Alexandra loqui desivit, Atticus excipulum sumpsit. hamum crepabat, deinde "Eula Maia," inquit, "arcesse mihi praefectum vigilum, amabo."

"Mi Hector? Atticus Fringilla sum. aliquis liberis meis molestiam attulit. Iem laesus est . . . inter domum et scholam . . . puerum meum relinquere non possum. vade mihi illuc, amabo, si forte adsit adhuc. dubito an nunc invenias eum; si tamen invenias, illum videre cupiam. iamiam eundum est tibi, sodes. gratias habeo, Hector."

"Attice, mortuus est Iem?"

"Non est, Scytha. cura eam, soror mea." ita vocavit dum vestibulum transit.

Digiti Amitae Alexandrae tremebant ut a corpore meo materiam contusam et reticulum contritum tollebat. "Habesne bene, mea carissima?" haec verba identidem iterabat dum me gradatim liberat.

Liberata esse levamen erat mihi. bracchia mea formicabant, et rubra erant notis parvis et sexangulis. quibus tamen perfrictis, meliuscula esse coepi.

"Amita mea, mortuus est Iem?"

"Non, carissima, exanimis modo. quam graviter vulneratus sit non cognoscemus donec hic advenerit Doctor Reinoldus. o Ioanna Ludovica, quid accidit?"

"Nescio."

Nec plura. ea aliquid mihi tulit ut me vestirem. si eo tempore de hoc cogitassem, sane numquam ei dedissem ut rei obliviceretur. quod amens nescioquomodo erat, bracas quidem meas tulit. "Indue has, carissima," inquit dum illam mihi vestem tradit quam maxime ipsa contemnebat.

Ad Iemis cubiculum praeceps abiit, deinde mihi in atrium revenit. me animo distracto permulsit, et ad eius cubiculum rediit.

Autocinetum ante domum constitit. pedum sonitu audito certum habui Doctorem Reinoldum adventurum esse. tantum non aeque ac patris nostri, huius noram incessum. mihi fratrique nascentibus medicus adfuerat, ac nos per omnes morbos quibus homines afficiuntur duxerat (ne omittam occasionem illam qua Iem e casa arborea cecidit), neque umquam amicitiam mutuam amiseramus. dicebat si inter eos pueros fuissemus qui vomicas saepe acciperent se aliter erga nos gesturum fuisse. id quod abunde dubitabamus.

Per ianuam ingressus, " Medius Fidius!" inquit. ad me incessit et, "ehem, tu adhuc recta stas," inquit, et alibi cursum direxit. villam totam bene noverat. sciebat etiam Iemem quoque laborare, si accideret ut ego laborarem.

Post saecula saeculorum, ut mihi visum est, Doctor Reinoldus rediit. "Mortuus est ille?" inquam.

"Haudquaquam," inquit dum ad me consedit. "tuber in capite habet pariter et tu, et bracchium fractum. Scytha, ecce—noli caput vertere, oculos solos. ecce. fracturam gravem passus est quae, quantum iam mihi videtur, ad cubitum est. nescioquis bracchium eius, credo, extorquere molitus est."

"Mortuus igitur non est?"

"Minime!" Doctor Reinoldus surrexit. "hac nocte," inquit, "multum efficere non possumus nisi eum quam maxime curare, solaciumque afferre. necesse erit bracchium radiographare—ecce, bracchium hoc modo ad latus extendere parumper oportebit. sed ne metuas, omnino renovabitur. pueri enim aequali aetate ut fit semper resiliunt."

Dum loquitur, Doctor Reinoldus me intente intuebatur, leniter tangens tuber illud quod in fronte tumebat. "Num te modo fractam esse sentis?"

Ioculo eius accepto, ridebam. "Non credis igitur eum mortuum esse?"

Petasum induens, "Sane haud scio an errem, sed credo eum pro certo vivere. vitae indicia omnia praestat. i inspicias, et cum revenero, rem una decernemus."

Vegetus erat Doctori Reinoldo incessus tamquam iuveni. Domini autem Hectoris Tatae nullo modo similis erat. ponderosi eius perones porticum puniverunt, ianuamque velut rusticus aperuit, sed ingressus idem ac Doctor Reinoldus dixit. tum addidit: "Tune bene habes, Scytha?"

"Sic, domine. eo visum Iemem. Atticus et ceteri adsunt."

"Tecum ibo," inquit Dominus Tata.

Domina Alexandra lucernam Iemis mantelio opacaverat, ut cubiculum obscurius factum sit. ille supinus iacebat. nota informis in altero latere oris erat. bracchium sinistrum e corpore extendebat; cubitum modo curvum erat, sed male reflexum. Iem supercilia contrahebat.

"Iem . . .?"

Atticus locutus est. "Te audire non potest, Scytha. animi deliquium patitur. resipiscebat, cum Doctor Reinoldus eum rursus soporavit."

"Ita vero, domine." pedem rettuli. amplum erat Iemis cubiculum et quadratum. Amita Alexandra in sella oscillari ad focum sedebat. is qui Iemem domum tulerat in angulo stabat, in parietem se acclinans.

agrestis erat quidam ignotus. ad spectaculum adfuerat, credo, et ubi accidit forte proxime instabat. sane ad clamores nostros cucurrerat.

Atticus ad Iemis lectum stabat.

Dominus Hector Tata in limine stabat. petasum manu tenebat, et lampadium e sinu prominebat. vestem cottidianam gerebat.

"Intra, mi Hector," inquit Atticus. "ecquid invenisti? animo meo fingere nequeo aliquem tanta turpitudine praeditum qui talem rem ageret, spero tamen te istum repperisse."

Dominus Tata spiritu ocius ducto, ad hominem qui in angulo erat breviter respexit, deinde postquam cubiculum et Iemem et Amitam Alexandram circumspexit, tum demum Atticum intuitus est.

Comiter, "Conside, Domine Fringilla," inquit.

Atticus, "Considamus omnes," inquit. "em sellam illam cape, mi Hector. aliam ex atrio feram."

Dominus Tata consedit in sella quae ad Iemis mensam erat. moratus est dum Atticus revenerat et consederat ipse. in animo volvebam qua re illi homini sellam non tulisset qui in angulo esset: sane Atticus melius mores agrestium quam ego sciebat. erant qui clientes rustici asinos suos sub meliis in horto postico collocabant, et posticis in gradibus Atticus cum eis negotium ageret. scilicet ille illic commode erat.

"O Domine Fringilla," inquit Dominus Tata, "dico tibi quid invenerim. vestem inveni quandam puellae parvae. foris est in autocineto. tuane est vestis, Scytha?"

"Ita vero, domine," inquam, "si punicea est et multum acu picta." Dominus Hector Tata quasi pro testimonio loquens se gerebat. libitum est ei rem narrare suopte modo, a neutris motus sive pro reo sive pro petitore verba diceret. aliquando diutius loquebatur.

"Pannos inveni insolitos colore miro quasi luto infectos . . ."

"Habitus est meus, Domine Tata."

Per femora manus duxit. bracchium sinistrum manu fricuit. pegma supra Iemis caminum inspexit. tum foco ipsi studere visus est. digiti nasum longum petiverunt.

"Quid istuc est, mi Hector?" inquit Atticus.

Cervicem quaesitam fricabat. "En Robertulus Evellus sub arbore illa humi iacet, cultro coquinario inter costas infixo. mortuus est, o Domine Fringilla."

XXIX

Amita Alexandra se levavit et manu pegma ad focum prehendebat. Dominus Tata ad eam iuvandam statim surrexit; haec tamen renuit. Atticus benignitate solita non usus in sua sella mansit, id quod prius numquam acciderat.

Nescioqua de ratione, nihil in mentem meam venit praeter hoc: memor eram Domini Roberti Evelli dicentis se Atticum interempturum esse, etsi ultima actio vitae suae esset. Dominus Evellus tantum non eum interemit, et re vera vitae ultima actio fuit, ut evenit.

Atticus sine animi motu, "Exploratum habes?" inquit.

"Sine ullo dubio mortuus est," inquit Dominus Tata. "demortuus est et defunctus. his pueris posthac numquam nocebit."

"Hoc quidem in animo non habebam." Atticus in somno loqui videbatur. senem se praebere incipiebat, quae res sola animi perturbationem ostendebat. maxilla paulum laxata, sub auribus rugas apparuisse clare videres, capillorum non atros animadverteres illos sed eos qui passim ad tempora canescebant.

Amita Alexandra tandem, "Nonne in atrium eundum est?" inquit.

Dominus Tata, "Si bene est tibi," inquit, "malim hic manere, si Iem non vexabitur. cupio iniurias eius inspicere dum Scytha nobis rem narrat."

Amita "Bene est tibi si abibo?" inquit. "nimium hominum hic adest, et modo superflua sum. si me desiderabis, Attice, meo in cubiculo ero." Amita Alexandra ad ianuam progressa constitit et versa est. "Attice, de hac nocte aliquid sentiebam—penes me culpa est," aiebat, "debui . . ."

Dominus Tata manum extendit. "Tu procede, o Domina Alexandra, te vehementer labefactatam scio. noli animo angi de aliqua re—hercle, si semper sensus sequeremur, tamquam feles referremus qui caudas suas captarent. Domina Scytha, potesne nobis narrare quid acciderit, dum in mente tua adhuc novum est? an potes? vidistine eum te sequentem?"

Ad Atticum ii et me bracchiis eius complexam sensi. caput meum in gremio celavi. "Domum profecti sumus. 'Iem,' inquam, 'calceos reliqui.' simulac redire coepimus, lumina exstincta sunt. Iem dixit me posse cras eos recipere . . ."

"Scytha, caput leva ut Dominus Tata te audiat," inquit Atticus. in gremium eius repsi.

"Deinde Iem dixit tacere dum. credidi eum de aliquo cogitare—semper te vult tacere quo melius cogitet—deinde dixit se aliquid audisse. credidimus nos Caecilium audire."

"Quem Caecilium?"

"Caecilium Iacobum. qui nos ea nocte iam prius terruit, et credebamus eum iterum adesse. linteo cubiculari vestitus est. quadrantem dederunt cui vestem optimam gerebat, quis sustulerit nescio—"

"Ubi eratis cum crederetis vos Caecilium audisse?"

"Prope scholam. aliquid clamavi—"

"Clamasti. Quidnam?"

"'Caecilius Iacobus mollis et ventriosus est pullus', credo. nihil audivimus—deinde Iem 'Heus!' vociferata est tanta voce ut mortuos excitaret—"

"Mane dum, Scytha," inquit Dominus Tata. "O Domine Fringilla, audistine eos?"

Atticus negavit se audisse. radiophona enim et in suo cubiculo usque sonitum edidisse, et in Amitae Alexandrae cubiculo. hoc se meminisse quod illa se sonitum suum minuere iussisset 'quo melius meum audiam.' Atticus risit. "Semper radiophonum meum sonitum nimium edit."

"Fortasse vicini aliquid audierunt . . ." inquit Dominus Tata.

"Dubius sum, mi Hector. plerique aut radiophona auscultare aut cum gallinis suis simul cubitum ire solent. forsan Maudia Acanthis vigilaret, sed valde dubius sum."

"Procede, Scytha," inquit Dominus Tata.

"Esto. postquam Iem vociferatus est, progrediebamur. Domine Tata, intra habitum meum reclusa sum, sed nunc ipsa aliquid audivi. pedum sonitum, dico. qui ambulabant cum ambulabamus et constiterunt cum ipsi constitimus. Iem dixit se me videre posse quod Domina Crensa ad habitum meum lucidam induxit materiam. perna fui."

"Quomodo?" Dominus Tata valde perturbatus est.

Atticus de persona mea Domino Tatae narravit, et quomodo habitus meus fabricata esset. "Quam speciem praebuit regrediens," inquit, "si quidem vidisses! habitus ille omnino elisus est."

Dominus Tata mentum fricabat. "Cur notas illas haberet prius non intellegebam. manicae enim eius multis et parvis foraminibus perforatae sunt. nonnulla vulnera parva in eius bracchio erant quae foramina adaequabant. da mihi, sodes, o domine, videre rem ipsam."

Atticus reliquias mei habitus tulit. Dominus Tata eas volutavit et inflexit ut formam priorem intellegeret. "Haec res, credo, vitam eius servavit," inquit. "ecce."

Digito indice rem monstravit. reticulum meum ferreum quod colorem hebetem praebebat linea notatum erat quae quasi nova et recta cicatrice rasa micabat. cum murmure, "Pro certo," inquit, "Robertulus Evellus rem seriam gerebat."

Atticus, "Furiosissimus erat," ait.

"Non libet mihi contra te dicere, o Domine Fringilla. furiosus non erat, pravissimus tamen. mastigia mephiticus iste tantum temeti biberat ut satis fortis fieret ad pueros occidendos. coram te numquam venire ausus esset."

Atticus abnuit. "In animo non fingere possum eum qui—"

"O Domine Fringilla, sunt inter homines qui priusquam eis 'salve' dicas sclopeto deiciendi sint. etiam tunc nimis pecuniae ad glandem quo eos deiceres impenderes. quorum Evellus unus erat."

"Eo die quo me minatus est eum omnia fecisse credidi. sin contra, credebam me quidem ipsum pro scopo ei futurum esse."

"Qui satis animi haberet ut mulieri Afrae miserae, qui satis ut Quaesitori Sartori molestias afferret cum crederet aedes vacuas esse, putan' eum coram te clara luce venturum esse?" Dominus Tata suspirium duxit. "nos oportet procedere. Scytha, audistin' eum a tergo—?"

"Ita vero. ubi sub arbore eramus—"

"Quomodo certum habebatis vos sub arbore esse? nihil pol ibi videre poteratis."

"Nudis ambulabam pedibus, et Iem solum dicit sub arbore semper frigidius esse."

"Sane inter vigiles nostros puer scribendus est! procede."

"Subito aliquid me rapuit, et habitum meum elisit . . . humum cecidi, credo . . . sub arbore sonitum permixtum audivi e rixantibus quibusdam . . . ad truncum offendebant, ut a fragoribus iudicavi. Iem me invenit et ad viam trahere incipiebat. aliquis—Dominus Evellus, ut videtur, eum oppressit. rursus certabant, deinde sonitum illum inusitatum audivi—Iem ululavit . . ." tum interquievi. sonitum illum auditum ediderat Iemis bracchium.

"Iem ululavit et nil posthac audivi, deinde Dominus Evellus meum spiritum intercludere conabatur, credo. deinde aliquis Dominum Evellum oppressit. Iem surrexerat, credo. quae omnia scio haec sunt . . ."

"Deinde?" Dominus Tata me acriter spectabat.

"Aliquis titubabat et anhelabat et graviter quasi moriturus tussiebat. primo credebam Iemem esse, sonitus tamen alienum ei videbatur. itaque ii quaesitum si forte humi iaceret. credidi Atticum ad nos iuvandos advenisse et defessum factum esse—"

"Quis erat?"

"Eccum, Domine Tata, nomen suum tibi narrare potest ipse."

Ut dicebam, indice digito hominem qui in angulo erat monstrabam, bracchium tamen celeriter demisi ne Atticus me reprehenderet quod digito aliquem monstrarem. digito enim aliquem monstrare illepidum esse.

Adhuc ad parietem se acclinabat. ubi cubiculum intravi, ad parietem ita se acclinabat, bracchiis ad pectora compressis. cum digito eum monstrarem, bracchia summisit, et palmas ad parietem pressit. cui manus candidae erant, candidae et imbecillae quae solem numquam vidissent, et, quamvis obscure in Iemis cubiculo illuminatae, multo candidiores etiam pariete illa hebete et subalba visae sunt.

Manibus eius inspectis bracas intuita sum galbinas sabuloque foedatas; oculos volvebam e figura pergracili ad camisiam scissam.

facies eius albescebat aeque ac manus, mentum tamen exstabat et umbram quandam praebebat. genae tenues erant et concavae; os latum; temporibus lacunae quaedam erant tenuiores; oculi adeo colore carebant ut eum caecum esse putarem. capilli aridi et rariores, quasi summum caput plumatum erat.

Ubi eum digito monstravi, palmae sudore unctae paulum lapsae notas atras in pariete duxerunt, et pollices ad cinctum inseruit. tremore quodam parvo vulsus est, quasi ungues audiret quae tegulam raderent, sed dum mirans eum intueor, a vultu tensio nervorum lente deminuebat. ore paulum aperto timide ridebat, et vicinum nostrum subito per lacrimas meas minus clare videre potui.

"Salve, Boe," inquam.

XXX

Atticus me leniter corrigens "Dic 'Salve, Domine Artori'," inquit, "o mel meum. Ioanna Ludovica, hic est Dominus Artorius Radleius. te iam cognovit, credo."

Si Atticus illo tempore me Boo Radleio adeo blande introducere poterat, esto, quam similis sui Atticus se gerebat.

Bous me appetitu quodam impulsam ad lectum ubi Iem dormiebat currere vidit, nam eodem risu timido vultus renidebat. mira ἀπορία me torquebat quam Iemem contegendo tegere conarer.

"Attatae, ne tangas eum," inquit Atticus.

Dominus Hector Tata Boum per ocularia intente inspiciens sedebat. locuturus erat cum per atrium incedebat Doctor Reinoldus.

Per ianuam intrans, "Exite omnes," inquit. "Salve, Artori, te non animadverti cum nuper adessem."

Doctor Reinoldus alacri gradu semper incedebat, nec vocem minus alacrem nunc praebuit, quasi hoc per singulas noctes cottidie nuntiare soleret. cum salutem illam dicere audivissem, stupor me invasit, crede mihi, maior illo quem in eodem cubiculo coram Boo Radleio praesens senseram. scilicet etiam Bous Radleius, quantum equidem auguror, interdum aegrotabat. quam rem autem pro certo nullo modo habebam.

Doctor Reinoldus sarcinam magnam et charta tectam portabat. qua in Iemis mensam deposita, lacernam suam exuit. mihi dixit: "Vivumne eum utique exploratum nunc habes? vin' dicere mihi quomodo cognoscere potuerim? cum eum inspicere conarer, me calce cecidit. necesse erat mihi eum soporare ut tangerem. apage igitur."

Atticus haesitabat, Boum intuens. "Mi Hector, exeamus in porticum anticam. sellae ibi sunt multae, et adhuc satis calet."

Primum ignorabam cur Atticus nos ad porticum potius quam ad atrium invitaret, deinde rem intellexi. lumina enim in atrio admodum acriora erant.

Singuli exibamus, Domino Tata duce—Atticus ad limen eum exspectabat ut se antecederet. tum animo mutato Dominum Tatam secutus est.

Homines ut fit morem cottidianum suum servare solent etiam si res novae et insolitae sint, neque illis equidem ullo modo dissimilis eram. nam me dicere sensi: "Vade mecum, Domine Artori, aedes tu non scis bene. te ducam ad porticum, domine."

Qui ad me despiciens adnuit.

Eum per vestibulum et atrium duxi.

"Nonne velis considere, Domine Artori? ecce, haec sella oscillaris bona est et commoda."

Ea quae de illo dudum fingebam in animo meo adhuc vivebant: ille in sella oscillari sederet . . . ego dicerem, "Nonne serenum caelum est nobis, o Domine Artori?"

"Ita vero, caelum serenissimum." quasi re vera non adessem nescioquo modo sensum habere videbar, dum eum ad sellam duco quae ab Attico Dominoque Tata longissimo distabat. in loco opacissimo erat. Bous in tenebris se laxiorem sentiret.

Atticus in oscillo sedebat, Dominus Tata in sella proxima. per fenestras ex aedibus abunde illuminati sunt. ego iuxta Boum sedebam.

Atticus, "Sane, mi Hector," aiebat. "agendum est hoc, credo— mehercle memoria mea segnis fit . . ." ocularibus levatis digitos ad oculos pressit. "Iem minor est tredecim annis natu . . . immo iam tredecim annos natus est—meminisse nequeo. utique, in iudicio publico erit—"

"Quidnam erit, Domina Fringilla?" Dominus Tata genibus alternis poplites non iam impositis procubuit.

"Sane manifestum est eum se defendisse, sed ad sedem meam ire oportet ut quaererem—"

"O Domine Fringilla, censesne ab Ieme Robertulum Evellum interfectum? an hoc censes?"

"Audisti quid dixerit Scytha, in dubio non est. ea enim dixit

Iemem surrexisse et istum a se traxisse. Iem cultrum Evelli, credo, nescioquo modo in tenebris capere potuit . . . cras rem inveniemus."

Dominus Tata, "Eho, mi Domine Fringilla, mane dum," ait. "Iem nullo modo Robertulum Evellum percussit."

Atticus paulisper silebat. Dominum Tatam intuitus est quasi gratias ageret pro dictis eius. abnuit tamen.

"Mi Hector, benignissimus es, nec me praeterit te hoc facere propter beneficentiam tuam. sed noli incipere aliquid huiusmodi."

Dominus Tata surrexit et ad extremam porticum iit. in arbustum inspuit, deinde manibus in sinu conditis ad Atticum aspexit. "Cuiusnam modi?" inquit.

Atticus apertus et simplex, "Me paenitet," inquit, "si acrius locutus sum, mi Hector. sed nemo hanc rem occulte oppressurus est. meum non est."

"Nemo rem ullam opprimere vult, Domine Fringilla."

Domini Tatae vox tranquilla erat, sed perones tanta stabilitate in porticus contignatione posuerat ut ibi radices agere viderentur. pater meus et praefectus vigilum certamen inusitatum certabant, cuius rationem equidem non intellegebam.

Atticus invicem surrexit et ad extremam porticum iit. "Hem," ait, et in hortum inspuit. deinde manibus in sinu conditis ad Hectorem aspexit.

"Mi Hector, hoc non dixisti, sed quid in animo volvas scio. gratias ago tibi. o Ioanna Ludovica—" ad me se vertit, "an ab Ieme dixisti Dominum Evellum abs te tractum?"

"Sic, domine, ita credidi . . . "

"Viden', mi Hector? maximas tibi ex imo corde gratias ago, sed nolo filium meum re huiusmodi usque super caput instante in vitam se dare. optimum consilium est omnia aperte et palam renovare. veniant Maicomenses frequentes et sportam secum afferant ad convivium sub divo celebrandum. nolo eum cum murmurillo aut susurro adolescere. nolo quemquam hoc locuturum, 'Heia, Iem Fringilla . . . tata eius multam pecuniam pependit ut e re illa evaderet.' quo citius rem perfecerimus, eo melius."

Dominus Tata immotus, "O Domine Fringilla," inquit, "Robertulus Evellus in cultrum suum cecidit. ipse se interfecit."

Atticus ad extremam porticum ambulavit. ad vitem uistariam

spectavit. uterque, ut opinor, se suo more arrogantem et contumacem praestabat. me rogabam uter primus concessurus esset. Attici contumacia tacita erat et rarius manifesta, sed interdum Vafros pervicaci suo animo adaequabat. Domini Tatae autem rudis erat et hebes, sed patris mei assequebatur.

"Mi Hector." Atticus tergum verterat. "si haec res opprimetur, vitiabo mores illos ad quos Iemem educare conatus sum. aliquando me parentem eis parum valere credo, sed parens quidem solus sum. Iem ad me spectat potius quam ad alium, et conatus sum vitam meam ita agere ut ad eum invicem spectarem … si coniveam in aliqua re huiusmodi, ut sine fuco dicam, coram respicere non possim. quod si accidet, certum habebo me eum amisisse. nolo aut eum aut Scytham amittere, quia praeter hos nihil habeo."

"O Domine Fringilla." Dominus Tata adhuc in contignatione defigi videbatur. "Robertulus Evellus in cultrum suum cecidit, quod tibi probare possum."

Atticus se celeriter convertit, manibus in sinu infixis. "Mi Hector, nonne rationem meam intellegere potes conari saltem? tu liberos ipse habes, ego tamen tibi aetate antecedo. cum mei adoleverint, senex ero si adhuc vivam. nunc tamen—si mihi non credant, nulli credent. quid acciderit Iem Scythaque sciunt. si me audiant aliter accidisse in oppido dicere—mi Hector, eos non iam habebo. nequeo enim aliter foris aliter domi me gerere."

Dominus Tata pedibus immotis aliquantulum vacillavit. cum patientia, "Iemem iste humum coniecerat," inquit, "ad radicem sub arbore lapsus est et—ecce, tibi monstrare queo."

Dominus Tata cultrum e sinu cepit longum atque celata lamina. Doctor Reinoldus simul ad limen venit. "Furcifer iste—defunctus ille sub arbore iacet, mi doctor, quae intra scholae campum lusorium proxima est. habesne lampadium? ecce, meum cape."

Doctor Reinoldus "Facile est mihi," ait, "autocinetum circumagere lucernasque accendere." sed Domini Tatae lampadium cepit. "Iem bene habet. somno hac nocte non solvetur, spero, ne metuas igitur. en hic culter eum occidit? mi Hector?"

"Non ita, domine, nam ille adhuc in eo fixus est. culter erat coquinarius, credo, ut manubrio monstratur. vespillo cum vehiculo funebri iam adesse debuit, doctor. vale."

Dominus Tata cultri laminam eduxit. "Ad hunc modum accidit," inquit. cultrum tenens delabi simulavit; ut procumbebat, sinistram in adversum demisit. "Viden'? se per carnem illam mollem inter costas confodit. ferrum propter pondus suum in corpus alte penetravit."

Dominus Tata cultrum opertum in sinum reposuit. "Scytha octo annos nata est," ait. "em adeo perterrita est ut quid accideret non bene intellegeret."

Vultu torvo Atticus, "Si quidem," inquit, "tu rem veram capias . . ."

"Non aio eam finxisse rem, adeo tamen perterritam esse ut quid accidisset non bene intellegeret. tenebricosissimus locus ille erat caligine caeca. nemo enim testis fidus fuisset, nisi quis ad noctis caecitatem diutissime assuetus esset . . ."

Voce placida Atticus, "Mihi quidem," inquit, "non placet."

"Pro di immortales, Iem non est ille ad quem animum adduco!"

Dominus Tata tigna in quibus stabat pede suo tanta vi contudit ut cubiculum Dominae Maudiae illuminatum sit. aedes quoque Dominae Stephaniae illuminatae sunt. Atticus Dominusque Tata primo trans viam deinde inter se oculos intenderunt. animi eorum arrecti sunt.

Ubi iterum loquebatur, vox huius vix apparebat. "Domine Fringilla, mihi non placet tecum certare cum te hac ratione geris. hac nocte tot et talia passus es qualia neminem umquam subire deceret. quare tu propter labores tuos in lecto non sis, nescio. scio tamen te hodie non ita cogitare potuisse ut omnia inter se apte cohaererent; nobis tamen hac nocte rem componendam esse, quia serus nimis esset crastinus dies. Robertulus Evellus cultrum in ventre fixum habet."

Praeterea Dominus Tata negavit Atticum haec re vera affirmare posse: puerum bracchio iam fracto, qui Iemem statura aequaret, tantum animi habiturum esse ut de nocte caeca non modo cum viro pubere pugnaret sed etiam occideret.

Subito Atticus, "Mi Hector," ait. "culter ille celata lamina quem nuper agitabas, unde accepisti?"

"Ab ebrio quodam cepi." Dominus Tata tranquille respondit.

Memoriam repetere conabar, Dominus Evellus me opprimebat . . . deinde delapsus est . . . Iem surrexit, credo . . . credebam saltem . . .

"Hector?"

"Dixi me ab ebrio quodam in oppido hac nocte cepisse. Evellus, ut opinor, cultrum illum coquinarium alicubi in sterquilinio inventum acuit et occasionem exspectabat. diu exspectabat."

Atticus ad oscillum incessit et ibi consedit. manus inter genua languidae pendebant. solum intuebatur. eadem cum segnitia illa nocte ante carcerem se moverat, cum mihi visus esset tamquam saeculum agere in ephemeride sua plicanda et ad sellam deponenda.

Dominus Tata per porticum incessu molli contendebat. "Non tuum est rem diiudicare, o Domine Fringilla, sed omnino meum. penes me et iudicium et officium. vice versa, si tu sententiam meam non accipis, de re aut minimum aut nihil facere potes. quod si conari vis, te mendacem coram appellabo. filius tuus Robertulum Evellum non modo non confodit, sed ne prope quidem accessit, id quod nunc bene compertum habes. nihil agere voluit nisi se sororemque in tuto domum ducere."

Dominus Tata incessum suum omisit. coram Attico substitit, tergo a nobis averso. "Vir bonus non sum, sum tamen pagi Maicomii praefectus. in hoc municipio aevum egi, et iam quadraginta tres annos sum natus. omnia novi quae hic facta sunt et per aetatem meam et antea. mortuus est puer Niger nulla ratione, et homo reus mortuus est. opportune, o Domine Fringilla, sine ut mortui sepeliant mortuos suos. sine ut mortui sepeliant mortuos."

Dominus Tata ad oscillum iit et petasum, qui prope Atticum iacebat, sumpsit. capillis remissis, petasum induit.

"Numquam incidi in hominem qui affirmaret nefas esse omni spe atque opere eniti ut delictum impediretur. id quod re vera ille effecit: at enim me oportere per municipium omnia vulgare potius quam occulte opprimere. scin' quid posthac eventurum sit? scin' quam? matronae cunctae Maicomenses uxorque mea sane ad eius ianuam pulsarent ut panem angelicum ei offerent. nefas est, ut opinor, o Domine Fringilla, hominem illum ingenio timidum et inaudax in lucem proferre qui solus tantam tibi municipibusque operam reddidit. quod mea quidem sententia nefas est, et culpam accipere nolo. si quis alius esset homo, aliam sententiam de eo efferrem. de hoc quidem homine nihil agendum est, o Domine Fringilla."

Dominus Tata perone fodiendo solum perforare conabatur. nares vellit, deinde bracchium sinistrum fricuit. "Me aliquem esse non praedico, credo, o Domine Fringilla, praefectus tamen vigilum sum pagi Maicomii, et Robertulus Evellus in cultrum suum cecidit. vale, domine."

Dominus Tata e porticu pedibus supplosis festinavit et hortum anticum cito transiit. autocineti ianua cum strepitu magno operta, avectus est.

Atticus solum intuens diu sedebat. caput tandem levavit. "Scytha mea," inquit. "Dominus Evellus in cultrum suum cecidit. potin' aliquo modo intellegere?"

Atticus mihi videbatur quasi animi recreandi causa aliquem requireret. ad eum cucurri et summa ope amplexa ei multa suavia dedi. "Ita vero, domine," inquam, "rem intellego. Dominus Tata rectus erat."

Atticus se extricavit et ad me spectavit. "Quid dicis?"

"Nonne quodam modo simile esset, si mimicam avem sclopeto deiceres?"

Atticus vultum in capillos meos posuit et caput meum fricavit. ubi se levavit et porticum in tenebras transiit, incessum iuvenilem rursus praestabat. priusquam aedes intravit, coram Boo Radleio substitit. "Quod liberos meos servasti," inquit, "gratias ago tibi, Artori."

XXXI

Cum e sella Bous Radleius se aegre erexisset, frons eius lumine candebat quod e fenestris accipiebat. motus omnes membrorum tremuli erant, quasi incertus esset num ea quae manibus pedibusve tentaret re vera sentire posset. tussis illa anhela corpus ita quatiebat ut retro residere opus esset. in sinu aliquid manu quaerebat et sudarium protulit; in quod e faucibus exscreavit, tum frontem tersit.

Cum ad absentiam eius ita assueta essem, incredibile putabam praesentem tamdiu mecum iuxta sedisse. nullum sonum ediderat.

Iterum se erexit. ad me versus nutu valvas nostras monstravit.

"Nonne velis Iemi 'bene quiescas' dicere, o Domine Artori? domum intra."

Eum per atrium duxi.

Amita Alexandra ad Iemis lectum sedebat. "Intra, Artori," inquit. "dormit adhuc; a Doctore Reinoldo penitus soporatus est. Ioanna Ludovica, in atrio est pater tuus?"

"Ita vero, domina, ut opinor."

"Ibo cum eo paulum locuturus. Doctor Reinoldus reliquit quaedam . . ." haec loquens conticescebat.

Bous ad angulum cubiculi vagatus erat, ubi mento adverso stabat, Iemem hiantibus oculis procul intuens. manum eius cepi, quae miro modo magis tepebat quam albo colore iudicabam. paulum mecum trahebam, et ei placuit ut ad Iemis lectum ducerem.

Doctor Reinoldus tentoriolum quoddam fecerat ut bracchium Iemis, credo, a stragulo sustineret; Bous igitur procubuit ut transpectum sibi praeberet. vultu se timidum sed curiosum ostendebat, quasi puerum nullum prius vidisset. os apertum habebat, et Iemem totum inspiciebat. manum suam levatam ad latus subito demisit.

"Est tibi tangere eum, Domine Artori; nam dormit. si tamen vigilaret, non posses, te non sineret." non me praeteribat me eum nescioquomodo docere. "perge dum."

Bous manum super Iemis caput porrigebat.

"Perge, Domine, dormit enim."

Manu sua leniter comam Iemis tetigit. sermonem corporis privatum intellegere coeperam: manu manum meam artius tenebat, quo significabat se discedere velle.

Ad porticum anticam ductus trepido pede substitit. manum meam adhuc tenebat, nec laxare velle videbatur.

"Vin' me domum ducas?"

Hoc modo tenera susurrabat voce velut puer qui tenebras timet.

Pede meo in summum gradum posito morata sum. placebat ei per aedes nostras sed nullo modo domum a me duci.

"O Domine Artori, bracchium tuum demitte, amabo. ecce. bene habes, domine."

Manum meam ad cubitum eius adhibui.

Necesse erat ei modo deorsum inclinare ut mihi se accommodaret. si tamen Domina Stephania e fenestra sua deorsum spectaret, me ab Artorio videret Radleio per tramitem ipso modo deduci proinde ac a quovis viro bono.

Pervenimus ad lanternam publicam quae ad trivium erat. in animo meo volutabam quotiens Dill columnam illam firmam amplexus ibi prospiciens, exspectans, sperans moratus esset, vel quotiens Iem egoque idem iter fecissemus, sed intravi hodie per Radleianam portam, id quod semel prius e vita feceram. Bous egoque gradus ad porticum ascendimus. digitis ansam ostii cepit. manu mea leniter liberata, ostium aperuit et ingressus operuit. Posthac eum numquam rursus vidi.

Vicini cibum orbatis, flores aegrotis ferre solent, et inter mortes et morbos alia et parva. Bous vicinus erat noster. dedit nobis duas imagines sapone sculptas et horologium bracchiale cum catena fractum et duos nummos magicos et vitam nostram. vicini tamen in vicem inter se dona dare solent. numquam quae abstulimus in arborem illam reposuimus. nihil ei dederamus, id quod me tristem fecit.

Conversa sum ut domum redirem. ad oppidum quantum spectare poteram lanternas praeter viam multas affulgere vidi. numquam vicum nostrum ita ex hac parte prospexeram. ecce villa Dominae Maudiae, ecce Dominae Stephaniae, ecce nostra. oscillum in porticu videbam—Dominae Rachelis villa ultra nostram plano in conspectu erat. etiam Dominae Silvanae videre poteram.

A tergo intuita sum. fenestra erat a sinistra ad ianuam fuscam longa et valvata. ad eam incessi, ante eam steti, me converti. interdiu, credo, usque ad trivium videres quod ad sedem tabellariam erat.

Interdiu ... in animo meo dilucescebat. dies erat et in vico omnes occupatissimi erant. Domina Stephania viam transibat ut de novissima re aliqua Dominam Rachelem certiorem faceret. Domina Maudia ad azaleas procumbebat. dies aestivi erant, et duo pueri viam vorabant ad virum properantes quendam qui procul appropinquabat. qui manum iactabat, et pueri ad eum curriculo certabant.

Dies aestivi erant adhuc, et pueri propiores accedebant. per viam fesso pede puer ibat qui harundinem piscatorium trahebat. exspectabat vir quidam manibus ad coxas positis. diebus aestivis liberi in horto antico cum amico quodam ludebant, fabulam pusillam sed miram agentes quam ipsi invenerant.

Tempus autumnale erat, et liberi in via ante Dominae Silvanae villam inter se pugnabant. puer puellam surgere iuvit, et domum pervenerunt. tempore autumnali liberi ad trivium huc illuc versabantur, dum res adversas et res hoc die bene gestas vultu ostendunt. ad quercum quandam morati sunt, delectati, turbati, timidi.

Hieme inita liberi ad portam frigore horrebant, dum villam quandam ardentem intuentur. hieme eadem vir quidam in viam ambulavit, ocularia demisit, canem sclopetavit.

Aestate liberos angoribus confici intuebatur. Autumnali tempore redeunte, Bous liberos suos auxilii sui egere intellexit.

Atticus recte habebat. nam quondam affirmavit te re vera hominem non cogniturum esse nisi cum illo calceos mutares et ambulans gestares. mihi quidem satis erat in porticu Radleiana stare.

Lux e lanternis publicis diffusa est per pluviam raram et minutam.

ut pedem domum referebam, me aetate multum provectam esse sentiebam; cum tamen ad imos nares spectarem, guttas tenues et vaporosas videre poteram, sed oculis aciem intendendo distortis, vertigine adeo affecta sum ut rem desererem. ut pedem domum referebam, in animo volutabam quantam rem fratri cras narratura essem. quod tot amisisset tantam iracundiam concepturum ut multos dies mecum loqui nollet. ut pedem domum referebam, putabam fore ut adolesceremus ego Iemque, de quo autem nobis etiam discere necesse esset nihil fere reliquum esse, nisi forte de algebra.

Gradus cursu ascendi et aedes intravi. Amita Alexandra dormitum ierat, et in Attici cubiculo nulla lux erat. cognoscere cupiebam num Iem revalesceret. Atticus in Iemis cubiculo erat, ad lectum eius sedens. libellum legebat.

"Iam experrectus est?"

"Tranquille dormit. in lucem dormiet."

"Ita. tune cum eo vigilabis?"

"Horam unam et alteram. i cubitum, mea Scytha. dies longissimus tibi fuit."

"Mihi tamen placet tecum paulisper vigilare."

"Quidquid placet," ait. post mediam noctem, credo, adhuc vigilabam et non intellegebam cur tanta comitate adnuisset. sagacior tamen me erat; simulac consedi, me dormitare semisomna sensi.

"Quid legis?" inquam.

Atticus titulum libelli inspexit. "Aliquid e Iemis libris. *The Grey Ghost* nomine."

Subito alacrior facta sum. "Cur illum elegisti?"

"Mel meum, nescio. modo sumpsi. e paucis est quos non legi." sane hoc explicare voluit.

"Recita, amabo, Attice. fabula valde terrifica est."

"Non," inquit. "satis terroris iamdudum habuisti. haec fabula est nimis . . ."

"Attice, non timebam."

Supercilia ille sustulit, et ego questa sum. "Equidem non timebam dum Domino Tatae de re narrare coeperam. Iem non timebat. a me rogatus negavit se timere. praeterea, nihil re vera terrificum est nisi in libris."

Atticus os aperuit locuturus aliquid, sed modo operuit. pollicem e medio libello movit, ut ad primam fabulae paginam rediret. me propius admovi et capite meo ad genua eius nisa sum. "Hem," inquit. "*The Grey Ghost* a Scrinario Hawkins. Primum Caput . . ."

Quantum poteram vigilare conabar, pluviae tamen crepitus adeo mollis erat, et in cubiculo adeo calida eram, et vox eius adeo gravis erat, et genu eius adeo fovebar, ut mox obdormiverim.

Puncto temporis ut videtur calceo suo meum latus leniter fodicabat. me allevatam ad cubiculum duxit. cum murmure nescioquo, "Omnia audiebam," aiebam, "non dormiebam, de nave'st, et de Friderico illo tribus digitis praedito, et de Puero Stoners . . ."

Habenas indumenti mei dum ei innitor solvit. altera manu me sustinebat alteram ad vestem cubicularem porrigebat.

"Sane omnes putabant Puerum Stoners tectum suum sodalicium turbasse et atramentum ubique iecisse et ⸳ . ."

Me ad lectum duxit et considere coegit. cruribus levatis me stragulo texit.

". . . et eum sectabantur neque umquam capere potuerunt quod nesciebant quam speciem formamve haberet, et, Attice, ubi tandem eum viderunt, immo, illa facinora non fecerat . . . Attice, re vera gratus erat . . ."

Manibus sub mentum mihi positis, stragulum propius admovebat ut me succingeret.

"Plerique homines ita sunt, Scytha mea, ubi tandem eos vidisti."

Lumine exstincto in Iemis cubiculum iit. totam noctem ibi vigilare placuit. adesse placeret, cum Iem mane apud se futurus esset.